Causa justa

Biblioteca
JOHN GRISHAM

Causa justa

Traducción de
M.ª Antonia Menini

DEBOLS!LLO

Papel certificado por el Forest Stewardship Council®

MIXTO
Papel procedente de
fuentes responsables
FSC® C117695
www.fsc.org

Penguin
Random House
Grupo Editorial

Título original: *The Street Lawyer*

Primera edición: diciembre de 2015
Segunda reimpresión: marzo de 2021

© 1998, John Grisham
© 2009, Penguin Random House Grupo Editorial, S. A. U.
Travessera de Gràcia, 47-49. 08021 Barcelona
© M.ª Antonia Menini, por la traducción
Diseño de la cubierta: Mario Arturo
Fotografía de la cubierta: Michael Cogliantry / Photonica

Printed in Spain – Impreso en España

ISBN: 978-84-8346-879-1
Depósito legal: B-7.466-2010

Compuesto en Lozano Faisano, S. L.

Impreso en Prodigitalk, S. L.

P 86879 B

1

El hombre de las botas de goma entró detrás de mí en el ascensor, pero al principio no lo vi. Sí percibí, sin embargo, el acre olor a humo y vino barato, a una vida en la calle sin jabón para lavarse. Subimos los dos solos y, cuando finalmente miré, vi unas botas sucias, negras y demasiado grandes. Llevaba una trinchera raída y manchada que le llegaba hasta las rodillas. Debajo de ella varias capas de ropa pestilente se apretujaban en torno a su cintura confiriéndole un aspecto de hombre fornido, casi grueso. Pero eso no le venía de la buena alimentación. Cuando llega el invierno al distrito de Columbia, los sin hogar se ponen encima todo lo que tienen, o eso parece por lo menos.

Era negro y de edad madura, y debía de llevar años sin lavarse ni cortarse la barba y el cabello entrecanos. Miraba fijamente hacia delante a través de unas gruesas gafas ahumadas, y el que no me prestase la menor atención me indujo a preguntarme por un instante por qué razón lo examinaba.

Estaba fuera de lugar. Ni el edificio ni el ascensor ni el lugar le correspondían. Los abogados que ocupaban las ocho plantas del edificio trabajaban para mi bufete por unas tarifas horarias que, después de siete años, aún me parecían escandalosas.

Otro mendigo que había entrado para resguardarse del frío. Era algo que ocurría constantemente en el centro de Washington, pero teníamos a nuestros guardias de seguridad para protegernos de la chusma.

Al detenernos en la sexta planta caí en la cuenta de que él no había pulsado ningún botón. Estaba siguiéndome. Salí rápidamente, entré en el soberbio vestíbulo de Drake & Sweeney y volví la cabeza justo el tiempo suficiente para verlo en el ascensor sin mirar nada en particular y sin prestarme todavía la menor atención.

Madame Devier, una de nuestras sufridas recepcionistas, me saludó con su típica mirada de desdén.

—Vigile el ascensor —le dije.

—¿Por qué?

—Un mendigo. Puede que tenga que llamar al servicio de seguridad.

—Esa gentuza... —masculló ella con su afectado acento francés.

—Tendrá que ir por un poco de desinfectante.

Mientras me alejaba quitándome el abrigo, me olvidé del hombre de las botas de goma. Esa tarde me esperaban varias reuniones con personas importantes. Doblé la esquina y estaba a punto de decirle algo a Polly, mi secretaria, cuando oí el primer disparo.

Madame Devier se encontraba de pie detrás de su escritorio, contemplando petrificada el cañón de un arma de fuego tremendamente larga que empuñaba nuestro amigo el vagabundo. Puesto que yo fui el primero que acudió en ayuda de la recepcionista, el hombre tuvo la amabilidad de apuntarme, y entonces también quedé paralizado.

—No dispare —le dije al tiempo que levantaba las manos.

Había visto bastantes películas como para saber qué tenía que hacer.

—Cállese —murmuró con gran serenidad.

Oí unas voces detrás de mí, en el pasillo. Alguien gritó:

—¡Va armado!

A continuación las voces fueron haciéndose más débiles a

medida que mis compañeros retrocedían hacia la puerta de atrás. Casi me pareció verlos saltar por las ventanas.

Directamente a mi izquierda había una pesada puerta de madera que daba acceso a la espaciosa sala de juntas, casualmente ocupada en aquel momento por ocho abogados de nuestro Departamento de Litigios. Ocho sagaces e intrépidos letrados que se pasaban las horas machacando a la gente. El más duro de ellos era un pequeño torpedo llamado Rafter, que abrió de pronto la puerta y preguntó:

—¿Qué demonios ocurre?

El cañón del arma se desplazó de mi persona a la suya y el hombre de las botas de goma encontró de pronto lo que andaba buscando.

—Arroje el arma al suelo —le ordenó Rafter desde la puerta.

Una décima de segundo después en la zona de recepción sonó otro disparo cuya bala se incrustó en el techo muy por encima de la cabeza de Rafter, quien quedó reducido a la categoría de simple mortal. Apuntándome de nuevo con su arma, el hombre me indicó la puerta con un gesto de la cabeza, y yo obedecí entrando en la sala de juntas detrás de Rafter. Lo último que vi del exterior fue a madame Devier temblando de terror junto a su escritorio, con los auriculares alrededor del cuello y sus zapatos de tacón cuidadosamente colocados al lado de la papelera.

El hombre de las botas de goma cerró de golpe la puerta a mi espalda y agitó lentamente el arma para que los ocho abogados pudieran admirarla. Daba la impresión de funcionar a la perfección; el olor de la pólvora era más perceptible que el de su propietario.

La estancia estaba presidida por una mesa rectangular cubierta de documentos y papeles que apenas unos segundos antes debían de parecer de la mayor importancia. Una hilera de ventanas daba al aparcamiento de abajo. Dos puertas se abrían al pasillo.

—Contra la pared —ordenó, utilizando el arma a modo de eficaz puntero. Después la acercó a mi cabeza y añadió—: Cierre la puerta.

Así lo hice.

Los ocho abogados no dijeron ni una sola palabra y se apresuraron a retroceder. Yo tampoco abrí la boca mientras cerraba rápidamente la puerta y lo miraba en busca de su aprobación.

Ignoro por qué razón no podía quitarme de la cabeza la oficina de correos y todos aquellos horribles asesinatos: un malhumorado funcionario regresaba después de la pausa del almuerzo provisto de todo un arsenal y liquidaba a quince compañeros. Recordé también las masacres en los patios de recreo y las matanzas en las hamburgueserías.

Aquellas víctimas eran niños inocentes y honrados ciudadanos. Nosotros, en cambio, no éramos más que una caterva de abogados.

Mediante gruñidos y movimientos del arma, obligó a los ocho abogados a alinearse contra la pared y, cuando le pareció que habían adoptado la posición adecuada, centró su atención en mí. ¿Qué quería? ¿Podía formular preguntas? En caso afirmativo, habría conseguido cualquier cosa que le hubiese dado la puñetera gana. No podía verle los ojos a causa de las gafas ahumadas, pero él podía ver los míos, y su arma apuntaba directamente a ellos.

Se quitó la pringosa trinchera, la dobló como si fuese nueva y la depositó en el centro de la mesa. Volví a percibir el olor que me había molestado en el ascensor, pero en ese momento carecía de importancia. De pie junto al extremo de la mesa, se quitó muy despacio la segunda capa de ropa, una abultada chaqueta de punto de color gris.

La razón de que abultase era que debajo de ella, y atada a la cintura, había una hilera de palitos de color rojo que a mis inexpertos ojos les parecieron cartuchos de dinamita. Estaban sujetos mediante cinta adhesiva plateada y por arriba y por abajo salían varios cables que semejaban espaguetis de colores.

Mi primer impulso fue dar media vuelta, echar a correr agitando los brazos y confiar en la suerte, en que el primer disparo fallara mientras yo abría torpemente la puerta y en que otro tanto ocurriese con el segundo mientras salía al pasillo. Pero me temblaban las rodillas y la sangre se me había helado en las venas. Los ocho que se encontraban contra la pared jadeaban y emitían leves gemidos, lo que molestó a nuestro secuestrador.

—Estense quietos, por favor —dijo con el tono propio de un paciente profesor.

Su tranquilidad me sacaba de quicio. Se ajustó algunos de aquellos espaguetis que llevaba alrededor de la cintura y después sacó de un bolsillo de los holgados pantalones un ovillo de cordón de nailon amarillo y una navaja.

Por si acaso, agitó el arma en dirección a los horrorizados rostros que tenía delante y aclaró:

—No quiero lastimar a nadie.

Era bonito oír aquello, pero difícil tomarlo en serio. Conté doce palitos de color rojo; suficientes, estaba seguro, para que todo fuera instantáneo e indoloro.

Volvió a apuntarme con el arma.

—Usted —dijo—, átelos.

Rafter ya se había hartado. Dio un minúsculo paso al frente e inquirió:

—Oiga, amigo, pero ¿qué es lo que quiere?

La bala del tercer disparo pasó silbando por encima de su cabeza en dirección al techo, donde se incrustó inofensivamente. Sonó como un cañonazo. En el vestíbulo, madame Devier, o tal vez otra mujer, soltó un grito. Rafter se agachó y, en el instante en que trataba de incorporarse, el poderoso codo de Umstead lo golpeó de lleno en el pecho y lo devolvió a la posición que ocupaba contra la pared.

—Cállate —le espetó Umstead, apretando las mandíbulas.

—A mí no me llame «amigo» —dijo el hombre, y todos tomamos buena cuenta de ello.

—¿Cómo quiere que lo llamemos? —le pregunté, intuyendo que estaba a punto de convertirme en el líder de los rehenes. Hice la pregunta con suma delicadeza y gran deferencia, y él apreció mi muestra de respeto.

—Señor —contestó.

A todos los presentes nos pareció muy bien lo de «señor».

Sonó el teléfono y, por una décima de segundo, pensé que el hombre iba a disparar. En lugar de eso, señaló el aparato con un gesto de la mano y yo lo deposité directamente delante de él sobre la mesa. Con la mano izquierda levantó el auricular, mientras con la derecha seguía empuñando el arma y esta seguía apuntando a Rafter.

Si los nueve hubiéramos podido votar, Rafter habría sido el primer chivo expiatorio. Ocho contra uno.

—¿Sí? —dijo Señor. Escuchó brevemente y colgó. Retrocedió cautelosamente hacia el sillón que había al otro extremo de la mesa y se sentó—. Tome la cuerda —me indicó.

Quería atar a los ocho abogados por las muñecas. Corté la cuerda, até unos nudos y traté de no mirar a la cara a mis compañeros mientras aceleraba sus muertes. El hombre quería atarlos muy fuerte, por lo que fingí hacerles prácticamente sangre, pero procuré dejar la cuerda lo más floja posible.

Rafter murmuró algo por lo bajo y yo reprimí el impulso de soltarle una bofetada. Umstead podía doblar las muñecas hasta el extremo de que la cuerda estuvo a punto de soltarse cuando terminé con él. Malamud sudaba y respiraba afanosamente. Era el mayor de todos, el único socio del bufete, y hacía dos años que había sufrido su primer ataque cardíaco.

No pude evitar mirar a Barry Nuzzo, mi único amigo entre los miembros del grupo. Teníamos la misma edad, treinta y dos años, y nos habíamos incorporado al bufete el mismo año. Él había estudiado en Princeton y yo en Yale. Nuestras mujeres eran de Providence. Su matrimonio marchaba bien, tres hijos en cuatro años. El mío se encontraba en la fase final de un prolongado deterioro.

Nos miramos a los ojos y ambos pensamos en sus hijos. Por suerte, yo no tenía ninguno.

La primera de varias sirenas apareció en escena, y Señor me ordenó que bajase las persianas de los cinco grandes ventanales. Lo hice lentamente, mientras contemplaba el aparcamiento de abajo como si el hecho de que alguien me viera pudiese en cierto modo salvarme. Vi un solitario y vacío vehículo de la policía con los faros encendidos; los agentes ya habían entrado en el edificio.

Allí estábamos nosotros, nueve chicos blancos y Señor.

En el último recuento, Drake & Sweeney tenía ochocientos abogados en bufetes repartidos por todo el mundo. La mitad de ellos en Washington, en el edificio donde Señor estaba sembrando el terror. Me ordenó llamar al «jefe» para informarle de que él iba armado y llevaba encima doce cartuchos de dinamita. Llamé a Rudolph, el socio gerente de mi departamento, el de antimonopolios, y le transmití el mensaje.

—¿Cómo estás, Mike? —me preguntó.

Hablábamos a través del nuevo teléfono con altavoz de Señor, puesto a todo volumen.

—Divinamente —contesté—. Por favor, haz lo que él quiere.

—¿Y qué es lo que quiere?

—Todavía no lo sé.

Señor agitó el arma y la conversación terminó.

Siguiendo la indicación de la pistola, me situé al lado de la mesa de juntas, cerca de Señor, quien había adquirido la intranquilizadora costumbre de juguetear distraídamente con los cables, que ahora se había enrollado alrededor del tórax.

Bajó la mirada y dio un ligero tirón a un cable de color rojo.

—Si tiro de este de aquí, se acabó.

Las gafas ahumadas estaban mirándome cuando terminó de hacer aquella breve advertencia. Me sentí obligado a decir algo.

—¿Por qué quiere hacerlo? —le pregunté en un desesperado intento de entablar un diálogo.

—No quiero, pero ¿por qué no?

Me llamó la atención su acento, un lento y metódico ritmo pausado en el que cada sílaba recibía el mismo trato. Era un vagabundo, sí, pero había conocido tiempos mejores.

—¿Por qué quiere matarnos? —inquirí.

—No pienso discutir con usted —replicó.

No más preguntas, señoría.

Como soy abogado y vivo pendiente de la hora, eché un vistazo a mi reloj de pulsera para tomar nota de todo lo que ocurría, por si acaso conseguíamos sobrevivir. Era la una y veinte. Señor quería hacer las cosas con calma, por lo que tuvimos que soportar un exasperante silencio de catorce minutos de duración.

No podía creer que estuviéramos a punto de morir. No veía ningún motivo, ninguna razón para que aquel hombre quisiera matarnos. Estaba seguro de que ninguno de nosotros lo había visto jamás. Recordé la subida en ascensor y el hecho de que aquel desconocido no tuviese, al parecer, ningún destino en particular. Era un simple chiflado en busca de rehenes, lo cual, por desgracia, haría que la matanza pareciese algo casi normal según los criterios vigentes.

Se trataba exactamente de la clase de matanza absurda que sería noticia durante veinticuatro horas e induciría a la gente a menear la cabeza. Después empezarían a circular chistes acerca de los abogados muertos.

Ya imaginaba los titulares y lo que dirían los reporteros, pero me negaba a creer que pudiera ocurrir.

Oí unas voces en el vestíbulo y unas sirenas en el exterior; una radio de la policía chirrió en algún lugar del pasillo.

—¿Qué ha comido para almorzar? —me preguntó Señor, rompiendo el silencio.

Demasiado sorprendido para considerar la posibilidad de mentir, vacilé por un instante y contesté:

—Pollo César a la parrilla.

—¿Solo?

—No, con un amigo.

Era un compañero de la Facultad de Derecho de Filadelfia.

—¿Cuánto les ha costado a los dos?

—Treinta dólares.

Aquello no le gustó.

—Treinta dólares —repitió—. Para dos personas.

Sacudió la cabeza y después miró a los ocho abogados. En caso de que los sometiera a una encuesta, yo esperaba que tuviesen previsto mentir. Entre los presentes había algunos estómagos verdaderamente insaciables, y con treinta dólares no habrían tenido ni para un aperitivo.

—¿Sabe lo que he comido yo? —me preguntó.

—No.

—Un plato de sopa y unas galletas, en un albergue. Sopa gratis, y bien que me he alegrado de tomarla. Con treinta dólares se podría dar de comer a cien de mis amigos, ¿lo sabía usted?

Asentí muy serio, como si de repente me hubiera percatado de la gravedad de mi pecado.

—Recoja todos los billeteros, dinero, relojes de pulsera y joyas —me dijo, haciéndome una indicación con la pistola.

—¿Puedo preguntar por qué?

—No.

Deposité mi billetero y mi dinero sobre la mesa y empecé a hurgar en los bolsillos de mis compañeros de cautiverio.

—Es para los parientes más cercanos —explicó Señor, y todos soltamos un suspiro de alivio.

Después me ordenó que introdujera el botín en una cartera, la cerrase y volviera a llamar al «jefe». Rudolph contestó al primer timbrazo. Ya me imaginaba al cabecilla de los SWAT acampado en su despacho.

—Soy yo otra vez, Rudolph, Mike. Hablo a través del altavoz del teléfono.

—Sí, Mike. ¿Cómo estás?

—Muy bien. Mira, este caballero quiere que abra la puerta más próxima a la zona de recepción y deposite en el pasillo una cartera negra. Después cerraré la puerta y echaré la llave, ¿entendido?

—Sí.

Con el cañón pegado a la parte posterior de la cabeza, abrí apenas la puerta y arrojé la cartera al pasillo. No vi a nadie en ningún sitio.

Pocas cosas pueden apartar al abogado de un importante bufete de las alegrías de las tarifas horarias. El sueño es una de ellas, aunque casi todos dormíamos muy poco. La comida incrementaba su número, en particular si quien pagaba el almuerzo era el cliente. A medida que pasaban lentamente los minutos, yo me preguntaba con asombro cómo demonios iban a arreglárselas los otros cuatrocientos abogados del edificio para seguir acumulando tarifas mientras esperaban a que terminase la crisis de los rehenes. Me parecía verlos allí fuera, en el aparcamiento, casi todos calentitos en sus automóviles, charlando por los codos a través de sus teléfonos móviles para engrosar sus tarifas a costa de alguien. Llegué a la conclusión de que el bufete no perdería el ritmo.

A algunos de los miserables de allí abajo les importaba un bledo cómo acabara todo aquello; solo querían que fuese cuanto antes.

Señor pareció quedarse momentáneamente dormido. Inclinó la cabeza y su respiración se hizo más profunda. Rafter carraspeó para llamar mi atención y después movió bruscamente la cabeza como si quisiera insinuarme la posibilidad de emprender una acción. Lo malo era que Señor empuñaba el arma con la mano derecha y, en caso de que en efecto estuviera echando una siesta, lo hacía con el temible cable rojo firmemente sujeto en la mano izquierda.

Rafter, por su parte, estaba empeñado en que yo me convirtiese en héroe. A pesar de que era el abogado más marrullero y eficaz de la casa, aún no había alcanzado la categoría de socio. No pertenecía a mi departamento y no habíamos hecho juntos la mili. Yo no aceptaba órdenes.

—¿Cuánto dinero ganó el año pasado? —me preguntó Señor de pronto, completamente despierto y con voz muy clara.

Volví a dar un respingo.

—Pues, hummm, veamos…

—No mienta.

—Ciento veinte mil.

Tampoco le gustó.

—¿Y cuánto regaló?

—¿Que cuánto regalé?

—Sí. Para obras benéficas.

—Ah, ya. Pues no me acuerdo. Mi mujer se encarga de las facturas y todas esas cosas.

Me pareció que los ocho abogados se sobresaltaban de repente.

A Señor no le gustó mi respuesta, y no estaba dispuesto a aceptar que alguien le negara una información.

—¿Quién rellena sus impresos de Hacienda? —me preguntó.

—¿Quiere decir los de la declaración de la renta?

—Sí, eso quiero decir.

—Lo hace nuestro Departamento de Tributos, en el segundo piso.

—¿De este edificio?

—Sí.

—Pues vaya a buscarlos. Tráigame las declaraciones de todos los que están aquí.

Contemplé los rostros de mis compañeros y observé que dos de ellos parecían querer decirme: «Hazlo y pégame un tiro». Debí de dudar demasiado, pues Señor agitó el arma y exclamó:

—¡Deprisa!

Llamé a Rudolph y, al advertir que también dudaba, le pedí con tono perentorio:

—Envíalas aquí por fax. Solo las del año pasado.

Nos pasamos un cuarto de hora con la mirada fija en el fax del rincón, temiendo que Señor empezara a ejecutarnos si nuestros impresos tardaban en llegar.

2

Recién ungido escriba del grupo, me senté donde Señor me indicó con la pistola, al tiempo que sostenía los faxes en la mano. Mis compañeros llevaban casi dos horas de pie con la espalda apoyada contra la pared, todavía atados los unos a los otros y sin apenas poder moverse, por lo que ya estaban empezando a inclinarse y a encorvar los hombros con expresión de profundo abatimiento.

Sin embargo, su nivel de incomodidad estaba a punto de aumentar de manera considerable.

—Usted primero —me dijo Señor—. ¿Cómo se llama?

—Michael Brock —contesté amablemente—. Encantado de conocerlo.

—¿Cuánto ganó el año pasado?

—Ya se lo he dicho. Ciento veinte mil. Antes de impuestos.

—¿Cuánto regaló?

Estaba seguro de que podía mentir. No era un especialista en tributos, pero confiaba en eludir sus preguntas. Encontré mi impreso y empecé a pasar lentamente las páginas. Claire había ganado treinta y un mil dólares como residente de segundo año de cirugía, por lo que nuestros ingresos brutos parecían bastante considerables, pero desembolsábamos cincuenta y tres mil dólares en concepto de impuestos —no solo estatales, sino de todo tipo—, y después del pago de los préstamos estudiantiles, los gastos educativos de Claire, los dos mil quinientos dólares al mes por un bonito apartamento en Georgetown, dos estupendos coches con sus correspondientes créditos y toda una serie de gastos derivados de un cómodo estilo de vida, aquel año solo habíamos dedicado veintidós mil dólares a fondos de inversión.

Señor esperaba pacientemente. De hecho, su paciencia estaba empezando a sacarme de quicio. Pensé que los chicos del SWAT ya debían de estar trepando por los respiraderos, encaramándose a los árboles más próximos, desplegándose por los tejados de los edificios adyacentes, estudiando los planos de nuestros despachos, haciendo todas las cosas que se ven en la televisión con el firme propósito de meterle una bala en el cerebro, pero él parecía ajeno a todo. Había aceptado su destino y estaba dispuesto a morir. No se podía decir lo mismo de nosotros.

No paraba de juguetear con el cable de color rojo, y eso hacía que el corazón me latiera a más de cien pulsaciones por minuto.

—Doné mil dólares a la Universidad de Yale —dije—. Y dos mil a la sección local del United Way.

—¿Cuánto entregó a los pobres?

Dudaba mucho que el dinero entregado a Yale sirviera para dar de comer a los estudiantes necesitados.

—Bueno, el United Way distribuye dinero por toda la ciudad y estoy seguro de que una parte de él sirve para ayudar a los pobres.

—¿Cuánto dio a los hambrientos?

—Pagué cincuenta y tres mil dólares de impuestos y una buena parte va a parar a prestaciones sociales, como la ayuda a jóvenes drogadictos y cosas por el estilo.

—¿Y lo hizo usted voluntariamente, con espíritu caritativo?

—No me quejé —respondí, mintiendo como casi todos mis compatriotas.

—¿Ha pasado usted hambre alguna vez?

Le gustaban las respuestas sencillas, y ni mi ingenio ni mi sarcasmo servirían de nada.

—Pues no —contesté.

—¿Ha dormido alguna vez en medio de la nieve?

—No.

—Gana usted un montón de dinero y, sin embargo, es demasiado tacaño para darme un poco de calderilla en la calle. —Señaló con la pistola a los demás—. Todos ustedes pasan indiferentemente por mi lado mientras yo permanezco sentado pidiendo limosna. Se gastan más dinero en café selecto del que yo me gasto en comida. ¿Por qué no pueden ayudar a los pobres, a los enfermos, a los sin hogar, teniendo tanto como tienen?

Me sorprendí observando con Señor a aquellos avariciosos hijos de puta, y lo que vi no me gustó. Casi todos permanecían con los ojos bajos. Solo Rafter miraba con expresión de furia hacia el extremo de la mesa, pensando lo que todos solíamos pensar cuando nos cruzábamos con los vagabundos de Washington: Si te doy un poco de dinero, 1) correrás a comprarte vino, 2) solo servirá para que sigas pidiendo, 3) jamás abandonarás esta clase de vida.

Se hizo nuevamente el silencio. De pronto oí el rugido de un helicóptero y traté de imaginar lo que estarían haciendo en el aparcamiento. Siguiendo las instrucciones de Señor, las líneas telefónicas estaban desconectadas para evitar las comunicaciones. No quería hablar ni negociar con nadie. Su público estaba en la sala de juntas.

—¿Cuál de estos hombres es el que gana más dinero? —me preguntó.

Malamud era el único socio del bufete. Rebusqué entre los papeles hasta que encontré los suyos.

—Creo que soy yo —dijo Malamud.

—¿Cómo se llama?

—Nate Malamud.

Hojeé la declaración de Nate. No era muy habitual conocer los detalles íntimos del éxito de un compañero, pero en aquel instante no me alegré de poder hacerlo.

—¿Cuánto? —me preguntó Señor.

Oh, los placeres del código de la declaración de la renta. ¿Qué le interesa, señor? ¿Los ingresos brutos? ¿La renta bruta ajustada? ¿Los ingresos netos? ¿La base imponible? ¿Ingresos de salarios y sueldos? ¿O ingresos de negocios e inversiones? El sueldo de Malamud en el bufete ascendía a cincuenta mil dólares mensuales y su bonificación anual, aquella con la que todos soñábamos, era de quinientos diez mil. Había sido un año muy bueno, y todos lo sabíamos. Él era uno de los muchos socios del bufete que habían ganado más de un millón de dólares.

Decidí apostar sobre seguro. Había otros muchos ingresos escondidos en el reverso de los impresos —rendimientos de propiedades, dividendos, un pequeño negocio—, pero pensé que si Señor echaba un vistazo a la declaración tendría dificultades para entender las cifras.

—Un millón coma cien mil —respondí, callándome otros doscientos mil.

Señor reflexionó por unos instantes.

—Ha ganado usted un millón de dólares —le dijo a Malamud, que no se avergonzaba en absoluto de ello.

—Pues sí.

—¿Cuánto dio a los pobres y a los indigentes?

Yo ya estaba examinando el detalle de sus deducciones para averiguar la verdad.

—No lo recuerdo muy bien. Mi mujer y yo colaboramos con muchas obras benéficas. Sé que hicimos una donación, creo que de cinco mil dólares, al Fondo Greater D. C., que, como usted seguramente sabrá, reparte dinero entre los necesitados. Damos mucho dinero y nos alegramos de hacerlo.

—Estoy seguro de que se alegran —replicó Señor, por primera vez con tono de sarcasmo.

No estaba dispuesto a permitir que le explicásemos cuán generosos éramos. Quería, sencillamente, los datos escuetos.

Me ordenó que enumerara los nueve nombres y anotase al lado de cada uno de ellos los ingresos del año anterior y las correspondientes donaciones a obras benéficas.

Me llevó algunos minutos y no supe si darme prisa o tardar deliberadamente. ¿Nos mataría a todos en caso de que no le gustara el resultado? A lo mejor convenía que no me diese prisa. Estaba clarísimo que nosotros los ricos habíamos ganado un montón de dinero y habíamos entregado muy poco para obras de caridad. Al mismo tiempo, sabía que cuanto más se prolongara la situación más complicado sería rescatarnos.

No había mencionado para nada la posibilidad de ejecutar a un rehén cada hora. No quería que sacaran de la cárcel a sus amiguetes. Por lo visto, no quería nada.

Me demoré un buen rato. Malamud encabezaba la marcha. La retaguardia la cerraba Colburn, un asociado a la firma desde hacía tres años que percibía unos ingresos brutos de apenas ochenta y seis mil dólares. Me quedé de piedra al comprobar que mi compañero Barry Nuzzo ganaba cien mil dólares más que yo. Ya hablaríamos de eso más tarde.

—Si lo redondeamos, son tres millones de dólares —le dije a Señor, que al parecer había vuelto a quedarse dormido sin apartar los dedos del cable de color rojo.

Sacudió lentamente la cabeza.

—¿Y cuánto para los pobres?

—El total de aportaciones suma ciento ochenta mil dólares.

—No me interesa el total de las aportaciones. No nos incluya a mí y a los míos en la categoría de quienes asisten a esos elegantes clubes para blancos en los que se subastan botellas de vino y autógrafos y se dan unos cuantos dólares a los Boy Scouts. Estoy hablando de comida. Comida para los hambrientos que viven en la misma ciudad que ustedes. Comida para los niños pequeños. Aquí mismo, en esta ciudad en que ustedes ganan millones, nosotros tenemos niños que pasan hambre por la noche y lloran a causa de ello. ¿Cuánto para comida?

Estaba mirándome. Yo permanecía con la vista fija en los papeles que tenía delante. No podía mentir.

—Hay comedores de beneficencia en toda la ciudad —añadió—, lugares donde los pobres y los sin hogar reciben algo para comer. ¿Cuánto dinero dan ustedes a los comedores sociales? ¿Dan algo?

—No de manera directa —contesté—. Pero algunas de las obras benéficas...

—¡Cállese! —Volvió a agitar la maldita pistola—. ¿Qué me dice de los albergues para los indigentes? Los lugares donde dormimos cuando fuera hay una temperatura de diez grados bajo cero. ¿Cuántos de esos albergues figuran en estos papeles?

Me falló el ingenio.

—Ninguno —susurré.

Nos sorprendió levantándose de un salto con los palitos de color rojo claramente visibles por debajo de la cinta adhesiva plateada. Empujó la silla hacia atrás de un puntapié.

—¿Y qué me dice de las clínicas? Tenemos unas pequeñas clínicas en las que unos médicos (unos honrados médicos que antes ganaban mucho dinero) nos entregan su tiempo para ayudar a los enfermos. No cobran nada. Antes el gobierno nos ayudaba a pagar el alquiler, a comprar medicinas y material. Ahora en el gobierno manda Newt y todo el dinero ha desaparecido. ¿Cuánto dan ustedes a las clínicas?

Rafter me miró como si me pidiese que hiciera algo, tal vez descubrir de repente algún detalle en los impresos de las declaraciones y exclamar: «¡Fíjese en eso, maldita sea! Hemos dado medio millón de dólares a las clínicas y a los comedores sociales!».

Rafter habría hecho precisamente eso, pero yo no. No quería que me pegaran un tiro; nuestro secuestrador era mucho más listo de lo que parecía.

Pasé las hojas de las declaraciones mientras Señor se acercaba a las ventanas y atisbaba por el extremo de las minipersianas.

—Hay agentes por todas partes —dijo en voz lo suficientemente alta para que lo oyésemos—. Y montones de ambulancias. —Después se olvidó de lo que ocurría abajo y rodeó la mesa hasta detenerse muy cerca de sus rehenes, que observaban cada uno de sus movimientos, prestando especial atención a los explosivos. Levantó poco a poco la pistola y apuntó directamente a la nariz de Colburn desde unos cincuenta centímetros de distancia—. ¿Cuánto dinero dio a las clínicas?

—Nada —contestó Colburn, cerrando fuertemente los ojos, a punto de echarse a llorar. Se me heló el corazón y contuve la respiración.

—¿Cuánto a los comedores sociales?

—Nada.

—¿Cuánto a los albergues para los sin hogar?

—Nada.

En lugar de disparar contra Colburn, Señor apuntó a Nuzzo y repitió las mismas tres preguntas. Nuzzo le dio las mismas respuestas y Señor fue recorriendo la hilera, apuntando, haciendo las mismas preguntas y recibiendo las mismas respuestas. Con gran pesar comprobamos que no disparó contra Rafter.

—Tres millones de dólares —dijo con hastío— y ni una maldita moneda de diez dólares para los enfermos y los hambrientos. Son ustedes unos miserables.

Nos sentíamos unos miserables. Comprendí que no iba a matarnos.

¿Cómo había conseguido la dinamita un vulgar mendigo? Y ¿quién le había enseñado a conectar los cartuchos?

Al anochecer dijo que estaba hambriento y me ordenó que llamase al «jefe» para que pidiera sopa en la misión metodista de la calle L con la Diecisiete. Allí ponían más verduras en el caldo, nos explicó, y el pan no era tan rancio como en la mayor parte de los comedores sociales.

—¿El comedor social sirve comida a domicilio? —preguntó Rudolph con incredulidad.

Su voz resonó en la estancia a través del altavoz.

—¡Hazlo, Rudolph! —le grité—. Y que haya suficiente para diez personas.

Señor me ordenó que colgara y volvió a desconectar las líneas.

Me pareció ver a nuestros amigos y a un escuadrón de policías cruzar velozmente la ciudad en medio del tráfico de la hora punta para bajar a la pequeña y tranquila misión donde los andrajosos mendigos permanecían inclinados sobre sus cuencos de caldo, preguntándose qué demonios ocurría. Marchando diez raciones, pan del mejor.

Nuestro secuestrador se acercó otra vez a la ventana justo en el momento en que volvía a oírse el rumor del helicóptero. Atisbó por el extremo de la persiana, se apartó, se tiró de la barba y reflexionó acerca de la situación. ¿Para qué querían un helicóptero? Quizá para evacuar a los heridos. Umstead se había pasado una hora moviéndose, para gran consternación de Rafter y Malamud, que estaban atados a él por las muñecas. Al final, ya no pudo resistirlo.

—Perdone, señor, pero es que tengo que… ir al cuarto de los chicos.

Señor seguía tirándose de la barba.

—El cuarto de los chicos… ¿Qué es el cuarto de los chicos?

—Necesito mear, señor —dijo Umstead cual si fuera un alumno de primaria—. Ya no aguanto más.

Señor miró alrededor y vio un jarrón de porcelana inocentemente colocado sobre una mesita auxiliar. Con otro movimiento de pistola me ordenó que desatara a Umstead.

—El cuarto de los chicos está allí —indicó.

Umstead sacó las flores del jarrón y, de espaldas a nosotros, se pasó un buen rato meando mientras mirábamos al suelo. Cuando terminó, Señor nos dijo que empujáramos la mesa de juntas hasta las ventanas. Medía más de cinco metros y era de nogal macizo, como todo el mobiliario de Drake & Sweeney. Yo en un extremo y Umstead soltando gruñidos en el otro, conseguimos desplazarla casi dos metros hasta que Señor nos dijo que nos detuviéramos. Después me ordenó que atase a Rafter con Malamud y dejó libre a Umstead. Jamás comprenderé por qué lo hizo.

A continuación ordenó a los restantes siete rehenes que se sentaran sobre la mesa de espaldas a la pared. Nadie se atrevió a preguntar por qué, pero yo pensé que pretendía crear un escudo humano contra los tiradores de precisión. Más tarde averigüé que la policía tenía tiradores en el edificio de al lado. Tal vez Señor los había visto.

Después de haberse pasado cinco horas de pie, Rafter y compañía agradecieron aquel descanso. Umstead y yo recibimos la orden de sentarnos en unas sillas mientras Señor se acomodaba en el extremo de la mesa. Y esperamos.

La vida en la calle debía de ser una escuela de paciencia. Al parecer, nuestro secuestrador se daba por satisfecho con permanecer sentado largo rato en silencio con los ojos ocultos detrás de las gafas y la cabeza absolutamente inmóvil.

—¿Quiénes son los que hacen los desahucios? —musitó sin dirigirse a nadie en particular. Esperó un par de minutos antes de repetir la pregunta.

Nos miramos perplejos los unos a los otros sin saber de qué estaba hablando. Mantenía los ojos fijos en un lugar de la mesa situado a escasa distancia del pie derecho de Colburn.

—No solo hacen caso omiso de los pobres, sino que contribuyen a dejarlos en la calle.

Como es natural, todos asentimos a un tiempo con la cabeza. Si quería maltratarnos verbalmente, estábamos dispuestos a aceptarlo.

Nuestra comida llegó pocos minutos antes de las siete. Se oyó una repentina llamada a la puerta. Señor me ordenó que telefonease para que advirtieran a la policía de que mataría a uno de nosotros en caso de que viera u oyese a alguien fuera.

Se lo expliqué cuidadosamente a Rudolph, insistiendo en la necesidad de que no se intentara llevar a cabo un rescate. Estábamos negociando.

Rudolph dijo que lo comprendía.

Umstead se acercó a la puerta, la abrió y miró a Señor a la espera de sus instrucciones. Señor se ubicó detrás de él con la pistola a menos de treinta centímetros de su cabeza.

—Abra la puerta muy despacio —le indicó.

Yo me encontraba a escasa distancia de Señor cuando se abrió la puerta. La comida estaba colocada en un carrito de los que utilizaban nuestros auxiliares para trasladar de un lugar a otro las ingentes cantidades de papel que producíamos. Vi cuatro grandes recipientes de plástico llenos de sopa y una bolsa marrón con pan. No sé si había algo de beber. Jamás lo averiguamos.

Umstead dio un paso al frente y salió al pasillo, tomó el carrito y estaba a punto de tirar de él hacia el interior de la sala de juntas cuando el disparo restalló en el aire. Un solitario tirador de la policía estaba escondido detrás de una estantería situada al lado del escritorio de madame Devier, a unos doce metros de distancia, y desde allí pudo ver con toda claridad lo que necesitaba. Cuando Umstead se inclinó hacia delante para tomar el carrito, la cabeza de Señor quedó al descubierto durante una décima de segundo, tiempo suficiente para que el tirador le volase la tapa de los sesos.

Señor se tambaleó hacia atrás sin emitir el menor sonido y mi rostro quedó inmediatamente cubierto de sangre y líquidos. Pensé que también había resultado alcanzado y recuerdo que solté un grito de dolor. Umstead estaba soltando berridos en el pasillo. Los otros siete bajaron apresuradamente de la mesa y corrieron entre exclamaciones hacia la puerta, la mitad de ellos arrastrando a la otra mitad. Yo caí de rodillas y me cubrí los ojos esperando de un momento a otro la explosión de la dinamita, y después eché a correr hacia la otra puerta para alejarme del alboroto. La abrí, y cuando miré por última vez a Señor, lo vi estremecerse sobre una de nuestras costosas alfombras orientales. Tenía las manos flácidas junto a las caderas, lejos del cable de color rojo.

El pasillo se llenó de repente de chicos del SWAT, todos protegidos con unos impresionantes cascos y unos gruesos chalecos antibalas. Eran varias docenas y avanzaban agachados, formando una masa borrosa. Nos agarraron y nos condujeron hacia los ascensores, cruzando la zona de recepción.

—¿Está usted herido? —me preguntaron.

No lo sabía. Tenía la cara y la camisa cubiertas de sangre y una sustancia pegajosa que más tarde un médico calificó de líquido encefalorraquídeo.

3

Los familiares y amigos estaban esperando en el primer piso, lo más lejos posible de Señor. Una pequeña multitud de colaboradores y compañeros de trabajo se apretujaba en los despachos y los pasillos, esperando nuestro rescate. Cuando nos vieron, comenzaron a vitorear.

Puesto que yo estaba cubierto de sangre, me llevaron a un pequeño gimnasio ubicado en el sótano. Era propiedad de nuestra firma, pero los abogados casi nunca lo usaban. Estábamos demasiado ocupados para hacer ejercicio, y a cualquiera que hubiera sido sorprendido sin trabajar se le habría asignado, casi con toda certeza, más trabajo. De inmediato me vi rodeado por varios médicos, ninguno de los cuales era mi mujer. En cuanto conseguí convencerlos de que la sangre no era mía, se tranquilizaron y me sometieron a un examen de rutina. La presión arterial había subido y el pulso estaba algo alterado. Me dieron una pastilla.

Pero lo que yo quería realmente era una ducha. Me obligaron a permanecer tendido en una mesa unos diez minutos, para controlarme la presión arterial.

—¿He sufrido un shock? —pregunté.

—Probablemente no.

Sin embargo, yo tenía la indudable sensación de que sí. ¿Dónde estaba Claire? Me había pasado seis horas encañonado, con la vida pendiente de un hilo, y ella no se había tomado la molestia de acudir a esperar con los demás familiares.

La ducha fue muy larga y caliente. Me lavé tres veces el cabello con un champú muy espeso y después me pasé una eternidad bajo el chorro de agua. El tiempo se había congelado. Todo me daba igual. Estaba vivo, respiraba y despedía vapor.

Me puse un chándal limpio y volví para que me controlaran de nuevo la tensión. Las prendas eran de otro y me estaban demasiado grandes. Entró mi secretaria y me dio un prolongado abrazo. Lo necesitaba desesperadamente. Me miró con lágrimas en los ojos.

—¿Dónde está Claire? —le pregunté.

—De guardia. He intentado llamar al hospital.

Polly sabía que apenas quedaba nada de nuestro matrimonio.

—¿Cómo se encuentra? —me preguntó.

—Creo que bien.

Di las gracias a los médicos y abandoné el gimnasio. Rudolph se reunió conmigo en el vestíbulo y me abrazó con torpeza. Pronunció la palabra «felicidades», como si yo hubiera realizado una hazaña.

—Nadie espera que trabajes mañana —añadió; al parecer creía que un día libre podría curar todos mis problemas.

—No había pensado en mañana —dije.

—Necesitas descansar —me aconsejó, como si los médicos no hubieran pensado en ello.

Quería hablar con Barry Nuzzo, pero mis compañeros de secuestro ya se habían ido. Nadie había sufrido la menor lesión, exceptuando algunas laceraciones en las muñecas a causa del roce de la cuerda.

Tras haber conseguido reducir la carnicería al mínimo y haber logrado salvar y devolver la sonrisa a los buenos chicos, la emoción en Drake & Sweeney se desvaneció rápidamente. Casi todos los abogados y demás miembros del personal habían mantenido una tensa espera en el primer piso, lejos de Señor y sus explosivos. Polly llevaba mi abrigo y yo me lo puse por encima del holgado chándal. Mis mocasines con borlas no casaban con aquella indumentaria, pero me daba igual.

—Fuera hay unos reporteros... —me anunció Polly.

Ah, sí, los medios de comunicación. ¡Menudo reportaje! No el típico tiroteo improvisado, sino un grupo de abogados secuestrados por un vagabundo chiflado. Pero no habían conseguido hacer su reportaje, ¿verdad? Los abogados se habían largado, el malo había muerto de un disparo y los explosivos habían fallado al caer su propietario al suelo. ¡La que habría podido armarse! Un disparo seguido de un bombazo, un destello de luz blanca mientras se rompían los cristales de las ventanas y los brazos y las piernas de la gente aterrizaban en la calle, todo ello debidamente retransmitido en directo por el canal Nueve para su principal reportaje de la noche.

—Lo acompaño a casa —anunció Polly—. Sígame.

Me alegré enormemente de que alguien me dijera lo que tenía que hacer. Mis pensamientos eran lentos y engorrosos, un encuadre tras otro sin argumento ni escenario.

Abandonamos la planta por la puerta de servicio. El aire nocturno era frío y cortante, y aspiré con fuerza hasta que me dolieron los pulmones. Mientras Polly corría en busca del coche, me escondí en la esquina del edificio y contemplé el espectáculo circense que tenía delante. Había vehículos de la policía, ambulancias, unidades móviles de la televisión e incluso una bomba contra incendios. Todos estaban recogiendo sus cosas para marcharse. Una de las ambulancias se encontraba estacionada con la parte posterior de cara al edificio, esperando sin duda para llevarse a Señor al depósito de cadáveres.

¡Estoy vivo! ¡Estoy vivo!, me dije una y otra vez, sonriendo por vez primera. ¡Estoy vivo!

Cerré fuertemente los ojos y recé una breve y sincera oración de acción de gracias.

Los sonidos fueron regresando poco a poco. Mientras permanecíamos sentados en silencio, Polly al volante a la espera de que yo dijera algo, oí la penetrante detonación del rifle del tirador, seguido del sordo rumor de la bala al dar en el blanco y de la estampida de los demás rehenes saltando apresuradamente de la mesa para cruzar corriendo la puerta.

¿Qué había visto? Había vuelto los ojos hacia la mesa, donde los siete miraban fijamente la puerta, y había mirado otra vez a Señor mientras este levantaba la pistola y apuntaba contra la cabeza de Umstead. Yo me encontraba directamente detrás de él cuando resultó alcanzado. ¿Qué había impedido que la bala lo traspasara y me diese también a mí? Las balas traspasan muros, puertas y personas.

—No pensaba matarnos —susurré.

Polly se alegró de oír mi voz.

—¿Qué pensaba hacer entonces?

—No lo sé.

—¿Qué quería?

—No lo dijo. Es curioso lo poco que hablamos. Nos pasamos horas mirándonos, sencillamente.

—¿Por qué no quería hablar con la policía?

—¿Quién sabe? Ese fue su mayor error. Si hubiera mantenido los teléfonos conectados, yo habría logrado convencer a la policía de que no iba a matarnos.

—No estará echando la culpa a los polis, ¿verdad?

—No. Recuérdeme que les escriba unas cartas.

—¿Va usted a trabajar mañana?

—¿Qué otra cosa podría hacer?

—Tal vez le conviniese tomarse un día libre.

—Lo que necesito es un año libre. Un día no me sirve de nada.

Nuestro apartamento estaba en el tercer piso de una casa adosada de la calle P de Georgetown. Polly se detuvo junto al bordillo. Le di las gracias, bajé y adiviné por las ventanas oscuras que Claire no estaba en casa.

Conocí a Claire cuando solo llevaba una semana en Washington. Acababa de salir de Yale con un puesto de trabajo fabuloso en una empresa poderosa y un brillante futuro por delante como los otros cincuenta novatos de mi promoción. Ella estaba haciendo un máster en ciencias políticas en la American University. Su abuelo había sido gobernador del estado de Rhode Island y su familia llevaba siglos muy bien relacionada.

Drake & Sweeney, como todas las grandes empresas, considera el primer año como un campo de trabajos forzados. Me deslomaba quince horas diarias seis días a la semana, y los domingos Claire y yo disfrutábamos de nuestra cita semanal. Las noches de los domingos me las pasaba en el despacho. Llegamos a la conclusión de que si nos casábamos dispondríamos de más tiempo para estar juntos. Por lo menos, podríamos compartir una cama, pero lo único que hacíamos era dormir.

La boda fue multitudinaria y la luna de miel muy breve. Cuando se empañó el brillo, volví a pasarme noventa horas semanales en el despacho. Durante el tercer mes de nuestra unión estuvimos dieciocho días sin hacer el amor. Ella los contó.

Se portó muy bien el primer año, pero después se cansó de que me olvidase de ella. Yo no se lo reprochaba, pero en los sagrados despachos de Drake & Sweeney los jóvenes asociados no se quejan. Menos del diez por ciento de cada promoción alcanza la categoría de socio, así que la competencia es despiadada. Las recompensas son muy grandes, por lo menos de un millón de dólares al año. Contabilizar muchas horas de trabajo es más importante que la felicidad de una esposa. El divorcio es frecuente. Ni se me habría ocurrido pedirle a Rudolph que aligerara mi carga.

En nuestro segundo año de convivencia hubo menos romanticismo que en el primero, y empezamos a pelearnos. Ella terminó el máster, obtuvo un empleo horrible en el Departamento de Comercio y se convirtió en una persona muy desdichada. Y yo no estaba ciego.

Al cabo de cuatro años en la empresa, empezaron a hacernos veladas insinuaciones acerca de nuestras posibilidades de convertirnos en socios. Los numerosos asociados se reunieron y compararon las insinuaciones. Todos llegaron unánimemente a la conclusión de que yo estaba circulando por el carril rápido que conduce a la categoría de socio. Pero tuve que trabajar todavía más duro.

Claire ingresó en la Facultad de Medicina de Georgetown. Cansada de permanecer sentada en casa mirando la televisión, pensó que tenía tanta capacidad de enfrascarse en sus propios asuntos como yo en los míos.

Me pareció una idea maravillosa, pues me libraba de casi todo el sentimiento de culpa.

Se hizo el firme propósito de pasar más tiempo que yo fuera de casa, y de esa manera ambos fuimos deslizándonos hacia la estupidez de la obsesiva afición al trabajo. Dejamos de pelearnos y, sencillamente, nos distanciamos. Ella tenía sus amigos y sus intereses, y yo tenía los míos. Por suerte, no cometimos el error de reproducirnos.

Ojalá hubiera hecho las cosas de otra manera. Al principio estábamos enamorados, pero dejamos que el amor se nos escapara de las manos.

Al entrar en el apartamento a oscuras sentí necesidad de Claire por primera vez en muchos años. Cuando uno se ha enfrentado cara a cara con la muerte, necesita comentarlo. Necesita que lo necesiten, que lo acaricien, que alguien le diga que lo ama.

Me preparé un vodka con hielo y me senté en el sofá del estudio. Estaba furioso y enfurruñado porque me sentía solo.

De pronto, mis pensamientos se centraron en las seis horas que había pasado con Señor.

Dos vodkas más tarde oí las pisadas de Claire. Abrió la puerta y me llamó:

—Michael.

No dije una sola palabra, porque aún estaba furioso y enfurruñado. Entró en el estudio y se detuvo en seco al verme.

—¿Cómo te encuentras? —me preguntó con sincera preocupación.

—Muy bien —contesté en voz baja.

Dejó el bolso y el abrigo y se acercó al sofá, avasallándome con su estatura.

—¿Dónde estabas? —le pregunté.

—En el hospital.

—Claro. —Tomé un buen sorbo—. Mira, he tenido un día muy malo.

—Lo sé todo, Michael.

—¿De veras?

—Sí.

—Entonces ¿dónde demonios estabas?

—En el hospital.

—Un loco retuvo como rehenes a nueve de nosotros durante seis horas. Ocho familias acudieron allí porque estaban un poco preocupadas. Fuimos afortunados y escapamos, y a mí tuvo que acompañarme a casa mi secretaria.

—No pude ir.

—Pues claro que no pudiste. Qué desconsideración la mía.

Se sentó en una silla al lado del sofá. Nos miramos con expresión de furia.

—Nos obligaron a permanecer en el hospital —dijo fríamente—. Estábamos al corriente de la situación de los rehenes y sabíamos que cabía la posibilidad de que hubiera alguna baja. El procedimiento habitual cuando se produce una situación de este tipo es comunicarlo a los hospitales, y entonces todo el personal tiene que estar disponible.

Bebí otro trago mientras buscaba un comentario mordaz.

—En tu despacho no te habría servido de ayuda —añadió—. Estaba esperando en el hospital.

—¿Llamaste?

—Lo intenté. Las líneas estaban bloqueadas. Al final hablé con un policía, pero me colgó.

—De eso hace más de dos horas. ¿Dónde has estado desde entonces?

—En la sala de quirófano. Hemos perdido a un niño en una intervención. Lo había atropellado un coche.

—Lo lamento —dije—. No acertaba a comprender cómo podían los médicos enfrentarse con tanta muerte y tanto dolor. Yo solo había visto dos cadáveres en mi vida, y uno era el de Señor.

—Yo también lo lamento. —Se fue a la cocina y regresó con un vaso de vino.

Permanecimos un rato sentados en la penumbra. Como no estábamos acostumbrados a practicar la comunicación, no resultaba nada fácil.

—¿Quieres que hablemos de ello? —me preguntó.

—No. Ahora no.

Y era cierto. El alcohol se había mezclado con las pastillas y mi respiración era muy pesada. Pensé en Señor, en su calma y su tranquilidad a pesar de la pistola que empuñaba y de la dinamita que llevaba sujeta al vientre. Había permanecido impasible durante largos lapsos de silencio.

Lo que yo quería era silencio. Ya hablaría al día siguiente.

4

El efecto de las sustancias químicas me duró hasta las cuatro de la madrugada, hora en que desperté aspirando el áspero olor de los pegajosos fluidos cerebrales de Señor, que penetraban a oleadas en mi nariz. Viví un instante de terror en la oscuridad. Me froté la nariz y los ojos y di vueltas en el sofá hasta que oí que alguien se movía. Era Claire, que dormía a mi lado en un sillón.

—No pasa nada —susurró, rozándome el hombro—. Has tenido una pesadilla, eso es todo.

—¿Quieres traerme un poco de agua? —le pedí.

Se fue a la cocina y después nos pasamos una hora hablando. Le conté todo lo que podía recordar. Permaneció sentada muy cerca de mí, acariciándome la rodilla, sosteniendo el vaso de agua, escuchándome atentamente. Habíamos hablado muy poco en los últimos años.

Tenía que empezar su turno a las siete, por lo que nos preparamos el desayuno juntos. Consistía en gofres y beicon, y dimos cuenta de él en el mueble bar, delante de un pequeño televisor. El telediario de las seis empezó con el drama de los rehenes. Se mostraron planos del edificio durante el secuestro, la multitud congregada en el exterior y a algunos de mis compañeros de cautiverio saliendo precipitadamente cuando todo hubo acabado. Por lo menos uno de los helicópteros que habíamos escuchado pertenecía a la emisora, y su cámara había hecho un zoom para captar un buen plano de la ventana. A través de ella se había podido ver fugazmente a Señor, atisbando.

Se llamaba DeVon Hardy, tenía cuarenta y cinco años y era un veterano de Vietnam con un pequeño historial delictivo. Una fotografía policial correspondiente a una detención por robo aparecía en la pantalla detrás del presentador del telediario. No se parecía para nada a Señor: no llevaba barba ni gafas, y era mucho más joven. Lo describían como un mendigo con antecedentes de consumo de drogas. Se desconocía el motivo del secuestro. No se había presentado ningún miembro de su familia. No había ningún comentario por nuestra parte y la información ya no daba para más.

A continuación se habló del tiempo. Se esperaban fuertes nevadas a última hora de la tarde. Era el 12 de febrero y ya estaba todo preparado para la nieve.

Claire me acompañó en su coche al bufete, donde a las siete menos veinte no me sorprendió ver mi Lexus estacionado entre otros automóviles de importación. El aparcamiento nunca estaba vacío. Algunos de nuestros empleados dormían en el despacho.

Prometí llamarla a media mañana para ver si podíamos almorzar juntos en el hospital. Ella quería que me tomara las cosas con más calma, por lo menos durante uno o dos días.

Pero ¿qué iba a hacer? ¿Tenderme en el sofá y atiborrarme de pastillas? Al parecer, todos estaban de acuerdo en que necesitaba un día de descanso, tras el cual supongo que habría tenido que reanudar mis ocupaciones de firme.

Di los buenos días a los dos despabilados guardias de seguridad del vestíbulo. Tres de los cuatro ascensores estaban abiertos, y yo podía elegir el que quisiera. Entré en el que habíamos tomado Señor y yo, y de pronto todo adquirió un ritmo más lento.

Cien preguntas se agolparon en mi mente: ¿Por qué Señor había elegido precisamente nuestro bufete? ¿Dónde estaba momentos antes de entrar en el edificio? ¿Dónde estaban los guardias de seguridad que solían holgazanear en las inmediaciones de la entrada? ¿Por qué yo? Cientos de abogados entraban y salían a lo largo de todo el día. ¿Por qué la sexta planta?

Y ¿qué se proponía? No creía que DeVon Hardy se hubiera tomado la molestia de envolverse con explosivos y poner en peligro su vida, por muy humilde que esta fuera, para castigar por su falta de generosidad a un grupo de prósperos abogados. Podría haber encontrado gente más rica, e incluso más avariciosa.

Su pregunta acerca de quiénes eran los que hacían los desahucios había quedado sin respuesta, pero no tardaría en obtenerla.

El ascensor se detuvo y salí, esta vez sin nadie a mi espalda. A aquella hora madame Devier aún estaba durmiendo en su casa, y en la sexta planta imperaba el silencio. Me detuve delante de su escritorio y contemplé las dos puertas de la sala de juntas. Abrí muy despacio la más próxima, aquella ante la cual se encontraba Umstead cuando la bala pasó por encima de su cabeza y alcanzó la de Señor. Respiré hondo y encendí la luz.

No había ocurrido nada. La mesa de juntas y las sillas estaban perfectamente ordenadas. La alfombra oriental sobre la que había muerto Señor había sido sustituida por otra todavía más bonita. Una nueva mano de pintura cubría las paredes. Había desaparecido hasta el orificio de bala del techo por encima del lugar que ocupaba Rafter.

La víspera, los directivos de Drake & Sweeney se habían gastado una buena pasta para hacer ver que no había ocurrido ningún incidente. Era probable que durante el día la sala atrajese a algunos curiosos, pero, desde luego, allí no había nada que mirar, y aunque existía la posibilidad de que algunas personas descuidaran su trabajo un par de minutos, en nuestros impolutos despachos era impensable que hubiese el menor rastro de basura callejera.

Todo aquello era una tapadera, y comprendí con tristeza la razón que se ocultaba detrás de ella. Yo era un blanco rico.

¿Qué esperaba? ¿Un monumento? ¿Que los amigos de Señor me trajesen un gigantesco ramo de flores?

No sé qué esperaba, pero el olor a pintura reciente estaba mareándome.

Cada mañana, exactamente en el mismo lugar, me aguardaban el *Wall Street Journal* y el *Washington Post*. Antes conocía el nombre de la persona que los colocaba allí, pero lo había olvidado hacía tiempo. En la primera plana de la sección del área metropolitana del *Post*, debajo del pliegue de la página, figuraba la misma foto de la ficha policial de DeVon Hardy y un amplio reportaje acerca del secuestro de la víspera.

Lo leí rápidamente porque creía conocer más detalles que cualquier reportero, pero averigüé unas cuantas cosas; por ejemplo, que los palitos de color rojo no eran cartuchos de dinamita. Señor había tomado un par de mangos de escoba, los había serrado en trocitos, los había fijado con la siniestra cinta adhesiva plateada y nos había pegado un susto de muerte. El arma, robada, era una pistola automática de 44 milímetros.

Tratándose del *Post*, el reportaje se centraba más en DeVon Hardy que en sus víctimas, aunque en justicia, y para mi inmensa satisfacción, nadie de Drake & Sweeney había dicho una sola palabra.

Según un tal Mordecai Green, director del consultorio jurídico de la calle Catorce, DeVon Hardy había trabajado durante muchos años como portero del Jardín Botánico Nacional. Había perdido el empleo como consecuencia de un recorte presupuestario. Había cumplido una condena de varios meses en la cárcel por robo y después había regresado a la calle. Había luchado contra el alcohol y la droga y había sido detenido varias veces por hurto en comercios. El consultorio de Green lo había representado varias veces. En caso de que tuviera familia, su abogado lo ignoraba.

En cuanto al móvil, Green apenas podía decir nada. Señaló, sin embargo, que DeVon Hardy había sido desalojado recientemente de un viejo almacén que hasta entonces había ocupado de manera ilegal.

Un desahucio es un procedimiento legal del que se encargan los abogados, y yo tenía cierta idea de cuál de los miles de bufetes del distrito de Columbia había dejado a Señor en la calle.

El consultorio jurídico de la calle Catorce había sido fundado por una organización benéfica y, según Green, solo se dedicaba a los sin hogar. «Antes, cuando recibíamos una subvención del gobierno, teníamos siete abogados. Ahora solo hay dos», decía este.

Como era de esperar, el *Journal* no mencionaba para nada el suceso. Si uno de los nueve abogados del quinto bufete más importante del país hubiera resultado muerto o siquiera levemente herido, la noticia habría sido publicada en primera plana.

Menos mal que el reportaje no era más amplio.

Estaba en mi despacho leyendo los periódicos y tenía un montón de trabajo que hacer. Podría haber estado en el depósito de cadáveres junto con Señor.

Polly llegó cuando faltaban pocos minutos para las ocho, con una gran sonrisa y una bandeja de dulces caseros. No se sorprendió de verme en mi puesto.

De hecho, la mayoría de los nueve rehenes había fichado antes de la hora. Quedarse en casa con la mujer y recibir mimos habría sido una escandalosa muestra de debilidad.

—Arthur está al teléfono —anunció Polly.

En la casa había por lo menos diez Arthur, pero solo uno recorría los pasillos sin necesidad de apellido. Arthur Jacobs era el socio de más antigüedad, el ejecutivo máximo, la fuerza propulsora, un hombre al que todos admirábamos y respetábamos en grado sumo. Era el alma y el corazón de la casa. En los siete años que llevaba trabajando en el bufete yo solo había hablado con él tres veces.

43

Le dije que estaba bien. Me felicitó por mi valor y mi temple bajo la presión del secuestro y yo estuve a punto de sentirme un héroe. Lo más probable era que primero hubiera hablado con Malamud y ahora estuviese descendiendo por el escalafón. Así empezarían los relatos; después vendrían los chistes. Umstead y su jarrón de porcelana provocarían sin duda una enorme hilaridad.

Arthur quería reunirse con los ex rehenes a las diez en la sala de juntas para grabar en vídeo nuestras declaraciones.

—¿Por qué? —pregunté.

—Los muchachos del Departamento de Litigios lo consideran una buena idea —contestó con una voz tan afilada como una navaja a pesar de sus ochenta años—. Quizá el vagabundo, o su familia, que es lo mismo, se querelle con la policía.

—Claro —dije.

—Y seguramente nos nombrarán defensores a nosotros. La gente se querella por cualquier cosa, ¿sabe?

Gracias a Dios, me sentí tentado de decir. ¿Dónde estaríamos nosotros sin los juicios?

Le agradecí su interés y él colgó para llamar al siguiente rehén.

Antes de las nueve comenzó el incesante desfile de personas que me felicitaban y de chismosos que merodeaban por mi despacho, tan profundamente preocupados por mí como desesperadamente hambrientos de detalles. Yo tenía un montón de trabajo que hacer, pero no conseguía concentrarme. En los momentos de calma, entre visita y visita, contemplaba la pila de expedientes que requerían mi atención y me quedaba como atontado. Mis manos no se tendían para tomarlos.

Algo había cambiado en mí. El trabajo no era importante. Mi escritorio no era una cuestión de vida o muerte. Había visto la muerte, casi la había sentido, y era una ingenuidad por mi parte pensar que podía menospreciarla y recuperarme como si nada hubiese ocurrido.

Pensé en DeVon Hardy y en los palitos de color rojo con

sus cables multicolores. Se había pasado horas construyendo sus juguetes y planificando su asalto. Había robado una pistola, había encontrado nuestro bufete, había cometido un error fatal que le había costado la vida, y nadie, ni una sola de las personas con quienes yo trabajaba, se había compadecido de él.

Al final decidí irme. Cada vez venía más gente a verme y yo me veía obligado a charlar con personas a las que no soportaba. Llamaron dos reporteros. Le dije a Polly que tenía que hacer unos recados y ella me recordó mi reunión con Arthur. Me dirigí a mi coche, lo puse en marcha, encendí la calefacción y me pasé un buen rato sin saber si presentarme o no. En caso de que no lo hiciese, Arthur se molestaría. Nadie se perdía una reunión con él.

Me fui. No tenía por costumbre cometer estupideces. Estaba traumatizado. Necesitaba irme. Arthur y el resto del bufete tendrían que darme un respiro.

Seguí la dirección aproximada de Georgetown, pero sin dirigirme a ningún lugar concreto. El cielo estaba encapotado; la gente circulaba a toda prisa por las aceras; los equipos quitanieves ya se estaban preparando. En la calle M pasé junto a un mendigo y me pregunté si conocería a DeVon Hardy. ¿Adónde va la gente que vive en la calle cuando nieva?

Llamé a mi mujer y me dijeron que se pasaría varias horas en urgencias quirúrgicas. Adiós a nuestro romántico almuerzo en la cafetería del hospital.

Giré y tomé la dirección nordeste pasando por delante del Logan Circle para entrar en los barrios más marginales de la ciudad, hasta que encontré el consultorio jurídico de la calle Catorce con la calle Q Noroeste. Aparqué junto al bordillo, totalmente seguro de que jamás volvería a ver mi Lexus.

El consultorio ocupaba la mitad de una mansión victoriana de tres plantas que había conocido tiempos mejores, contigua a una mísera lavandería automática. Las ventanas del último piso estaban tapiadas con viejos tablones de madera. Las casas del crack no podían estar muy lejos.

Sobre la entrada había un vistoso toldo de color amarillo, y por un instante no supe si llamar o meterme sin más. La puerta no estaba cerrada; hice girar muy despacio el tirador y entré en otro mundo.

Era una especie de bufete de abogados, pero allí no había mármol y caoba como en Drake & Sweeney. En la espaciosa sala que tenía delante vi cuatro escritorios de metal, cada uno de ellos cubierto con una agobiante colección de carpetas de al menos treinta centímetros de altura. Otras carpetas estaban colocadas al azar sobre la raída alfombra, alrededor de los escritorios. Las papeleras estaban llenas y varias resmas de papel tamaño folio aparecían desparramadas por el suelo. Una pared estaba cubierta por varios archivadores de distintos colores. Los procesadores de textos y los teléfonos tenían por lo menos diez años de antigüedad. Las estanterías de libros estaban combadas. En la pared del fondo colgaba torcida una enorme y descolorida fotografía de Martin Luther King. La estancia se abría a varios despachos más pequeños.

Aquel ajetreado y polvoriento lugar me fascinó.

Una hispana con cara de pocos amigos dejó de teclear en la máquina de escribir tras estudiarme por un instante.

—¿Busca a alguien? —me preguntó.

Más que una pregunta era un desafío. Cualquier recepcionista de Drake & Sweeney habría sido despedida en el acto por semejante manera de saludar.

Según la placa clavada con tachuelas a la parte lateral de su escritorio se llamaba Sofía Mendoza, y muy pronto averiguaría que era algo más que una simple recepcionista. De uno de los despachos surgió un rugido que me hizo dar un respingo pero no consiguió inmutar a Sofía.

—Busco a Mordecai Green —contesté cortésmente, y al instante este salió de su despacho siguiendo la estela de su rugido y entró en la sala principal. El suelo vibraba con cada uno de sus pasos. Estaba llamando desde el otro extremo de la estancia a un tal Abraham.

Sofía lo saludó con un gesto, se olvidó de mí y reanudó su trabajo. Green era un negro gigantesco, de más de un metro noventa de estatura y peso considerable. Tenía cincuenta y tantos años, lucía barba gris y llevaba gafas redondas con montura de color rojo. Me echó un vistazo sin decir nada, volvió a llamar a Abraham y cruzó la estancia haciendo crujir el suelo bajo sus pies. Entró en un despacho, del que emergió a los pocos segundos sin Abraham. Me echó otro vistazo y a continuación me preguntó:

—¿En qué puedo servirle?

Me acerqué y me presenté.

—Encantado de conocerle —dijo, pero solo como un cumplido—. ¿Qué le trae por aquí?

—DeVon Hardy —contesté.

Me miró durante unos segundos y desvió la mirada hacia Sofía, que seguía concentrada en lo que estuviese haciendo. Me señaló con la cabeza su despacho y lo seguí a una habitación de cuatro metros por cuatro sin ventanas y con todos los centímetros cuadrados de suelo disponible cubiertos de carpetas de cartulina y manoseados textos jurídicos.

Le entregué mi tarjeta de Drake & Sweeney con las letras doradas grabadas en relieve y él la estudió ceñudo. Después me la devolvió diciendo:

—Viene a divertirse a los barrios bajos, ¿eh?

—No —contesté, tomando la tarjeta.

—¿Qué quiere?

—Vengo en son de paz. La bala que acabó con el señor Hardy estuvo a punto de alcanzarme.

—¿Se encontraba usted en la habitación con él?

—Sí.

Respiró hondo y suavizó la expresión. Me indicó la única silla que tenía al lado.

—Tome asiento. Pero puede que se manche.

Ambos nos sentamos. Yo rozaba su escritorio con las rodillas y tenía las manos metidas en los bolsillos del abrigo. Un radiador vibraba ruidosamente detrás de él. Nos miramos por un segundo. Yo era el visitante, tenía que decir algo. Pero él fue el primero en hablar.

—Supongo que pasó un mal día, ¿verdad? —me dijo con un ronco susurro casi compasivo.

—No tanto como Hardy. Vi su nombre en el periódico, por eso he venido.

—No sé muy bien qué es lo que tengo que hacer.

—¿Cree usted que la familia presentará una querella? En caso afirmativo, quizá sea mejor que me vaya.

—No hay familia, de modo que no puede haber juicio. Yo podría dar un poco de guerra. Supongo que el agente que le disparó es blanco. Podría arrancarle unos cuantos dólares al ayuntamiento y, probablemente, llegar a un acuerdo de compensación por daños y perjuicios. Pero esa no es la idea que tengo de la diversión. —Señaló con la mano su escritorio—. Bien sabe Dios el trabajo que tengo.

—Yo no vi a ningún agente —dije, reparando por primera vez en ello.

—No se preocupe por el juicio. ¿Es por eso por lo que ha venido?

—No sé por qué he venido. Esta mañana fui a mi despacho como si nada hubiera ocurrido, pero no podía pensar. Decidí dar una vuelta en mi coche. Y aquí estoy.

Sacudió lentamente la cabeza, como si estuviera tratando de comprenderlo.

—¿Le apetece un café?

—No, gracias —contesté—. Usted conocía muy bien al señor Hardy.

—Sí, DeVon era un habitual de la casa.

—¿Dónde está ahora?

—Probablemente en el depósito de cadáveres del Hospital General del distrito de Columbia.

—Si no tiene familia, ¿qué le ocurrirá?

—El ayuntamiento se encarga de enterrar a las personas cuyos cadáveres nadie reclama. Cerca del estadio Robert F. Kennedy hay un cementerio adonde van a parar todos. Se quedaría usted asombrado de la cantidad de gente que muere sin que nadie la reclame.

—No me cabe la menor duda.

—En realidad, se sorprendería de todos los aspectos de la vida de los indigentes.

Era una ligera pulla, pero yo no estaba de humor para pelear.

—¿Sabe usted si tenía sida?

Echó la cabeza hacia atrás, miró al techo y, tras reflexionar unos segundos, preguntó:

—¿Por qué?

—Yo estaba detrás de él. Le volaron la parte posterior de la cabeza. Quedé con la cara cubierta de sangre. Lo pregunto solo por eso.

Con esas palabras pasé de ser un chico malo a no ser más que un blanco vulgar y corriente.

—No creo que tuviera el sida.

—¿Les hacen análisis cuando se mueren?

—¿A los indigentes?

—Sí.

—Por regla general, sí. Aunque DeVon murió de otra manera.

—¿Podría usted averiguarlo?

Se encogió de hombros y su semblante se suavizó un poco más.

—Pues claro —contestó a regañadientes al tiempo que sacaba una pluma del bolsillo—. ¿Es por eso por lo que ha venido? ¿Está preocupado por el sida?

—Creo que ese es uno de los motivos. ¿Usted no lo estaría?

—Pues claro.

Entró Abraham, un hombrecillo hiperactivo de unos cuarenta años que llevaba escrita en toda su persona su condición de abogado de las causas sociales. Judío, barba oscura, gafas de montura de concha, chaqueta raída, arrugados pantalones color caqui, mocasines sucios y la imponente aureola propia de alguien que pretende salvar el mundo.

No me prestó la menor atención, y Green no era muy aficionado a las buenas maneras.

—Predicen una tonelada de nieve —le dijo Green—. Tenemos que asegurarnos de que estén abiertos todos los albergues.

—Estoy en ello —repuso Abraham, y se marchó.

—Ya sé que está usted muy ocupado —dije.

—¿Es eso lo único que quería? ¿Un análisis de sangre?

—Sí, supongo que sí. ¿Tiene alguna idea de por qué razón lo hizo?

Se quitó las gafas, se las limpió con un pañuelo de papel y se frotó los ojos.

—Estaba mentalmente enfermo, como muchas de estas personas. Cuando uno se pasa años en la calle, se emborracha con vino barato, se coloca con crack, duerme en medio del frío y recibe puntapiés de la policía y de los gamberros, se vuelve loco. Además, tenía un motivo.

—El desahucio.

—Sí. Hace unos meses se instaló en un almacén abandonado, en la esquina de New York y Florida. Alguien colocó unos tabiques de madera, dividió el edificio e hizo unos pequeños apartamentos. No era un mal sitio; un techo, unos lavabos, agua corriente, y todo por cien dólares al mes que había que pagar al ex rufián que arregló el edificio y alegaba ser el propietario.

—¿Lo era?

—Creo que sí. —Green sacó una delgada carpeta de las muchas que se amontonaban sobre su escritorio y, milagrosamente, resultó ser la que buscaba—. Aquí la cosa se complica. El mes pasado el edificio fue adquirido por una empresa llamada RiverOaks, muy importante en el sector inmobiliario.

—¿Y RiverOaks los desahució a todos?

—Sí.

—En tal caso, lo más probable es que RiverOaks estuviera representada por mi bufete.

—Es lo más probable, en efecto.

—¿Y por qué se complica la cosa?

—He oído decir que no les notificaron el desahucio con antelación. Esa gente dice que pagaba el alquiler al rufián, en cuyo caso eran algo más que okupas. Se trataba de inquilinos y, como tales, tenían derecho a que se siguiera el procedimiento habitual.

—¿A los ocupantes ilegales no se les notifica nada por adelantado?

—No. Y es algo que ocurre constantemente. La gente que vive en la calle se instala en un edificio abandonado y la mayor parte de las veces no ocurre nada. Y entonces se creen que son los dueños. El propietario, en caso de que aparezca, puede echarlos sin previo aviso. No tienen ninguna clase de derechos.

—¿Cómo localizó DeVon Hardy nuestra empresa?

—Cualquiera sabe. Aunque no tenía un pelo de tonto. Puede que estuviese loco, pero no era tonto.

—¿Conoce usted al rufián?

—Sí. No es de fiar.

—¿Dónde está el almacén?

—Desapareció. La semana pasada lo derribaron.

Ya le había robado suficiente tiempo. Miró su reloj, yo eché un vistazo al mío. Nos intercambiamos nuestros números de teléfono y prometimos mantenernos en contacto.

Mordecai Green era un hombre cordial y compasivo que trabajaba en las calles, protegiendo a un sinfín de clientes anónimos. Sus opiniones acerca de la ley exigían unos sentimientos mucho más profundos que los míos.

Al salir no hice el menor caso a Sofía, porque ella tampoco me lo hizo a mí. Mi Lexus aún estaba aparcado junto al bordillo, ya cubierto por tres centímetros de nieve.

5

Vagué por la ciudad mientras nevaba. No recordaba cuándo había sido la última vez que había conducido sin rumbo por las calles del distrito de Columbia sin llegar tarde a una reunión. Estaba calentito y abrigado en el interior de mi majestuoso automóvil de lujo y me limitaba a seguir el tráfico.

No me convenía aparecer por el despacho durante un buen rato, pues Arthur debía de estar furioso conmigo, y tendría que aguantar una serie interminable de visitas, que empezarían, todas ellas, con un hipócrita «¿Cómo estás?».

Sonó el teléfono del coche. Era Polly.

—¿Dónde se ha metido? —me preguntó aterrorizada.

—¿Quién quiere saberlo?

—Un montón de gente. Arthur, para empezar. Rudolph. También ha llamado otro reportero. Algunos clientes que necesitan hacer unas consultas. Y ha telefoneado Claire desde el hospital.

—¿Qué quiere?

—Está preocupada, como todo el mundo.

—Me encuentro bien, Polly. Dígales a todos que estoy en el consultorio del médico.

—¿Está en el consultorio?

—No, pero podría estarlo. ¿Qué ha dicho Arthur?

—No ha llamado. El que ha llamado ha sido Rudolph. Están esperándolo.

—Pues que esperen.

Tras una pausa, Polly preguntó, muy despacio:

—¿Cuándo pasará por aquí?

—No lo sé. Cuando el médico me suelte, supongo. ¿Por qué no se va a casa? Estamos en plena tormenta. La llamaré mañana.

Y colgué.

El apartamento era un lugar que raras veces había visto a la luz del día. No podía soportar la idea de permanecer sentado junto al fuego viendo nevar. Si decidía ir a un bar, lo más probable era que no saliese de él.

Seguí circulando. Me dejé llevar por el tráfico mientras los que viajaban a diario desde los estados limítrofes a su lugar de trabajo iniciaban su precipitado regreso a los suburbios de Maryland y Virginia y yo recorría las calles semivacías, de vuelta a la ciudad. Encontré el cementerio que había cerca del estadio RFK donde enterraban a las personas a las que nadie reclamaba, pasé por delante de la misión metodista de la Diecisiete, de donde había salido la cena de la víspera que nadie había comido. Recorrí zonas de la ciudad a las que nunca me había acercado y probablemente jamás volvería a ver.

A las cuatro, la ciudad estaba desierta. El cielo estaba cada vez más oscuro y seguía nevando. El suelo ya aparecía cubierto por una capa de más de diez centímetros y se preveían nevadas todavía más intensas.

Pero ni siquiera una nevada es capaz de cerrar las puertas de Drake & Sweeney. Conocía a muchos abogados a quienes la medianoche y los domingos les encantaban porque no sonaba el teléfono. Una nevada intensa era un agradable descanso de las incesantes reuniones y convocatorias de juntas.

Un guardia de seguridad del vestíbulo me informó de que las secretarias y buena parte del personal habían sido enviados a casa a las tres. Volví a tomar el ascensor de Señor.

En el centro de mi escritorio vi una docena de rosados mensajes telefónicos dispuestos en impecable hilera; ninguno de ellos me interesaba. Me senté delante del ordenador y empecé a examinar nuestra lista de clientes.

RiverOaks era una empresa de Delaware constituida en 1977, con sede central en Hagerstown, Maryland. Por ser de propiedad privada, la información económica que se disponía de ella era muy escasa. Su abogado se llamaba N. Braden Chance, un nombre desconocido para mí.

Lo busqué en nuestra inmensa base de datos. Chance era un socio de nuestro Departamento Inmobiliario, ubicado en algún lugar del cuarto piso. Cuarenta y cuatro años, casado, licenciado en derecho por la Universidad de Duke, estudios de posgrado en Gettysburg; un currículum impresionante, pero totalmente previsible. Con sus ochocientos abogados que amenazaban y se querellaban a diario, nuestra firma tenía más de treinta y seis mil archivos abiertos. Para asegurarnos de que nuestra filial de Nueva York no demandara a uno de nuestros clientes de Chicago, cada nuevo archivo se introducía de inmediato en nuestra base de datos. Cada abogado, secretaria y auxiliar de Drake & Sweeney tenía un ordenador y, por consiguiente, acceso inmediato a la información general acerca de todos nuestros archivos. Si uno de nuestros abogados de Palm Beach se encargaba de las propiedades de un acaudalado cliente, yo podía, si me hubiera interesado hacerlo, pulsar unas cuantas teclas y averiguar los datos esenciales de nuestra representación.

Había cuarenta y dos archivos sobre RiverOaks, casi todos correspondientes a transacciones inmobiliarias en las que la empresa había adquirido inmuebles. Chance figuraba como abogado en todos los archivos. Cuatro de ellos se referían a desahucios, tres de los cuales se habían producido el año anterior. La primera fase de la investigación fue muy sencilla.

El 31 de enero RiverOaks había adquirido el inmueble de Florida Avenue. El vendedor era TAG, Inc. El 4 de febrero nuestro cliente había desalojado a varios okupas de un almacén abandonado ubicado en el inmueble; uno de ellos, el señor DeVon Hardy, se lo había tomado muy mal y había localizado a los abogados. Anoté el nombre y el número del archivo y me dirigí al cuarto piso.

Nadie se incorporaba a una importante firma jurídica con el propósito de convertirse en abogado especialista en inmuebles. Había campos mucho más brillantes para crearse una sólida reputación. La litigación era el preferido, y los abogados que se dedicaban a ella seguían siendo los más respetados, al menos en nuestro bufete. El derecho mercantil atraía a los talentos privilegiados; las fusiones y las adquisiciones seguían estando en el candelero y los seguros eran uno de los campos tradicionalmente más atractivos. Mi campo, el de antimonopolios, estaba muy bien considerado. El derecho tributario era tremendamente complicado, pero quienes lo practicaban gozaban de la admiración de todos. Las relaciones gubernamentales (los grupos de presión) eran repugnantes, pero resultaban tan rentables que todos los bufetes jurídicos del distrito de Columbia disponían de ejércitos enteros de abogados que engrasaban los carriles.

Pero nadie se proponía convertirse en abogado inmobiliario. Yo ni siquiera sabía cómo se hacía. Se mantenían aislados, leyendo sin duda la letra pequeña de los documentos de las hipotecas, y el resto de la firma los trataba como abogados de categoría ligeramente inferior a la de los demás.

En Drake & Sweeney cada abogado guardaba en su despacho los expedientes en que estaba trabajando, a menudo bajo llave. Solo los que correspondían a asuntos terminados eran accesibles al resto de la firma. Ningún abogado podía ser obligado a mostrar un expediente a otro abogado a menos que se lo exigiera un socio de mayor antigüedad o un miembro de la junta directiva.

El archivo de desahucio que yo quería aún constaba como abierto y, después del episodio de Señor, no me cabía la menor duda de que estaría protegido.

Observé que un auxiliar examinaba unos planos en un escritorio junto a la secretaría y le pregunté dónde estaba el despacho de Braden Chance. Me indicó una puerta abierta al otro lado del pasillo.

Para mi asombro, vi a Chance sentado detrás de su mesa de trabajo, dando toda la impresión de ser un abogado muy ocupado. Le molestó mi inesperada presencia allí, y con razón. El protocolo exigía que yo lo hubiese llamado primero y concertado una cita, pero a mí me importaba un bledo el protocolo.

Aunque no me ofreció que me sentara, lo hice de todos modos, lo que no contribuyó precisamente a mejorar su estado de ánimo.

—Usted fue uno de los rehenes —dijo irritado cuando estableció la conexión.

—Pues sí.

—Debió de ser horrible.

—Todo ha terminado. El hombre de la pistola, el difunto señor Hardy, fue desalojado de un almacén el 4 de febrero. ¿Fue uno de nuestros desahucios?

—Sí —contestó ásperamente. Su actitud defensiva me hizo comprender que el expediente ya había sido examinado. Seguramente lo había revisado a conciencia con Arthur y la plana mayor—. ¿Y qué?

—¿Era un okupa?

—Vaya si lo era. Todos lo son. Nuestro cliente está intentando terminar con todo este jaleo.

—Pero ¿está seguro de que era un okupa?

Bajó la cabeza y se le inyectaron los ojos en sangre. Después respiró hondo.

—¿Qué pretende?

—¿Puedo ver el expediente?

—No. No es asunto de su incumbencia.

—Puede que lo sea.

—¿Quién es su socio supervisor? —Echó mano de la pluma, sin duda para anotar el nombre de la persona que tendría que pegarme una bronca.

—Rudolph Mayes.

Lo anotó en grandes trazos.

—Estoy muy ocupado —dijo—. ¿Quiere usted retirarse, por favor?

—¿Por qué no puedo ver el expediente?

—Porque es mío y he dicho que no. ¿Le parece razón suficiente?

—Puede que no lo sea.

—Tendrá que serlo. ¿Por qué no se retira?

Se levantó y me señaló la puerta con mano temblorosa. Lo miré sonriendo y me marché.

El auxiliar lo había oído todo, e intercambiamos una mirada de perplejidad cuando pasé por delante de su escritorio.

—Menudo imbécil —masculló, casi sin mover los labios.

Volví a sonreír y asentí con la cabeza. Imbécil y necio. Si Chance hubiese sido amable y me hubiera dicho que Arthur o algún otro pez gordo de arriba había ordenado el cierre del expediente, yo no habría sospechado nada, pero estaba claro que en aquel expediente había algo.

Averiguarlo sería un reto.

Con todos los teléfonos móviles que teníamos Claire y yo —en el bolsillo, el bolso, el coche, por no hablar de los dos buscas— la comunicación debería haber sido muy sencilla, pero nada era sencillo en nuestro matrimonio. Establecimos comunicación sobre las nueve. Estaba cansada porque había tenido uno de sus días, inevitablemente más agotadores que cualquiera de los míos. Jugábamos desvergonzadamente a ver cuál de los dos tenía un trabajo más importante.

Sin embargo, yo ya estaba cansándome de los juegos. Adiviné que se alegraba de que mi encuentro con la muerte me hubiera producido un sobresalto retardado y de que hubiese abandonado mi despacho para ir a vagar por las calles. Su jornada habría sido sin duda mucho más fructífera que la mía.

Su objetivo era convertirse en la más destacada neurocirujana del país, una a la que hasta los varones tuviesen que recurrir cuando ya se hubiera perdido toda esperanza. Había sido una alumna brillante dotada de una fuerza de voluntad y una resistencia enormes. Enterraría a los hombres tal como poco a poco estaba enterrándome a mí, un curtido maratoniano de Drake & Sweeney. La carrera ya estaba durando demasiado.

Conducía un Miata deportivo, y con aquel tiempo tan malo yo empezaba a sentirme preocupado por su seguridad, ya que el coche no tenía tracción en las cuatro ruedas. Tardaría una hora en estar lista y yo tardaría lo mismo en llegar al hospital de Georgetown. La recogería allí y después buscaríamos un restaurante. En caso de que no lo encontráramos, compraríamos comida china para llevar, como ya era habitual.

Empecé a arreglar los papeles y objetos de mi escritorio, procurando no prestar la menor atención a la pulcra hilera de mis diez expedientes más importantes. Solo tenía diez encima de la mesa, un método que había aprendido de Rudolph, y cada día dedicaba un rato a cada uno de ellos. Las tarifas horarias eran un factor a considerar. Mis diez expedientes más importantes incluían a los clientes más ricos, independientemente de lo urgentes que fueran sus problemas legales. Otro truco de Rudolph.

Tenía que facturar dos mil quinientas horas al año. Es decir, cincuenta horas a la semana, cincuenta semanas al año. Mi tarifa media era de trescientos dólares la hora, lo cual significaba que le reportaría a mi amada empresa unos ingresos brutos de setecientos cincuenta mil dólares, de los que me pagaban ciento veinte mil dólares más otros treinta mil de beneficios y una asignación de doscientos mil dólares por gastos generales. Los socios se quedaban con el resto, dividido anualmente mediante una fórmula tremendamente complicada que por regla general daba lugar a encarnizadas batallas.

Habría sido insólito que uno de los socios ganara menos de un millón de dólares anuales, y algunos superaban los dos millones. Cuando yo accediese a la categoría de socio, lo sería de por vida. Por lo tanto, si era capaz de conseguirlo a los treinta y cinco años, lo que solía ocurrir cuando se circulaba, como yo, por el carril rápido, podía esperar treinta años de cuantiosas ganancias e inmensa riqueza. Este era el sueño que nos mantenía a todos clavados junto a nuestros escritorios a todas horas del día y de la noche.

Estaba garabateando aquellas cifras, cosa que hacía constantemente y que, sospecho, hacían también los restantes abogados de la firma, cuando sonó el teléfono. Era Mordecai Green.

—Señor Brock —me dijo cortésmente con una voz muy clara que, sin embargo, estaba compitiendo con un estruendoso sonido de fondo.

—Sí. Por favor, llámeme Michael.

—Muy bien. Mire, he efectuado algunas llamadas y no tiene usted que preocuparse. El análisis de sangre ha dado negativo.

—Gracias.

—Faltaría más. He pensado que le interesaría saberlo cuanto antes.

—Gracias —repetí mientras el barullo se intensificaba—. ¿Dónde está usted?

—En un albergue para gente sin hogar. Las grandes nevadas los congregan aquí con tanta rapidez que no damos abasto para darles de comer, de modo que tenemos que estar todos bregando. He de dejarle.

El escritorio era de vieja madera de caoba; la alfombra, persa; los sillones, de lujoso cuero color carmesí; la tecnología era de lo más avanzado. Mientras contemplaba mi despacho exquisitamente equipado, me pregunté, por primera vez en los muchos años que llevaba allí, cuánto debía de costar todo aquello. ¿Estaríamos, sencillamente, persiguiendo el dinero? ¿Por qué trabajábamos tanto? ¿Para comprarnos una alfombra más cara, un escritorio más antiguo?

Allí, en medio del calor y de la comodidad de mi preciosa estancia, pensé en Mordecai Green, que en aquel momento estaba dedicando voluntariamente su tiempo a un bullicioso albergue para gente sin hogar, dando de comer a los que se morían de frío y de hambre, sin duda con una sonrisa cordial y una palabra amable.

Ambos habíamos estudiado derecho, ambos pertenecíamos al Colegio de Abogados, ambos éramos versados en la jerga jurídica. Éramos parientes hasta cierto punto. Yo ayudaba a mis clientes a devorar a sus competidores para que pudieran añadir más ceros a su cifra final de beneficios y, a cambio de todo eso, me haría rico. Él ayudaba a sus clientes a comer y a tener una cama caliente.

Estudié las anotaciones de mi cuaderno…, las ganancias, los años y el camino hacia la riqueza, y me entristecí. Qué codicia tan descarada e insolente.

El timbre del teléfono me sobresaltó.

—¿Por qué estás en el despacho? —me preguntó Claire, pronunciando cada palabra muy despacio, como si estuvieran cubiertas de nieve.

Consulté mi reloj con incredulidad.

—Bueno, es que… me ha llamado un cliente de la costa Oeste. Allí no nieva.

Creo que era una mentira que ya había usado otras veces. No importaba.

—Estoy esperando, Michael —dijo—. ¿Quieres que vaya a pie?

—No. Estaré ahí tan rápido como pueda.

La había hecho esperar otras veces. Formaba parte del juego: estábamos demasiado ocupados para ser puntuales.

Salí corriendo del edificio en medio de la nevada, sin lamentar demasiado que, una vez más, se nos hubiera estropeado la noche.

6

Finalmente, dejó de nevar. Claire y yo tomamos nuestro café junto a la ventana de la cocina, leyendo el periódico a la luz de un radiante sol matutino. Habían conseguido mantener abierto el aeropuerto.

—Vámonos a Florida —propuse—. Ahora.

Bajó el periódico y me dirigió una mirada significativa.

—¿A Florida?

—Pues a las Bahamas. Podríamos estar allí a primera hora de la tarde.

—Imposible.

—No. Por unos días no iré a trabajar y…

—¿Por qué?

—Porque me estoy viniendo abajo y, en nuestra casa, cuando te vienes abajo, te conceden unos días de descanso.

—De modo que te estás viniendo abajo.

—Lo sé, pero en realidad tiene su parte positiva. La gente no te agobia, te trata con guantes de terciopelo, te besa el culo…

—No puedo —dijo con voz tensa.

Y ahí terminó todo. Lo mío era un capricho, y sabía que ella tenía demasiadas obligaciones. Era una crueldad, pensé mientras reanudaba la lectura del periódico, pero no me lo tomé a mal. Ella no habría ido conmigo en ninguna circunstancia.

Le entró prisa de repente: citas, clases, visitas a los enfermos de las salas, la ajetreada vida de una joven y ambiciosa cirujana. Se duchó, se vistió y se dispuso a salir. La llevé en mi coche al hospital. No dijimos nada mientras circulábamos a paso de tortuga por las calles cubiertas de nieve.

—Me voy a Memphis un par de días —anuncié en tono distraído cuando llegamos a la entrada del hospital de la Reservoir Street.

—Muy bien —repuso sin aparentar reacción alguna.

—Necesito ver a mis padres. Ha pasado casi un año desde la última vez. Creo que este es un buen momento. No me gusta mucho la nieve y no estoy de humor para trabajar. Me estoy viniendo abajo, ya sabes.

—De acuerdo; llámame —dijo al tiempo que abría la portezuela. Después la cerró... sin un beso ni un adiós ni la menor muestra de interés.

La vi correr por la acera y desaparecer en el interior del edificio.

Todo había terminado. Y lamentaba tener que decírselo a mi madre.

Mis padres tenían poco más de sesenta años, ambos estaban sanos y procuraban disfrutar valerosamente de su obligado retiro.

Papá había sido piloto de aviación durante treinta años. Mamá había sido directora de un banco. Habían trabajado de firme, habían ahorrado un montón de dinero y nos habían proporcionado un próspero hogar de clase media alta. Mis dos hermanos y yo habíamos estudiado en los mejores colegios privados.

Eran personas sólidas, conservadoras, patrióticas, sin vicios y tenazmente entregadas la una a la otra. Iban a la iglesia los domingos, presenciaban el desfile del Cuatro de Julio, acudían una vez a la semana al Rotary Club y viajaban cuando les apetecía.

Aún seguían lamentando el hecho de que tres años atrás mi hermano Warner se hubiese divorciado. Warner ejercía de abogado en Atlanta y se había casado con su novia de la universidad, una chica de una familia de Memphis conocida de la nuestra. Después de dos hijos, el matrimonio se había desmoronado. Su mujer había obtenido la custodia y se había ido a vivir a Portland. Mis padres veían a sus nietos una vez al año si todo iba bien. Era un tema que yo jamás mencionaba.

Alquilé un automóvil en el aeropuerto de Memphis y me dirigí a las vastas afueras del este, donde vivían los blancos. Los negros ocupaban la ciudad; los blancos, las afueras. A veces, los negros se trasladaban a las afueras, y entonces los blancos se trasladaban a otras un poco más lejanas. Memphis crecía hacia el este y las razas huían las unas de las otras.

Mis padres vivían en un campo de golf, en una casa nueva de cristal proyectada de tal forma que todas las ventanas dieran a una calle del campo. Yo aborrecía la casa porque en las calles siempre había gente, pero me guardaba mucho de expresar mis opiniones.

Había llamado desde el aeropuerto y, por consiguiente, cuando llegué mi madre estaba esperándome emocionada. Papá estaba en el hoyo nueve.

—Pareces cansado —me dijo mi madre tras un beso y un abrazo, su saludo habitual.

—Gracias, mamá. Estás estupenda.

Y era verdad. Esbelta y bronceada gracias a sus partidos diarios de tenis y sus sesiones de bronceado en el club de campo.

Preparó té helado y nos lo bebimos en el patio, donde contemplamos a otros jubilados bajar por la calle con sus carritos de golf.

—¿Qué ocurre? —me preguntó antes de que transcurriera un minuto, sin darme tiempo a tomar el primer sorbo.

—Nada. Estoy bien.

—¿Dónde está Claire? Nunca nos llamáis. Llevo dos meses sin oír su voz.

—Claire se encuentra bien, mamá. Los dos estamos vivos y sanos y trabajamos mucho.

—¿Pasáis el suficiente tiempo juntos?

—No.

—¿Pasáis algún rato juntos?

—No demasiados.

Frunció el entrecejo y puso los ojos en blanco en gesto de maternal preocupación.

—¿Tenéis algún problema? —preguntó.

—Sí.

—Lo sabía. Lo sabía. Cuando telefoneaste adiviné que algo ocurría por el tono de tu voz. Espero que no hayáis pensado también en el divorcio. ¿Habéis probado a consultar con un asesor?

—No. Cálmate.

—Entonces ¿por qué no lo hacéis? Ella es una persona maravillosa, Michael. Dale al matrimonio todo lo que tengas.

—Estamos intentándolo, mamá, pero es difícil.

—¿Aventuras extraconyugales? ¿Drogas? ¿Alcohol? ¿Juego? ¿Alguna de las habituales cosas malas?

—No; sencillamente dos personas que van cada una por su lado. Yo trabajo ochenta horas a la semana, y ella las otras ochenta.

—Pues entonces tomáoslo con más calma. El dinero no lo es todo.

Se le quebró un poco la voz y observé que se le humedecían los ojos.

—Perdona, mamá. Menos mal que no tenemos hijos…

Se mordió el labio inferior y trató de aparentar fortaleza, pero era evidente que estaba desconsolada. Yo sabía exactamente en qué estaba pensando: sus dos hijos habían fracasado. Se tomaría mi divorcio como un fallo personal, tal como le había ocurrido con el de mi hermano, y encontraría la manera de echarse la culpa.

No quería que me compadecieran. Para cambiar a un tema más interesante, le conté la historia de Señor y, para que no sufriera, quité importancia al peligro que había corrido. Si la noticia había llegado a Memphis, mis padres no se habían enterado.

—¿Cómo estás? —me preguntó horrorizada.

—Estoy bien. La bala no me alcanzó, como puedes ver.

—Gracias a Dios. Quería decir si te encuentras bien anímicamente.

—Sí, mamá, estoy entero. No se me ha roto nada. La firma quería que me tomara un par de días libres y he venido a veros.

—Pobrecito mío. Lo de Claire y ahora esto.

—Estoy bien. Anoche tuvimos una nevada impresionante y era un buen momento para irme.

—¿Claire está segura?

—Tan segura como cualquier otra persona de Washington. Vive en el hospital, probablemente el lugar más adecuado para vivir en aquella ciudad.

—Me preocupo mucho por vosotros. Leo las estadísticas de criminalidad, ¿sabes? Es una ciudad muy peligrosa.

—Casi tanto como Memphis.

Vimos aterrizar una pelota cerca del jardín y esperé a que apareciera su propietario. Una rolliza dama bajó de un carrito de golf, se acercó a ella y, tras vacilar un segundo, le dio un fuerte puntapié hacia la derecha.

No sé cuál de mis progenitores sufrió más profundamente los efectos de mi visita. Mi madre quería familias fuertes con muchos nietos. Mi padre quería que sus hijos ascendieran muy rápido en la escala social y disfrutaran de los beneficios de un éxito duramente alcanzado.

A última hora de la tarde mi padre y yo hicimos nueve hoyos. Jugaba él; yo bebía cerveza y empujaba el carrito. El golf aún no había conseguido seducirme. Después de dos cervezas, estuve en condiciones de hablar. Había vuelto a contar la historia de Señor durante el almuerzo y, por consiguiente, mi padre pensaba que sencillamente me había tomado un par de días de descanso para recuperarme del susto antes de regresar como una fiera al trabajo.

—Estoy empezando a cansarme de la gran empresa, papá —dije mientras permanecíamos sentados junto al tercer punto de salida, a la espera de que terminara de jugar la pareja que nos precedía.

Me sentía nervioso, y eso me irritaba. Era mi vida, no la de mi padre.

—¿Y eso qué significa? —inquirió.

—Significa que me he cansado de lo que estoy haciendo.

—Bienvenido al mundo real. ¿Crees que el tío que trabaja con la taladradora no se cansa de lo que está haciendo? Tú, al menos, te estás haciendo rico.

Ganó el primer asalto casi por KO. Dos hoyos después, mientras caminábamos por la zona de matojos buscando su pelota, me preguntó:

—¿Vas a cambiar de trabajo?

—Estoy pensando en ello.

—¿Adónde irás?

—No lo sé. Es muy pronto todavía. Aún no he buscado nada.

—Pues entonces ¿cómo sabes que los pastos que encontrarás serán más verdes?

Recogió su pelota y se alejó.

Yo conduje solo el carrito por el estrecho camino adoquinado mientras él avanzaba por la calle en pos de su pelota, preguntándome por qué razón aquel hombre de cabello canoso me infundía tanto miedo. Había encauzado a sus hijos de tal forma que se impusieran unos objetivos, trabajaran de firme, se esforzaran por convertirse en hombres importantes, todo ello con el propósito de ganar dinero a espuertas y vivir el sueño americano. Y no cabía duda de que había pagado todo lo necesario para que así fuera.

Al igual que mis hermanos, yo no había nacido con sensibilidad social. Dábamos dinero a la iglesia porque la Biblia invita a hacerlo. Pagábamos impuestos al gobierno porque la ley así lo exige. No nos cabía la menor duda de que con todas aquellas ofrendas se haría alguna cosa buena y nosotros tendríamos parte de responsabilidad en ello. La política pertenecía a los que estaban dispuestos a participar en aquel juego y, además, las personas honradas no podían ganar dinero. Nos habían enseñado a ser productivos. Cuanto mayor fuera nuestro éxito, tanto más se beneficiaría de ello la sociedad. Fijarnos objetivos, trabajar duramente, jugar limpio, alcanzar la prosperidad.

Por eso me daba miedo. Tenía un nivel muy bajo de tolerancia.

Embocó el quinto hoyo con dos golpes sobre el par y le echó la culpa al *putter*.

—A lo mejor no busco pastos más verdes —dije.

—¿Por qué no te dejas de rodeos y vas directamente al grano? —me espetó.

Como de costumbre, me sentí un cobarde por no hacerlo.

—Estoy pensando en el trabajo social.

—¿A qué demonios te refieres?

—A trabajar por el bien de la sociedad sin ganar demasiado dinero a cambio.

—Pero bueno, ¿acaso ahora eres demócrata? Llevas demasiado tiempo en Washington.

—Hay muchos republicanos en Washington. En realidad, son los que mandan.

Nos dirigimos en silencio al siguiente punto de salida. Mi padre era un buen jugador de golf, pero sus golpes eran cada vez peores. Había roto su concentración.

Mientras caminaba a grandes zancadas por la zona de matojos, dijo:

—Le vuelan la tapa de los sesos a un borrachín y tú te empeñas en cambiar la sociedad. ¿Es eso?

—No era un borrachín. Había combatido en Vietnam.

Mi padre, que había pilotado aparatos B-52 en los primeros años de la guerra de Vietnam, se detuvo en seco, pero solo por un instante. No estaba dispuesto a ceder.

—Conque uno de esos, ¿eh?

Su pelota se había perdido irremediablemente, pero él ya no la buscaba. Colocó una nueva en la calle y después de otro lanzamiento lamentable nos marchamos.

—Siento que arrojes por la borda una buena carrera, hijo mío —me dijo—. Has trabajado demasiado. Serás socio del bufete en muy pocos años.

—Tal vez.

—Necesitas un poco de descanso, eso es todo.

Al parecer, ese era el remedio que todos me aconsejaban.

Los llevé a cenar a un buen restaurante. Tratamos por todos los medios de evitar temas como Claire, mi carrera y los nietos a los que ellos casi nunca veían. Hablamos de los viejos amigos y de los viejos barrios en los que habíamos vivido. Cotilleamos acerca de cosas que no me interesaban en absoluto.

Los dejé al mediodía del viernes, cuatro horas antes de la salida de mi vuelo, y regresé a mi desordenada vida del distrito de Columbia.

7

Como era de esperar, el apartamento estaba vacío cuando regresé el viernes por la noche, pero me encontré con una novedad. En la encimera de la cocina había una nota. Siguiendo mi ejemplo, Claire se había ido a pasar un par de días con su familia, en Providence. No me daba ninguna explicación. Me pedía que la llamara cuando regresase.

Telefoneé a casa de sus padres e interrumpí su cena. Superamos con gran esfuerzo una charla de cinco minutos de duración, en cuyo transcurso quedó claro que ambos estábamos francamente bien, Memphis estaba bien al igual que Providence, las familias estaban bien y ella volvería en algún momento del domingo por la tarde.

Colgué el auricular, me preparé un café y me lo bebí, contemplando a través de la ventana del dormitorio el lento tráfico de la calle P, todavía nevada. Si la nieve se había fundido un poco, no se notaba.

Intuí que Claire estaba contando a sus padres la misma dolorosa historia que yo había soltado a los míos. Era triste y extraño, pero en absoluto sorprendente, que ambos hubiéramos querido ser sinceros con nuestras respectivas familias antes de encararnos con la verdad. Yo ya estaba cansado y había decidido que muy pronto, tal vez el domingo, nos sentaríamos en algún sitio, probablemente ante la mesa de la cocina, y haríamos frente a la realidad. Dejaríamos al descubierto nuestros sentimientos y nuestros temores, y estaba seguro de que empezaríamos a planear nuestros futuros por separado. Sabía que ella deseaba irse, pero no hasta qué extremo.

Ensayé en voz alta las palabras que le diría hasta que me sonaron convincentes y después salí a dar un largo paseo. Estábamos a seis bajo cero, soplaba un viento cortante y el frío me traspasaba la cazadora. Pasé por delante de cálidos hogares y de bonitas casas adosadas en las que las familias comían, reían y disfrutaban de la calefacción, y seguí hasta la calle M, cuyas aceras estaban llenas a rebosar de enfermos de claustrofobia. La M nunca dormía, ni siquiera un gélido viernes por la noche. Todos los bares se encontraban atestados de gente, en los restaurantes había cola y los cafés estaban a tope.

Con los pies hundidos hasta los tobillos en la nieve, me detuve ante la luna de un club musical y escuché un blues mientras contemplaba a los muchachos y muchachas beber y bailar. Por primera vez en la vida dejé de sentirme joven. Tenía treinta y dos años, pero en los últimos siete había trabajado mucho más que la mayoría de las personas en veinte. Estaba cansado; no me sentía viejo, pero sí alguien que se deslizaba hacia la madurez y reconocía que ya no era un recién salido de la universidad. Ahora aquellas preciosas chicas de allí dentro jamás me mirarían dos veces. Estaba helado y se había puesto a nevar otra vez. Me compré un sándwich, me lo guardé en el bolsillo y regresé con paso cansino al apartamento. Me serví una copa, encendí la chimenea y, mientras comía en la semipenumbra, me sentí muy solo.

En otros tiempos la ausencia de Claire un fin de semana me habría servido de pretexto para quedarme en el despacho sin el menor remordimiento. Sentado junto al fuego, la idea me asqueó. Drake & Sweeney seguiría orgullosamente en pie mucho después de que yo me hubiera ido, y tanto los clientes como sus problemas, que tan cruciales me parecían en aquel momento, serían atendidos por otros equipos de jóvenes abogados. Mi marcha sería para el bufete un pequeño bache en el camino, apenas perceptible. Mi despacho sería ocupado por otros pocos minutos después de que yo lo desalojara.

Pasadas las nueve sonó el teléfono y desperté con sobresalto de una prolongada y sombría ensoñación. Era Mordecai Green, hablando en voz muy alta a través de un teléfono móvil.

—¿Está usted ocupado? —me preguntó.

—Pues no exactamente. ¿Qué ocurre?

—Hace un frío de mil demonios, vuelve a nevar y nos faltan ayudantes. ¿Dispone de unas cuantas horas libres?

—¿Para qué?

—Para trabajar. Aquí abajo necesitamos gente que nos eche una mano. Los albergues y los comedores de beneficencia están llenos y no contamos con suficientes voluntarios.

—No creo que tenga la preparación necesaria.

—¿Sabe untar una rebanada de pan con mantequilla de cacahuete?

—Creo que sí.

—Pues entonces está preparado.

—De acuerdo; ¿adónde quiere que vaya?

—Estamos a unas diez manzanas del despacho. En la esquina de la Trece y Euclid verá usted una iglesia amarilla, a su derecha. Es la Comunidad Cristiana Ebenezer. Estamos en el sótano.

Anoté las señas y advertí que mi letra era temblorosa, pues estaban llamándome a una zona de combate. Por un instante me pregunté si sería necesario ir armado, y si él lo haría. Claro que Mordecai era negro y yo no. ¿Qué ocurriría con mi coche, mi preciado Lexus?

—¿Lo ha anotado? —me preguntó con un gruñido tras una pausa.

—Sí. Estaré ahí en veinte minutos —contesté con decisión mientras el corazón me latía furiosamente.

Me puse unos tejanos, una camiseta y unas modernas botas de senderismo. Saqué las tarjetas de crédito y casi todo el dinero en efectivo del billetero. En la parte superior de un armario encontré una vieja chaqueta de algodón forrada de lana y manchada de café y pintura, una reliquia de mis años de estudiante de derecho, y, posando como un modelo delante del espejo, abrigué la esperanza de tener el aspecto de una persona poco adinerada. Pero no lo tenía. Si un joven actor hubiera lucido aquel atuendo en la portada del *Vanity Fair*, inmediatamente lo habría puesto de moda.

Deseé con toda mi alma ponerme un chaleco antibalas. A pesar del miedo que sentía, cuando salí y pisé la nieve del exterior experimenté también una extraña emoción.

Los tiroteos contra el coche en marcha y los ataques de las bandas que yo tanto temía no se hicieron realidad. El mal tiempo mantenía las calles momentáneamente desiertas y seguras. Encontré la iglesia y dejé el coche en un aparcamiento, al otro lado de la calle. Parecía una pequeña catedral de por lo menos cien años de antigüedad y sin duda abandonada por su antigua feligresía.

Al doblar una esquina, vi a unos hombres apretujados delante de una puerta. Pasé por su lado como si supiera exactamente adónde iba y entré en el mundo de los indigentes.

Por mucho que me esforzara en seguir adelante como si tal cosa y fingir que todo aquello ya lo había visto antes y tenía trabajo que hacer, no lograba moverme. Contemplé, boquiabierto de asombro, la enorme cantidad de pobres que abarrotaban el sótano. Algunos de ellos permanecían tendidos en el suelo, tratando de dormir. Otros se habían sentado en grupos y conversaban en voz baja. Los había que comían alrededor de unas largas mesas o que lo hacían sentados en sillas plegables. Cada centímetro cuadrado de pared estaba cubierto de personas sentadas con la espalda apoyada contra la superficie de hormigón. Los niños pequeños lloraban y jugaban mientras sus madres trataban de evitar que se alejaran de su lado. Los borrachines roncaban tendidos rígidamente en el suelo. Unos voluntarios repartían mantas y se abrían paso entre la gente, distribuyendo manzanas.

La cocina se encontraba en un extremo de la sala, donde otros voluntarios trabajaban afanosamente preparando y sirviendo la comida. Vi a Mordecai al fondo; hablaba sin cesar mientras vertía zumo de fruta en unos vasos de papel. Una cola de personas esperaba pacientemente junto a las mesas.

El local estaba caldeado y los efluvios, los aromas y el calor de las estufas de gas se mezclaban creando un denso olor no del todo desagradable. Cuando un vagabundo envuelto en varias prendas como Señor me dio un empujón, comprendí que había llegado el momento de moverme.

Me fui directamente hacia Mordecai, que se mostró encantado de verme. Nos dimos un apretón de manos como viejos amigos y después me presentó a dos voluntarios cuyos nombres no logré oír.

—Qué locura —dijo—. Cuando cae una nevada y el frío es glacial, nos pasamos toda la noche trabajando. Alcánceme aquel pan. —Me señaló una bandeja con rebanadas de pan blanco. La tomé y lo seguí—. Es muy complicado —añadió—. Aquí tiene mortadela de Bolonia y allí hay mostaza y mayonesa. La mitad de los bocadillos lleva mostaza y la otra mitad mayonesa; una lonja de mortadela y dos rebanadas de pan. De vez en cuando haga una docena con mantequilla de cacahuete. ¿Entendido?

—Sí.

—Es usted muy listo. —Me dio una palmada en el hombro y se marchó.

Preparé rápidamente diez bocadillos y me declaré apto. Después aminoré el ritmo y empecé a estudiar a las personas que hacían cola con la mirada baja pero echando furtivos vistazos a la comida que había al fondo. Les entregaban un plato de papel, un cuenco de plástico, una cuchara y una servilleta. A medida que se acercaban, les llenaban el cuenco y les colocaban en el plato medio bocadillo, una manzana y una galletita. Al final les esperaba un vaso de zumo de manzana.

Casi todos ellos daban las gracias en un susurro al voluntario que les entregaba el zumo y se retiraban sosteniendo cuidadosamente el plato y el cuenco. Hasta los niños tenían cuidado con la comida.

Casi todos comían despacio, disfrutando del calor y el sabor de la comida y aspirando su aroma. Otros daban cuenta de su ración a la mayor velocidad posible.

A mi lado había una cocina de gas con cuatro quemadores, en cada uno de los cuales hervía una gran olla de sopa. Al otro lado de la estancia vi una mesa cubierta de apio, zanahorias, tomates y pollos enteros. Un voluntario estaba troceando y cortando con entusiasmo mientras un par atendía la cocina y otros llevaban la comida a las mesas. Por el momento, yo era el único «bocadillero».

—Necesitamos más emparedados de mantequilla de cacahuete —anunció Mordecai, regresando a la cocina. Sacó de debajo de la mesa un recipiente de mantequilla de cacahuete a granel y me preguntó—: ¿Qué tal le va?

—Soy un experto —contesté.

Me estudió mientras trabajaba. La cola era momentáneamente corta, y le apetecía hablar.

—Pensé que era usted abogado —dije al tiempo que preparaba un bocadillo.

—En primer lugar, soy un ser humano, y en segundo, un abogado. Es posible ser ambas cosas…, aunque no sea lo más habitual. Tenemos que ser eficientes.

—¿De dónde viene la comida?

—De un banco de alimentos. Todo son donaciones. Esta noche hemos tenido suerte, porque hay pollo. Es un manjar exquisito. Por regla general, solo hay verdura.

—El pan no es muy reciente.

—Lo sé, pero es gratis. Una gran panadería nos envía lo que sobra del día. Puede prepararse un bocadillo si le apetece.

—Gracias, acabo de tomarme uno. ¿Come usted aquí?

—Raras veces. —A juzgar por su voluminoso vientre estaba claro que Mordecai no seguía un régimen de sopa de verduras y manzanas. Se sentó en una esquina de la mesa y estudió a los indigentes—. ¿Es su primera visita a un albergue?

—Sí.

—¿Cuál es la primera palabra que le ha venido a la mente?

—Desesperanza.

—Se comprende; pero lo superará.

—¿Cuántas personas viven aquí?

—Ninguna. Este es un albergue de emergencia. La cocina está abierta cada día a la hora del almuerzo y la cena, pero técnicamente se trata de un centro de acogida. La iglesia tiene la amabilidad de abrir sus puertas cuando hace mal tiempo.

Traté de comprenderlo.

—Entonces ¿dónde vive esta gente?

—Algunos, los más afortunados, en edificios abandonados; otros, en la calle; y los hay que en los parques, las terminales de autobuses o debajo de los puentes. Pueden sobrevivir siempre y cuando el tiempo sea tolerable. En noches como esta morirían de frío.

—¿Dónde están los centros de acogida?

—Desperdigados por ahí. Hay unos veinte, la mitad de ellos privados y la otra mitad de propiedad municipal, pero, gracias al ajuste presupuestario, dos de ellos cerrarán dentro de poco.

—¿Cuántas camas hay?

—Cinco mil, más o menos.

—¿Cuántos mendigos?

—Buena pregunta, porque no es muy fácil contarlos. Diez mil podría ser una cifra aproximada.

—¿Diez mil?

—Sí, y eso contando solo a los que viven en la calle. Tal vez haya otras veinte mil personas viviendo con familiares y amigos, a uno o dos meses de quedarse sin hogar.

—¿O sea que hay por lo menos cinco mil personas literalmente en la calle? —pregunté con visible incredulidad.

—Por lo menos.

Un voluntario pidió más bocadillos. Mordecai me ayudó y entre los dos preparamos otra docena. Después hicimos una pausa y contemplamos de nuevo a la gente.

Se abrió la puerta y entró muy despacio una joven madre sosteniendo en brazos a un bebé, seguida por tres niños de corta edad, uno de los cuales llevaba pantalones cortos, una toalla a la espalda y un par de medias desparejadas por todo calzado. Los otros dos por lo menos iban con zapatos, aunque con muy poca ropa encima. Al parecer, el bebé estaba dormido.

La madre daba la impresión de estar aturdida y, una vez dentro, no supo adónde ir. No había ningún sitio libre alrededor de la mesa. Se acercó con sus hijos a la comida y dos sonrientes voluntarios se adelantaron para echarle una mano. Uno de ellos los acompañó a un rincón cerca de la cocina y empezó a servirles comida mientras el otro los cubría con mantas.

Mordecai y yo contemplamos la escena. Procuré no mirar, pero ¿a quién le importaba?

—¿Qué será de ella cuando pase la tormenta? —pregunté.

—Cualquiera lo sabe. ¿Por qué no se lo pregunta a ella?

Me dejó abochornado. Aún no estaba preparado para pringarme las manos.

—¿Participa usted en las actividades del Colegio de Abogados del distrito de Columbia? —me preguntó.

—Un poco. ¿Por qué?

—Simple curiosidad. El colegio lleva a cabo numerosas actividades gratuitas en favor de los indigentes.

Intentaba hacerme morder el anzuelo, pero yo me negaba a picar.

—Trabajo en los casos de penas de muerte —dije con orgullo, y hasta cierto punto era cierto.

Cuatro años atrás había ayudado a uno de nuestros socios a escribir un informe en favor de un recluso de Texas. Nuestro bufete predicaba la bondad de los gestos solidarios a todos sus asociados, pero el trabajo gratuito no tenía que entorpecer las ganancias derivadas de las tarifas horarias.

Seguimos vigilando a la madre y a sus cuatro hijos. Los tres niños se comieron primero las galletitas mientras la sopa se enfriaba. La madre parecía drogada o en estado de shock.

—¿Hay algún lugar adonde pueda ir a vivir ahora mismo? —pregunté.

—Probablemente no —contestó Mordecai, balanceando sus grandes pies—. Ayer había quinientos anotados en la lista de espera para los refugios de emergencia.

—¿Para los refugios de emergencia?

—Sí. Hay un refugio para casos de hipotermia que el ayuntamiento tiene la generosidad de abrir cuando las temperaturas descienden por debajo de cero. Podría ser su única posibilidad, pero estoy seguro de que debe de estar lleno. El ayuntamiento tiene la amabilidad de cerrar el refugio cuando se inicia el deshielo.

El «chef» auxiliar tuvo que marcharse y, como yo era el voluntario más próximo que no estaba ocupado en aquel momento, me vi obligado a echar una mano. Mientras Mordecai preparaba bocadillos, me pasé una hora cortando apio, zanahorias y cebollas bajo la vigilante mirada de miss Dolly, uno de los miembros fundadores de la iglesia que llevaba once años dando de comer a los pobres. Era su cocina. Yo tenía el honor de colaborar. En determinado momento me dijo que los trozos de apio eran demasiado grandes. De inmediato los corté más pequeños. Miss Dolly lucía un impecable delantal blanco y se enorgullecía enormemente de su labor.

—¿Se acostumbra uno alguna vez a ver a estas personas? —le pregunté al cabo de un rato.

Nos encontrábamos de pie delante de la cocina y por un instante nos habíamos distraído a causa de una discusión que había estallado al fondo del local. Mordecai y el pastor intervinieron y consiguieron restablecer la paz.

—Nunca, cariño —me contestó al tiempo que se secaba las

manos con una toalla—. Se me sigue partiendo el corazón de pena. Pero el Libro de los Proverbios dice: «Bienaventurado el hombre que da de comer a los pobres», y eso me ayuda a seguir adelante. —Se volvió para remover suavemente la sopa—. El pollo ya está listo —dijo mirándome.

—¿Y eso qué significa?

—Significa que tienes que sacar el pollo del horno, echar caldo en aquella olla, dejar que se enfríe el pollo y deshuesarlo.

Deshuesar era un arte, sobre todo si se utilizaba el método de miss Dolly. Cuando terminé, tenía los dedos ardiendo y prácticamente en carne viva.

8

Mordecai me acompañó por una escalera en penumbra al vestíbulo de arriba.

—Tenga cuidado —me susurró cuando empujamos una puerta giratoria que daba acceso a la iglesia.

Estaba a oscuras porque por todas partes había gente intentando dormir. Algunos permanecían tendidos en los bancos, roncando ruidosamente; otros se agitaban debajo de ellos, sobre todo madres que se esforzaban por hacer callar a sus hijos, en tanto que algunos se acurrucaban en los pasillos y nos dejaron un estrecho camino en medio para que pudiéramos avanzar en dirección al púlpito. El coro también estaba lleno de gente.

—Muchas iglesias no lo harían —añadió Mordecai mientras permanecíamos de pie cerca del altar, contemplando las filas de bancos.

Era comprensible que no lo hicieran.

—¿Y qué ocurre el domingo? —pregunté en voz baja.

—Depende del tiempo que haga. El reverendo es uno de los nuestros. En cierta ocasión suspendió los servicios religiosos para no echarlos a la calle.

No estaba muy seguro de lo que significaba «uno de los nuestros», pero no me sentía socio de ningún club. Oí un crujido en el techo y observé que por encima de nosotros había una galería en forma de U. Forcé la vista y distinguí poco a poco más personas tendidas en las filas de bancos de allí arriba. Mordecai también estaba mirando.

—¿Cuántas…? —musité yo, incapaz de terminar la frase.

—No las contamos. Nos limitamos a darles comida y cobijo.

Una ráfaga de viento azotó la parte lateral del edificio e hizo chirriar las ventanas. Hacía mucho más frío en el interior del templo que en el sótano. Pasamos de puntillas por encima de los cuerpos y franqueamos una puerta que había al lado del órgano.

Eran casi las once. En el sótano aún había gente, pero la cola de la sopa ya había terminado.

—Sígame —me indicó Mordecai. Tomó un cuenco de plástico y se lo entregó a un voluntario para que se lo llenara. Se volvió hacia mí y, con una sonrisa, añadió—: Vamos a ver cómo cocina.

Nos sentamos sobre una mesa plegable, rodeados por gente de la calle. Él era capaz de comer y charlar como si todo aquello fuera lo más natural del mundo, pero yo no podía. Apenas probé la sopa que, gracias a miss Dolly, era francamente buena, pues no podía superar el hecho de que yo, Michael Brock, un acaudalado chico blanco de Memphis y Yale y abogado del bufete Drake & Sweeney, estuviera sentado entre los sin hogar en el sótano de una iglesia en plena zona noroeste del distrito de Columbia. Solo había visto otro rostro blanco, el de un borrachín de mediana edad que se había largado después de comer.

Estaba seguro de que mi Lexus había desaparecido, y de que yo no sobreviviría ni cinco minutos fuera de aquel edificio. Tomé la determinación de permanecer al lado de Mordecai hasta que este decidiera marcharse.

—Está buena la sopa —dijo Mordecai—. Varía mucho —me explicó—, depende de lo que haya, y la receta es distinta según los sitios.

—El otro día nos dieron fideos en la Mesa de Martha

—dijo un hombre sentado a mi derecha, cuyo codo estaba más cerca de mi cuenco de sopa que el mío.

—¿Fideos? —preguntó Mordecai con tono de incredulidad—. ¿Con la sopa?

—Sí. Aproximadamente una vez al mes dan fideos. Ahora todo el mundo lo sabe, claro, y es difícil encontrar una mesa.

No supe si hablaba en broma o no, pero advertí un destello en sus ojos. La idea de un indigente que lamentaba no encontrar mesa en su comedor de beneficencia preferido se me antojaba graciosa. «Es difícil encontrar mesa»; ¿cuántas veces había oído aquella frase a mis amigos de Georgetown?

Mordecai esbozó una sonrisa.

—¿Cómo te llamas? —le preguntó al hombre.

Muy pronto averiguaría que Mordecai siempre quería asociar un nombre a un rostro. Los sin hogar, a quienes él amaba, eran algo más que víctimas; eran su gente.

Para mí también era una curiosidad natural. Quería saber cómo se habían convertido en sin hogar los vagabundos. ¿Qué se había roto en nuestro vasto sistema de beneficencia social para que unos norteamericanos se hubieran vuelto tan pobres que no tuviesen más remedio que dormir bajo los puentes?

—Drano —contestó el hombre, zampándose uno de los trozos más grandes de apio que yo había cortado.

—¿Drano? —dijo Mordecai.

—Drano —repitió el hombre.

—¿Cuál es tu apellido?

—No tengo. Soy demasiado pobre.

—¿Quién te puso ese nombre?

—Mi madre.

—¿Qué edad tenías cuando te lo puso?

—Unos cinco años.

—¿Y por qué Drano?

—Tenía un bebé que no paraba de llorar y no dejaba dormir a nadie. Le di un poco de Drano, ya saben, el somnífero.

Contó la historia sin dejar de remover su sopa. Estaba bien ensayada y bien contada, pero yo no me creía ni una sola palabra. Sin embargo, otras personas lo escuchaban con atención, y Drano se lo estaba pasando en grande.

—¿Qué le ocurrió al bebé? —preguntó Mordecai, fingiendo tomárselo en serio.

—Murió.

—Debía de ser tu hermano —dijo Mordecai.

—No. Mi hermana.

—Comprendo. De modo que mataste a tu hermana.

—Sí, pero a partir de entonces pudimos dormir como lirones.

Mordecai me guiñó un ojo como si ya hubiera oído contar historias similares otras veces.

—¿Dónde vives, Drano? —le pregunté.

—Aquí, en el distrito de Columbia.

—¿Dónde te alojas? —preguntó Mordecai, corrigiendo mi léxico.

—Aquí y allá. Conozco a muchas mujeres ricas que me pagan para que les haga compañía.

A dos hombres sentados al otro lado de Drano el comentario les hizo gracia. Uno de ellos soltó una risita y el otro una carcajada.

—¿Dónde recibes la correspondencia? —le preguntó Mordecai.

—En la oficina de correos —contestó Drano. Como tenía una respuesta rápida para todo, lo dejamos en paz.

Miss Dolly preparó café para los voluntarios tras haber apagado la cocina. Los mendigos se disponían a acostarse.

Mordecai y yo nos sentamos en el borde de una mesa de la cocina, tomando café mientras contemplábamos a través de la abertura para pasar los platos las acurrucadas figuras humanas.

—¿Hasta qué hora va a quedarse aquí? —le pregunté.

Mordecai se encogió de hombros.

—Depende. Debe de haber unas doscientas personas en esta habitación, como casi siempre. El reverendo estará más tranquilo si me quedo.

—¿Toda la noche?

—Lo he hecho muchas veces.

Yo no había previsto dormir con aquella gente. Pero tampoco tenía previsto abandonar el edificio sin la protección de Mordecai.

—No se sienta obligado a quedarse. Váyase cuando quiera —me dijo.

La posibilidad de irme era la peor de las limitadas alternativas que se me ofrecían. Medianoche de un viernes en las calles del distrito de Columbia. Chico blanco, coche de lujo. Con nieve o sin ella, la situación no me gustaba en absoluto.

—¿Tiene familia? —le pregunté.

—Sí. Mi mujer trabaja como secretaria en el Departamento de Trabajo. Tres hijos. Uno estudia en la universidad y el otro está en el ejército. —Su voz se desvaneció antes de llegar al tercer hijo. Yo no pensaba preguntarle nada. Tras una pausa, añadió—: Y el tercero lo perdimos en las calles, hace diez años. Las bandas.

—Lo siento.

—¿Y usted?

—Casado y sin hijos.

Pensé en Claire por primera vez en varias horas. ¿Cómo reaccionaría si supiera dónde me encontraba? Ninguno de nosotros había tenido tiempo para nada que estuviera remotamente relacionado con las obras de caridad. Musitaría para sus adentros: «Se está viniendo abajo de verdad», o algo por el estilo.

Me daba igual.

—¿A qué se dedica su mujer? —preguntó Mordecai para restar importancia a la conversación.

—Es residente de cirugía en Georgetown.

—O sea, que han conseguido ustedes triunfar, ¿verdad?

Usted será socio de un importante bufete jurídico y ella será cirujana. Otro sueño americano.

—Supongo.

El reverendo apareció como llovido del cielo y se llevó a Mordecai al fondo de la cocina para intercambiar con él unas palabras en voz baja. Tomé cuatro galletas de un cuenco y me acerqué al rincón donde la joven madre dormía sentada en una silla, con la cabeza apoyada en una almohada y el bebé bajo el brazo. Dos de los niños permanecían inmóviles bajo las mantas, pero el mayor estaba despierto.

Me agaché a su lado y le mostré una galleta. Se le iluminaron los ojos mientras la tomaba. Se la metió entera en la boca, y enseguida quiso otra. Era menudo y escuálido, y no debía de tener más de cuatro años.

La madre inclinó bruscamente la cabeza hacia delante y despertó con un sobresalto. Me miró con ojos tristes y cansados y observó que yo estaba jugando a ser el Monstruo de las Galletas. Esbozó una leve sonrisa y volvió a colocar la almohada en su sitio.

—¿Cómo te llamas? —le pregunté al niño en voz baja.

Al cabo de dos galletas se convirtió en mi amigo para toda la vida.

—Ontario —contestó muy despacio y con toda claridad.

—¿Cuántos años tienes?

Levantó cuatro dedos, dobló uno y volvió a extenderlo.

—¿Cuatro? —inquirí.

Asintió con la cabeza y tendió la mano para que le diera otra galleta. Lo hice gustosamente; se lo habría dado todo.

—¿Dónde te alojas? —le pregunté en voz baja.

—En un coche —contestó también en voz baja.

Tardé un segundo en asimilar aquellas palabras. No sabía muy bien qué otra cosa preguntarle. El niño estaba demasiado ocupado para interesarse por la conversación. Le había hecho tres preguntas, y él me había dado tres respuestas veraces. Vivían en un coche.

Deseé por un instante correr a preguntarle a Mordecai qué hace uno cuando se encuentra con personas que viven en un coche, pero seguía mirando a Ontario con una sonrisa en los labios. Él me miró y, sonriendo, preguntó:

—¿Tienes un poco más de zumo de manzana?

—Pues claro —le contesté, y me dirigí hacia la cocina.

Bebió ávidamente, y le ofrecí otro vaso.

—Di gracias —le indiqué.

—Gracias —dijo al tiempo que tendía la mano para que le diese otra galleta.

Busqué una silla plegable y me senté al lado de Ontario con la espalda apoyada contra la pared. A veces el sótano estaba tranquilo, pero nunca en silencio. Los que viven sin camas no duermen apaciblemente. De vez en cuando Mordecai caminaba sorteando los cuerpos para ir a resolver alguna disputa. Era tan corpulento e impresionante que nadie se atrevía a desafiar su autoridad.

Con el estómago nuevamente lleno, Ontario se quedó dormido con la cabecita apoyada en los pies de su madre. Volví a la cocina, me tomé otra taza de café y regresé a mi silla del rincón.

El bebé se echó a llorar de repente. El sonido lastimero de su voz se propagó por toda la estancia. La madre, cansada y aturdida, dio muestras de irritación por el hecho de que la hubieran despertado. Le dijo al bebé que se callara, lo colocó sobre su hombro y empezó a acunarlo hacia delante y hacia atrás. El llanto se intensificó y empezaron a escucharse los murmullos de los demás indigentes.

Con una falta absoluta de sentido común, y sin pensar en lo que hacía, alargué las manos y tomé al bebé, mirando con una sonrisa a la madre en un intento de ganarme su confianza. Pero a ella le daba igual. Se alegraba de poder librarse del niño.

El bebé apenas si pesaba; al apoyar suavemente su cabeza sobre mi hombro y empezar a darle palmadas en el trasero, advertí que estaba empapado. Me dirigí hacia la cocina, buscando con desesperación a Mordecai o a otro voluntario que pudiera ayudarme. Miss Dolly se había marchado una hora antes.

Para mi alivio y asombro, la criatura se calmó cuando empecé a darle palmaditas y a arrullarlo al tiempo que buscaba una toalla o algo por el estilo. Tenía la mano chorreando.

¿Dónde me había metido? ¿Qué demonios estaba haciendo? ¿Qué pensarían mis amigos si me vieran en aquella cocina a oscuras tarareándole una nana a un bebé de la calle mientras rezaba para que el pañal solo estuviera mojado?

No se percibía ningún olor desagradable, pero tuve la absoluta seguridad de sentir cómo los piojos saltaban de su cabeza a la mía. Apareció mi mejor amigo, Mordecai, y encendió la luz.

—Qué ricura —dijo.

—¿Tenemos pañales? —le pregunté.

—¿De los grandes o de los pequeños? —inquirió en tono jovial, acercándose a los armarios.

—No lo sé. Dese prisa.

Sacó un paquete de pañales y le pasé la criatura. Mi chaqueta de algodón tenía una gran mancha húmeda en el hombro izquierdo. Con asombrosa habilidad, Mordecai colocó al bebé sobre la mesa de cortar verduras, le quitó el pañal mojado, revelando que se trataba de una niña, la limpió con una especie de trapo, le puso un pañal nuevo y volvió a entregármela.

—Aquí la tiene —me dijo con orgullo—. Nueva a estrenar.

—La de cosas que no nos enseñan en la facultad de derecho —musité tomando a la niña.

Me pasé una hora acunándola en mis brazos hasta que se quedó dormida. La envolví en mi chaqueta y la deposité con sumo cuidado entre su madre y Ontario.

Ya eran casi las tres de la madrugada del sábado y tenía que irme. Mi recién despertada conciencia social ya había agotado el cupo de su capacidad para un día. Mordecai me acompañó a la calle, me dio las gracias por haber acudido a su llamada y me envió a la noche sin chaqueta. Mi coche estaba donde lo había dejado, ahora cubierto con una capa de diez centímetros de nieve.

Cuando me alejé, Mordecai estaba mirándome, de pie delante de la iglesia.

9

Desde mi encuentro con Señor el jueves no había facturado una sola hora para mi viejo y querido bufete jurídico Drake & Sweeney. Me había pasado cinco años haciendo un promedio de doscientas al mes, lo cual significaba ocho al día durante seis días, menos dos horas. No se podía perder una sola jornada y muy pocas horas quedaban sin contabilizar. Cuando me rezagaba, lo que raras veces ocurría, trabajaba doce horas los sábados y a veces incluso los domingos. No era de extrañar que Claire se hubiera decidido a estudiar medicina.

Mientras contemplaba el techo del dormitorio a última hora del sábado por la mañana, me sentí casi paralizado por la inactividad. No me apetecía ir al despacho. Aborrecía la mera idea de hacerlo. Temía las pulcras hileras de mensajes telefónicos que Polly depositaba sobre mi escritorio, los memorándum de los capitostes convocando reuniones para interesarse por mi bienestar, los ruidosos murmullos de los chismosos y el inevitable «¿Qué tal estás?» de los amigos sinceramente preocupados y de aquellos a quienes yo les importaba un bledo. Pero lo que más temía era el trabajo. Los casos antimonopolio son largos y complicados, los expedientes son tan abultados que hay que colocarlos en una caja, y ¿para qué? Una empresa que factura mil millones de dólares contra otra. Cien abogados trabajando, todos gastando papel.

En mi fuero interno reconocía que jamás me había gustado

el trabajo. Era un medio para alcanzar un fin. Si lo practicaba con entusiasmo, me convertía en un joven dinámico y me especializaba en un campo determinado, no tardaría en ser objeto de interés. Incluso era probable que me llamasen los de derecho tributario, laboral o penal. ¿A quién podían interesarle las leyes antimonopolio?

Haciendo acopio de toda mi fuerza de voluntad, me levanté de la cama y tomé una ducha.

Mi desayuno consistió en un cruasán de una panadería de la calle M con café cargado, todo ello tomado con una mano al volante. Me pregunté qué desayunaría Ontario y me dije que dejara de torturarme. Tenía derecho a comer sin sentirme culpable, pero la comida estaba perdiendo importancia para mí.

La radio me informó de que la máxima diurna sería de cuatro grados, que la mínima estaría en torno a cero y que no habría más nevadas durante la semana.

Conseguí llegar hasta el vestíbulo del edificio sin que ninguno de mis compañeros se me acercara. Bruce no sé qué del Departamento de Comunicaciones entró conmigo en el ascensor y me preguntó con expresión muy seria:

—¿Qué tal estás, muchacho?

—Muy bien. ¿Y tú? —contesté.

—Bien. Mira, todos te apoyamos. Procura ser fuerte.

Asentí con la cabeza como si su apoyo revistiera una importancia trascendental. Gracias a Dios, bajó en la segunda planta, aunque no sin antes darme una palmada en la espalda. Dales caña, Bruce.

Yo era una mercancía averiada. Mis pasos fueron más lentos cuando pasé por delante del escritorio de madame Devier y de la sala de juntas. Recorrí el pasillo de suelo de mármol hasta llegar a mi despacho y allí me hundí en mi sillón giratorio de cuero, completamente agotado.

Polly tenía varias maneras de dejar la basura telefónica. Si yo respondía a las llamadas con diligencia y, por casualidad, mis esfuerzos eran de su agrado, me dejaba uno o dos mensajes al lado del teléfono. Pero si no lo era y, por casualidad, ella se molestaba, nada le deparaba mayor placer que alinearlos en el centro del escritorio, un mar de color de rosa, todos perfectamente dispuestos en orden cronológico.

Conté treinta y nueve mensajes, varios de ellos urgentes y unos cuantos de los jefes. Rudolph parecía especialmente irritado, a juzgar por el reguero de mensajes que Polly me había dejado. Los leí muy despacio mientras los recogía y los dejaba a un lado. Estaba decidido a terminarme mi café en paz y sin presiones de ninguna clase, por lo que me encontraba sentado junto a mi escritorio sosteniendo la taza con ambas manos mientras miraba alrededor con la expresión propia de alguien que se encuentra al borde de un abismo, cuando entró Rudolph.

Los espías debían de haberlo puesto sobre aviso; tal vez un auxiliar diligente o quizá Bruce, el del ascensor. A lo mejor todo el bufete se encontraba en estado de alerta. Imposible. Estaban demasiado ocupados.

—Hola, Mike —me dijo en tono áspero, tomando asiento y cruzando las piernas como si se dispusiera a abordar un asunto importante.

—Hola, Rudy —contesté.

Jamás lo había llamado Rudy a la cara. Siempre lo llamaba Rudolph. Solo su actual esposa y los socios lo llamaban de aquella manera.

—¿Dónde has estado? —me preguntó sin el menor asomo de compasión.

—En Memphis.

—¿En Memphis?

—Sí, necesitaba ver a mis padres. Además, el psiquiatra de la familia está allí.

—¿Un psiquiatra?

—Sí, me ha sometido a observación durante un par de días.

—¿Te han sometido a observación?

—Sí, en uno de esos elegantes consultorios con alfombras persas y salmón para cenar. A mil dólares el día.

—¿Durante dos días? ¿Has estado dos días allí dentro?

—Sí.

El hecho de mentir no me provocaba el menor sonrojo y precisamente por eso no me remordía la conciencia. La empresa podía ser dura e incluso despiadada cuando quería, y yo no estaba de humor para las reprimendas de Rudolph, que había recibido órdenes precisas de la junta directiva y redactaría un informe a los pocos minutos de abandonar mi despacho. Si lograba ablandarlo, el informe sería suave y los jefes se tranquilizarían. La vida sería más fácil a corto plazo.

—Deberías haber llamado a alguien —dijo todavía con cierta dureza, aunque la grieta no tardaría en producirse.

—Vamos, Rudolph. Estaba encerrado. No había teléfonos. —En mi voz se percibía el punto justo de angustia necesario para conmoverlo.

Tras una prolongada pausa, me preguntó:

—¿Cómo te encuentras?

—Bien.

—¿Seguro?

—El psiquiatra dijo que estaba bien.

—¿Al cien por cien?

—Al ciento diez por ciento. No hay ningún problema, Rudolph. Necesitaba un descanso, eso es todo. Vuelvo a estar en plena forma.

Aquello era todo lo que Rudolph necesitaba oír. Sonrió y, más relajado, dijo:

—Tenemos muchas cosas que hacer.

—Lo sé. Estoy deseando empezar.

Salió prácticamente disparado de mi despacho. Descolgaría el teléfono de inmediato y comunicaría que uno de los muchos productores de la casa se había puesto nuevamente en marcha.

Cerré la puerta con llave, apagué las luces y me pasé una hora cubriendo dolorosamente mi escritorio con papeles y notas. No hice nada, pero por lo menos había fichado.

Cuando ya no pude más, me guardé los mensajes telefónicos en el bolsillo y salí. Me escapé sin que nadie me atrapara.

Me detuve en una tienda de rebajas en la Massachusetts y me pegué una deliciosa borrachera de compras. Caramelos y juguetitos para los niños, jabón y artículos de aseo para todos, calcetines y pantalones de chándal de distintas tallas para los niños. Una gran caja de pañales desechables. Jamás en mi vida me había divertido tanto gastando doscientos dólares.

Y gastaría lo que fuera necesario para conseguirles un lugar caliente. Me daba igual que tuvieran que pasarse un mes en un motel. Pronto se convertirían en clientes míos y yo amenazaría y pondría los pleitos que fueran necesarios hasta conseguir que tuvieran una vivienda adecuada. Estaba deseando presentar una querella contra alguien.

Aparqué enfrente de la iglesia, mucho menos asustado que la víspera, pero dominado todavía por un considerable temor. Dejé prudentemente los paquetes en el interior del automóvil. Si entraba como Papá Noel, se armaría un alboroto. Mi intención era irme de allí con la familia, llevarla a un motel, encargarme de que todos se bañaran, limpiaran y desinfectaran, darles de comer hasta que se les llenara bien la tripa, comprobar si necesitaban asistencia médica, quizá acompañarlos a comprar zapatos y ropa de abrigo y darles otra vez de comer. No me importaba lo que costara ni el tiempo que me llevara.

Tampoco me importaba que la gente pensase que era otro blanco rico que quería tranquilizar su conciencia.

Miss Dolly se alegró de verme. Me saludó y señaló una pila de patatas que había que mondar. Antes de poner manos a la obra fui en busca de Ontario y de su familia. No los encontré; no estaban en su sitio de costumbre. Recorrí todo el sótano, rodeando y pasando por encima de docenas de indigentes. No estaban en la iglesia ni en la galería de arriba.

Mientras pelaba patatas me puse a conversar con miss Dolly. Recordaba a la familia, pero cuando había llegado, a las nueve, ellos ya no estaban.

—¿Adónde pueden haber ido?

—Esta gente se mueve mucho, cariño. Van de comedor de beneficencia en comedor de beneficencia, de albergue en albergue. A lo mejor ella se enteró de que en Brightwood daban queso o de que en otro sitio repartían mantas. Hasta puede que haya encontrado trabajo en un McDonald's y haya dejado a los niños con su hermana. Nunca se sabe. Pero no se quedan en el mismo sitio.

Dudaba mucho que la madre de Ontario hubiera encontrado trabajo, pero no me apetecía discutirlo con miss Dolly en su cocina.

Mordecai apareció cuando ya empezaba a formarse la cola del almuerzo. Lo vi antes de que él advirtiera mi presencia, y cuando nuestras miradas se encontraron, una sonrisa iluminó su rostro.

Un nuevo voluntario se encargaba de preparar los bocadillos. Mordecai y yo servíamos a las mesas, introduciendo los cucharones en las ollas para llenar de sopa los cuencos de plástico. La tarea era todo un arte. Si echabas demasiado caldo, corrías el riesgo de que el beneficiario te mirara con rabia. Si te pasabas con la verdura, en la olla solo quedaba caldo. Mordecai había perfeccionado su técnica años atrás; yo fui objeto de varias miradas asesinas antes de aprender. Mordecai tenía una palabra amable para todos aquellos a quienes servíamos, hola, buenos días, qué tal estás, me alegro de verte. Algunos le devolvían la sonrisa, otros ni siquiera levantaban la mirada.

Cuando ya faltaba poco para el mediodía, una pequeña multitud empezó a congregarse ante la puerta y las colas se alargaron. Aparecieron más voluntarios como llovidos del cielo y en la cocina resonaron los agradables murmullos y ruidos de unas personas felizmente ocupadas en su tarea. Yo seguía buscando a Ontario. Papá Noel estaba esperándolo y el chiquillo no tenía ni la menor idea.

Una vez que hubimos dado de comer a todos, llenamos nuestros cuencos. Puesto que las mesas estaban llenas, comimos en la cocina, apoyados contra el fregadero.

—¿Recuerda los últimos pañales que cambió anoche? —pregunté entre bocado y bocado.

—Como si eso pudiera olvidarse.

—Hoy no he visto al niño ni a su familia.

Mordecai siguió masticando mientras reflexionaba acerca de ello.

—Estaban aquí cuando me fui esta mañana —dijo al fin.

—¿Qué hora era?

—Sobre las seis. Estaban profundamente dormidos en aquel rincón de allí.

—¿Y adónde pueden haber ido?

—Eso nunca se sabe.

—El niño me dijo que vivían en un coche.

—¿Habló con él?

—Sí.

—Y ahora quiere localizarlo, ¿verdad?

—Sí.

—Ni lo sueñe.

Después del almuerzo el sol se abrió paso entre las nubes y empezó el movimiento. Uno a uno pasaron por delante de la mesa, recibieron una manzana o una naranja y abandonaron el sótano.

—Los pobres no paran de moverse —me explicó Mordecai mientras contemplábamos la escena—. Les gusta vagar sin rumbo. Tienen sus rituales y sus rutinas, sus lugares preferidos, sus amigos de la calle, cosas que hacer. Vuelven a sus parques y a sus callejones y huyen de la nieve.

—Fuera estamos a cinco bajo cero, y esta noche bajará casi a diez —dije.

—Volverán. Espere a que oscurezca y verá cómo todo eso se llena otra vez. Vamos a dar una vuelta.

Avisamos a miss Dolly, quien nos dio permiso.

El viejo Ford Taurus de Mordecai estaba aparcado al lado de mi Lexus.

—Eso no va a durar mucho aquí —me dijo, señalando mi coche—. Si tiene previsto pasarse una temporada en esta zona de la ciudad, le aconsejo que lo cambie por otro más sencillo.

No se me había pasado por la cabeza la idea de separarme de mi fabuloso automóvil. Estuve a punto de ofenderme.

Subimos a su Taurus y salimos del aparcamiento. En cuestión de segundos advertí que Mordecai Green era un pésimo conductor, por lo que intenté abrocharme el cinturón de seguridad. Estaba roto. Él pareció no darse cuenta.

Pasamos por delante de las transitadas calles del sector noroeste de Washington, manzanas de casas adosadas con las ventanas tapiadas, lugares tan peligrosos que hasta los conductores de ambulancias se negaban a ir a ellos, escuelas en lo alto de cuyas vallas metálicas brillaba el cortante alambre de púas, barrios permanentemente convulsionados por los disturbios. Mordecai era un guía turístico asombroso. Cada centímetro era su terreno, cada esquina tenía una anécdota, cada calle, una historia. Dejamos atrás otros centros de acogida y comedores de beneficencia. Conocía a los cocineros y a los reverendos. Las iglesias eran buenas o malas, sin medias tintas. O abrían sus puertas a los desamparados o las mantenían cerradas. Me señaló la Facultad de Derecho de Howard, un motivo de inmenso orgullo para él. Sus estudios de abogacía le habían llevado cinco años; tenía un trabajo a plena dedicación y otro a tiempo parcial, de modo que asistía a clase por la noche. Me indicó una casa incendiada donde en otro tiempo desarrollaban sus actividades los traficantes de crack. Su tercer hijo, Cassius, había muerto allí delante, en la acera.

Cerca ya de su despacho me preguntó si me molestaría que entráramos un momento. Quería echar un vistazo a la correspondencia. No me molestaba, por supuesto; de hecho, me apetecía dar aquella vuelta.

Todo estaba a oscuras, frío y desierto. Pulsó los interruptores de la luz y empezó a hablar.

—Somos tres. Yo, Sofía Mendoza y Abraham Lebow. Sofía es asistente social, pero sabe más de la ley de la calle que Abraham y yo juntos. —Lo seguí rodeando los escritorios cubiertos de papeles—. Antes tenía siete abogados aquí, ¿se imagina? Era cuando recibíamos una asignación gubernamental por servicios jurídicos. Ahora, gracias a los republicanos, no nos dan ni diez centavos. Allí hay tres despachos, y otros tres en la parte que yo ocupo. —Con un ademán abarcó toda la estancia—. Mucho espacio vacío.

Tal vez estuviera vacío por falta de personal, pero no se podía caminar sin tropezar con un archivador lleno de expedientes antiguos o un montón de polvorientos textos jurídicos.

—¿Quién es el propietario de este edificio? —le pregunté.

—La Fundación Cohen. Leonard Cohen fue quien puso en marcha un importante bufete jurídico de Nueva York. Murió en el ochenta y seis; debía de tener cien años. Ganó una tonelada de dinero y en la última etapa de su vida decidió no llevárselo a la tumba. Empezó a repartirlo por ahí, y una de sus muchas obras fue la asignación de un fondo para ayudar a los abogados de los pobres a prestar asistencia a los sin hogar. Así nació este lugar. La fundación cuenta con tres consultorios jurídicos; este, el de Nueva York y el de Newark. Me contrataron en el ochenta y tres, y un año más tarde me convertí en director.

—¿Todos sus recursos proceden de una sola fuente?

—Prácticamente todos. El año pasado la fundación nos dio ciento diez mil dólares. El anterior habían sido ciento cincuenta, por eso hemos perdido un abogado. Cada año nos asignan menos dinero. El fondo no se ha gestionado bien y ahora se está comiendo el capital. Dudo que dentro de cinco años estemos aquí. Puede que todo termine dentro de tres.

—¿No hay modo de obtener dinero de otras fuentes?

—Sí, por supuesto. El año pasado reunimos nueve mil dólares, pero eso lleva tiempo. Podemos ejercer nuestro oficio o dedicarnos a recaudar fondos. A Sofía no se le dan muy bien las relaciones públicas. Abraham es un neoyorquino muy sarcástico, lo cual significa que estoy solo con mi magnética personalidad.

—¿Cuáles son los gastos generales? —pregunté sin que me importara demasiado ser indiscreto.

Casi todos los grupos que desarrollaban actividades no lucrativas publicaban un informe anual con todas las cifras.

—Dos mil dólares al mes. Deduciendo los gastos y una pequeña reserva, los tres nos repartimos ochenta y nueve mil dólares. A partes iguales. Sofía se considera socia de pleno derecho. Y, francamente, nos da miedo discutir con ella. Yo cobré casi treinta, lo cual, por lo que he oído decir, es lo que suele cobrar un abogado de oficio. Bienvenido a la calle.

Llegamos a su despacho y me senté delante de él.

—¿Se olvidaron de pagar la factura de la calefacción? —pregunté casi temblando.

—Es probable. No solemos trabajar mucho los fines de semana. Con eso se ahorra dinero. No hay manera de calentar o refrigerar este lugar.

Semejante idea jamás se le habría ocurrido a nadie de Drake & Sweeney. Si se cierra los fines de semana, se ahorra dinero. Y se salvan los matrimonios.

—Por otra parte —añadió—, si fuera demasiado cómodo, nuestros clientes no se irían. Por consiguiente, en invierno hace frío, en verano hace calor y se reduce el tráfico en la calle. ¿Le apetece un café?

—No, gracias.

—Hablo en broma. Por nada del mundo intentaríamos disuadir a los indigentes de acercarse por aquí. Suponemos que nuestros clientes se mueren de hambre y de frío y no nos preocupamos por estas cosas. ¿Se sintió usted culpable cuando desayunó esta mañana?

—Sí.

Me dedicó la sabia sonrisa de un anciano que ya está de vuelta de todo.

—Suele ocurrir. Antes trabajábamos con muchos jóvenes abogados de importantes bufetes, los novatos de la beneficencia los llamo yo, y estos me decían que, al principio, se les quitaban las ganas de comer. —Se dio unas palmadas en el prominente vientre—. Pero eso se supera.

—¿Qué hacían los novatos de la beneficencia? —pregunté.

Estaba a punto de picar el anzuelo, y Mordecai sabía que yo lo sabía.

—Los enviábamos a los centros de acogida. Allí se reunían con los clientes y nosotros les supervisábamos los casos. El trabajo suele ser fácil. Basta un abogado que ladre por teléfono a algún burócrata incompetente. Vales para comida, pensiones para veteranos de guerra, subsidios para vivienda, el seguro médico, ayuda a la infancia; aproximadamente un veinticinco por ciento de nuestras actividades tiene que ver con las prestaciones benéficas.

Escuché con atención; Mordecai me leyó el pensamiento y empezó a enrollar el sedal.

—Mire, Michael, los mendigos no tienen voz. Nadie los escucha, nadie se preocupa por ellos y ellos tampoco esperan que nadie los ayude. Por consiguiente, cuando intentan coger el teléfono para conseguir las prestaciones a que tienen derecho, no llegan a ninguna parte. Los ponen en listas permanentes de espera. Nadie les devuelve las llamadas. Carecen de domicilio. A los burócratas no les importa y se dedican a joder precisamente a las personas a las que tendrían que ayudar. Por lo menos, un curtido asistente social puede conseguir que los burócratas lo escuchen, echen un vistazo a los expedientes y quizá, le devuelvan la llamada. Pero si el que ladra y arma alboroto por teléfono es un abogado, se consiguen cosas. Los burócratas se sienten obligados a actuar. Los documentos se tramitan. ¿Que no hay un domicilio? No importa. Envíeme el cheque, yo se lo haré llegar al cliente.

Estaba levantando progresivamente la voz y agitaba las manos. Aparte de todo lo demás, Mordecai era un consumado narrador. Debía de ser muy eficaz en presencia de un jurado.

—Voy a contarle algo muy gracioso —dijo—. Hace aproximadamente un mes uno de mis clientes bajó a la delegación de la Seguridad Social para recoger un impreso de solicitud de prestaciones benéficas, algo, en teoría, muy sencillo. El hombre tiene sesenta años y sufre mucho porque tiene la espalda encorvada. Cuando uno se pasa diez años durmiendo sobre las piedras y los bancos de los parques, tiene problemas de columna. Se pasó dos horas haciendo cola delante de un despacho y, cuando finalmente llegó a la puerta, esperó otra hora, se dirigió al primer escritorio, intentó explicar lo que quería y recibió un vapuleo verbal de una miserable secretaria que tenía un mal día. La mujer hizo incluso un comentario acerca de su mal olor. Como es natural, el hombre se ofendió y se fue sin los impresos. Me telefoneó. Hice las debidas llamadas y el miércoles pasado celebramos una pequeña ceremonia en la delegación de la Seguridad Social, adonde fui con mi cliente. La secretaria estaba allí con su jefe, el jefe de su jefe, el director de la delegación del distrito de Columbia y un pez gordo de la administración de la Seguridad Social. La secretaria se situó delante de mi cliente y leyó una disculpa de una página. Fue muy bonito, conmovedor. Después me entregó el impreso de solicitud de prestaciones benéficas y todos los presentes me aseguraron que el asunto sería objeto de inmediata atención. Eso es la justicia, Michael, en eso consiste el derecho de la calle. Es una cuestión de dignidad.

Me siguió contando historias en las que los abogados de la calle eran los buenos chicos y los sin hogar alcanzaban la victoria. Yo sabía que se había guardado otras tantas historias conmovedoras y probablemente más, pero su intención era preparar el terreno.

Perdí la noción del tiempo. Mordecai no mencionó para nada la correspondencia. Al final nos fuimos y regresamos al centro de acogida.

Faltaba una hora para que anocheciera, un buen momento, pensé yo, para ir a cobijarse en el caldeado sótano de la iglesia, antes de que los gamberros empezaran a recorrer las calles.

Con Mordecai caminaba despacio y sin temor. Si hubiera ido solo, habría andado con la cintura doblada y sin apenas pisar la nieve.

Miss Dolly había conseguido un montón de pollos enteros. Los hirvió y yo los deshuesé.

En la hora punta se unió a nosotros JoAnne, la mujer de Mordecai. Era tan simpática y casi tan alta como su marido. Sus dos hijos medían más de un metro noventa. Cassius medía metro noventa y ocho y era una codiciada estrella del baloncesto cuando le pegaron un tiro a los diecisiete años.

Me fui a medianoche. Ni rastro de Ontario y su familia.

10

El domingo empezó con una llamada de Claire poco antes del mediodía; otra embarazosa charla solo para que me comunicase a qué hora regresaría a casa. Le sugerí una cena en nuestro restaurante preferido, pero no le apetecía. No le pregunté si ocurría algo. Eso ya lo habíamos superado.

Puesto que nuestro apartamento estaba en el tercer piso, no había conseguido encontrar un medio satisfactorio de que nos entregaran en casa el *Post* del domingo. Habíamos probado varios métodos, pero la mitad de las veces el periódico desaparecía.

Me duché y me abrigué. El hombre del tiempo había pronosticado una temperatura máxima de tres grados. Cuando me disponía a salir, el presentador del telediario anunció la noticia más destacada de la mañana. Me quedé petrificado; oí las palabras, pero tardé un poco en comprender su significado. Me acerqué lentamente al mostrador de la cocina donde estaba el televisor, contemplando la pantalla boquiabierto de asombro e incredulidad.

Hacia las once de la noche, la policía del distrito de Columbia había encontrado un pequeño coche cerca de Fort Totten Park en el sector nordeste, una de las llamadas «zonas de guerra». Estaba aparcado en la calle con los neumáticos hundidos en el hielo. En el interior había una joven madre y sus cuatro hijos, todos muertos por asfixia. La policía sospechaba que la familia vivía en el automóvil y había tratado de calentarse. El tubo de escape del vehículo estaba obturado con un montón de nieve. Algunos detalles, pero ningún nombre.

Bajé corriendo a la calle, resbalé sobre la nieve sin perder el equilibrio, bajé por la calle P hacia la avenida Wisconsin y me dirigí al quiosco de la Treinta y cuatro. Horrorizado y casi sin resuello, tomé el periódico. En una esquina inferior de la primera plana estaba la noticia, visiblemente insertada en el último momento. Ningún nombre.

Abrí el periódico por la sección de sucesos y arrojé el resto de las páginas a la acera. La noticia se ampliaba en la página catorce con unos estereotipados comentarios de la policía y las consabidas advertencias acerca de los peligros de los tubos de escape obturados. Después, los desgarradores detalles: la madre, de solo veintidós años, se llamaba Lontae Burton; la niña, Temeko. Los dos hermanos menores, Alonzo y Dante, de apenas dos años, eran gemelos. El hermano mayor, Ontario, tenía cuatro años. Debí de emitir un sonido muy raro, pues un hombre que estaba practicando jogging me miró con extrañeza, como si fuera un tipo peligroso. Me alejé con el periódico abierto en la mano, pisando las otras veinte secciones esparcidas por la acera.

—¡Perdone! —gritó una voz encolerizada a mi espalda—. ¿Sería tan amable de pagarme?

Seguí caminando.

Se acercó a mí por detrás y gritó:

—Oiga, amigo.

Me detuve justo el tiempo suficiente para sacar del bolsillo un billete de cinco dólares y arrojárselo a los pies sin apenas mirarlo.

En la calle P, cerca del apartamento, me apoyé contra el muro de ladrillo de la espléndida casa adosada de alguien. La nieve de la acera había sido meticulosamente retirada. Volví a leer muy despacio la noticia, confiando en que el final fuera distinto. Los interrogantes y los pensamientos se agolpaban sin orden ni concierto en mi mente, pero dos de las preguntas se repetían una y otra vez: ¿por qué no habían regresado al albergue?, ¿habría muerto la niña envuelta en mi chaqueta de algodón?

Debía esforzarme para pensar, y caminar me resultaba casi imposible. Después del sobresalto vino el remordimiento. ¿Por qué no había hecho algo por ellos la noche del viernes, cuando los había visto por primera vez? Habría podido llevarlos a un cómodo hotel y ocuparme de que comiesen…

El teléfono estaba sonando cuando entré en el apartamento. Era Mordecai, que me preguntó si me había enterado de la noticia. Le pregunté a mi vez si recordaba el pañal mojado. La misma familia, dije. Él no sabía cómo se llamaban. Le hablé de mi encuentro con Ontario.

—Lo lamento mucho, Michael —dijo en tono mucho más triste.

—Yo también.

Apenas si lograba articular palabra. Acordamos reunirnos más tarde. Me senté en el sofá y permanecí una hora sin moverme.

Después fui al coche y saqué las bolsas de comida, juguetes y ropa que les había comprado.

Solo por curiosidad, Mordecai se presentó en mi despacho al mediodía. En sus tiempos había estado en muchos bufetes importantes, pero quería ver el lugar donde había caído Señor. Lo acompañé en un breve recorrido y le conté a grandes rasgos el incidente de los rehenes.

Nos marchamos en su coche. Me alegré de que hubiera poco tráfico por ser domingo, pues Mordecai no mostraba demasiado interés por lo que hacían los demás automovilistas.

—La madre de Lontae tiene treinta y ocho años y cumple una condena de diez años por venta de crack —me explicó. Se había informado por teléfono—. Dos hermanos, ambos en la cárcel. Lontae tenía un historial de drogadicción y prostitución. Ni idea de quién o quiénes eran los padres de las criaturas.

—¿Cómo lo ha averiguado?

—Localicé a su abuela en una urbanización. La última vez que vio a Lontae, esta solo tenía tres hijos y vendía droga con su madre. Según la mujer, cortó las relaciones con su hija y con su nieta por culpa de la droga.

—¿Quién se ocupará de enterrarlos?

—Los mismos que enterraron a DeVon Hardy.

—¿Cuánto costaría un entierro corriente?

—El precio se puede negociar. ¿Tiene usted interés en saberlo?

—Me gustaría que fuesen enterrados debidamente.

Nos encontrábamos en Pennsylvania Avenue, pasando por delante de los gigantescos edificios del Congreso, con el Capitolio al fondo. No pude evitar maldecir en silencio a aquellos necios que cada mes se gastaban miles de millones de dólares cuando había tanta gente sin hogar. ¿Cómo era posible que cuatro niños inocentes hubieran muerto en la calle prácticamente a la sombra del Capitolio por no tener un lugar donde vivir?

No deberían haber nacido, habrían dicho algunos habitantes de la zona de la ciudad donde yo residía.

Los cuerpos habían sido trasladados al edificio de la Oficina del Forense, que también albergaba el depósito de cadáveres. Era una construcción de dos plantas de conglomerado marrón perteneciente al Hospital General del distrito de Columbia. Permanecerían allí hasta que alguien los reclamara. Si no aparecía nadie en un plazo de cuarenta y ocho horas, serían embalsamados de conformidad con la ley, colocados en unos ataúdes de madera y enterrados rápidamente en el cementerio cercano al estadio RFK.

Mordecai aparcó en un espacio reservado a minusválidos y, tras reflexionar un instante, me preguntó:

—¿Está seguro de que quiere entrar?

—Creo que sí.

No era la primera vez que él visitaba el lugar, y había llamado con antelación. Un guardia de seguridad con un uniforme muy mal confeccionado se atrevió a cortarnos el paso, pero Mordecai le pegó un grito tan tremendo que hizo que mi estómago se encogiese más de lo que ya estaba.

El guardia se apartó de nosotros, alegrándose de poder hacerlo. En una puerta de cristal figuraban las palabras DEPÓSITO DE CADÁVERES pintadas en negro. Mordecai entró como si fuera el amo.

—Soy Mordecai Green, abogado de la familia Burton —le dijo con voz de trueno al joven del mostrador.

Más que un anuncio, parecía un desafío.

El joven estudió un sujetapapeles y rebuscó entre otros documentos.

—¿Qué demonios está haciendo? —le preguntó Mordecai en tono áspero.

El joven levantó la mirada con expresión retadora, pero enseguida se dio cuenta de la corpulencia de su adversario.

—Un momento —dijo, acercándose a su ordenador.

Mordecai se volvió hacia mí y comentó en voz alta:

—Cualquiera diría que guardan mil muertos aquí dentro.

Comprendí que no tenía la menor paciencia con los burócratas y los funcionarios de la administración del Estado, y recordé lo que me había contado acerca de la petición de disculpas de la secretaria de la Seguridad Social. Para Mordecai, la mitad del ejercicio de la abogacía consistía en avasallar y pegar gritos.

Apareció un pálido caballero medio calvo con el pelo teñido de negro, nos dio un pegajoso apretón de manos y se presentó como Bill. Llevaba una bata color azul y calzaba zapatos con gruesa suela de goma. ¿Dónde encontraban gente dispuesta a trabajar en un depósito de cadáveres? Franqueamos una puerta, avanzamos por un pasillo esterilizado donde la temperatura descendía progresivamente y al fin llegamos a la sala del depósito.

—¿Cuántos han recibido hoy? —preguntó Mordecai como si tuviera por costumbre pasar constantemente por allí para contar los cuerpos.

Bill hizo girar el tirador y contestó:

—Doce.

—¿Cómo se encuentra? —me preguntó Mordecai.

—No lo sé.

Bill empujó una puerta metálica y entramos. La atmósfera era fría y olía a líquido antiséptico. El suelo era de baldosas blancas y los tubos fluorescentes despedían una luz azulada. Seguí a Mordecai con la cabeza gacha, procurando no mirar alrededor, pero me fue imposible. Los cuerpos estaban cubiertos con sábanas blancas desde la cabeza hasta los tobillos, tal como se ve en la televisión. Pasamos por delante de unos pies blancos en uno de cuyos dedos gordos había sujeta una etiqueta. Después vinieron algunos pies negros. Nos volvimos y nos detuvimos en una esquina, a la izquierda de una camilla y a la derecha de una mesa.

—Lontae Burton —anunció Bill, retirando con ademán melodramático la sábana hasta la cintura de la difunta.

Se trataba, sin duda, de la madre de Ontario, envuelta en una sencilla bata blanca. La muerte no había dejado ninguna huella en su rostro. Podría haber estado durmiendo. No conseguía apartar los ojos de aquella figura.

—Es ella —dijo Mordecai como si la conociera de toda la vida.

Me miró buscando mi confirmación, y conseguí asentir con la cabeza. Bill dio media vuelta y yo contuve la respiración. Una sola sábana cubría a los niños.

Estaban tendidos muy juntos en una pulcra hilera con las manos cruzadas sobre unas batas idénticas. Parecían unos querubines dormidos, unos soldaditos de la calle que finalmente habían alcanzado la paz.

Sentí deseos de tocar a Ontario, de darle una palmada en el brazo y decirle que lamentaba lo ocurrido, de despertarlo, llevármelo a casa, darle de comer y ofrecerle todo lo que deseara.

Me acerqué un poco más para verlos mejor.

—No los toque —me indicó Bill.

—Son ellos —intervino Mordecai al observar que yo asentía con la cabeza.

Mientras Bill los cubría, cerré los ojos y musité una breve plegaria, pidiendo misericordia y perdón. «No permitas que vuelva a ocurrir», me dijo el Señor.

A continuación Bill entró en una sala, pasillo abajo, y sacó dos cestos de alambre con los efectos personales de la familia. Los arrojó sobre una mesa y entre los tres hicimos un inventario del contenido. La ropa que llevaban estaba sucia y raída. Mi chaqueta era la prenda más bonita que tenían. Había tres mantas, un bolso, unos juguetes baratos, un medicamento infantil, una toalla, más ropa sucia, una caja de barquillos de vainilla, una lata de cerveza sin abrir, unos cigarrillos, dos preservativos y unos veinte dólares en billetes y calderilla.

—El coche está en el depósito municipal —nos informó Bill—. Dicen que está lleno de basura.

—Nos encargaremos de él —repuso Mordecai.

Firmamos los impresos del inventario y nos fuimos con los efectos personales de la familia de Lontae Burton.

—¿Qué hacemos con eso? —pregunté.

—Lléveselo a la abuela. ¿Quiere su chaqueta?

—No.

La funeraria era propiedad de un pastor conocido de Mordecai, quien no lo apreciaba demasiado porque su iglesia no se mostraba lo bastante amable con los indigentes, pero lo soportaba.

Aparcamos delante de la iglesia, en Georgia Avenue, cerca de la Universidad Howard, una zona más limpia de la ciudad, con menos ventanas tapiadas.

—Será mejor que se quede aquí. Si estoy a solas con él podré hablarle más claro.

No me apetecía quedarme sentado en el coche sin compañía, pero me fiaba de él.

—Muy bien —dije, hundiéndome unos centímetros más en el asiento mientras miraba temerosamente alrededor.

—No le ocurrirá nada.

Se fue y yo eché el seguro a las portezuelas. Al cabo de unos minutos me tranquilicé y empecé a pensar. Mordecai quería estar a solas con el pastor por motivos económicos. Mi presencia habría complicado las cosas. ¿Quién era yo y cuál era mi interés por aquella familia? El precio aumentaría de inmediato.

En la acera reinaba un gran ajetreo. La gente apuraba el paso, azotada por el cortante viento. Pasó una madre con sus dos hijos cogidos de la mano, envueltos en prendas de calidad. ¿Dónde estaban la noche anterior cuando Ontario y su familia permanecían acurrucados en el gélido interior del vehículo, respirando inadvertidamente monóxido de carbono hasta morir asfixiados? ¿Dónde estábamos todos los demás?

El mundo cerraba sus puertas. Nada tenía sentido. En menos de una semana había visto muertas a seis personas de la calle, y no estaba preparado para asimilar aquel golpe. Era un culto, acomodado y bien alimentado abogado blanco que se dirigía por el carril rápido hacia una riqueza importante y hacia todas las maravillosas cosas que con ella podría adquirir. Mi matrimonio se había ido al garete, pero me recuperaría. Había un montón de mujeres estupendas por ahí. No estaba demasiado preocupado.

Maldije a Señor por haber puesto mi vida en entredicho, y a Ontario por haberme partido el corazón.

Una llamada a la ventanilla me sobresaltó. Tenía los nervios a flor de piel. Era Mordecai, de pie en la nieve, junto al bordillo. Bajé el cristal.

—Dice que enterrará a los cinco por dos mil dólares.

—Lo que sea —contesté.

Se marchó y regresó al cabo de pocos minutos, se sentó al volante y se alejó a toda velocidad.

—El funeral se celebrará el martes aquí en la iglesia. Ataúdes de madera, pero bonitos. Pondrá algunas flores para que quede mejor. Pedía tres mil, pero le dije que vendrían los representantes de la prensa y que, a lo mejor, saldría en la televisión. Eso le gustó. Dos mil no está mal.

—Gracias, Mordecai.

—¿Cómo se encuentra?

—Mal.

Regresamos a mi despacho sin apenas hablar.

A James, el hermano menor de Claire, le habían diagnosticado la enfermedad de Hodgkin, de ahí que la familia se reuniese en Providence. No tenía nada que ver conmigo. La oí hablar del fin de semana, del sobresalto de la noticia, de las lágrimas y las oraciones mientras todos se abrazaban y consolaban a James y a su mujer. La suya es una familia de besucones y llorones, por lo que me alegraba de que ella no me hubiera pedido que la acompañase. El tratamiento empezaría de inmediato; el pronóstico era bueno.

Claire se alegraba de estar en casa y de tener a alguien con quien desahogarse. Tomamos vino en el estudio, junto al fuego, con una manta sobre las rodillas. Era casi romántico, pero yo tenía demasiadas cicatrices para pensar siquiera en la posibilidad de mostrarme sentimental. Hice un valeroso esfuerzo por escucharla, lamentarlo por el pobre James y pronunciar las frasecitas de rigor.

No era lo que yo esperaba y no estaba seguro de que fuese lo que quería. Pensé que, a lo mejor, lucharíamos contra molinos de viento y que incluso se producirían algunas escaramuzas. Las cosas no tardarían en ponerse feas; más tarde, cuando tramitáramos nuestra separación como verdaderos adultos, cabía esperar que se volvieran civilizadas. Sin embargo, después de lo de Ontario no estaba preparado para abordar ningún asunto que exigiera una participación afectiva. Estaba agotado. Ella no hacía más que repetirme lo cansado que parecía. Estuve casi a punto de darle las gracias.

Con un esfuerzo sobrehumano la escuché hasta el final y, poco a poco, la conversación se deslizó hacia mí y mi fin de semana. Se lo conté todo, mi nueva vida de voluntario en los centros de acogida y lo de Ontario y su familia. Le mostré el reportaje del periódico.

Se conmovió sinceramente, pero también pareció desconcertada. Yo no era el mismo que la semana anterior y ella no estaba segura de que la última versión fuese mejor que la antigua. Yo tampoco lo estaba.

11

Como jóvenes adictos al trabajo que éramos, Claire y yo no necesitábamos despertadores, sobre todo los lunes por la mañana, cuando nos enfrentábamos a toda una semana de desafíos. Nos levantábamos a las cinco, nos tomábamos los cereales media hora más tarde y nos íbamos cada uno por su lado, haciendo prácticamente carreras para ver quién salía primero.

Gracias al vino, conseguí dormir sin que me persiguiera la pesadilla del fin de semana. Mientras me dirigía en mi automóvil hacia el bufete, decidí poner cierta distancia con la gente de la calle. Soportaría el entierro. Buscaría un poco de tiempo para trabajar gratuitamente por los sin hogar. Prolongaría mi amistad con Mordecai y era probable incluso que me convirtiese en un asiduo visitante de su despacho. De vez en cuando me dejaría caer por el comedor de miss Dolly y la ayudaría a dar de comer a los hambrientos. Entregaría dinero y contribuiría a recaudar más fondos para la gente sin recursos. Yo podía ser mucho más útil como fuente de ingresos que cualquier abogado de los pobres.

Mientras conducía llegué a la conclusión de que necesitaba varias jornadas de dieciocho horas para reorganizar mis prioridades. Mi carrera había sufrido un pequeño descarrilamiento. Una orgía de trabajo lo arreglaría todo. Solo un necio habría despreciado aquella oportunidad de ganar dinero que a mí se me ofrecía.

Elegí otro ascensor que no fuera el de Señor. Este ya formaba parte del pasado; lo aparté de mis pensamientos. No miré hacia la sala de juntas en la que él había muerto. Arrojé mi cartera de documentos y mi abrigo sobre una silla de mi despacho y salí a tomarme un café. Mientras caminaba a grandes zancadas por el pasillo antes de las seis de la mañana, hablaba con un compañero por aquí y un administrativo por allá, me quitaba la chaqueta y me remangaba, pensé que estar de vuelta era estupendo.

Lo primero que hice fue echar un vistazo al *Wall Street Journal*, en parte porque sabía que este no hablaría para nada de la gente de la calle que moría en el distrito de Columbia. Después pasé al *Post*. En la primera plana de la sección metropolitana había un pequeño reportaje acerca de la familia de Lontae Burton, con una fotografía de su abuela llorando delante de un edificio de apartamentos. La leí y dejé a un lado el periódico. Yo sabía mucho más que el reportero y estaba decidido a no distraerme. Debajo del *Post* había una carpeta de cartulina amarilla tamaño folio del tipo que nuestra empresa utilizaba a millones. El hecho de que no llevase ninguna indicación la convertía en sospechosa. Estaba allí, a la vista, en el centro de mi escritorio, colocada por una persona anónima. La abrí muy despacio.

Dentro solo había dos hojas de papel. La primera era una fotocopia del reportaje del *Post* del día anterior, el mismo que yo había leído diez veces y le había mostrado a Claire la víspera. Debajo descubrí una fotocopia de algo sacado de un archivo oficial de Drake & Sweeney. El encabezamiento rezaba: DESALOJADOS-RIVEROAKS-TAG, INC.

La primera columna contenía los números del uno al diecisiete. El número cuatro correspondía a DeVon Hardy; el quince, a Lontae Burton y «tres o cuatro hijos».

Deposité lentamente la carpeta sobre el escritorio, me levanté, me acerqué a la puerta, la cerré con llave y me apoyé contra ella. Permanecí un par de minutos inmóvil, contemplando la carpeta que había sobre el escritorio. Tenía que dar por sentado que su contenido era cierto y fidedigno. ¿Por qué razón se habría molestado alguien en inventarse semejante cosa? Volví a tomarla con sumo cuidado. En el reverso de la segunda hoja mi anónimo informador había garabateado a lápiz: «El desahucio incorrecto, tanto legal como éticamente».

Lo había escrito en letras de imprenta para evitar que lo descubrieran en caso de que yo lo hiciese analizar. El trazo era muy débil y el bolígrafo apenas había rozado el papel.

Mantuve la puerta cerrada por espacio de una hora, en cuyo transcurso alterné entre permanecer de pie delante de la ventana contemplando la salida del sol y sentado ante mi escritorio contemplando la carpeta. Las idas y venidas por el pasillo se intensificaron y, al final, oí la voz de Polly. Abrí la puerta, la saludé como si todo fuera bien e hice cuanto se esperaba de mí, pero sin la menor convicción.

La mañana estuvo llena de reuniones y juntas, dos de ellas con Rudolph y unos clientes. Actué como debía, pero no logré recordar nada de lo que hicimos o dijimos. Rudolph no cabía en sí de alegría por haber recuperado a su estrella y que esta volviera a ser la misma de antes.

Me mostré casi grosero con quienes querían hablar del incidente de los rehenes y sus consecuencias. Puesto que yo aparentaba ser el mismo de siempre, lo que incluía mostrarme agresivo, las preocupaciones acerca de mi estabilidad se desvanecieron. A media mañana llamó mi padre. No acertaba a recordar cuándo había telefoneado por última vez a mi despacho. Dijo que en Memphis estaba lloviendo, que él estaba sentado en casa muerto de aburrimiento y que…, bueno, él y mi madre estaban preocupados por mí. Claire se encontraba bien, le expliqué, y, para pisar terreno seguro, le conté lo de su hermano James, al que solamente habían visto una vez, en la boda. Mostré la debida preocupación por la familia de Claire, y eso le gustó.

Papá se alegraba de haberme encontrado en el despacho, pues significaba que seguía al pie del cañón, ganando dinero y esperando ganar mucho más. Me pidió que me mantuviera en contacto.

Media hora más tarde me llamó mi hermano Warner desde su despacho en un imponente edificio del centro de Atlanta. Me llevaba seis años, era socio de otro importante bufete jurídico y uno de esos especialistas en litigios para quienes todo vale. Debido a la diferencia de edad, Warner y yo nunca habíamos estado muy unidos cuando niños, pero disfrutábamos de nuestra mutua compañía. Durante su divorcio, que había ocurrido tres años atrás, me consultaba cada semana.

Al igual que yo, vivía pendiente del reloj, por lo que su conversación sería breve.

—He hablado con papá —me dijo—. Me lo ha contado todo.

—No me extraña.

—Comprendo lo que sientes. Todos pasamos por eso. Trabajas de firme, ganas mucho dinero y nunca te detienes para ayudar a los humildes. De pronto ocurre algo y vuelves a pensar en la facultad de derecho, en el primer año de carrera, cuando todos rebosábamos de ideales y queríamos utilizar nuestros títulos para salvar a la humanidad. ¿Te acuerdas?

—Sí; hace mucho tiempo de eso.

—Muy cierto. Durante mi primer año de carrera hicieron una encuesta. Más de la mitad de los alumnos de mi clase quería dedicarse a cuestiones sociales. Cuando tres años más tarde nos graduamos, todo el mundo fue en busca del dinero. No sé qué ocurrió.

—La facultad de derecho te convierte en un ser avaricioso.

—Supongo que sí. Nuestra empresa tiene un programa que le permite a uno tomarse un año de excedencia, una especie de año sabático, y dedicarse a cuestiones de interés social. Al cabo de doce meses regresas como si jamás te hubieras ido. ¿Hacen algo parecido en vuestro bufete?

Aquello era muy propio de Warner. Cuando yo tenía un problema, él ya tenía la solución. Así de sencillo. Doce meses y uno volvía como nuevo. Un breve desvío, pero con el futuro asegurado.

—Lo hacen, pero no con los asociados —contesté—. Sé de uno o dos socios que dejaron su trabajo para dedicarse a este o a aquel organismo y regresaron al cabo de dos años. Pero un asociado no puede hacerlo.

—Tus circunstancias son distintas. Has sufrido un trauma, estuvieron a punto de matarte por el simple hecho de pertenecer a la empresa. Hablaré con alguien, diré que necesitas un poco de tiempo libre. Tómate un año y vuelve al despacho.

—Tal vez resultase… —admití, tratando de tranquilizarlo. Warner era porfiado e insistente, siempre tenía que pronunciar la última palabra, sobre todo, con la familia—. Tengo que dejarte —añadí.

Él también tenía que colgar. Prometimos hablar más tarde.

Almorcé con Rudolph y un cliente en un espléndido restaurante. Técnicamente se trataba de un almuerzo de trabajo, lo cual significaba que nos abstendríamos de tomar alcohol y que facturaríamos al cliente el tiempo que le dedicáramos. Rudolph cobraba a razón de cuatrocientos dólares por hora; yo, a razón de trescientos. Nos pasamos dos horas comiendo y trabajando, de modo que al cliente el almuerzo le costó mil cuatrocientos dólares. La empresa tenía una cuenta en el restaurante. Este pasaría la factura a Drake & Sweeney y, por el camino, nuestros hábiles contables encontrarían la manera de cobrarle también al cliente el importe de la comida.

La tarde fue una incesante sucesión de llamadas y reuniones. Por simple fuerza de voluntad conseguí mantener las apariencias y superar la prueba, cobrando de paso una elevada cantidad. Jamás en mi vida la legislación antimonopolio me había parecido más abstrusa y aburrida.

Eran casi las cinco cuando logré encontrar unos minutos para estar a solas. Le dije adiós a Polly y volví a cerrar la puerta. Abrí la misteriosa carpeta y en un cuaderno empecé a tomar notas jurídicas al azar, garabatos y diagramas con flechas que apuntaban hacia RiverOaks y Drake & Sweeney desde todas direcciones. Braden Chance, el socio especializado en bienes inmuebles con quien me había enfrentado a propósito del expediente, era quien recibía casi todos los disparos en representación de la empresa.

Mi principal sospechoso era su auxiliar, el joven que había oído nuestro duro intercambio de palabras y que segundos después, mientras yo abandonaba su despacho, había calificado a Chance de «imbécil». Él debía de conocer los detalles del desahucio y seguramente tendría acceso al expediente.

Utilizando un teléfono móvil para eludir los registros de D&S, llamé a un auxiliar del Departamento Antimonopolios. Su despacho estaba a la vuelta del mío. Él me envió a otro y, con un poco de esfuerzo, averigüé que el nombre del tipo a quien buscaba era Héctor Palma. Llevaba unos tres años en la casa, siempre en el Departamento Inmobiliario. Quería localizarlo, pero fuera del despacho.

Llamó Mordecai. Me preguntó qué planes tenía para la cena.

—Invito yo —anunció.

—¿A sopa?

Soltó una carcajada.

—Por supuesto que no. Conozco una sandwichería estupenda.

Acordamos reunirnos a las siete. Claire había regresado a sus hábitos hospitalarios, ajena al tiempo, las comidas o los maridos. Se puso en contacto conmigo a media tarde; en pocas palabras me dijo que no tenía ni idea de cuándo podría volver a casa, pero sería muy tarde. A la hora de cenar, cada cual por su lado. No se lo reprochaba. Había aprendido de mí el estilo de vida del carril de circulación rápida.

Nos encontramos en un restaurante cerca del DuPont Circle. El bar de la entrada estaba lleno de bien pagados funcionarios de la administración del Estado que se tomaban un trago antes de huir de la ciudad. Nos sentamos en un reservado del fondo y pedimos una copa.

—El asunto de Burton está adquiriendo cada vez más importancia —dijo Mordecai, y bebió un sorbo de cerveza.

—Lo siento; me he pasado doce horas encerrado en una cueva. ¿Qué ha ocurrido?

—Mucho interés por parte de la prensa. Una madre y sus cuatro hijitos hallados muertos en el automóvil donde vivían. Los encuentran a un par de kilómetros de la colina del Capitolio, donde están tramitando una reforma de la beneficencia estatal que enviará a más madres a la calle. Muy bonito.

—O sea, que el entierro será todo un espectáculo.

—Sin la menor duda. Hoy he hablado con docenas de activistas sin hogar. Asistirán, y tienen previsto hacerlo con los suyos. El lugar estará lleno de gente de la calle. Muchos fotógrafos y reporteros. Cuatro pequeños ataúdes al lado del de la madre, y las cámaras lo captarán todo para el telediario de las seis. Primero haremos una concentración y después una marcha.

—Puede que de sus muertes surja algo bueno.

—Puede que sí.

En mi calidad de curtido abogado de la gran ciudad, sabía que todas las invitaciones a almorzar o a cenar tenían un propósito. Mordecai se traía algo entre manos. Lo adiviné por la forma en que me miraba a los ojos.

—¿Se sabe por qué razón estaban sin hogar? —pregunté, tratando de sonsacarle.

—No. Probablemente, la de costumbre. No he tenido tiempo de hacer preguntas.

Mientras me dirigía hacia el local había tomado la decisión de no comentarle nada acerca de la misteriosa carpeta y su contenido. Era materia confidencial, y yo estaba al corriente gracias al puesto que ocupaba en Drake & Sweeney. Revelar lo que sabía sobre las actividades de un cliente habría constituido una grave falta de honradez profesional. La idea de divulgarlo me daba miedo. Además, no había comprobado ningún dato.

El camarero nos sirvió las ensaladas y empezamos a comer.

—Esta tarde hemos celebrado una reunión de empresa —me dijo Mordecai entre bocado y bocado—. Yo, Abraham y Sofía. Necesitamos ayuda.

No me sorprendió oír aquello.

—¿Qué clase de ayuda?

—Otro abogado.

—Pensé que no tenían ni un centavo.

—Siempre reservamos una pequeña suma. Hemos adoptado una nueva estrategia de mercado.

La idea de que el consultorio jurídico de la calle Catorce estuviese preocupado por la estrategia de mercado se me antojó graciosa; justamente lo que él pretendía. Ambos nos miramos sonriendo.

—Si consiguiéramos que el nuevo abogado dedicara diez horas a la semana a reunir dinero, podría permitirse el lujo de pagarse el sueldo.

Volvimos a sonreír.

—Por mucho que nos moleste reconocerlo —prosiguió Mordecai—, nuestra supervivencia dependerá de la capacidad que tengamos de reunir dinero. La Fundación Cohen se encuentra en un estado precario. Hasta ahora no hemos necesitado mendigar, pero las cosas tienen que cambiar.

—¿En qué consistiría el resto del trabajo?

—El ejercicio del derecho de la calle. Ya ha recibido usted una buena dosis de eso. Ha visto nuestra sede. Es un vertedero de basura. Sofía es una bruja. Abraham es un estúpido. Los clientes huelen mal y el dinero es un chiste.

—¿Cuánto dinero?

—Podemos ofrecerle treinta mil dólares al año, pero solo estamos en condiciones de prometerle la mitad durante los primeros seis meses.

—¿Por qué?

—El fondo cierra sus libros el 13 de junio, día en que nos dirán cuánto recibiremos el próximo año fiscal, que empieza el primero de julio. Tenemos reservas suficientes para pagarle los seis meses siguientes. Después, los cuatro nos repartiremos lo que quede una vez deducidos los gastos.

—¿Abraham y Sofía están de acuerdo?

—Después del sermón que les he echado, sí. Pensamos que usted debe de tener buenos contactos con los abogados y, como ha recibido una excelente educación, es apuesto, inteligente y todas esas mierdas, lo de reunir dinero se le debe de dar muy bien.

—¿Y si yo no quiero dedicarme a reunir dinero?

—Los cuatro tendríamos que rebajarnos un poco más el sueldo, y es probable que tuviéramos que conformarnos con veinte mil dólares al año. Y después con quince mil. Y cuando el fondo se agote tal vez vayamos a parar a la calle como nuestros clientes, y convertirnos en unos abogados pobres.

—O sea, que yo soy el futuro del consultorio jurídico de la calle Catorce…

—Esa es la conclusión a la que hemos llegado. Lo aceptaremos como socio de pleno derecho. A ver si Drake & Sweeney logra superar esta oferta.

—Estoy conmovido —dije.

Y también un poco asustado. El ofrecimiento de trabajo no era inesperado, pero su llegada abría una puerta que yo no estaba muy seguro de querer cruzar.

Nos sirvieron la sopa de alubias negras y pedimos más cerveza.

—¿Cuál es la historia de Abraham? —pregunté.

—Nació en Brooklyn, en el seno de una familia judía. Vino a Washington para incorporarse al equipo del senador Moynihan. Se pasó unos cuantos años en el Capitolio y acabó en la calle. Es extremadamente listo. Dedica casi todo su tiempo a coordinar litigios con los abogados de oficio de los grandes bufetes. Ahora mismo mantiene un pleito contra la Oficina del Censo para conseguir que los indigentes sean tenidos en cuenta. Y ha puesto una querella contra el sistema escolar del distrito de Columbia para garantizar la escolarización de los niños pobres. Su capacidad de letrado deja mucho que desear, pero es muy hábil en el planteamiento de la táctica de los pleitos.

—¿Y Sofía?

—Es una asistente social que lleva once años estudiando derecho por la noche. Actúa y piensa como un abogado, sobre todo cuando maltrata a los funcionarios del Estado. Dice por lo menos diez veces al día: «Soy Sofía Mendoza, abogada».

—¿Es también secretaria?

—No. No tenemos secretarias. Cada cual mecanografía y archiva lo suyo y se prepara su propio café. —Se inclinó hacia delante y, bajando la voz, añadió—: Los tres llevamos mucho tiempo juntos, Michael, y cada uno ha excavado su pequeña cueva. Para serle absolutamente sincero, necesitamos una cara nueva con nuevas ideas.

—Las perspectivas económicas son atractivas —dije en tono de broma.

—Usted no está en esto por el dinero —replicó con una sonrisa—, sino para salvar su alma.

Esa noche me costó mucho conciliar el sueño. Mi alma... ¿Tendría los arrestos suficientes para seguir adelante? ¿Estaba considerando en serio aceptar un trabajo por el que apenas cobraría? Literalmente, le estaba diciendo adiós a la posibilidad de convertirme en millonario, a las posesiones que tanto había anhelado.

Sin embargo, era el momento de hacerlo. El hecho de que mi matrimonio hubiese fracasado parecía indicarme que era hora de que introdujese cambios drásticos en mi vida.

12

El jueves, a primera hora, llamé al bufete para notificar que estaba enfermo.

—Seguramente será la gripe —le dije a Polly, quien, como le habían enseñado a hacer, pidió detalles concretos.

¿Fiebre, irritación de garganta, dolor de cabeza? Cualquiera de las tres cosas o las tres a la vez, me daba igual. Si uno pretendía faltar al trabajo, más le valía estar enfermo de verdad. Polly rellenaría un impreso y se lo enviaría a Rudolph. Anticipándome a la llamada de este, me fui a dar una vuelta por Georgetown. La nieve estaba fundiéndose rápidamente y la temperatura debía de rondar los cinco grados. Me entretuve una hora paseando por Washington Harbor, bebiendo capuchinos que compraba a los vendedores ambulantes y contemplando a los remeros en el Potomac, que tiritaban de frío.

A las diez me fui al entierro.

En la acera, delante de la iglesia, habían colocado una valla. Los policías habían dejado las motocicletas en la calle y montaban guardia en torno a ella; cerca de allí estaban las unidades móviles de la televisión.

Cuando llegué, una multitud escuchaba las palabras de un orador a través de un micrófono. Los presentes mantenían levantadas varias pancartas por encima de sus cabezas para que fueran enfocadas por las cámaras. Aparqué a tres manzanas de distancia y eché a correr hacia la iglesia. En lugar de entrar por la puerta principal, me dirigí hacia una lateral, vigilada por un anciano conserje. Le pregunté si el templo tenía galería. Él me preguntó a su vez si era reportero.

Me acompañó al interior y me indicó una puerta. Le di las gracias, franqueé la puerta, subí por un tramo de escalera y salí a la galería que daba a la espléndida nave de abajo. La alfombra era de color borgoña; los bancos, de madera oscura, y las pulcras ventanas tenían vidrieras de colores. Era una iglesia preciosa, y por un instante comprendí la razón por la cual el reverendo se mostraba reacio a abrir sus puertas a los vagabundos.

Estaba solo y podía elegir el asiento. Me acerqué muy despacio a un lugar situado justo encima de la puerta posterior, desde el que se veía el pasillo central hasta el púlpito. Un coro empezó a cantar en los peldaños de la entrada mientras yo permanecía sentado en la tranquilidad de la desierta iglesia y la música llegaba suavemente hasta mí desde el exterior.

Cesó la música, se abrieron las puertas y empezó la estampida. El suelo de la galería se estremeció mientras los asistentes al funeral entraban en la iglesia. El coro ocupó su lugar detrás del púlpito.

El reverendo dirigía el tráfico: los reporteros de la televisión en una esquina, la reducida familia en el primer banco, los activistas y los sin hogar hacia el centro. Mordecai entró con dos personas a quienes yo no conocía. Se abrió una puerta lateral y aparecieron los presos, la madre y los dos hermanos de Lontae, vestidos con la ropa azul de la prisión, con esposas y grilletes, encadenados el uno al otro y escoltados por cuatro guardias armados. Los hicieron sentar en el segundo banco del pasillo central, detrás de la abuela y de otros parientes.

Cuando todo se calmó, el órgano empezó a tocar con melancólica lentitud. Oí un ruido que procedía de abajo y todas las cabezas se volvieron. El reverendo subió al púlpito y nos pidió que nos levantáramos.

Unos conserjes con guantes blancos empujaron los ataúdes de madera por el pasillo y los alinearon en la parte anterior de la iglesia, con Lontae en el centro. El de la niña era muy pequeñito, de menos de un metro de longitud. Los de Ontario, Alonzo y Dante eran de tamaño mediano. El espectáculo resultaba tan estremecedor que muy pronto se empezaron a escuchar unos sollozos. El coro comenzó a cantar y a mecerse al compás de la melodía. Los conserjes colocaron las flores alrededor de los ataúdes y por un segundo temí, horrorizado, que los abrieran. Jamás había asistido a un funeral negro. No tenía ni idea de lo que iba a ocurrir, pero había visto en los telediarios que a veces se abrían los ataúdes y los familiares besaban el cadáver. Los buitres ya estaban preparados con sus cámaras.

Pero los ataúdes permanecieron cerrados, y de esta manera el mundo no pudo saber lo que yo sabía, que Ontario y su familia parecían en paz.

Nos sentamos y el reverendo rezó una larga plegaria. Después hubo un solo de sor no sé quién seguido de unos momentos de silencio. El reverendo leyó unos pasajes de las Sagradas Escrituras y pronunció un breve sermón. A continuación, una activista de los sin hogar lanzó un cáustico ataque contra la sociedad y sus dirigentes, que permitían que ocurrieran tales cosas. Acusó al Congreso y especialmente a los republicanos, reprochó a la ciudad su falta de liderazgo y atacó a los tribunales de justicia y a la burocracia. Pero reservó los ataques más duros para las clases altas, para aquellos que, teniendo dinero y poder, no hacían nada por los pobres y los enfermos. Expresaba su furia de manera clara y vehemente, pero me dio la impresión de que no se encontraba muy cómoda en un funeral.

Cuando hubo terminado, la aplaudieron. El reverendo siguió su ejemplo y se pasó un buen rato fustigando a todos los que no eran afroamericanos y tenían dinero.

Siguieron un solo, más lecturas de las Sagradas Escrituras y un emocionante himno del coro que a punto estuvo de hacerme llorar. Se inició una procesión para apoyar las manos sobre los difuntos, pero enseguida se rompió cuando los asistentes empezaron a lanzar gemidos y a acariciar los féretros. «Que los abran», gritó alguien, pero el reverendo sacudió la cabeza para indicar que no lo hiciesen.

La multitud se congregó junto al púlpito y alrededor de los ataúdes, gritando y sollozando mientras el coro elevaba el volumen de sus cantos. La abuela, acariciada y consolada por los demás, era la más ruidosa.

No podía creerlo. ¿Dónde habían estado todas esas personas durante los últimos meses de la vida de Lontae? Aquellos cuerpecillos que yacían en los ataúdes jamás habían conocido tanto amor.

Las cámaras se acercaron un poco más mientras la emoción de los asistentes se desbordaba. Lo que estaba presenciando era, por encima de todo, un espectáculo.

Al final intervino el reverendo, que consiguió restablecer el orden. Por dos mil dólares, no había estado nada mal. Me sentí orgulloso.

Volvieron a concentrarse en el exterior e iniciaron la marcha más o menos en dirección a la colina del Capitolio. Mordecai iba en el centro. Cuando doblaron la esquina, me pregunté en cuántas marchas y manifestaciones habría participado. Probablemente me habría contestado que no en las suficientes.

Rudolph Mayes se había convertido en socio de Drake & Sweeney a la edad de treinta años, y nadie había batido todavía su récord. Si la vida seguía los derroteros que él tenía previstos, algún día sería el socio más veterano. El derecho era su vida, tal como sus tres ex esposas habrían podido atestiguar. En todo lo demás era un desastre, pero en la empresa era un consumado jugador en equipo.

A las seis de la tarde estaba aguardándome en su despacho

con un montón de trabajo. Polly y las secretarias se habían ido, al igual que casi todos los auxiliares y administrativos. Pasadas las cinco y media, el ajetreo del pasillo se reducía considerablemente.

Cerré la puerta y me senté.

—Creí que estabas enfermo —me dijo.

—Me voy, Rudolph —le anuncié con todo el valor de que logré hacer acopio, a pesar de que sentía un nudo en el estómago.

Puso unos libros a un lado y colocó el capuchón a su lujosa estilográfica.

—Te escucho.

—Dejo la casa. Me han hecho una oferta de trabajo en un bufete especializado en asuntos sociales.

—No seas estúpido, Michael.

—No soy estúpido. Ya lo he decidido. Y quiero marcharme de aquí causando los mínimos trastornos posibles.

—Serás socio dentro de tres años.

—He encontrado una oferta mucho mejor.

Como no se le ocurría ninguna respuesta, puso los ojos en blanco en un gesto de exasperación.

—Vamos, Mike. No puedes venirte abajo por un solo incidente.

—No me he venido abajo, Rudolph. Cambio de especialidad, eso es todo.

—Ninguno de los restantes ocho rehenes lo ha hecho.

—Pues si están contentos, me alegro por ellos. Además, ya sabes que los que pertenecen al Departamento de Litigios son una raza muy rara.

—¿Adónde te vas, Michael?

—A un consultorio jurídico de las inmediaciones de Logan Circle. Se especializa en derecho de la gente sin hogar.

—¿Derecho de la gente sin hogar?

—Sí.

—¿Cuánto te pagan?

—Una auténtica fortuna. ¿Quieres hacer un donativo?

—Estás perdiendo el juicio.

—Una pequeña crisis, Rudolph. Solo tengo treinta y dos años, así es que soy demasiado joven para las locuras de la mediana edad. Supongo que empezaré a cometer las mías muy pronto.

—Tómate un mes libre. Vete a trabajar con los sin hogar, quítate esa obsesión de la cabeza y vuelve. Es un momento terrible para dejarlo. Sabes lo atrasados que estamos en el trabajo...

—No dará resultado, Rudolph. Uno no se divierte cuando hay una red de seguridad.

—¿Que no se divierte? ¿Acaso lo haces por diversión?

—Por supuesto que sí. Imagínate lo divertido que sería trabajar sin estar pendiente del reloj.

—¿Y qué me dices de Claire? —preguntó, revelando toda la profundidad de su desesperación.

Rudolph apenas la conocía, y era la persona menos indicada de la empresa para dar consejos matrimoniales.

—Ella está bien —le contesté—. Quisiera dejarlo el viernes.

Soltó un gruñido, con expresión de derrota. Cerró los ojos y meneó lentamente la cabeza.

—No puedo creerlo.

—Lo siento, Rudolph.

Nos dimos un apretón de manos y prometimos reunirnos temprano para desayunar y discutir mis asuntos pendientes.

No quería que Polly se enterara por medio de terceros, de modo que regresé a mi despacho y la llamé. Estaba en su casa de Arlington, preparando la cena. Le estropeé el fin de semana.

Compré un poco de comida tailandesa y me la llevé al apartamento. Metí una botella de vino en la nevera, puse la mesa y empecé a ensayar mis argumentos.

Si Claire sospechaba una emboscada, no lo aparentaba. A lo largo de los años habíamos adquirido la costumbre de hacer caso omiso el uno del otro en lugar de pelearnos. Por lo tanto, nuestras tácticas distaban mucho de ser refinadas.

Sin embargo, me gustaba la idea de estar absolutamente preparado para el impacto que produciría y las bromas consiguientes. Pensé que sería tan bonito como injusto, y perfectamente aceptable dentro de los límites de un matrimonio que estaba desmoronándose.

Ya eran casi las diez; ella había comido a toda prisa horas antes, por lo que nos fuimos directamente al estudio con una copa de vino. Coloqué más troncos en la chimenea y nos acomodamos en nuestros sillones preferidos. A los pocos minutos dije:

—Tenemos que hablar.

—¿De qué se trata? —preguntó con absoluta indiferencia.

—Pienso dejar el bufete.

—¿En serio?

Tomó un sorbo de vino. Admiré su frialdad. O bien lo esperaba o bien quería aparentar despreocupación.

—Pues sí. No puedo volver.

—¿Por qué no?

—Necesito un cambio. De repente he caído en la cuenta de que el trabajo con las empresas me resulta aburrido y carente de interés, y quiero hacer algo para ayudar a la gente.

—Qué bonito. —Claire ya estaba pensando en el dinero, y yo me preguntaba cuánto tardaríamos en mencionar el tema—. En realidad, me parece admirable, Michael.

—Ya te he hablado de Mordecai Green. Me ha ofrecido un trabajo en su consultorio jurídico. Empiezo el lunes.

—¿El lunes?

—Sí.

—O sea, que ya lo has decidido.

—Sí.

—Sin discutirlo conmigo. Yo no tengo voz en este asunto, ¿verdad?

—No puedo volver al bufete, Claire. Hoy se lo he dicho a Rudolph.

Otro sorbo, un leve rechinar de dientes, un destello de cólera, pero dejó que pasara. Su dominio de sí misma era asombroso.

Contemplamos el fuego, hipnotizados por las llamas anaranjadas. Ella fue la primera en romper el silencio.

—¿Puedo preguntar qué repercusión económica tendrá en nosotros?

—Cambiará algunas cosas.

—¿A cuánto asciende el nuevo sueldo?

—A treinta mil dólares anuales.

—Treinta mil dólares anuales —musitó. Después volvió a repetirlo, consiguiendo que pareciera todavía menos—. Yo gano más que eso.

Sus ingresos ascendían a treinta y un mil dólares, cifra que aumentaría de manera considerable en los años siguientes, cuando empezaría a ganar dinero a espuertas. Yo había decidido no mostrarme comprensivo si el tema económico era motivo de quejas.

—Uno no se dedica a asuntos sociales por dinero —manifesté, procurando no sonar como un beato—. Si no recuerdo mal, tú no estudiaste medicina pensando en hacerte rica.

Como todos los estudiantes de medicina del país, Claire había iniciado la carrera jurando que el dinero no era su principal objetivo. Quería ayudar a la humanidad, y otro tanto aseguraban los estudiantes de derecho. Todos mentíamos.

Hizo cálculos sin apartar la mirada del fuego. Deduje que debía de estar pensando en el alquiler. Era un bonito apartamento; por los dos mil cuatrocientos dólares mensuales que pagábamos podría haber sido mucho más bonito. Los muebles estaban bien. Nos enorgullecíamos de nuestra vivienda, una preciosa casa adosada situada en una calle de un barrio elegante, pero pasábamos muy poco tiempo en ella. Y raras veces teníamos invitados. La mudanza sería un reajuste, pero podríamos resistirlo.

Siempre habíamos sido sinceros en cuestiones económicas; no ocultábamos nada. Ella sabía que teníamos unos cincuenta y un mil dólares en fondos de inversión y otros doce mil en nuestra cuenta corriente. Me sorprendí de lo poco que habíamos ahorrado en seis años de matrimonio. Cuando uno circula por el carril rápido de una gran empresa, el dinero parece interminable.

—Supongo que tendremos que hacer algunos reajustes, ¿verdad? —preguntó, mirándome fríamente. La palabra «reajustes» estaba llena de insinuaciones.

—Supongo que sí.

—Estoy cansada —dijo.

Apuró el contenido de su vaso y se fue al dormitorio.

Qué penoso, pensé. Ni siquiera podíamos hacer acopio del suficiente rencor para pelearnos en toda regla.

Como es natural, yo era plenamente consciente de mi nueva situación en la vida. Era una historia maravillosa: un joven y ambicioso abogado se convierte en defensor de los pobres; vuelve la espalda a una importante empresa para trabajar gratuitamente. Aunque pensara que estaba perdiendo el juicio, Claire no había podido criticar a un santo.

Coloqué otro tronco en la chimenea, volví a llenar mi copa y me quedé dormido en el sofá.

13

Los socios disponían de un comedor privado en la octava planta, y para un asociado suponía un honor comer allí. Rudolph era lo bastante tonto para pensar que un cuenco de gachas de avena irlandesas a las siete de la mañana en su comedor privado serviría para que yo recuperara el juicio. ¿Cómo podía volver la espalda a un futuro lleno de almuerzos al más alto nivel?

Tenía una noticia extraordinaria que darme. La víspera había hablado con Arthur y estaban preparando una propuesta de concesión de año sabático. La empresa añadiría un complemento equivalente al sueldo que me había ofrecido el consultorio jurídico. Era una causa muy digna y ellos se empeñarían aún más en la protección de los derechos de los pobres. Me nombrarían abogado de oficio de la empresa durante un año, y de esa manera todos se librarían de su mala conciencia. Regresaría con las pilas cargadas, habría apagado mi sed de justicia y podría dedicar una vez más mi talento a la mayor gloria de Drake & Sweeney.

La idea me impresionó y emocionó; no podía rechazarla sin más. Prometí tomar una decisión cuanto antes. Me advirtió de que la proposición tendría que ser aprobada por la junta directiva, puesto que yo no era socio. La empresa jamás había considerado la posibilidad de conceder un permiso semejante a alguien que no lo fuese.

Rudolph deseaba con toda el alma que yo me quedara, y en ello no entraba para nada la amistad. Nuestro departamento tenía tanto trabajo que necesitábamos por lo menos otros dos asociados con la misma experiencia que yo. Era un mal momento para marcharme, pero no me importaba. La empresa tenía ochocientos abogados. Encontrarían a las personas que necesitaban.

El año anterior yo había facturado casi setecientos cincuenta mil dólares, por eso estaba desayunando en su elegante comedor privado y escuchaba los planes urgentes que habían ideado para conservarme. Tenía su lógica que tomaran mi sueldo anual, se lo echaran a los indigentes o a cualquier otra obra de caridad que yo quisiera y, al cabo de un año, me atrajeran de nuevo a la empresa por medio de halagos.

En cuanto terminó de exponerme la idea del año sabático, empezamos a revisar los asuntos más urgentes de mi despacho. Estábamos elaborando una lista de las cosas que se tenían que hacer cuando Braden Chance se sentó a una mesa cerca de la nuestra. Al principio no me vio. Había una docena de socios desayunando, la mayoría de ellos solos y profundamente enfrascados en la lectura de la prensa matinal. Procuré no prestarle atención, pero finalmente volví la mirada hacia él y advertí que me observaba con rabia.

—Buenos días, Braden —dije en voz alta, provocándole un sobresalto y obligando a Rudolph a volverse para ver de quién se trataba.

Chance asintió con la cabeza en silencio y, de repente, dedicó toda su atención a una tostada.

—¿Lo conoces? —me preguntó Rudolph en voz baja.

—He hablado con él —contesté.

Durante nuestra breve reunión en su despacho, Chance me había preguntado el nombre de mi socio supervisor. Yo le había dicho que era Rudolph. Estaba claro que no había presentado ninguna queja.

—Es un gilipollas —susurró Rudolph.

Era una opinión unánime. Pasó una página, se olvidó inmediatamente de Chance y siguió adelante. Había un montón de trabajo sin terminar en mi despacho.

No podía quitarme de la cabeza a Chance y el expediente del desahucio. Tenía un aspecto casi femenino; su piel era muy pálida, sus rasgos extremadamente delicados y su porte frágil. No podía imaginármelo en las calles, examinando almacenes abandonados llenos de okupas y ensuciándose las manos para cerciorarse de que el trabajo se hubiera hecho a conciencia. Claro que él jamás hacía nada semejante; de eso se encargaban sus auxiliares. Chance permanecía sentado en su despacho supervisando el papeleo y cobrando varios cientos de dólares por hora mientras los Héctor Palma de la empresa se encargaban de los detalles más desagradables. Chance almorzaba y jugaba al golf con los ejecutivos de RiverOaks; ese era su papel como socio.

Probablemente no conocía los nombres de las personas desalojadas del almacén de RiverOaks-TAG. ¿Por qué iba a conocerlos? Eran unos simples intrusos sin nombre, rostro ni hogar. No estaba allí con la policía cuando los sacaron a rastras de sus pequeñas viviendas y los echaron a la calle. Pero quizá Héctor Palma lo hubiese visto.

Además, si Chance ignoraba los nombres de Lontae Burton y de su familia, mal podía establecer una relación entre el desahucio y sus muertes. O era probable que ahora los conociese, que alguien se lo hubiera dicho.

Las preguntas tendría que responderlas Palma, y muy pronto, por cierto. Estábamos a miércoles. Yo me iba el viernes.

Rudolph dio por terminado nuestro desayuno a las ocho, justo a tiempo para asistir a otra reunión con unas personas muy importantes. Me fui a mi despacho y me puse a leer el *Post*. Publicaba una estremecedora fotografía de los cinco ataúdes cerrados en el interior del templo y un detallado reportaje acerca de la ceremonia religiosa y la marcha que se había organizado a continuación. Había también un editorial, muy bien escrito, en el que se desafiaba a todos los que teníamos comida y techo a que pensáramos en las Lontae Burtons de nuestra ciudad. Tales personas no desaparecerían. Era imposible barrerlas de las calles y depositarlas en algún lugar oculto para que no tuviéramos que verlas. Vivían en coches, en chabolas, se morían de frío en improvisadas tiendas de campaña, dormían en los bancos de los parques a la espera de que les concedieran una cama en los abarrotados y a veces peligrosos centros de acogida. Compartíamos la misma ciudad; ellas formaban parte de nuestra sociedad. Si nosotros no las ayudábamos, su número se multiplicaría. Y seguirían muriéndose en nuestras calles. Recorté el editorial, lo doblé y me lo guardé en el billetero.

A través de los auxiliares logré establecer contacto con Héctor Palma.

No habría sido prudente abordarlo de modo directo, ya que lo más probable era que Chance estuviese al acecho.

Nos reunimos en la biblioteca principal del tercer piso entre montones de libros, lejos de las cámaras del servicio de seguridad y de las miradas indiscretas de los demás. Estaba extremadamente nervioso.

—¿Ha dejado usted la carpeta en mi escritorio? —le pregunté a bocajarro.

No había tiempo para insinuaciones.

—¿Qué carpeta? —preguntó a su vez, mirando en todas direcciones como si unos pistoleros nos estuvieran siguiendo.

—La de los desahucios de RiverOaks-TAG. Fue usted quien se encargó de este asunto, ¿verdad?

Palma ignoraba si yo sabía mucho o poco.

—Sí —contestó.

—¿Dónde está el expediente?

Sacó un libro de un estante, como si estuviera estudiando algo.

—Chance conserva todos los expedientes.

—¿En su despacho?

—Sí; guardados bajo llave en un archivador.

Hablábamos prácticamente en susurros. Yo no estaba preocupado por aquel encuentro, pero aun así empecé a mirar alrededor. Cualquiera que nos hubiese observado habría comprendido de inmediato que estábamos tramando algo.

—¿Qué hay en el expediente? —pregunté.

—Cosas malas.

—Cuénteme.

—Tengo mujer y cuatro hijos. No quiero que me despidan.

—Le doy mi palabra.

—Usted se va. ¿Qué le importa lo que ocurra?

Las noticias se propagaban con rapidez, pero no me sorprendía. A menudo me preguntaba quién contaba más chismes, si los abogados o sus secretarias. Probablemente los auxiliares.

—¿Por qué dejó la carpeta en mi escritorio? —pregunté.

Sacó otro libro y advertí que le temblaba la mano.

—No sé de qué me habla.

Pasó unas cuantas páginas y se alejó hacia el fondo del pasillo. Yo lo seguí tras cerciorarme de que no había nadie cerca. Se detuvo y sacó otro libro; a pesar de todo, estaba deseando hablar.

—Necesito ese expediente —le dije.

—No lo tengo.

—Pues entonces ¿cómo puedo conseguirlo?

—Tendrá que robarlo.

—Muy bien. ¿Dónde encuentro la llave?

Estudió mi rostro por un instante, tratando de establecer hasta qué punto yo hablaba en serio.

—No tengo la llave —dijo.

—¿De dónde ha sacado la lista de los desalojados?

—No sé de qué me habla.

—Sí, lo sabe. Usted la puso encima de mi escritorio.

—Está usted loco —contestó al tiempo que se alejaba.

Esperé a que se detuviera, pero siguió caminando entre las estanterías, pasó por delante de las abarrotadas hileras y del mostrador de la entrada y abandonó la biblioteca.

Al contrario de lo que le había hecho creer a Rudolph, yo no tenía la menor intención de romperme la cabeza durante mis últimos tres días en la empresa. En lugar de ello, cubrí mi escritorio de basura antimonopolio, cerré la puerta, fijé la vista en la pared y pensé con una sonrisa en todas las cosas que dejaba atrás. La tensión iba esfumándose a medida que respiraba hondo. Ya basta de trabajar con un cronómetro ajustado alrededor del cuello. Ya basta de semanas de ochenta horas por temor a que mis ambiciosos compañeros las hicieran de ochenta y cinco. Ya basta de lamerles el culo a los de arriba. Ya basta de pesadillas acerca de la posibilidad de que me cerraran en las narices la puerta de la categoría de socio.

Llamé a Mordecai y acepté oficialmente el trabajo. Soltó una carcajada y comentó en broma que ya encontraría la manera de pagarme. Empezaría el lunes, pero él quería que me pasara antes por el consultorio para orientarme un poco. Me imaginé el interior de las oficinas de la calle Catorce y me pregunté cuál de aquellos vacíos y atestados despachos me asignarían.

Hacia el final de la tarde recibí una tras otra las solemnes despedidas de unos amigos y compañeros absolutamente convencidos de que me había vuelto loco.

Lo resistí muy bien. A fin de cuentas, había emprendido el camino de la santidad.

Entretanto, mi mujer estaba visitando a una abogada especialista en divorcios con fama de ser una implacable exprimidora de cojones.

Cuando regresé a casa a las seis, más temprano que de costumbre, estaba esperándome. Hallé la mesa de la cocina cubierta de notas y hojas impresas. Al lado había una calculadora. Claire se mostraba fría y parecía muy bien preparada. Esta vez caí en la trampa.

—Sugiero que nos divorciemos por diferencias irreconciliables —dijo cordialmente—. No reñimos ni vivimos reprochándonos cosas. Ambos reconocemos sin necesidad de palabras que nuestro matrimonio ha terminado.

Hizo una pausa, a la espera de que yo dijera algo. No podía simular sorpresa. Ella había tomado una decisión; ¿de qué habría servido poner reparos? Tenía que aparentar tanta sangre fría como ella.

—Claro —dije con la mayor indiferencia posible.

El hecho de poder mostrarme finalmente sincero me producía cierta sensación de alivio, pero me molestaba que ella tuviera más deseos de divorciarse que yo.

Para conservar su posición de fuerza, me comentó su reunión con Jacqueline Hume, su nueva abogada especialista en divorcios, soltándome el nombre como si fuera una descarga de mortero y añadiendo, para mi información, las interesadas opiniones que su portavoz había expresado.

—¿Por qué has contratado a una abogada? —pregunté interrumpiéndola.

—Quiero tener la certeza de que estoy protegida.

—¿Y crees que yo me aprovecharía de ti?

—Tú eres abogado. Quiero un abogado. Así de sencillo.

—Habrías podido ahorrarte un montón de dinero si no la hubieras contratado —dije, tratando de mostrarme un poco agresivo. A fin de cuentas, aquello era un divorcio.

—Pero me siento mucho mejor ahora que lo he hecho.

Me entregó el documento A, una hoja de trabajo donde constaban nuestros activos y nuestros pasivos. El documento B era una propuesta de división de ambas cosas. Como era de esperar, Claire pretendía quedarse con la mayor parte. Teníamos doce mil dólares en efectivo y quería la mitad para pagar el préstamo bancario de su coche. A mí me dejarían dos mil quinientos dólares de lo que quedara. No se hablaba para nada de los dieciséis mil dólares que aún debía por mi Lexus. Ella quería cuarenta mil dólares de los cincuenta mil que teníamos en fondos de inversión. Por mi parte, yo podía quedarme con mi 401 K.

—No me parece un reparto muy equitativo —le dije.

—No, no lo es —me replicó con toda la confianza de quien cuenta con la ayuda de un perro de presa.

—¿Por qué no?

—Porque yo no soy quien está pasando por una crisis existencial.

—O sea, que la culpa es mía…

—Aquí no se le está echando la culpa a nadie. Nos repartimos los bienes. Debido a motivos que solo tú conoces, has decidido reducir tus ingresos anuales en noventa mil dólares. ¿Por qué tendría yo que sufrir las consecuencias? Mi abogada confía en convencer al juez de que tu actuación nos ha perjudicado económicamente. Si tú quieres volverte loco, muy bien; pero no esperes que yo me muera de hambre.

—No es muy probable que eso ocurra.

—No pienso discutir.

—Yo tampoco discutiría si me quedara con todo.

Me sentía obligado a crear dificultades. No podíamos gritar ni arrojarnos los trastos por la cabeza. No teníamos la menor intención de echarnos a llorar. No podíamos hacernos hirientes acusaciones de aventuras extraconyugales o consumo de sustancias químicas. ¿Qué clase de divorcio era aquel?

Uno muy estéril. No me hizo caso y siguió estudiando su lista de notas, preparada sin duda por su abogada.

—El contrato de alquiler expira el 13 de junio y yo me quedaré aquí hasta entonces. Son diez mil dólares de alquiler.

—¿Cuándo quieres que me vaya?

—Cuanto antes.

—Muy bien.

Si ella quería que me fuera, yo no pensaba suplicarle que me permitiese quedarme. Era un ejercicio de arrogancia. ¿Cuál de los dos podía mostrar más desdén por el otro?

Estuve casi a punto de decir una estupidez como: «¿Piensas traer a alguien?».

Quería sacarla de quicio, contemplar cómo se desvanecía su altivez. Pero conservé la frialdad.

—Mañana mismo me voy —dije.

No supo qué contestar, pero no frunció el entrecejo.

—¿Por qué te consideras con derecho a quedarte con el ochenta por ciento de los fondos de inversión? —le pregunté a continuación.

—No es el ochenta por ciento. Me gastaré diez mil en el alquiler, otros tres mil en artículos de consumo y dos mil en la liquidación de las tarjetas de crédito que están a nombre de ambos. Además, tendremos que pagar unos seis mil dólares de impuestos de la declaración conjunta. Eso suma un total de veintiún mil dólares.

El documento C era una exhaustiva lista de las propiedades personales, empezando por el estudio y terminando con el dormitorio vacío. Puesto que ninguno de los dos se atrevería a discutir por las sartenes y las cacerolas, el reparto fue de lo más amistoso.

—Quédate lo que quieras —dije varias veces, sobre todo cuando estábamos repartiéndonos las toallas y la ropa de cama.

Nos intercambiamos varias cosas con suma amabilidad. Mi actitud en relación con ciertos objetos se debió más a la desgana de moverlos de lugar que al orgullo de poseerlos.

Yo quería un televisor y unos cuantos platos. La soltería se me había echado repentinamente encima y tenía dificultades para enfrentarme con la perspectiva de amueblar una nueva casa. Ella, en cambio, se había pasado horas viviendo en el futuro.

Pero era justa. Terminamos con el engorro del documento C y declaramos haber hecho un reparto equitativo. Firmaríamos un acuerdo de separación, esperaríamos seis meses, compareceríamos juntos ante un tribunal y disolveríamos legalmente nuestra unión.

La erosión del matrimonio había sido lenta pero segura. El cambio de nuestras carreras nos había golpeado como una bala. Las cosas estaban moviéndose con excesiva rapidez, y yo no podía detenerlas.

14

La junta directiva rechazó la idea del año sabático. A pesar de que nadie debería haberse enterado de lo que hacía la junta durante sus reuniones privadas, un Rudolph con la cara extremadamente seria me comunicó que el hecho de concedérmelo habría sentado un mal precedente. En una empresa tan grande, la concesión de un año de permiso a un asociado podría haber desencadenado toda clase de peticiones por parte de otros descontentos.

No habría ninguna red de seguridad. La puerta se cerraría de golpe cuando yo la franqueara.

—¿Estás seguro de que sabes lo que haces? —me preguntó, de pie delante de mi escritorio. A su lado, en el suelo, había dos grandes cajas de embalaje. Polly ya había empezado a recoger mis trastos.

—Estoy seguro —contesté sonriendo—. No te preocupes por mí.

—Lo he intentado.

—Gracias, Rudolph.

Se fue sacudiendo la cabeza.

Después de la personalidad oculta que Claire me había revelado la víspera, otros pensamientos más urgentes que el año sabático ocupaban mi mente. Estaba a punto de divorciarme, de recuperar la soltería y de convertirme en un sin hogar.

De pronto, empecé a preocuparme por un nuevo apartamento y no digamos por el nuevo empleo, el nuevo despacho y la nueva carrera. Cerré la puerta y eché un vistazo a la sección inmobiliaria de los anuncios clasificados.

Vendería el coche y me libraría del pago de los cuatrocientos ochenta dólares mensuales. Me compraría un cacharro, lo aseguraría al máximo y esperaría a que desapareciera en la oscuridad de mis nuevos barrios. Si quería disfrutar de un apartamento aceptable en el distrito de Columbia, estaba claro que buena parte de mi nuevo sueldo sería para el alquiler.

Salí a almorzar temprano y me pasé dos horas examinando rápidamente varias buhardillas del centro de Washington. La más barata era una pocilga de mil cien dólares mensuales, demasiado cara para un abogado de los sin hogar.

A mi regreso del almuerzo me esperaba sobre el escritorio otra sencilla carpeta de cartulina tamaño folio sin ninguna indicación en la parte exterior. Dentro encontré dos llaves fijadas con cinta adhesiva a la parte izquierda y una nota mecanografiada grapada a la derecha. La nota rezaba: «La llave de arriba es la de la puerta de Chance. La de abajo es la del archivador que hay debajo de la ventana. Copie y devuelva. Cuidado, Chance es muy desconfiado. Pierda las llaves».

Polly apareció de inmediato, tal como solía hacer siempre; sin llamar y sin hacer el menor ruido: una simple presencia fantasmagórica en la estancia. Hacía pucheros y no me prestó la menor atención. Llevábamos cuatro años juntos y, según afirmaba, mi partida la desconsolaba. En realidad, no estábamos muy unidos. En cuestión de días la asignarían a otro abogado. Era una persona muy agradable, pero la menor de mis preocupaciones.

Cerré rápidamente la carpeta sin saber si ella la había visto. Esperé un instante mientras se encargaba de ordenar mis cajas. No la mencionó, lo que significaba que no había visto nada. Pero, puesto que veía todo lo que ocurría en el pasillo en las inmediaciones de mi despacho, no acertaba a imaginar de qué manera Héctor o quien fuera había entrado y salido sin ser visto.

Barry Nuzzo, compañero de secuestro y amigo, entró para mantener una conversación muy seria conmigo. Cerró la puerta y rodeó las cajas. Como no me apetecía hablar de mi partida, le comenté lo de Claire. Su esposa y ella eran de Providence, circunstancia que en Washington parecía curiosamente significativa. Habíamos salido juntos algunas veces a lo largo de los años, pero la amistad del grupo había seguido el mismo camino que mi matrimonio.

Se sorprendió, se entristeció y después pareció que se lo tomaba bastante bien.

—Estás pasando un mal mes —me dijo—. Lo lamento.

—He desatendido demasiadas cosas —repuse.

Hablamos de los viejos tiempos, de los hombres que habían entrado y salido. No nos habíamos reunido para comentar el incidente de Señor con una cerveza en la mano, lo que me parecía extraño. Dos amigos se enfrentan juntos a la muerte, salen ilesos y después están demasiado ocupados para ayudarse mutuamente a superar las consecuencias.

Al final abordamos el tema; era difícil evitarlo estando las cajas de embalaje en el suelo. Comprendí que el motivo de nuestra conversación era el incidente del secuestro.

—Siento haberte defraudado —dijo.

—Por Dios, Barry.

—No, de veras. Debería haber estado a tu lado.

—¿Por qué?

—Porque es evidente que has perdido la razón —contestó, y soltó una carcajada.

Traté de seguirle la corriente.

—Sí, supongo que ahora estoy un poco chiflado, pero lo superaré.

—No, lo digo en serio, me han comentado que tienes dificultades. Quise localizarte la semana pasada, pero te habías ido. Estaba preocupado por ti, pero tenía un juicio, como de costumbre.

—Lo sé.

—Me remuerde la conciencia por no haberte echado una mano, Mike. Te pido perdón.

—Vamos, no digas disparates.

—Todos nos llevamos un susto de muerte, pero a ti habrían podido matarte.

—Habrían podido matarnos a todos, Barry. Un disparo errado y zas... Será mejor que lo olvidemos.

—Lo último que vi mientras corríamos hacia la puerta fue a ti gritando en el suelo con la cara cubierta de sangre. Creí que habías resultado herido. Salimos atropelladamente, unas personas nos agarraron entre gritos y pensé que de un momento a otro iba a producirse una explosión. Mike está ahí dentro, me dije, y está herido. Nos detuvimos junto a los ascensores. Alguien nos libró de las ataduras y yo me volví justo en el momento en que los policías te agarraban. Recuerdo la sangre. Toda aquella maldita sangre.

Permanecí en silencio. Barry necesitaba desahogarse para tranquilizar su espíritu. Podría decirles a Rudolph y a los demás que, por lo menos, había intentado disuadirme de mi propósito.

—Mientras bajábamos, no cesaba de preguntarme si estarías herido. Nadie podía contestarme. Creo que transcurrió una hora antes de que alguien me dijera que estabas bien. Quería llamarte al regresar a casa, pero los niños no me dejaban en paz. Debería haberlo hecho.

—No te preocupes.

—Perdona, Mike.

—Por favor, no vuelvas a repetirlo. Ya pasó. Podríamos haber pasado días enteros hablando de ello y nada habría cambiado.

—¿Cuándo comprendiste que querías irte?

Tuve que reflexionar por un instante. La respuesta sincera habría sido en aquel momento del domingo en que Bill retiró las sábanas y vi a mi pequeño amigo Ontario finalmente en paz. En aquel preciso instante, en el depósito de cadáveres de la ciudad, me convertí en otra persona.

—Este fin de semana —contesté sin dar más explicaciones. No las necesitaba.

Sacudió la cabeza como si él fuera el culpable de que aquellas cajas de embalaje estuviesen allí. Decidí ayudarlo.

—No habrías podido impedir que lo hiciera, Barry. Nadie habría podido impedirlo.

Asintió lentamente con la cabeza porque estaba empezando a comprenderlo un poco. El cañón de una pistola en la cara, el reloj se detiene y las prioridades emergen de repente: Dios, la familia, los amigos. El dinero pasa a ocupar el último lugar. La firma y la profesión se desvanecen mientras pasan los horribles segundos y uno se da cuenta de que aquel podría ser el último día de su vida.

—¿Y tú? —pregunté—. ¿Cómo estás?

La firma y la profesión ocupan durante unas cuantas horas el último lugar.

—Empezamos un juicio el martes. De hecho, estábamos preparándolo cuando Señor nos interrumpió. No podíamos pedirle al juez un aplazamiento porque el cliente llevaba cuatro años esperando, y no habíamos resultado heridos, al menos físicamente; de modo que pisamos el acelerador, empezamos el juicio y no aminoramos la marcha. Aquel juicio nos salvó.

Por supuesto que sí. El trabajo es la terapia e incluso la salvación en Drake & Sweeney. Sentí deseos de gritárselo, pues dos semanas atrás yo habría afirmado lo mismo.

—Estupendo —dije. Qué bonito—. O sea, que estás bien, ¿verdad?

—Pues claro.

Era un especialista en litigios, un luchador viril con la piel curtida. Además, tenía tres hijos, lo que significaba que el lujo de un cambio a los treinta y tantos estaba descartado.

De repente, el reloj lo llamó. Nos dimos un apretón de manos, nos abrazamos e hicimos las consabidas promesas de mantenernos en contacto.

Mantuve la puerta cerrada para poder contemplar la carpeta y decidir qué iba a hacer. No tardé en confirmar ciertas suposiciones. Una, las llaves funcionaban. Dos, no era una trampa; yo no tenía enemigos conocidos y, de todos modos, me iba. Tres, el expediente estaba efectivamente en el despacho, en el cajón del fondo del archivador que había debajo de la ventana. Cuatro, se podía sacar sin que nadie lo viera. Cinco, se podía copiar en poco tiempo. Seis, se podía devolver como si nada hubiera ocurrido. Siete, y lo más importante, contenía pruebas demoledoras. Lo anoté todo en un cuaderno. La retirada del expediente habría sido un motivo de despido inmediato, pero eso me daba igual. Lo mismo habría ocurrido en caso de que me hubiesen sorprendido en el despacho de Chance con una llave no autorizada.

La copia sería un reto. Puesto que ningún expediente del bufete tenía menos de dos centímetros y medio de grosor, tendría que fotocopiar probablemente unas cien páginas, suponiendo que lo copiase todo, por lo que tendría que pasarme varios minutos junto a la fotocopiadora, a la vista de todo el mundo. Sería demasiado peligroso. Las copias las hacían las secretarias y los administrativos, no los abogados. Las máquinas eran de alta tecnología, es decir, muy complicadas, y seguramente quedarían bloqueadas en el preciso instante en que yo apretara un botón. Además, estaban codificadas, lo cual significaba que había que pulsar unos botones determinados para que cada copia fuese facturada a un cliente. Y estaban situadas en zonas abiertas. No recordaba que hubiera ninguna fotocopiadora en un rincón. Quizá lograra encontrar alguna en otra sección de la empresa, pero mi presencia allí resultaría sospechosa.

Tendría que abandonar el edificio con el expediente y rozar los límites de un acto delictivo. Sin embargo, yo no robaría el expediente, sino que lo pediría prestado, sencillamente.

A las cuatro crucé el Departamento Inmobiliario con la camisa remangada y un montón de expedientes en las manos, como si tuviera algún asunto importante que resolver allí. Héctor no estaba en su escritorio. Braden Chance se encontraba en su despacho con la puerta entreabierta, hablando por teléfono con su voz de hijo de puta. Una secretaria me miró sonriendo cuando pasé por su lado. No vi ninguna cámara de seguridad vigilando desde arriba. En algunas plantas las había y en otras no. ¿Quién habría querido quebrantar la seguridad en el Departamento Inmobiliario?

Me fui a las cinco. Me compré unos bocadillos en una tienda de comida preparada y me dirigí hacia mi nuevo despacho.

Mis socios aún estaban allí, esperándome. Sofía esbozó incluso una sonrisa cuando nos dimos un apretón de manos, pero solo por un instante.

—Bienvenido a bordo —me dijo Abraham con la cara muy seria, como si yo estuviera subiendo a un barco que se hundía.

Mordecai agitó los brazos, señalándome una pequeña oficina al lado de la suya.

—¿Qué tal? —dijo—. Suite E.

—Muy bonito —contesté, entrando en mi nuevo despacho.

Era aproximadamente la mitad de grande que el que yo acababa de dejar. Mi antiguo escritorio no habría cabido allí. Había cuatro archivadores junto a la pared, cada uno de un color distinto. La única iluminación procedía de una bombilla que colgaba del techo. No vi ningún teléfono.

—Me gusta —dije, y no mentía.

—Mañana pondremos un teléfono —anunció, bajando la persiana sobre una unidad de corriente alterna instalada en una ventana—. Eso lo ocupó por última vez un joven abogado llamado Banebridge.

—¿Qué fue de él?

—No sabía manejar el dinero.

Estaba oscureciendo y Sofía parecía deseosa de marcharse. Abraham se retiró a su despacho. Mordecai y yo nos sentamos ante mi escritorio y cenamos los bocadillos que yo había llevado y el pésimo café que él había preparado.

La fotocopiadora era un voluminoso artilugio de los años ochenta sin los paneles de codificación ni los silbidos y timbres que tenían las de mi anterior bufete. Estaba en un rincón de la sala principal, cerca de uno de los cuatro escritorios cubiertos de viejos expedientes.

—¿A qué hora se va usted hoy por la noche? —le pregunté a Mordecai entre bocado y bocado.

—No lo sé. Dentro de una hora, quizá. ¿Por qué?

—Simple curiosidad. Regresaré a Drake & Sweeney y me quedaré allí un par de horas; quieren que termine unos asuntos urgentes. Después me gustaría traer aquí, esta misma noche, los trastos de mi despacho. ¿Sería posible?

Mordecai estaba masticando. Introdujo la mano en un cajón, sacó un llavero con tres llaves y me lo lanzó.

—Entre y salga cuando quiera —me dijo.

—¿Será seguro?

—No. Tenga cuidado. Aparque allí fuera, lo más cerca posible de la puerta, camine rápido y cierre la puerta con llave. —Debió de leer el temor en mis ojos, pues añadió—: Uno se acostumbra. Ánimo.

A las seis y media regresé valerosamente a mi coche. La acera estaba desierta; no hubo gamberros, disparos ni arañazos en mi Lexus. Me sentí orgulloso mientras abría la portezuela y me alejaba de aquel lugar. A lo mejor lograba sobrevivir en las calles.

El camino de vuelta a Drake & Sweeney me llevó once minutos. Si tardaba media hora en copiar el expediente, este permanecería fuera del despacho de Chance aproximadamente una hora. Suponiendo que todo fuera bien. Y él jamás se enteraría.

Esperé hasta las ocho, y entonces bajé como quien no quiere la cosa al Departamento Inmobiliario otra vez con la camisa remangada, como si estuviera trabajando.

Los pasillos se hallaban desiertos. Llamé con los nudillos a la puerta del despacho de Chance y no obtuve respuesta. Después comprobé la situación en todos los despachos, llamando primero con suavidad y después más fuerte, y haciendo girar finalmente el tirador.

Aproximadamente la mitad de ellos estaban cerrados con llave. A la vuelta de cada esquina busqué la posible presencia de cámaras de seguridad. Miré en las salas de juntas y en los servicios de secretaría. No había ni un alma.

La llave del despacho era exactamente igual que la mía, del mismo color y tamaño. Funcionaba perfectamente, y enseguida me encontré en un despacho a oscuras y me enfrenté con el dilema de si encender las luces o no. Una persona que circulara con su automóvil no podría decir cuál de los despachos se había iluminado de repente, y dudaba que alguien desde el pasillo pudiera ver un rayo de luz por debajo de la puerta. Además, estaba todo muy oscuro y yo no llevaba linterna. Cerré la puerta, encendí la luz, me acerqué directamente al archivador que había bajo la ventana y lo abrí con la segunda llave. Me arrodillé y abrí el cajón.

Había docenas de expedientes, todos relacionados con RiverOaks y perfectamente ordenados según un método extremadamente preciso. Chance y su secretaria estaban muy bien organizados, cualidad que nuestra empresa apreciaba mucho. Un grueso expediente llevaba la etiqueta «RiverOaks/TAG Inc.». Lo saqué con cuidado y empecé a hojearlo. Quería asegurarme de que era el que yo buscaba.

—¡Eh! —gritó de pronto una voz masculina en el pasillo, pegándome un susto.

Otra voz masculina contestó desde varias puertas más abajo y dos hombres se pusieron a conversar muy cerca de la puerta del despacho de Chance. Hablaban de baloncesto.

Con paso vacilante me acerqué a la puerta. Apagué la luz y presté atención. Después me pasé diez minutos sentado en el espléndido sofá de cuero de Chance.

Si me veían abandonar el despacho con las manos vacías, nadie podría acusarme de nada. Aún quedaba un día para que me fuese; claro que entonces tampoco tendría el expediente.

¿Y si alguien me veía salir con aquellos documentos? Estaría perdido.

Examiné desesperadamente la posibilidad de verme atrapado en distintas situaciones. Ten paciencia, me dije. Se irán. Al tema del baloncesto siguió el de las chicas. Ninguno de los dos parecía casado; probablemente fuesen estudiantes de la Facultad de Derecho de Georgetown que trabajaban por las noches. Sus voces no tardaron en perderse en la distancia.

Cerré el cajón en la oscuridad y me hice con el expediente. Cinco minutos, seis, siete, ocho. Abrí rápidamente la puerta, asomé muy despacio la cabeza y miré a un lado y a otro del pasillo. No había nadie. Pasé por delante del escritorio de Héctor y me dirigí hacia la zona de recepción, apurando el paso con indiferencia.

—¡Eh! —gritó alguien a mi espalda.

Doblé una esquina y volví la cabeza justo a tiempo para ver a un tipo acercarse a mí. La puerta más cercana daba acceso a una pequeña biblioteca. Entré; afortunadamente, estaba a oscuras. Avancé entre las estanterías de libros hasta que encontré otra puerta en el fondo. La abrí y en el extremo opuesto de un corto pasillo vi una puerta sobre la cual había una señal de salida. La franqueé. Pensando que sería más rápido bajar la escalera que subirla, hice lo primero a toda prisa a pesar de que mi despacho estaba dos pisos más arriba. Si por casualidad el tipo me había reconocido, lo más probable era que fuese a buscarme allí.

Salí a la planta baja casi sin resuello. No quería que nadie me viera, en especial el guardia de seguridad que vigilaba junto a los ascensores para impedir la entrada de gente de la calle. Me dirigí hacia una salida lateral, la que Polly y yo utilizamos para esquivar a los reporteros la noche en que Señor murió de un disparo. Hacía un frío glacial y eché a correr hacia mi automóvil, sin chaqueta y bajo una ligera llovizna.

Los pensamientos de un torpe ladrón primerizo. Había cometido una gran estupidez. Sin embargo, no me habían atrapado. Nadie me había visto salir del despacho de Chance. Nadie sabía que tenía en mi poder un expediente que no era mío.

No debería haber corrido. Al oír el grito del hombre, debería haberme detenido, intercambiar unas palabras con él, comportarme como si tal cosa y, en caso de que él hubiera insistido en que le mostrase el expediente, reprenderlo y ordenarle que se marchara. Con toda probabilidad era uno de los estudiantes que trabajaban como pasantes.

Pero ¿por qué había gritado de aquella manera? Si no me conocía, ¿por qué había querido detenerme cuando me vio al otro extremo del pasillo? Enfilé rápidamente Massachusetts Avenue para hacer la copia y devolver cuanto antes los documentos al lugar que les correspondía. Más de una vez me había pasado toda la noche allí, de modo que si tenía que esperar hasta las tres de la madrugada para poder entrar subrepticiamente en el despacho de Chance, lo haría. Me tranquilicé un poco. No podía saber que una detención por tráfico de droga acababa de fallar, que un policía había resultado herido y que el Jaguar de un traficante estaba bajando a toda pastilla por la calle Dieciocho. Había visto el semáforo en verde en New Hampshire, pero a los chicos que habían disparado contra el policía les importaba un bledo el reglamento de tráfico. Vi el Jaguar como una mancha borrosa a mi izquierda y, de repente, el airbag me estalló en la cara.

Cuando recuperé el conocimiento, la portezuela de mi lado se me estaba clavando en el hombro izquierdo. Unos rostros negros me miraban a través de la ventanilla rota. Oí unas sirenas y volví a desmayarme.

Un enfermero me desabrochó el cinturón de seguridad y entre varios me sacaron por encima del tablero de instrumentos a través de la portezuela del acompañante.

—No veo sangre —dijo alguien.

—¿Puede caminar? —me preguntó otro enfermero.

Me dolían el hombro y las costillas. Traté de levantarme, pero las piernas no me respondían.

—Estoy bien —contesté, sentándome en el borde de la litera. A mi espalda había un barullo tremendo, pero yo no podía volverme. Me ataron con unas correas y, mientras me introducían en la ambulancia, vi el Jaguar volcado y rodeado de agentes de la policía y miembros del equipo de primeros auxilios—. Estoy bien, estoy bien —repetía una y otra vez mientras me tomaban la tensión.

Nos habíamos puesto en marcha; el ulular de la sirena sonaba cada vez más débil.

Me llevaron a la sala de urgencias del Centro Médico de la Universidad George Washington. Las radiografías no revelaron ninguna fractura. Estaba magullado y me dolía todo el cuerpo. Me atiborraron de analgésicos y me trasladaron en camilla a una habitación.

Desperté en medio de la noche. Claire estaba durmiendo en una silla, junto a mi cama.

15

Se fue antes del amanecer. Una nota encima de la mesa me informaba de que se había tenido que ir a hacer la ronda y que regresaría a media mañana. Había hablado con los médicos que me atendían y era probable que no me muriese.

Parecíamos absolutamente normales y felices, una encantadora pareja cuyos miembros se profesaban un profundo afecto. Me quedé dormido preguntándome por qué razón estábamos divorciándonos. Una enfermera me despertó a las siete y me entregó la nota. Volví a leerla mientras ella me hablaba del mal tiempo —nieve y cellisca— y me tomaba nuevamente la tensión. Le pedí un periódico. Me lo trajo treinta minutos más tarde, junto con los cereales del desayuno. El reportaje ocupaba la primera plana de la sección de información metropolitana. El agente de la brigada antidroga había recibido varios disparos en el transcurso de un tiroteo; su estado era muy grave. Había matado a un traficante. El segundo traficante, el conductor del Jaguar, había muerto en la escena del accidente en circunstancias todavía no aclaradas. A mí no me mencionaba para nada, lo que me parecía muy bien.

Si yo no me hubiera visto envuelto en el tiroteo, este habría sido uno de los muchos que se producían entre la policía y los traficantes de droga, y no le habría dado la menor importancia. Bienvenido a las calles. Traté de convencerme de que lo mismo habría podido ocurrirle a cualquier profesional del distrito de Columbia, pero no era fácil. Circular de noche por aquella zona de la ciudad equivalía a buscarse problemas.

La parte superior del brazo izquierdo estaba hinchada y medio azulada. El hombro y la clavícula estaban rígidos y sensibles al tacto. Las costillas solo me dolían cuando respiraba, pero estaban tan magulladas que no podía moverme. Me dirigí al cuarto de baño donde, tras hacer mis necesidades, me miré en el espejo. Un airbag es una pequeña bomba. El impacto da de lleno en el rostro y el pecho; pero los daños eran mínimos: los ojos y la nariz un poco hinchados y el labio superior con una forma ligeramente distinta. Todo aquello desaparecería durante el fin de semana.

La enfermera regresó con otras pastillas. Le pedí que las identificara una por una y me negué en redondo a tomarlas; eran para el dolor y la rigidez, y yo quería tener la mente muy clara. El médico se presentó hacia las siete y media para echar un rápido vistazo. No tenía nada roto ni desgarrado, de modo que mis horas como paciente estaban contadas. Me sugirió otra tanda de radiografías para estar más seguro. Intenté negarme también a eso, pero ya había discutido la cuestión con mi mujer.

Me pasé una eternidad cojeando en mi habitación, comprobando el estado de las partes afectadas de mi cuerpo, mirando el telediario de la mañana, confiando en que ningún conocido entrara de repente y me viese con mi bata amarilla de cachemira.

Encontrar un automóvil que ha sufrido un accidente en el distrito de Columbia es una tarea desconcertante, sobre todo cuando se inicia poco después de haberse producido. Empecé con el listín telefónico, mi única fuente, pero en la mitad de los números de Tráfico a los que llamé nadie contestó. En la otra mitad lo hicieron con la mayor indiferencia. Era viernes, demasiado temprano y hacía mal tiempo, ¿para qué molestarse?

Casi todos los vehículos accidentados se trasladaban a un depósito municipal de la Rasco Road, en la zona nordeste. Lo averigüe a través de una secretaria del Distrito Central. Trabajaba en el Departamento de Control Animal y yo estaba marcando números de la policía al azar. A veces los vehículos eran trasladados a otros depósitos, y no habría sido extraño que el mío aún estuviese enganchado a la grúa. Las grúas eran de propiedad privada, me explicó la secretaria, lo que siempre había causado problemas. Antes ella trabajaba en Tráfico, pero no le gustaba.

Pensé en Mordecai, mi nueva fuente de información de todo lo relacionado con la calle. Esperé hasta las nueve y le telefoneé. Le conté lo ocurrido, le aseguré que aun encontrándome en el hospital estaba en plena forma y le pregunté si sabía cómo localizar un vehículo accidentado. Tenía unas cuantas ideas.

Llamé a Polly y le dije lo mismo.

—¿No va usted a venir? —preguntó tartamudeando.

—Estoy en el hospital, Polly; ¿no me ha oído?

Percibí un cierto titubeo que me confirmó lo que me temía. Me imaginé un pastel con un cuenco de ponche a su lado, probablemente sobre la mesa de una sala de juntas, con cincuenta personas alrededor proponiendo distintos brindis y pronunciando breves discursos acerca de mis maravillosas cualidades. Había asistido a un par de fiestas de aquella clase. Eran horribles. Estaba firmemente decidido a eludir mi despedida.

—¿Cuándo le dan el alta? —me preguntó.

—No lo sé. Tal vez mañana.

Mentía. Me iría antes del mediodía, con el beneplácito de los médicos o sin él.

Más titubeos. El pastel, el ponche, los importantes discursos de personas atareadas, puede que incluso uno o dos regalos. ¿Qué iba a hacer ella ahora?

—Lo lamento —dijo.

—Yo también. ¿Alguien me busca?

—No, aún no.

—Muy bien. Por favor, comunique a Rudolph mi accidente y dígale que lo llamaré más tarde. Tengo que colgar. Quieren hacerme más pruebas.

Y así terminó mi en otro tiempo prometedora carrera en Drake & Sweeney. Me salté mi fiesta de despedida. A la edad de treinta y dos años me había liberado de los grilletes de la esclavitud empresarial y del dinero. Seguiría los dictados de mi propia conciencia. Me habría sentido estupendamente bien si no hubiese sido por el dolor que sentía en las costillas cada vez que me movía.

Claire llegó pasadas las once y estuvo de plática con mi médico en el pasillo. Yo los oía hablar en su jerga. Entraron en la habitación, me anunciaron conjuntamente el alta y yo me puse la ropa limpia que ella me había traído. Me acompañó a casa en su automóvil, pero durante el breve trayecto apenas pronunciamos palabra. No había ninguna posibilidad de reconciliación. ¿Por qué iba a cambiar las cosas un simple accidente de automóvil?

Preparó una sopa de tomate y me ayudó a tenderme en el sofá. Dejó mis pastillas alineadas en el mostrador de la cocina, me dio un par de instrucciones y se marchó.

Me pasé inmóvil unos diez minutos, el tiempo suficiente para tomarme la sopa y unas cuantas galletas saladas, y a continuación empecé a llamar por teléfono. Mordecai no había descubierto nada.

Llamé también a varias administraciones de fincas para averiguar sobre apartamentos en arriendo. Después pedí un automóvil de alquiler con chófer y por fin tomé una larga ducha caliente para que se me desentumeciera el cuerpo.

Mi chófer se llamaba León. Me senté a su lado en el asiento del acompañante, procurando no hacer muecas y reprimir los gemidos cada vez que un bache hacía sacudir el coche.

No podía permitirme el lujo de alquilar un apartamento bonito, pero quería uno que al menos fuera seguro. León tenía unas cuantas ideas. Paramos en un quiosco, donde recogí dos folletos gratuitos con información inmobiliaria del distrito.

A juicio de León, un buen sitio para vivir en aquel momento —aunque la situación podía cambiar en seis meses, me advirtió— era Adams-Morgan, al norte de DuPont Circle. Se trataba de un barrio conocido por el que yo había pasado muchas veces sin experimentar el menor deseo de detenerme a dar una vuelta por él. Las calles estaban flanqueadas por casas adosadas de principios de siglo, todas ellas ocupadas, lo cual en el distrito de Columbia era sinónimo de vitalidad. Según León, había muchos bares y clubes, y allí estaban los mejores restaurantes entre los que se habían inaugurado recientemente. Las peores zonas se extendían justo a la vuelta de la esquina, y había que andarse con mucho cuidado. Si hasta las personas importantes como los senadores sufrían atracos en la colina del Capitolio, era evidente que nadie estaba a salvo.

Mientras nos estábamos dirigiendo a Adams-Morgan, León tropezó de repente con un bache más grande que su automóvil. Caímos en él, permanecimos en suspenso en el aire algo así como diez segundos y aterrizamos violentamente. No pude evitar soltar un grito de dolor. León me miró con expresión horrorizada, y entonces me vi obligado a contarle la verdad acerca de dónde había dormido la víspera. Aminoró considerablemente la marcha y se convirtió en mi corredor de fincas. Me ayudó a subir por la escalera de un ruinoso apartamento cuya alfombra despedía un inconfundible olor a orina de gato. Sin ningún tapujo, León le dijo a la casera que debería darle vergüenza enseñar una vivienda en semejantes condiciones.

La segunda parada fue una buhardilla rehabilitada. Quedaba en la quinta planta, no había ascensor y la calefacción dejaba mucho que desear. León le dio cortésmente las gracias al encargado.

La siguiente buhardilla estaba en el cuarto piso, pero contaba con un limpio y bonito ascensor. Era una casa adosada en Wyoming, una calle arbolada a dos pasos de Connecticut. El alquiler ascendía a quinientos cincuenta dólares al mes, y dije que sí antes de verla. Me sentía cada vez peor y no hacía más que pensar en las pastillas analgésicas que me había dejado en el mostrador de la cocina. Estaba dispuesto a alquilar lo que fuese, en este caso tres pequeñas habitaciones en una buhardilla con techos inclinados, un cuarto de baño con unas tuberías en aparente buen estado, suelo limpio y un poco de vista a la calle.

—Lo alquilamos —le dijo León al casero.

Yo estaba apoyado contra una puerta, a punto de caer desplomado al suelo. En un pequeño despacho del sótano leí apresuradamente el contrato, lo firmé y extendí el cheque del depósito y el alquiler del primer mes.

Claire quería que me fuera aquel fin de semana, y yo estaba dispuesto a complacerla.

Ignoro si a León le extrañó mi traslado desde la elegancia de Georgetown hasta un palomar de tres habitaciones de Adams-Morgan, pero era demasiado profesional para hacer pregunta alguna. Me llevó a nuestro apartamento y esperó en el coche mientras yo me tragaba las pastillas y dormía una siesta.

El sonido de un teléfono me devolvió a la realidad. Lo busqué a tientas, lo encontré y conseguí contestar.

—¿Diga?

—Creí que estabas en el hospital. —Era Rudolph.

Oí su voz y la reconocí, aun cuando la bruma de los analgésicos aún no se había disipado.

—Lo estaba —contesté con voz pastosa—. Ahora no lo estoy. ¿Qué quieres?

—Te hemos echado de menos esta tarde.

Lo imaginaba; el numerito del ponche y el pastel.

—Yo no tenía previsto verme envuelto en un accidente de circulación. Te ruego que me perdones.

—Muchas personas querían despedirse de ti.

—Pueden dejarme una nota. Diles que me la envíen por fax.

—Te encuentras muy mal, ¿verdad?

—Sí, Rudolph, Es como si un coche acabara de atrope-llarme.

—¿Tomas medicación?

—¿Por qué te preocupas tanto?

—Perdona. Oye, Braden Chance ha estado en mi despacho hace una hora. Quiere verte urgentemente. Curioso, ¿verdad?

La bruma se disipó por completo.

—¿Por qué quiere verme?

—No me lo ha dicho, pero está buscándote.

—Dile que me he ido.

—Ya se lo he dicho. Siento molestarte. Pásate por aquí si tienes un momento. Aún te quedan amigos en la empresa.

—Gracias, Rudolph.

Me guardé las pastillas en el bolsillo. León estaba echando una cabezada en el coche. Mientras circulábamos a toda velo-cidad, llamé a Mordecai. Había encontrado el informe del ac-cidente; el servicio de grúa era Hundley Towing. La empresa utilizaba un contestador automático en casi todas sus llama-das. Las calles estaban resbaladizas, había habido muchos ac-cidentes y las grúas no daban abasto. Finalmente, hacia las tres un mecánico se puso al teléfono, pero no me sirvió de nada.

León encontró la empresa Hundley en la calle Rhode Is-land, cerca de la Séptima. En tiempos mejores había sido una próspera gasolinera, pero ahora era, a la vez, garaje, servicio de grúas, agencia de coches de segunda mano y servicio de alqui-ler de remolque de caravanas. Todas las ventanas estaban pro-tegidas con barrotes de hierro. León se acercó cuanto pudo a la entrada.

—Vigile —le dije mientras bajaba y entraba a toda prisa. La puerta de vaivén me golpeó el brazo izquierdo. El dolor me obligó a inclinarme hacia delante. Un mecánico vestido con un grasiento mono dobló una esquina y me miró con cara de po-cos amigos.

Le expliqué la razón de mi presencia. Tomó un sujetapapeles y estudió las notas. Oí a unos hombres hablar y soltar maldiciones al fondo del local; debían de estar jugando a los dados, bebiendo whisky o, probablemente, vendiendo crack.

—Lo tiene la policía —dijo sin dejar de examinar los papeles.

—¿Sabe por qué?

—Pues la verdad es que no. ¿Hubo algún delito o algo así?

—Sí, pero mi coche no tuvo nada que ver.

Me miró con semblante inexpresivo. Tenía sus propios problemas.

—¿Se le ocurre dónde podría estar? —pregunté lo más amablemente que pude.

—Cuando se los quedan, suelen llevarlos a un depósito de la calle Georgia, al norte de Howard.

—¿Cuántos depósitos municipales hay?

Se alejó encogiéndose de hombros.

—Más de uno —contestó antes de desaparecer.

Abrí la puerta con mucho cuidado y regresé al coche de León.

Ya había oscurecido cuando encontramos el depósito, media manzana protegida por una valla metálica rematada con alambre de púas. Dentro había centenares de coches accidentados dispuestos al azar, algunos amontonados encima de otros.

León permaneció a mi lado en la acera, mirando a través de la valla metálica.

—Está allí —dije, señalándolo con el dedo.

El Lexus se hallaba al lado de un cobertizo, con el morro apuntando hacia nosotros. El impacto había destrozado la parte izquierda. El guardabarros había desaparecido y el motor estaba aplastado y a la vista.

—Es usted un hombre de suerte —susurró León.

Al lado de mi coche estaba el Jaguar; tenía la capota hundida y todas las ventanillas arrancadas.

En el cobertizo había una especie de despacho, pero estaba cerrado y a oscuras.

La entrada estaba cerrada con gruesas cadenas. El alambre de púas brillaba bajo la lluvia. A la vuelta de la esquina, no lejos del lugar donde nos encontrábamos, vi a unos tipos con pinta de duros. Adiviné que estaban observándonos.

—Larguémonos de aquí —dije.

León me llevó al Aeropuerto Internacional, el único lugar donde yo sabía que se podía alquilar un coche.

La mesa estaba puesta y en la cocina había comida china. Claire me esperaba con cierta inquietud, aunque me habría resultado imposible adivinar cuánta. Le informé que había tenido que alquilar un coche siguiendo las instrucciones de mi compañía de seguros. Me examinó como un competente médico y me hizo tomar una pastilla.

—Pensaba que ibas a descansar —dijo.

—Lo he intentado, pero ha sido imposible. Estoy muerto de hambre.

Sería nuestra última cena juntos como marido y mujer, y todo terminaría tal como había empezado: con una comida rápida preparada en un restaurante cualquiera.

—¿Conoces a un tal Héctor Palma? —me preguntó al cabo de un rato.

Tragué saliva.

—Sí.

—Ha llamado hace una hora. Dijo que necesitaba hablar contigo. ¿Quién es?

—Es un auxiliar de la empresa. Tendría que haber pasado la mañana con él revisando uno de mis casos. Debe de estar en un apuro.

—Me lo imagino. Quiere reunirse contigo esta noche a las nueve en el Nathan's de la calle M.

—¿Por qué en un bar? —musité.

—No lo dijo. Me pareció que no se fiaba.

El apetito se me pasó de golpe, pero seguí comiendo para aparentar tranquilidad. Aunque no era necesario, ya que a Claire le importaba un bledo.

A pesar del considerable dolor que sentía, me dirigí a pie hacia la calle M bajo una fina lluvia que se estaba transformando en aguanieve. Aparcar un viernes por la noche habría sido imposible. Quería estirar un poco los músculos y despejarme la mente.

El motivo de la reunión debía de ser algún problema. Me preparé para lo que me esperaba. Traté de inventarme unas mentiras a fin de borrar mi rastro y otras mentiras a fin de borrar las anteriores. Tras haberme convertido en ladrón, mentir no me parecía tan grave. Cabía la posibilidad de que Héctor actuara en nombre de la empresa; hasta era posible que llevara unos escuchas encima. Decidí que prestaría mucha atención y diría muy poco.

El Nathan's estaba medio vacío. Había llegado con diez minutos de antelación, pero él ya estaba allí, esperándome en un pequeño reservado. En cuanto me acerqué, se levantó de un salto y me tendió la mano.

—Usted debe de ser Michael. Soy Héctor Palma, del Departamento Inmobiliario; encantado de conocerle.

Era una agresión, un estallido de personalidad que me puso en guardia. Le estreché la mano medio aturdido y le dije algo así como:

—Encantado de conocerle.

Me indicó el reservado y, con una cordial sonrisa en los labios, dijo:

—Tome asiento.

Me incliné cuidadosamente y me introduje en el reservado.

—¿Qué le ha pasado en la cara? —me preguntó.

—Le he dado un beso a un airbag.

—Ah, sí, ya me he enterado del accidente —repuso con excesiva rapidez—. ¿Cómo se encuentra? ¿Tiene algún hueso roto?

—No —contesté muy despacio, tratando de adivinar sus intenciones.

—Me enteré de que al otro lo habían matado —añadió una décima de segundo después de que yo hubiera hablado.

Llevaba la voz cantante y yo tenía que seguirlo.

—Sí; era un traficante de droga.

—Menuda ciudad —masculló mientras se acercaba el camarero—. ¿Qué va a tomar? —me preguntó.

—Un café —contesté.

En aquel momento, mientras decidía qué iba a tomar, su pie empezó a rozarme la pierna.

—¿Qué cervezas tienen? —le preguntó al camarero.

El hombre, que como todo camarero aborrecía que se lo preguntaran, miró al frente y empezó a soltar la retahíla de marcas.

El roce de su pie contra mi pierna hizo que ambos nos miráramos a los ojos. Medio oculto detrás del camarero, se señaló imperceptiblemente el pecho con el dedo índice derecho.

—Una Molston Light —anunció de repente.

El camarero se retiró. Llevaba escuchas y estaban observándonos. Dondequiera que estuvieran, no podían vernos a través de un camarero. Experimenté el instintivo deseo de volver la cabeza para echar un vistazo a los clientes del bar, pero resistí la tentación gracias, en buena medida, a que tenía el cuello más rígido que una tabla.

Esa era la explicación de que me hubiese saludado como si jamás nos hubiéramos visto. Héctor había estado sometido durante el día a un interrogatorio implacable y lo había negado todo.

—Soy auxiliar del Departamento Inmobiliario —me explicó—. Usted conoce a Braden Chance, uno de los socios de la empresa.

—Sí.

Puesto que sabía que mis palabras estaban siendo grabadas, diría lo menos posible.

—Trabajo sobre todo para él —prosiguió—. Usted visitó su despacho la semana pasada y hablamos un momento.

—Si usted lo dice. No recuerdo haberlo visto.

Capté una leve sonrisa, una suavización de la piel que rodeaba los ojos, detalles que una cámara de vigilancia no podría detectar. Por debajo de la mesa, le rocé la pierna con el pie. Confiaba en que estuviéramos bailando al mismo son.

—Mire —dijo—, la razón de que le haya pedido que se reúna aquí conmigo es la desaparición de un expediente del despacho de Braden.

—¿Acaso se me acusa de ello?

—Bien…, no, pero es un posible sospechoso. Se trata de un expediente que usted pidió ver cuando irrumpió en su despacho la semana pasada.

—Eso significa que me acusan —dije en tono airado.

—Todavía no, tranquilícese. La empresa está llevando a cabo una investigación exhaustiva, y, sencillamente, estamos hablando con todas las personas que se nos ocurren. Puesto que yo oí que usted pedía a Braden el expediente, la empresa me ha pedido que le hable. Eso es todo.

—No sé de qué me habla.

—¿No sabe nada del expediente?

—Por supuesto que no. ¿Por qué iba a llevarme un expediente del despacho de un socio?

—¿Se sometería usted a un detector de mentiras? —me preguntó.

—Pues claro —contesté con firmeza e incluso con indignación.

Por nada del mundo me habría sometido a un detector de mentiras.

—Nos piden que todos los que estuvimos mínimamente cerca del expediente nos sometamos a esa prueba.

Nos sirvieron el café y la cerveza y ello nos ofreció una breve pausa para evaluar la situación. Héctor acababa de decirme que se encontraba en una situación apurada. La prueba del detector de mentiras lo destrozaría. ¿Conocía a Michael Brock antes de que este abandonara la empresa? ¿Había hablado con él del expediente que faltaba? ¿Le había facilitado una copia de algo sacado de dicho expediente? ¿Lo había ayudado a sacar el expediente que faltaba? Sí o no. Duras preguntas con respuestas sencillas. Habría sido imposible superar la prueba mintiendo.

—También están tomando huellas dactilares —añadió bajando un poco la voz, no para evitar el micrófono oculto sino más bien para suavizar el golpe.

No dio resultado. La posibilidad de dejar huellas no se me había ocurrido ni antes ni después del robo.

—Mejor para ellos.

—Se han pasado toda la tarde tomándolas. En la puerta, en el interruptor de la luz, también en el archivador… Un montón de huellas.

—Espero que encuentren al hombre que buscan.

—En realidad, es pura casualidad, ¿sabe? Braden tenía cien archivadores abiertos en su despacho y el único expediente que falta es precisamente el que usted quería ver.

—¿Acaso insinúa algo?

—Solo lo que he dicho. Pura casualidad.

Todo era un montaje destinado a nuestros oyentes.

Quizá conviniese que yo mejorara un poco mi interpretación.

—No me gusta su tono de voz —le dije prácticamente a gritos—. Si quiere acusarme de algo, vaya a la policía, consiga una orden judicial y mande detenerme. De lo contrario, será mejor que se guarde sus estúpidas opiniones.

—La policía ya interviene —anunció en tono gélido, borrando de golpe mi falso arrebato de cólera—. Se trata de un caso de robo.

—Por supuesto. Atrape al ladrón y deje de perder el tiempo conmigo.

Bebió un buen sorbo de cerveza.

—¿Le proporcionó alguien un juego de llaves del despacho de Braden?

—Naturalmente que no.

—Pues bien, han encontrado una carpeta vacía encima de su escritorio, junto con una nota acerca de las dos llaves, una de la puerta y la otra de un archivador.

—No sé nada de eso —declaré con la mayor arrogancia que pude, tratando de recordar el último lugar donde había dejado la carpeta vacía. Las cosas se complicaban; no me habían enseñado a pensar como un criminal, sino como un abogado.

Héctor tomó otro largo trago de cerveza y yo un sorbo de café.

Ya habíamos dicho suficiente. Tanto la empresa como Héctor habían transmitido sus mensajes. La primera quería recuperar el expediente con todo su contenido intacto. El segundo quería hacerme saber que su implicación podía costarle el puesto.

De mí dependía salvarlo. Podía devolver el expediente, confesarlo todo y prometer que mantendría su contenido en secreto, en cuyo caso era probable que la empresa me perdonase. Nadie saldría perjudicado. La condición para la devolución podría ser la protección del puesto de trabajo de Héctor.

—¿Alguna otra cosa? —pregunté, repentinamente deseoso de marcharme.

—Nada más. ¿Cuándo podrá someterse usted al detector de mentiras?

—Ya le llamaré.

Tomé mi abrigo y me fui.

rreos proyectaba construir en la ciudad un edificio de veinte millones de dólares para el servicio de paquetería, y River Oaks era una de las muchas empresas agresivas que aspiraban a construirlo, alquilarlo y gestionarlo. Se habían estudiado al menos tres emplazamientos, todos en zonas degradadas de la ciudad, la lista de los cuales había sido publicada el mes de diciembre anterior. RiverOaks había empezado a comprar ávidamente toda una serie de inmuebles baratos por si llegaba a necesitarlos.

TAG era una empresa debidamente registrada cuyo único accionista era un tal Tillman Gantry, descrito en un memorándum del expediente como antiguo proxeneta, estafador de poca monta y delincuente condenado en dos ocasiones. Se trataba, en definitiva, de uno de los muchos personajes de esa clase que abundaban en la ciudad. Tras purgar sus delitos, Gantry había descubierto los automóviles usados y los inmuebles. Compraba edificios abandonados que unas veces reformaba ligeramente para volver a venderlos y otras cedía en alquiler. En el expediente se enumeraban catorce propiedades de TAG. El camino de Gantry se cruzó con el de RiverOaks cuando el servicio de Correos de Estados Unidos necesitó más espacio.

El 6 de enero Correos comunicó a RiverOaks por carta certificada que la empresa había sido elegida como contratista-propietaria-arrendataria del nuevo edificio de paquetería. En un memorándum de acuerdo se especificaba un alquiler anual de un millón y medio de dólares por un período garantizado de veinte años. El documento señalaba, con la celeridad propia de las empresas no estatales, que el acuerdo entre RiverOaks y Correos debería firmarse no más tarde del 1 de marzo, o de lo contrario quedaría sin efecto. Tras siete años de proyectos y estudios, el gobierno quería que el edificio se construyera de la noche a la mañana.

RiverOaks, junto con sus abogados y sus corredores de fincas, puso manos a la obra. En enero la empresa adquirió

16

Por razones que no tardaría en averiguar, Mordecai aborrecía profundamente a los policías del distrito de Columbia, aun cuando casi todos ellos eran negros. En su opinión, se mostraban muy duros con los mendigos y esa era la vara que invariablemente utilizaba para medir a los buenos y a los malos.

Pero conocía a unos cuantos. Uno de ellos era el sargento Peeler, un hombre «de las calles» según Mordecai. Peeler trabajaba con muchachos problemáticos en un centro cercano al consultorio jurídico y tanto él como Mordecai pertenecían a la misma iglesia. Peeler tenía contactos y podía tirar de unos cuantos hilos para recuperar mi coche.

Entró en el consultorio poco después de las nueve de la mañana del sábado. Mordecai y yo intentábamos entrar en calor bebiendo una taza de café. Peeler no estaba de servicio los sábados. Tuve la impresión de que habría preferido quedarse en la cama.

Me acomodé en el asiento de atrás y Mordecai se sentó al volante y no paró de hablar mientras circulábamos en dirección al nordeste por las resbaladizas calles. En lugar de la nieve que habían previsto los meteorólogos estaba cayendo una fina lluvia. Había muy poco tráfico. Era una de esas crudas mañanas de febrero en que solo los más valientes se atrevían a salir a la calle.

Aparcamos frente a la verja, cerrada con candado, del depósito municipal que había en las inmediaciones de Georgia Avenue.

—Esperad aquí —me indicó Peeler.

Vi los restos de mi Lexus.

Se acercó a la verja, pulsó un timbre que había en un poste y se abrió la puerta del cobertizo que albergaba el despacho. Un policía bajito y delgado se acercó con un paraguas e intercambió unas palabras con Peeler, quien a continuación regresó al automóvil, cerró la portezuela y se sacudió el agua de los hombros.

—Está esperándolo —dijo.

Me apeé, abrí el paraguas para protegerme de la lluvia y apuré el paso hacia la verja donde aguardaba el oficial Winkle, que tras mirarme con una expresión en la que no se apreciaba la menor simpatía o buena voluntad, sacó un gran manojo de llaves, consiguió dar con tres que correspondían a los gruesos candados y masculló mientras abría la verja:

—Por aquí.

Crucé con él el solar cubierto de grava evitando, en la medida de lo posible, los charcos llenos de barro y agua. Me dolía el cuerpo a cada movimiento, por lo que mis brincos y rodeos para evitarlos eran más bien limitados. Se fue directamente hacia mi coche.

Yo me dirigí al asiento delantero. No vi el expediente. Tras un instante de terror lo encontré intacto en el suelo detrás del asiento del conductor. Lo tomé y sentí deseos de irme. No estaba de humor para comprobar los daños sufridos por mi coche. Había sobrevivido, y eso era lo único que importaba. Ya discutiría con la compañía de seguros la semana entrante.

—¿Es ese? —preguntó Winkle.

—Sí —contesté, con ganas de marcharme de allí.

—Sígame.

Entramos en el cobertizo, donde una estufa de butano encendida nos echó encima una vaharada de aire caliente desde uno de los rincones. Winkle tomó uno de los sujetapapeles de la pared y clavó la mirada en el expediente que yo sostenía en la mano.

—Una carpeta de cartulina marrón —dijo, haciendo una anotación—. De unos cinco centímetros de grosor. —Seguía escribiendo, mientras yo la apretaba contra mi pecho como si fuera un tesoro—. ¿Lleva algún nombre?

No estaba en condiciones de protestar. Si conseguía hacer un comentario ingenioso, jamás me encontrarían.

—¿Por qué quiere saberlo? —pregunté.

—Déjela encima de la mesa —dijo.

Y allí la dejé.

—RiverOaks barra TAG, Inc. —dijo sin dejar de escribir—. Número de archivo TBC-96-3381.

Sentí que el abismo se abría un poco más bajo mis pies.

—¿Es suya? —me preguntó, señalándola sin el menor asomo de sospecha.

—Sí.

—Muy bien. Ya puede irse.

Le di las gracias y no obtuve respuesta. Por un segundo deseé cruzar corriendo el depósito, pero el simple hecho de caminar ya constituía todo un reto. Cerró la verja a mi espalda.

Mordecai y Peeler se volvieron y vieron el expediente en cuanto subí al coche. Ninguno de los dos tenía idea de lo que era; solo le había dicho a Mordecai que el expediente era muy importante y que tenía que recuperarlo antes de que se perdiera.

¿Tanto trabajo por una simple carpeta de cartulina? Estuve tentado de pasar las páginas mientras regresábamos al consultorio, pero no lo hice.

Di las gracias a Peeler, me despedí de Mordecai y me dirigí hacia mi nueva buhardilla conduciendo con mucho cuidado.

El origen del dinero era el gobierno federal, lo que no era de extrañar en el distrito de Columbia. La administración de Co-

unos inmuebles en Florida Avenue cerca del almacén donde se había producido el desahucio. El expediente incluía dos planos de la zona en los que se indicaban, con distintos colores, los inmuebles ya adquiridos y los que estaban siendo objeto de negociación.

Solo faltaban siete días para el 1 de marzo; no era de extrañar que Chance hubiera echado en falta el expediente enseguida.

El almacén de Florida Avenue había sido adquirido el mes de julio del año anterior por una suma no revelada en la documentación que yo poseía. RiverOaks lo había comprado por doscientos mil dólares el 31 de enero, cuatro días antes de que tuviera lugar el desahucio que había dejado en la calle a DeVon Hardy y a la familia Burton.

En el desnudo suelo de madera de lo que sería mi salón, extendí con sumo cuidado todas las hojas que componían el expediente, las examiné y las describí detalladamente en un cuaderno para luego volver a colocarlas en el mismo orden. Allí estaban todos los papeles que deben de haber en cualquier archivo correspondiente a inmuebles: datos tributarios de los años anteriores, escrituras previas, un acuerdo de compraventa del inmueble, correspondencia con el corredor de fincas y documentos de cierre de la operación. La venta se haría en efectivo y, por consiguiente, no intervendría ningún banco.

En la solapa interior izquierda de la carpeta estaba el llamado diario, un impreso utilizado para registrar cada apunte, con la fecha y una breve descripción. Se podía juzgar la capacidad organizadora de una secretaria de Drake & Sweeney por el grado de detalle del diario de la carpeta. Todo cuanto se incluía en el expediente —documentos, planos, fotografías o gráficos— tenía que anotarse en el diario. Es lo que nos habían inculcado durante nuestro período de entrenamiento. Casi todos lo habíamos aprendido tras un arduo esfuerzo; no había nada más exasperante que examinar un grueso expediente en busca de algo que no estaba lo bastante detallado. Según un axioma de la empresa: «Si no consigues encontrarlo en treinta segundos, no sirve para nada».

El expediente de Chance contenía información exhaustiva; su secretaria era una mujer meticulosa. Pero alguien lo había manipulado.

El 22 de enero Héctor se había dirigido solo al almacén para llevar a cabo una inspección de rutina previa a la compra. Al franquear la puerta, había sido atracado por dos delincuentes callejeros que lo habían golpeado en la cabeza con una especie de estaca y le habían robado el billetero y el dinero en efectivo a punta de navaja. El 23 de enero se había quedado en casa y había preparado un memorándum para que fuera incluido en el expediente, en el cual describía el atraco. La última frase decía: «Regresaré el lunes 27 de enero con protección para inspeccionar el lugar». El memo figuraba debidamente registrado en el diario, pero no había ninguna referencia a su segunda visita. Un apunte del diario del 27 de enero rezaba: «Memorándum de HP, visita al lugar, inspección del local».

Héctor fue al almacén con un guardia el 27 de enero, inspeccionó el lugar, descubrió sin duda la masiva presencia de okupas y redactó un informe que, a juzgar por sus restantes escritos, debía de ser muy pormenorizado.

El memorándum había desaparecido del expediente, lo que no constituía delito alguno; yo mismo había sacado constantemente documentos de los expedientes sin hacer ninguna anotación en el diario. Pero siempre volvía a dejarlos en su sitio. Cualquier cosa que figurase registrada en el diario tenía que estar en la carpeta.

La operación se había cerrado el viernes 31 de enero. El martes Héctor regresó al almacén para echar a los okupas. Lo ayudó un guardia de un servicio privado de seguridad, un agente de policía del distrito de Columbia y cuatro matones de una empresa de desahucios. Según el memo, de dos páginas, tardaron tres horas. Por más que tratara de ocultar sus sentimientos, Héctor no tenía valor para llevar a cabo desahucios.

El corazón me dio un vuelco cuando leí lo siguiente: «La madre tenía cuatro hijos, uno de ellos un bebé. Vivía en un apartamento de dos habitaciones sin cañerías. Dormían sobre dos colchones, en el suelo. Luchó contra el policía en presencia de sus hijos. Al final, la echaron».

De modo que Ontario había sido testigo de la lucha de su madre.

Había una lista de los desalojados, diecisiete en total sin contar los niños, y coincidía con la que alguien había dejado sobre mi escritorio el lunes por la mañana junto con una copia del reportaje del *Post*.

En la parte posterior de la carpeta, en una hoja suelta que no había merecido el honor de figurar en el diario, estaban las diecisiete notificaciones de desahucio. Ninguna de ellas había sido enviada. Los okupas no tienen derechos, ni siquiera el de recibir una notificación. Las notificaciones se habían preparado con posterioridad en un intento de borrar las huellas. Probablemente las hubiese añadido el propio Chance después del incidente de Señor por si eran necesarias.

La manipulación parecía tan evidente como insensata, pero Chance era un socio, y resultaba prácticamente inaudito que un socio entregase una carpeta. Nadie la había entregado; la habían robado. Constituía un hurto, un delito cuyas pruebas se estaban reuniendo en aquellos momentos. El ladrón era un idiota.

Como parte del ritual llevado a cabo siete años atrás, antes de mi incorporación a la empresa, unos investigadores privados me habían tomado las huellas dactilares. Sería muy fácil establecer una relación entre aquellas huellas y las que sin duda habrían tomado en el archivador de Chance. Sería cuestión de minutos. Estaba seguro de que ya lo habrían hecho. ¿Se cursaría una orden de detención? Era inevitable.

Casi todo el suelo estaba cubierto de papeles cuando terminé, tres horas después de haber empezado. Volví a ordenar cuidadosamente el expediente, me fui al consultorio y lo copié.

Se había ido de compras, rezaba la nota. Teníamos un bonito juego de maletas que no habíamos mencionado al hacer el reparto de bienes. En un futuro próximo ella viajaría más que yo, por lo que decidí quedarme con los objetos más baratos, un talego de lona y unas bolsas de gimnasia. No quería que me encontrara en casa, por lo que arrojé sobre la cama las cosas indispensables, como calcetines, ropa interior, camisetas, artículos de aseo y zapatos, pero solo los que había utilizado el año anterior. Ella podría deshacerse de lo demás. Vacié rápidamente mis cajones y el lado del botiquín de medicamentos que me correspondía. Herido y dolorido tanto física como mentalmente, arrastré las bolsas hasta el coche y volví a subir para recoger varios trajes y demás prendas de vestir. Encontré mi viejo saco de dormir, que llevaba por lo menos cinco años sin usar, y decidí llevármelo, junto con un cubrecama acolchado y una almohada. Tenía derecho a llevarme también mi despertador, mi radio y mi reproductor portátil de discos compactos, así como algunos de estos, el televisor en color de trece pulgadas que había en el mostrador de la cocina, una cafetera, el secador del cabello y el juego de toallas azules.

Cuando tuve el coche lleno, dejé una nota, en la que explicaba que me había ido, al lado de la que ella había dejado. No quise mirarla; experimentaba unos sentimientos contradictorios a los que no estaba preparado para enfrentarme. No estaba muy seguro de cómo se mudaba uno a otra casa, pues apenas si lo había hecho.

Cerré la puerta y bajé por la escalera. Sabía que volvería al cabo de un par de días para recoger el resto de mis efectos personales, pero intuía que era la última vez que bajaba por aquellos peldaños.

Claire leería la nota, examinaría los cajones y los armarios para ver qué me había llevado y, cuando comprendiera que me había marchado de verdad, se sentaría en el estudio y derramaría una lagrimita. Aun cuando era probable que llorase en serio, no tardaría en recuperarse, y entonces pasaría sin dificultad a la siguiente fase.

Mientras me alejaba, no experimenté la menor sensación de liberación. Tanto Claire como yo habíamos perdido.

17

Me encerré en el despacho. El consultorio estaba más frío el domingo que el sábado, y yo llevaba puesto un grueso jersey, unos pantalones de pana y unos calcetines térmicos. Me senté junto a mi escritorio con dos humeantes tazas de café delante, dispuesto a leer el periódico. El edificio tenía calefacción, pero no pensaba encenderla.

Echaba de menos mi sillón giratorio de cuero, que daba vueltas, se balanceaba y se inclinaba a mi antojo. El nuevo era ligeramente mejor que esas sillas de tijera que se alquilan para las bodas. En días normales prometía ser muy incómodo, pero yo estaba tan magullado que en esos momentos me parecía un instrumento de tortura.

El escritorio era un desvencijado mueble de segunda mano, probablemente sacado de una escuela abandonada; era cuadrado y macizo, con tres cajones en cada lado, de los cuales se abrían cuatro. Las dos sillas para los clientes que había delante eran de tijera, una de ellas negra y la otra de un color verdoso que yo jamás había visto.

Las paredes llevaban décadas sin que nadie las pintara y habían adquirido un tono amarillo limón pálido. El yeso estaba agrietado y las arañas se habían adueñado de los rincones del techo. La única decoración era un cartel enmarcado que anunciaba una Marcha por la Justicia en julio de 1988.

El suelo era de roble antiguo y los bordes de las tablas estaban desgastadas, lo que significaba que habían sido rozadas por muchos pies en años anteriores. Estaba barrido, y la escoba y el recogedor que había en un rincón eran una delicada manera de decirme que yo tendría que encargarme de la limpieza del lugar.

¡Oh, cuán bajo pueden caer los poderosos! Si mi hermano Warner me hubiera visto sentado allí un domingo, muerto de frío junto a mi triste y pequeño escritorio, con las paredes de yeso agrietadas y encerrado bajo llave para que mis presuntos clientes no me atracaran, me habría soltado unos insultos tan sonoros y variados que hubiese experimentado el impulso de anotarlos.

No acertaba a comprender la reacción de mis padres. Muy pronto me vería obligado a telefonearles para darles el disgusto de mi cambio de domicilio.

Una violenta llamada a la puerta me hizo dar un respingo. Me incorporé en mi asiento sin saber qué hacer. ¿Acaso los delincuentes de la calle venían por mí? Mientras me acercaba a la puerta se produjo otra llamada, y entonces vi una figura que trataba de mirar a través de los barrotes y el grueso cristal de la puerta de entrada.

Era Barry Nuzzo, temblando de frío y temiendo ser víctima de una agresión. Abrí y lo hice pasar.

—¡Menuda pocilga! —exclamó alegremente, mirando alrededor mientras yo volvía a cerrar la puerta con llave.

—Bonito, ¿verdad? —dije, y retrocedí mientras me preguntaba a qué obedecería su visita.

—¡Esto parece un vertedero!

El sitio le hacía gracia. Rodeó el escritorio de Sofía a la vez que se quitaba lentamente los guantes sin atreverse a tocar nada por temor a provocar un alud de carpetas.

—Procuramos limitar los gastos generales para quedarnos con todo el dinero —dije. Era un viejo chiste que circulaba en Drake & Sweeney. Los socios discutían constantemente a propósito de los gastos generales, pero, al mismo tiempo, la mayoría de ellos quería cambiar la decoración de sus despachos.

—¿O sea que has venido aquí por dinero? —me preguntó con expresión risueña.

—Por supuesto.

—Has perdido el juicio.

—He descubierto mi vocación.

—Sí, oyes voces.

—¿Para eso has venido? ¿Para decirme que estoy chiflado?

—He llamado a Claire.

—¿Y qué te ha dicho?

—Que te habías ido.

—Es verdad. Vamos a divorciarnos.

—¿Qué te pasa en la cara?

—Un airbag.

—Ah, sí; lo había olvidado. Creía que solo se había abollado el guardabarros.

—Y se abolló.

Dejó el abrigo sobre el respaldo de una silla y rápidamente volvió a ponérselo.

—¿La reducción de los gastos generales significa no pagar la factura de la calefacción?

—De vez en cuando nos saltamos un mes.

Recorrió la estancia y asomó la cabeza por las puertas de los pequeños despachos laterales.

—¿Quién financia este proyecto?

—Una fundación.

—¿Una fundación que está quedándose sin fondos?

—Sí, y rápidamente.

—¿Y cómo lo encontraste?

—Señor solía venir por aquí. Estos eran sus abogados.

—El bueno de Señor… —musitó Barry. Interrumpió momentáneamente su inspección y fijó la mirada en la pared—. ¿Crees que nos habría matado?

—No. Nadie le hacía caso. Era otro pobre tipo sin hogar. Quería que le hicieran caso.

—¿Se te pasó en algún momento por la cabeza la posibilidad de abalanzarte sobre él?

—No, más bien pensaba en apoderarme de su arma y pegarle un tiro a Rafter.

—Ojalá lo hubieras hecho.

—Quizá la próxima vez.

—¿Tienes un poco de café?

—Pues claro. Siéntate.

No quería que Barry me acompañara a la cocina, pues esta dejaba mucho que desear. Encontré una taza, la lavé rápidamente y la llené de café. Lo invité a pasar a mi despacho.

—Bonito —dijo, mirando alrededor.

—Aquí es donde se hacen los grandes negocios —expliqué con orgullo.

Tomamos posiciones a ambos lados del escritorio en unas chirriantes sillas a punto de romperse.

—¿Con esto soñabas en la facultad de derecho? —me preguntó.

—Ya no me acuerdo de la facultad de derecho. He facturado muchas horas desde entonces.

Finalmente me miró a la cara sin sonreír, como si hubiese pasado el momento de hacer bromas. Por mucho que me doliera, no pude evitar preguntarme si Barry llevaría un escucha oculto. Habían enviado a Héctor al combate con un micro debajo de la camisa, así que eran capaces de hacer otro tanto con Barry. Él no se habría ofrecido voluntariamente, pero era probable que le hubiesen presionado. Yo me había convertido en un enemigo.

—¿De modo que viniste aquí en busca de Señor...? —dijo.

—Supongo que sí.

—¿Y qué has descubierto?

—¿Te estás haciendo el tonto, Barry? ¿Qué ocurre en la empresa? ¿Estáis estrechando el cerco en torno a mí?

Sopesó cuidadosamente las preguntas mientras tomaba rápidos sorbos de café.

—Este brebaje es horrible —dijo, a punto de escupirlo.

—Pero por lo menos está caliente.

—Lamento lo de Claire.

—Prefiero no hablar de eso.

—Falta un expediente, Michael. Todo el mundo te señala.

—¿Quién sabe que estás aquí?

—Mi mujer.

—¿Te envía la empresa?

—Rotundamente, no.

Le creí. Era amigo mío desde hacía siete años, y a veces había sido muy íntimo. Pero en general habíamos estado demasiado ocupados para cultivar nuestra amistad.

—¿Por qué me señalan? —pregunté.

—El expediente tiene algo que ver con Señor. Fuiste a ver a Braden Chance y le pediste que te dejara examinarlo. Te vieron en las inmediaciones de su despacho la noche en que desapareció.

»Hay pruebas de que alguien te facilitó unas llaves que quizá no deberías haber tenido.

—¿Eso es todo?

—Eso y las huellas dactilares.

—¿Las huellas dactilares? —inquirí yo, fingiendo sorpresa.

—Por todas partes. En la puerta, en el interruptor de la luz, en el archivador. Son idénticas. Estuviste allí, Michael. Te llevaste el expediente. ¿Qué pretendes hacer con él?

—¿Qué sabes de ese expediente?

—Señor fue desalojado por uno de nuestros clientes. Ocupaba el inmueble ilegalmente. Perdió la chaveta, nos pegó un susto a todos y tú estuviste casi a punto de ser alcanzado por un disparo. Te desmoronaste.

—¿Eso es todo?

—Es todo lo que ellos nos han dicho.

—¿Quiénes son ellos?

—Los peces gordos. A última hora del viernes todos recibimos unos memorándum (y cuando digo todos me refiero a los abogados, las secretarias, los auxiliares, todo el mundo), informándonos de que se había sustraído un expediente, de que eras el sospechoso y de que ningún empleado de la casa debía mantener contactos contigo. Ahora mismo tengo prohibido estar aquí.

—No se lo diré a nadie.

—Gracias.

Aunque Braden Chance hubiese establecido una relación entre el desahucio y Lontae Burton, no sería capaz de confesárselo a nadie.

Ni siquiera a los demás socios. Barry estaba diciendo la verdad. Probablemente pensara que mi único interés por el expediente era DeVon Hardy.

—Entonces ¿por qué has venido?

—Soy tu amigo. Todo está desquiciado en este momento. El viernes la policía estuvo en el bufete, ¿te imaginas? La semana pasada un chiflado nos retuvo como rehenes. Ahora tú te has arrojado al abismo, y, por si fuera poco, el asunto de Claire. ¿Por qué no hacemos una pausa? Vámonos a algún sitio un par de semanas. Con nuestras mujeres.

—¿Adónde?

—No lo sé. Qué más da. A las islas.

—¿Y qué conseguiríamos con eso?

—Ante todo, relajarnos. Jugaríamos un poco al tenis. Dormiríamos. Cargaríamos las pilas.

—¿Paga la empresa?

—Pago yo.

—Te olvidas de Claire. Todo ha terminado, Barry. Ha tardado mucho tiempo, pero ha terminado.

—De acuerdo. Nos vamos tú y yo.

—Pero tú no puedes mantener ningún contacto conmigo.

—Se me ocurre una idea. Creo que podría ir a ver a Arthur y mantener una larga charla con él. Se puede arreglar. Tú devuelves el expediente, te olvidas de su contenido, la casa perdona y olvida, tú y yo nos vamos un par de semanas a Maui a jugar al tenis y, a nuestro regreso, vuelves al elegante despacho que te corresponde.

—Te han enviado aquí, ¿verdad?

—No, te lo juro.

—No dará resultado, Barry.

—Dime por qué no. Te lo ruego.

—Ser abogado significa algo más que facturar horas y ganar dinero. ¿Por qué queremos convertirnos en unas putas empresariales? Ya estoy cansado de todo eso, Barry. Quiero otra cosa.

—Pareces un estudiante de primer curso de derecho.

—Exactamente. Elegimos esta profesión porque pensábamos que el derecho era una vocación sublime. Ser abogados nos permitiría luchar contra la injusticia y los males de la sociedad y hacer toda clase de buenas obras. Entonces éramos muy idealistas. ¿Por qué no podemos volver a serlo?

—Por las hipotecas.

—No pretendo reclutarte. Tienes tres hijos; por suerte, Claire y yo no tenemos ninguno. Puedo permitirme el lujo de volverme un poco chiflado.

En un rincón, un radiador, en el que no había reparado, empezó a crujir y a soltar un silbido. Lo miramos confiando en recibir un poco de calor. Pasó un minuto. Pasaron dos.

—Van por ti, Michael —musitó Barry, mirando el radiador sin verlo.

—¿Ellos? ¿Quieres decir nosotros?

—Sí. La empresa. No se puede robar un expediente. Piensa en el cliente. El cliente tiene derecho a que sus asuntos sean confidenciales. Si se pierde un expediente, la empresa no tiene más remedio que buscarlo.

—¿Me acusarán de un delito?

—Tal vez. Están furiosos, Michael, y no puedes reprochárselo. Están pensando en la posibilidad de pedir medidas disciplinarias al Colegio de Abogados. Es muy probable que te retiren la licencia. Rafter ya está trabajando en ello.

—¿Por qué no apuntó Señor un poco más bajo?

—Están decididos a todo.

—La empresa tiene más que perder que yo.

Me miró fijamente en silencio. Ignoraba el contenido del expediente.

—¿Hay algo más que lo de Señor? —preguntó.

—Mucho más. La empresa saldrá muy mal parada. Si vienen por mí, yo iré por ellos.

—No se puede utilizar un expediente robado. Ningún tribunal del país lo aceptaría como prueba. Tú no entiendes de litigios.

—Pero estoy aprendiendo. Diles que se retiren. Recuerda que tengo el expediente, y que lo que contiene apesta.

—No eran más que unos okupas, Michael.

—Es mucho más complicado de lo que parece. Alguien tiene que sentarse con Braden Chance y averiguar la verdad. Dile a Rafter que haga sus deberes antes de cometer un disparate.

»Créeme, Barry, eso es cosa de primera plana. No os atreveréis a salir de casa.

—¿Propones una tregua? Tú conservas el expediente y nosotros te dejamos en paz.

—Por el momento, tal vez. La semana que viene o la otra, no lo sé.

—¿Por qué no hablas con Arthur? Yo actuaré de mediador. Nos reuniremos en un despacho los tres y aclararemos este asunto a puerta cerrada. ¿Qué te parece?

—Demasiado tarde. Ha habido muertos.

—Señor hizo que lo mataran.

—Hubo otros —dije. Comprendí que ya era suficiente. A pesar de ser mi amigo, Barry contaría nuestra conversación a los jefes.

—¿Quieres explicármelo? —inquirió.

—No puedo. Es confidencial.

—Suena un poco falso, viniendo de un abogado que roba expedientes.

El radiador comenzó a gorgotear y durante un buen rato no pudimos hacer otra cosa que contemplarlo. Ninguno de los dos quería decir cosas de las que más tarde pudiera arrepentirse. Se interesó por los restantes abogados del consultorio. Lo acompañé en un rápido recorrido.

—Increíble —musitó más de una vez. Luego, ya en la puerta, preguntó—: ¿Podemos seguir en contacto?

—Desde luego.

18

Mi cursillo de orientación duró unos treinta minutos, el tiempo que nos llevó el trayecto desde el consultorio jurídico hasta la Casa del Buen Samaritano, en Perworth, hacia el nordeste. Mordecai era el que hablaba y conducía; yo permanecía sentado en silencio sosteniendo mi cartera, tan nervioso como cualquier novato a punto de ser arrojado a los lobos. Vestía tejanos, camisa blanca con corbata, una vieja chaqueta azul marino y unas gastadas zapatillas Nike con calcetines blancos. Había dejado de afeitarme. Era un abogado de la calle y podía vestirme como me diese la gana.

Naturalmente, él advirtió de inmediato el cambio de estilo cuando entré en su despacho y le anuncié que ya estaba preparado para empezar. No dijo nada, pero su mirada se demoró en las Nike. Las había visto otras veces cuando los tipos de los grandes bufetes bajaban de sus torres para pasar unas cuantas horas con los pobres. Por alguna razón inexplicable, estos se sentían obligados a dejarse crecer las patillas y a ponerse tejanos.

—Tu clientela será una mezcla de tercios —me dijo, conduciendo muy mal con una sola mano mientras sostenía la taza de café con la otra, sin prestar la menor atención a los vehículos que circulaban alrededor de nosotros—. Un tercio, aproximadamente, tiene trabajo; otro tercio, que incluye a algunos de estos, corresponde a familias con hijos. Un tercio está formado por incapacitados mentales y otro por veteranos de guerra. Un tercio de los que pueden optar a viviendas por sus bajos ingresos, las consigue. En los últimos quince años se han eliminado dos millones y medio de viviendas de renta baja y los programas federales de construcción de viviendas han sufrido un recorte de un setenta por ciento. No es de extrañar que la gente viva en la calle. Las administraciones están equilibrando los presupuestos a costa de los pobres.

Las estadísticas brotaban de su boca sin el menor esfuerzo. Aquello era su vida y su profesión. Como abogado acostumbrado a tomar notas con meticulosidad, reprimí el impulso de abrir mi cartera y empezar a hacer apresuradas anotaciones y me limité a escuchar.

—Esta gente cobra el salario mínimo —prosiguió—, de modo que la posibilidad de obtener viviendas de promoción privada ni siquiera se contempla. Ellos ni siquiera lo sueñan. Además, sus ingresos no han seguido el mismo ritmo que los costes de la vivienda, por eso se quedan cada vez más rezagados y, al mismo tiempo, los programas de ayuda reciben cada vez más golpes. Tenlo bien presente: solo el catorce por ciento de los incapacitados sin hogar recibe ayuda por incapacidad. ¡Un catorce por ciento! Verás casos de este tipo a montones.

Nos detuvimos ante un semáforo en rojo, bloqueando parcialmente el cruce. Los cláxones empezaron a sonar alrededor de nosotros. Me hundí un poco más en el asiento, temiendo otra colisión. Mordecai no parecía darse cuenta de que su automóvil estaba obstaculizando el tráfico de la hora punta.

—Lo más terrible de la carencia de hogar es lo que no se ve por las calles —añadió—. Aproximadamente la mitad de los pobres gasta el setenta por ciento de sus ingresos tratando de conservar la vivienda que tiene. Según la Oficina de Vivienda y Urbanismo deberían gastar un tercio. En esta ciudad hay decenas de miles de personas que se aferran desesperadamente a sus viviendas; basta que dejen de pagar la mensualidad, tengan que ingresar con urgencia en el hospital o se produzca una inesperada situación de emergencia para que pierdan la vivienda.

—¿Adónde van entonces?

—Raras veces acuden directamente a los centros de acogida. En un primer momento recurren a la familia y después a los amigos. La tensión es enorme porque su familia y sus amigos también reciben subsidios de vivienda y los arrendamientos limitan el número de personas que pueden habitar una unidad. Se ven obligados a incumplir las normas y a exponerse al desahucio. Andan de acá para allá; a veces dejan a uno de sus hijos con la hermana y a otro con un amigo. La situación va de mal en peor. Muchas personas sin hogar temen los centros de acogida y procuran evitarlos. —Hizo una pausa para dar otro sorbo al café.

—¿Por qué? —pregunté.

—No todos los centros son buenos. Ha habido atracos, robos e incluso violaciones.

Y allí pensaba yo vivir el resto de mi carrera de abogado.

—He olvidado la pistola —dije.

—No te ocurrirá nada. En esta ciudad hay centenares de voluntarios que trabajan gratuitamente. Jamás he oído decir que alguno de ellos haya sufrido daño alguno.

—Menos mal.

Ahora estábamos circulando con un poco más de cuidado.

—La mitad de la gente tiene algún problema de drogadicción, como tu amigo DeVon Hardy —me explicó—. Es algo muy frecuente.

—¿Qué se puede hacer por ellos?

—Me temo que no demasiado. Quedan algunos programas, pero es muy difícil encontrar una cama. Tuvimos suerte de colocar a Hardy en un programa de recuperación para veteranos, pero se fue. El adicto es quien decide cuándo quiere estar sereno.

—¿Cuál es la droga más habitual?

—El alcohol. Es la más accesible. Y mucho crack, porque también es barato. Aquí verás de todo menos drogas de diseño, que son demasiado caras.

—¿Cuáles serán mis primeros casos?

—Estás preocupado, ¿verdad?

—Sí, y no tengo la menor idea.

—Tranquilízate. El trabajo no es complicado, pero exige paciencia. Verás a personas que no reciben las prestaciones a que tienen derecho, como vales para alimentos, por ejemplo. Algún divorcio. Alguien con quejas contra un casero. Una disputa de carácter laboral. Y seguro que te toca algún caso penal.

—¿Qué tipo de caso penal?

—Cosas de poca monta. En la Norteamérica urbana se tiende a criminalizar la situación de los indigentes. En las ciudades se han aprobado toda clase de disposiciones encaminadas a perseguir a los que viven en la calle. No pueden pedir limosna, no pueden dormir en los bancos, no pueden acampar debajo de un puente, no pueden guardar sus efectos personales en un parque público, no pueden sentarse en las aceras, no pueden comer en público. Muchas de estas reglamentaciones han sido anuladas por los tribunales. Abraham ha conseguido convencer a los jueces federales de que estas disposiciones quebrantan los derechos contemplados en la Primera Enmienda a la Constitución. Por eso los municipios tratan de hacer cumplir selectivamente las leyes generales, como, por ejemplo, la de vagos y vagabundos y embriaguez en lugares públicos. Y apuntan a los sin hogar. Si un tipo bien vestido se emborracha en un bar y mea en una calleja, no pasa nada. Un mendigo mea en la misma calleja y lo detienen por orinar en público. Los barridos son muy frecuentes.

—¿Los barridos?

—Sí. Eligen una zona de la ciudad, recogen a todos los sin hogar y los sueltan en otro sitio. Atlanta lo hizo antes de los Juegos Olímpicos. No podían tener a todos aquellos pobres pidiendo limosna y durmiendo en los bancos de los parques ante los ojos del mundo. Enviaron a sus propios SS y eliminaron el problema. Y después presumieron de lo bonito que estaba todo.

—¿Adónde los llevaron?

—A los centros de acogida por supuesto que no, pues no tienen ninguno. Sencillamente los llevaron de un lado para otro, los soltaron en otras zonas de la ciudad como si fueran estiércol. —Tomó un rápido sorbo de café y reguló la calefacción, apartando las manos del volante durante cinco segundos—. Recuerda, Michael, que todo el mundo ha de estar en algún sitio. Esta gente carece de alternativas. Si tienes hambre, pides comida. Si estás cansado, duermes en cualquier sitio que encuentres. Si eres un sin techo, debes vivir en algún sitio.

—¿Los detienen?

—Cada día, y es una política pública muy estúpida. Imagínate un tipo que vive en la calle, entra en los albergues y sale de ellos, trabaja aquí o allá por el salario mínimo y hace todo lo que puede por mejorar su situación y convertirse en una persona autosuficiente, pero lo detienen por dormir debajo de un puente. Él no quisiera dormir debajo de un puente, pero todo el mundo tiene que dormir en algún sitio. Se siente culpable porque el ayuntamiento, haciendo gala de una brillante inteligencia, ha decretado que carecer de techo es un delito. Tiene que pagar treinta dólares para salir de la cárcel y otros treinta de multa. Sesenta dólares que salen de un bolsillo casi vacío. De esta manera el tipo se hunde un poco más en la marginación. Lo detienen, lo humillan, lo castigan y, encima, tiene que comprender que su comportamiento es equivocado e irse a buscar una casa y abandonar las calles. Ocurre en casi todas nuestras ciudades.

—¿Y no estaría mejor en la cárcel?

—¿Has estado en la cárcel últimamente?

—No.

—Pues no vayas. Los policías no están preparados para tratar a los indigentes y mucho menos a los enfermos mentales y a los drogadictos. Las cárceles están abarrotadas de reclusos. El sistema judicial es una pesadilla y la persecución de los vagabundos solo sirve para atascarlo más de lo que está. Y aquí viene lo más estúpido: mantener a una persona en la cárcel cuesta un veinticinco por ciento más por día que proporcionarle cobijo, comida, transporte y servicios de asesoramiento. Como es natural, todo eso se traduciría en un beneficio a largo plazo, y sería mucho más lógico. Un veinticinco por ciento más lógico, sin incluir los gastos del arresto y de su tramitación. De todas maneras, casi todas las ciudades están en bancarrota, y muy especialmente el distrito de Columbia (recuerda que es por eso por lo que están clausurando los centros de acogida), y aun así malgastan el dinero convirtiendo a los sin hogar en unos delincuentes.

—Al parecer, la situación está madura para los litigios —dije a pesar de que Mordecai no necesitaba que lo aguijonearan.

—No paramos de presentar querellas. Los abogados de todo el país están atacando estas leyes. Los malditos ayuntamientos se gastan más dinero en honorarios de abogados que en construir centros de acogida para los indigentes. Hay que amar mucho este país. Nueva York, la ciudad más rica del mundo, no puede ofrecer cobijo a todos sus habitantes; la gente duerme en la calle y pide limosna en la Quinta Avenida, y eso molesta a los sensibles neoyorquinos, que eligen a Rudy como se llame porque les promete limpiar las calles y consigue que el competente consejo municipal declare ilegal la situación de los sin hogar, así por las buenas. No pueden pedir limosna, no pueden sentarse en las aceras, no pueden ser unos vagabundos, mientras las autoridades recortan los presupuestos y las ayudas, cierran los albergues y, al mismo tiempo, se gastan una maldita fortuna pagando a los abogados neoyorquinos para que los defiendan por haber intentado eliminar a los pobres.

—¿Cómo está Washington?

—No tan mal como Nueva York, pero me temo que no mucho mejor.

Nos encontrábamos en una zona de la ciudad que dos semanas atrás yo no habría cruzado en pleno día ni siquiera con un vehículo blindado. Las lunas de los escaparates estaban protegidas con barrotes de hierro; los edificios de viviendas, unas estructuras elevadas carentes de vida, mostraban la ropa tendida en los balcones. Todos eran de ladrillo gris y se caracterizaban por la sosería arquitectónica propia de las viviendas de protección oficial.

—Washington es una ciudad negra con un porcentaje considerable de la población que vive de la beneficencia —añadió—. Atrae a muchas personas que quieren un cambio, activistas y radicales. Personas como tú.

—Yo no soy precisamente un activista ni un radical.

—Estamos a lunes por la mañana. Piensa dónde has estado todos los lunes por la mañana en los últimos siete años.

—Sentado ante mi escritorio.

—Un escritorio muy bonito.

—Sí.

—En un elegante despacho.

—Sí.

—Ahora eres un radical —dijo, mirándome con una amplia sonrisa en los labios.

Y con eso terminó mi cursillo de orientación.

Más adelante, a la derecha vimos un grupo de hombres muy abrigados, acurrucados en una esquina en torno a una estufa de butano. Doblamos la esquina y aparcamos junto al bordillo. Muchos años atrás, el edificio había sido la sede de unos grandes almacenes. Un rótulo pintado a mano rezaba: CASA DEL BUEN SAMARITANO.

—Es un albergue privado —me explicó Mordecai—. Noventa camas, comida aceptable, fundado por un grupo de iglesias de Arlington. Llevamos seis años viniendo aquí.

Cerca de la entrada había una furgoneta de un banco de alimentos de la cual unos voluntarios descargaban cajas de fruta y verdura. Mordecai se dirigió a un anciano que se hallaba ante la puerta, que nos hizo pasar.

—Voy a acompañarte en un breve recorrido por la casa —dijo Mordecai.

Lo seguí cruzando la planta principal. Era un laberinto de pasillos cortos, todos flanqueados por unas pequeñas habitaciones cuadradas hechas con planchas de yeso sin pintar. Cada habitación disponía de una puerta con una cerradura.

—Buenos días —dijo Mordecai, asomando la cabeza en una de ellas.

Sentado en el borde de un catre había un hombrecillo de ojos enloquecidos, que nos miró en silencio.

—Es una buena habitación —me indicó Mordecai—. Tiene intimidad, una buena cama, sitio para guardar cosas y luz eléctrica.

Pulsó un interruptor que había junto a la puerta y la lámpara se apagó. Por un segundo la habitación quedó un poco más a oscuras, hasta que él volvió a pulsar el interruptor. Los ojos enloquecidos no parpadearon.

La habitación carecía de techo; los viejos paneles de los antiguos almacenes se encontraban a unos nueve metros por encima de ella.

—¿Y el cuarto de baño? —pregunté.

—Están en la parte de atrás. Pocos son los albergues que ofrecen cuartos de baño individuales. Que pase un buen día —le dijo al hombrecillo, que asintió con la cabeza.

Había varios aparatos de radio encendidos, algunos con música, otros con noticiarios. Observé gran movimiento de gente. Era un lunes por la mañana; tenían trabajos y lugares adonde ir.

—¿Es difícil conseguir habitaciones aquí? —pregunté, aunque conocía la respuesta.

—Prácticamente imposible. La lista de espera es interminable, y el albergue puede decidir quiénes entran.

—¿Cuánto tiempo permanecen aquí?

—Depende. El promedio es de unos tres meses. Este es uno de los más bonitos, de modo que se sienten seguros en él. En cuanto consiguen estabilizar su situación, el albergue trata de encontrarles un alojamiento acorde con sus ingresos.

Nos acercamos a la directora del albergue, una joven calzada con botas de combate, a quien me presentó como «nuestro nuevo abogado».

Ella me dio la bienvenida al albergue. Mientras Mordecai y la joven hablaban de un cliente que había desaparecido, me alejé por el pasillo hasta que encontré la sección familiar. Oí llorar a un bebé y me encaminé hacia una puerta abierta. La habitación era ligeramente más espaciosa que la otra y estaba dividida en compartimientos diminutos. Una fornida muchacha de no más de veinticinco años estaba sentada en una silla, a tres metros de distancia de donde me encontraba, desnuda de cintura para arriba, dando el pecho a una criatura sin que mi presencia le causara la menor turbación. Los niños de corta edad saltaban sobre la cama; en la radio sonaba un rap.

De pronto se llevó la mano derecha al otro pecho y me lo ofreció. Di media vuelta y regresé junto a Mordecai.

Los clientes nos esperaban. Nuestro despacho ocupaba un rincón del comedor, cerca de la cocina; contábamos con una mesa plegable que habíamos pedido prestada en la cocina. Mordecai abrió un archivador del rincón y pusimos manos a la obra. Seis personas esperaban sentadas en unas sillas contra la pared.

—¿El primero? —llamó Mordecai.

Se acercó una mujer con su silla. Se sentó delante de sus letrados, ambos con una pluma y unos folios en la mano, uno de ellos un veterano abogado de la calle y el otro un novato.

Se llamaba Waylene, veintisiete años, dos hijos y sin marido.

—La mitad de ellos procede del albergue —me explicó Mordecai mientras ambos tomábamos notas—. La otra mitad, de la calle.

—¿Los atendemos a todos?

—A todos los que carecen de hogar.

El problema de Waylene no era complicado. Había trabajado en un restaurante de comida rápida antes de dejarlo por un motivo que Mordecai no consideró importante, y le debían las últimas dos pagas. Como no tenía domicilio fijo, el empleador había enviado los cheques a una dirección equivocada. Los cheques habían desaparecido; el empleador se desentendió del asunto.

—¿Dónde estará usted la semana que viene? —le preguntó Mordecai.

En un sitio, o tal vez en otro; no lo sabía. Buscaba trabajo, y si lo encontraba era posible que ocurriesen otras cosas y entonces ella podría irse a vivir con fulanito de tal. O buscarse un lugar para ella sola.

—Recuperaré su dinero e indicaré que envíen los cheques a mi despacho. —Le entregó una tarjeta de visita—. Llámeme a este número dentro de una semana.

La joven tomó la tarjeta, nos dio las gracias y se retiró a toda prisa.

—Telefonea al restaurante donde trabajaba esta chica, identifícate como su abogado, muéstrate amable al principio y después, si no colaboran, arma un alboroto. En caso de que sea necesario, pásate por allí y recoge personalmente los cheques.

Anoté las instrucciones como si fueran muy complicadas. A Waylene le debían doscientos diez dólares. El último caso en el que yo había intervenido en Drake & Sweeney había sido una disputa antimonopolio en la que estaban en juego novecientos millones de dólares.

El segundo cliente no supo exponernos ningún problema legal concreto. Solo quería hablar con alguien. Estaba borracho o mentalmente enfermo; probablemente ambas cosas a la vez. Mordecai lo acompañó a la cocina y le ofreció una taza de café.

—Algunos de estos pobrecillos no pueden resistir la tentación de hacer cola —me explicó.

La número tres era una residente del albergue; llevaba en él dos meses y, por consiguiente, la cuestión del domicilio presentaba menos problemas. Tenía cincuenta y ocho años, ofrecía un aspecto pulcro y cuidado y era viuda de un veterano de guerra. Según el montón de papeles que hojeé mientras mi jefe hablaba con ella, tenía derecho a una pensión de viudedad, pero los cheques estaban siendo enviados a una cuenta de un banco de Maryland a la que ella no tenía acceso. Ella lo había explicado y sus papeles lo confirmaban.

—La Asociación de Veteranos es un buen organismo —dijo Mordecai—. Conseguiremos que envíen los cheques aquí.

La cola fue aumentando mientras atendíamos con eficacia a los clientes. Mordecai ya lo había visto todo muchas veces: interrupción de los vales de comida por falta de domicilio permanente; negativas de los administradores de fincas a devolver los depósitos de garantía; impago de las pensiones por alimento de los hijos; orden judicial de detención por extensión de cheques sin fondos; reclamación de pensión de invalidez a la Seguridad Social. Después de dos horas y diez clientes, me desplacé al otro extremo de la mesa y empecé a interrogarlos personalmente.

Mi primer cliente fue Marvis. Quería divorciarse. Yo también. Tras escuchar su triste historia, experimenté el impulso de correr a casa y besarle los pies a Claire. La mujer de Marvis se dedicaba a la prostitución. Había sido decente hasta que descubrió el crack. El crack la llevó hasta un camello, de este pasó a un proxeneta y finalmente a la vida de las calles. Por el camino robó y vendió todo lo que ambos poseían y acumuló deudas a cuenta del marido. Él se declaró insolvente. Ella se llevó a los dos hijos y se fue a vivir con su proxeneta.

Marvis quería hacer unas cuantas preguntas acerca de la mecánica del divorcio, y, puesto que yo solo tenía unos conocimientos básicos al respecto, me escabullí como mejor pude. Mientras tomaba notas tuve una visión fugaz de Claire sentada en aquel preciso instante en el lujoso despacho de su abogada, ultimando los planes para disolver nuestra unión.

—¿Cuánto durará? —me preguntó, sacándome de mi breve ensoñación.

—Seis meses —le contesté—. ¿Cree que ella se opondrá?

—¿A qué se refiere?

—A si accederá al divorcio.

—No hemos hablado de eso.

La mujer se había ido de casa un año atrás y, a mi juicio, se trataba de un claro caso de abandono del hogar conyugal. Si a ello se añadía el adulterio, el divorcio estaba chupado.

Marvis llevaba una semana en el albergue. Era serio y juicioso y buscaba trabajo. Disfruté de la media hora que pasé con él y me comprometí a conseguirle el divorcio.

La mañana pasó volando y mi nerviosismo se desvaneció. Estaba esforzándome en ayudar a personas reales con problemas reales, a personas insignificantes que no tenían ningún otro lugar donde encontrar asistencia jurídica. Se sentían intimidadas, y no solo por mí, sino por el vasto universo de las leyes, las reglamentaciones, los tribunales y la burocracia.

Aprendí a sonreír y a hacer que se sintieran cómodas. Algunas se disculpaban por no poder pagarme. El dinero no tenía importancia, les decía yo. El dinero no tenía importancia.

A las doce devolvimos la mesa para que pudieran servir el almuerzo. La zona del comedor se había llenado de gente; la sopa estaba lista.

Puesto que nos encontrábamos en el barrio, nos detuvimos a comer en el Florida Avenue Grill. El mío era el único rostro blanco del bullicioso restaurante, pero ya me estaba acostumbrando a mi palidez. Nadie había intentado asesinarme todavía. Al parecer, a nadie le importaba.

Sofía encontró un teléfono que casualmente funcionaba. Estaba debajo de un montón de expedientes en el escritorio más cercano a la puerta. Le di las gracias y me retiré a la intimidad de mi despacho. Conté ocho personas esperando en silencio los consejos legales de Sofía, que no era abogado. Mordecai me sugirió que dedicase la tarde a trabajar en los casos de los que nos habíamos hecho cargo por la mañana en el Buen Samaritano. Eran diecinueve en total. También me insinuó la conveniencia de que me diese prisa para ayudar a Sofía en su trabajo.

Si pensaba que el ritmo de la calle iba a ser más lento, me equivocaba. De repente, me hundí hasta las orejas en los problemas de otras personas. Por suerte, gracias a mis antecedentes de trabajador obsesivo logré estar a la altura de la situación.

No obstante, mi primera llamada telefónica la hice a Drake & Sweeney. Pregunté por Héctor Palma del Departamento Inmobiliario y me dijeron que esperara. Colgué al cabo de cinco minutos y volví a llamar. Pensé en la posibilidad de telefonear a Polly y pedirle que mirara a ver qué le había ocurrido a Héctor. O quizá a Rudolph, o a Barry Nuzzo o a mi auxiliar preferido. Pero entonces caí en la cuenta de que ya no eran mis amigos. Me había ido. Estaba en el campo opuesto. Era el enemigo. También era una fuente de problemas, y los jefes les habían prohibido hablar conmigo.

En el listín telefónico había tres Héctor Palma. Iba a llamarlos, pero las líneas estaban ocupadas. El consultorio tenía dos líneas y cuatro abogados.

19

No tenía ninguna prisa en abandonar el despacho al término de mi primera jornada de trabajo. Mi casa era una buhardilla vacía no mucho más grande que tres compartimientos de la Casa del Buen Samaritano. Mi casa era un dormitorio sin cama, un salón con un televisor sin cable, una cocina con una mesa de jugar a las cartas y sin frigorífico. Tenía unos vagos y distantes propósitos de amueblarla y decorarla.

Sofía se fue a las cinco en punto, su hora habitual. Su barrio era conflictivo, y cuando oscurecía prefería estar en casa con la puerta cerrada. Mordecai lo hizo sobre las seis tras pasarse media hora conmigo analizando las actividades de la jornada. «No os quedéis hasta muy tarde y procurad iros los dos juntos», nos advirtió. Había hablado con Abraham Lebow, quien tenía previsto trabajar hasta las nueve, y le había aconsejado que nos fuéramos juntos. «Aparcad muy cerca. Apurad el paso. Vigiladlo todo.»

Antes de salir se detuvo en la puerta y me preguntó:

—Bueno pues… ¿qué te parece?

—Creo que se trata de una labor fascinante. El contacto humano es un gran estímulo.

—A veces te partirá el corazón.

—Ya me lo ha partido.

—Eso está bien. Si alguna vez llegas a un punto en el que ya no te duela, será el momento de irte.

—Acabo de empezar.

—Lo sé, y es bueno que estés aquí. Nos hacía falta un blanco anglosajón protestante como tú.

—Pues me alegro de ser un símbolo.

Se marchó, y volví a cerrar la puerta. Había detectado una tácita política de puertas abiertas; Sofía trabajaba en la sala central y a mí me había hecho gracia oírla toda la tarde responder por teléfono a un burócrata tras otro mientras todo el consultorio escuchaba. Mordecai era una fiera por teléfono; su voz, profunda y sonora, rugía exigiendo toda clase de cosas y profiriendo terribles amenazas. Abraham era mucho más reposado, pero la puerta de su despacho estaba permanentemente abierta. Puesto que aún no sabía qué estaba haciendo, yo prefería mantener la del mío cerrada. Tenía la certeza de que serían pacientes conmigo.

Llamé a los tres Héctor Palma que aparecían en la guía telefónica. El primero no era el que yo buscaba. En el segundo número no contestaron. El tercero era el contestador telefónico del verdadero Héctor Palma, que en tono áspero indicaba a quien fuese que no estaba en casa, que dejara el mensaje y que ya le devolvería la llamada.

Era su voz. Con los infinitos recursos de que disponía, la empresa tenía muchos medios y lugares donde esconder a Héctor Palma. Ochocientos abogados, ciento setenta auxiliares, despachos en Washington, Nueva York, Chicago, Los Ángeles, Portland, Palm Beach, Londres y Hong Kong. Eran demasiado listos para despedirlo por el hecho de saber demasiado. Le doblarían el sueldo, lo ascenderían, lo trasladarían a la sucursal de otra ciudad y le proporcionarían un apartamento más grande.

Anoté la dirección que figuraba en la guía telefónica. Si el contestador todavía estaba puesto, era posible que aún no lo hubiesen trasladado. Con mi recientemente adquirida habilidad callejera, estaba seguro de que conseguiría localizarlo.

Oí que llamaban suavemente a la puerta, y esta se abrió

como por arte de magia. El cerrojo y el tirador estaban gastados, por lo que la puerta se cerraba sin quedar trabada. Era Abraham.

—¿Tienes un minuto? —preguntó sentándose.

Se trataba de su visita de cortesía, su saludo. Era un hombre discreto y distante con un cierto aire de intelectual que habría podido amedrentarme si yo no me hubiera pasado siete años en un edificio con cuatrocientos abogados de todos los colores y tamaños. Conocía una docena de tipos como él, serios y arrogantes, que no hacían el menor esfuerzo por ser cordiales con los demás.

—Quería darte la bienvenida —dijo, y a continuación se lanzó a una apasionada defensa de la especialización jurídica en cuestiones sociales. Era un chico de la clase media de Brooklyn, había estudiado derecho en Columbia, había pasado tres años horribles en una empresa de Wall Street, cuatro años en Atlanta con un grupo de lucha contra la pena de muerte y dos decepcionantes años en la colina del Capitolio hasta que le llamó la atención un anuncio de una publicación jurídica, solicitando un abogado para el consultorio jurídico de la calle Catorce—. No existe vocación más sublime que el derecho —añadió—. Es algo más que ganar dinero. —Después soltó un discurso contra los grandes bufetes y los abogados que ganaban millones de dólares en honorarios. Un amigo suyo de Brooklyn estaba ganando diez millones de dólares anuales con sus querellas contra los fabricantes de implantes mamarios de silicona—. ¡Diez millones de dólares al año! ¡Con eso se podría alojar y dar de comer a todos los indigentes del distrito de Columbia!

En cualquier caso, se alegraba de que yo hubiera visto la luz y lamentaba el incidente de Señor.

—¿A qué te dedicas en concreto? —le pregunté.

Resultaba evidente que Abraham estaba disfrutando. Era fogoso e inteligente y utilizaba un vocabulario tan amplio que me daba vueltas la cabeza.

—A dos cosas. Política. Trabajo con otros abogados para reformar la legislación, y dirijo los litigios, en general acciones populares. Hemos presentado una querella contra el Departamento de Comercio porque los vagabundos apenas estaban representados en el censo del noventa. Hemos interpuesto una demanda contra el sistema escolar del distrito por negarse a admitir a los niños desamparados. Hemos emprendido una acción popular porque el distrito anuló indebidamente varios millares de subvenciones de alojamiento sin el obligado procedimiento. Hemos atacado muchos de los estatutos destinados a criminalizar la condición de las personas que carecen de hogar. Presentaremos querellas contra casi todo si joden a los indigentes.

—Son unos litigios muy complicados.

—Lo son, pero, afortunadamente, aquí, en el distrito de Columbia hay muchos abogados excelentes dispuestos a dedicarnos tiempo. Yo soy el entrenador. Elaboro la estrategia del partido, reúno el equipo y decido las jugadas.

—¿No ves a los clientes?

—Algunas veces. Pero trabajo mejor cuando estoy solo en mi cuartito de allí. Por eso me alegro de que te hayas unido a nosotros. Tenemos muchas cosas que hacer y necesitamos ayuda.

Se levantó de un salto; la conversación había terminado. Habíamos decidido marcharnos a las nueve en punto. Se fue. Mientras soltaba una de sus parrafadas, observé que no llevaba anillo de casado.

El derecho era su vida. El viejo dicho según el cual el derecho era una amante celosa había alcanzado un nuevo nivel con personas como Abraham y yo.

El derecho era lo único que teníamos.

La policía del distrito esperó hasta casi la una de la madrugada para atacar como si de un comando se tratase. Llamaron al timbre y de inmediato empezaron a aporrear la puerta con los puños. Para cuando Claire consiguió orientarse, levantarse de la cama y echarse algo encima del pijama, ellos ya estaban a punto de derribar la puerta a puntapiés.

—¡Policía! —fue la respuesta a su aterrorizada pregunta.

Abrió lentamente y retrocedió horrorizada mientras cuatro hombres —dos de uniforme y dos de paisano— entraban en el apartamento como si unas vidas humanas corrieran peligro.

—¡Apártese! —le espetó uno.

Claire se había quedado sin habla.

—¡Apártese! —le gritó otro.

Cerraron ruidosamente la puerta a su espalda. El jefe, el teniente Gasko, vestido con un barato y ceñido traje de calle, se adelantó y sacó del bolsillo unos papeles doblados.

—¿Es usted Claire Brock? —preguntó en una pésima imitación de Colombo.

Ella asintió boquiabierta.

—Soy el teniente Gasko. ¿Dónde está Michael Brock?

—Ya no vive aquí —consiguió balbucir Claire.

Los otros tres esperaban allí cerca, preparados para arrojarse encima de lo que fuera.

Gasko no se lo creía, pero no tenía una orden de detención sino tan solo una autorización de registro.

—Traigo una autorización para registrar este apartamento, firmada a las cinco de esta tarde por el juez Kisner. —Desdobló los papeles y los mostró como si en semejante momento alguien pudiera leer y comprender la letra pequeña—. Apártese, por favor.

Claire retrocedió un poco más.

—¿Qué buscan? —preguntó.

—Está en los papeles —contestó Gasko, arrojándolos sobre el mueble bar.

Los cuatro policías se dispersaron por el apartamento.

El teléfono móvil se encontraba al lado de mi cabeza, que descansaba sobre un cojín en el suelo, en la parte superior de mi saco de dormir. Como parte de mi esfuerzo por identificarme con mis nuevos clientes, era la tercera noche que dormía en el suelo. Comía poco, dormía aún menos y estaba tratando de comprender lo que eran los bancos de los parques y las aceras. Tenía el lado izquierdo extremadamente dolorido, magullado y morado hasta la rodilla, por lo que procuraba dormir sobre el lado derecho.

Era un precio muy bajo. Tenía un techo, calefacción, una puerta cerrada, un empleo, la certeza de que al día siguiente comería, el futuro.

Encontré el teléfono a tientas y contesté:

—¿Diga?

—Michael —susurró Claire—. La policía está registrando el apartamento.

—¿Cómo?

—Están aquí en este momento. Son cuatro y tienen una autorización judicial.

—¿Qué quieren?

—Buscan un expediente.

—Voy para allí.

—Date prisa, por favor.

Irrumpí en el apartamento como un poseso. Gasko resultó ser el primer policía con quien tropecé.

—Mi nombre es Michael Brock. ¿Quién demonios es usted?

—Soy el teniente Gasko —contestó en tono despectivo.

—Déjeme ver su placa. —Me volví hacia Claire, quien, apoyada contra la nevera, se estaba tomando un café, un poco más serena y tranquila—. Dame un papel —le pedí.

Gasko se sacó la placa del bolsillo y la sostuvo en alto para que yo la viera.

—Larry Gasko —dije—. Será usted la primera persona contra la que interponga una querella a las nueve en punto de esta mañana. ¿Quién lo acompaña?

—Hay otros tres —intervino Claire, entregándome una hoja de papel—. Creo que están en los dormitorios.

Me dirigí hacia la parte de atrás seguido de Gasko y de Claire, algo más rezagada.

En el dormitorio de invitados vi a un agente uniformado que, a gatas en el suelo, miraba debajo de la cama.

—Muéstreme su placa —exigí. Se levantó de golpe, dispuesto a luchar. Me adelanté un paso, rechiné los dientes y agregué—: Su placa, imbécil.

—¿Quién es usted? —preguntó, retrocediendo con la mirada fija en Gasko.

—Michael Brock. ¿Y usted?

Sacó una placa.

—Darrel Clark —dije en voz alta mientras anotaba el nombre—. Acusado número dos.

—No puede usted demandarme —masculló.

—Ya verá si no puedo. Dentro de ocho horas lo demandaré ante un tribunal federal exigiendo un millón de dólares por registro ilegal. Y ganaré, conseguiré que se celebre un juicio y lo perseguiré sin piedad hasta que se declare insolvente.

Los otros dos agentes salieron de mi antiguo dormitorio y me rodearon. Miré a Claire.

—Trae la cámara de vídeo, por favor —le pedí yo—. Quiero grabarlo.

Claire se dirigió hacia el salón.

—Tenemos una autorización firmada por un juez —dijo Gasko, un poco a la defensiva.

Los otros tres se adelantaron para estrechar el cerco.

—El registro es ilegal —repliqué—. Las personas que han firmado la autorización serán demandadas, al igual que cada uno de ustedes. Serán suspendidos de empleo y probablemente de sueldo y tendrán que enfrentarse con un juicio.

—Gozamos de inmunidad —dijo Gasko.

—Eso ya lo veremos.

Claire regresó con la cámara.

—¿Les has explicado que yo no vivo aquí? —le pregunté.

—Sí —contestó, acercándose la cámara al ojo.

—Y, sin embargo, ustedes siguieron adelante con el registro, lo cual lo convirtió instantáneamente en ilegal. Deberían haberse detenido, pero entonces no habría tenido gracia, ¿verdad? Es mucho mejor husmear en los asuntos personales de los demás. Tuvieron una oportunidad, pero la desperdiciaron. Ahora pagarán las consecuencias.

—Está chiflado —soltó Gasko.

Procuraban disimular su temor, pero sabían que yo era abogado. No me habían encontrado en el apartamento, de modo que quizá yo supiese de qué estaba hablando. No lo sabía, pero en aquel momento la cosa sonaba bien.

El hielo legal sobre el que estaba patinando era muy delgado.

No le hice caso.

—Sus nombres, por favor —dije dirigiéndome a los otros dos. Sacaron las placas. Ralph Lilly y Robert Blower. Les di las gracias, como un auténtico experto, y añadí—: Serán los acusados números tres y cuatro. Y ahora, ¿por qué no se marchan?

—¿Dónde está el expediente? —preguntó Gasko.

—El expediente no está aquí porque yo no vivo aquí. Por eso será usted demandado, oficial Gasko.

—No crea que me asusta; me demandan cada dos por tres.

—Mejor para usted. ¿Quién es su abogado?

En la trascendental décima de segundo que siguió no pudo facilitarme el nombre de ninguno. Fui al estudio y ellos me siguieron a regañadientes.

—Márchense —les dije—. El expediente no está aquí.

Claire seguía grabando todo con la cámara de vídeo, por lo que procuraban reducir al mínimo sus agresiones verbales. Blower musitó algo acerca de los abogados mientras los tres se encaminaban hacia la puerta.

Cuando se hubieron ido, leí la autorización de registro. Claire me observó, mientras tomaba café junto a la mesa de la cocina. El sobresalto inicial se había disipado; había vuelto a recuperar la calma e incluso la gélida frialdad de antes. No quería reconocer que se había llevado un susto de muerte, no se atrevía a parecer siquiera un poco vulnerable y, desde luego, no estaba dispuesta a dar la impresión de que me necesitaba, aunque solo fuera un poco.

—¿Qué hay en el expediente? —preguntó.

En realidad, no le interesaba. Lo que quería era cierta seguridad de que nada semejante volvería a ocurrir.

—Es una historia muy larga.

Comprendió el mensaje: «No preguntes».

—¿De veras vas a demandarlos?

—No. No hay fundamento para un juicio. Sencillamente quería librarme de ellos.

—Ha dado resultado. ¿Pueden volver?

—No.

—Es bueno saberlo.

Doblé la autorización de registro y me la guardé en el bolsillo. Solo se refería a un objeto: el expediente de RiverOaks TAG, que en aquellos momentos se encontraba muy bien escondido entre las paredes de mi nuevo apartamento junto con una copia del mismo.

—¿Les has dicho dónde vivo? —inquirí.

—No sé dónde vives —contestó.

Se produjo una pausa durante la cual habría sido apropiado que me preguntara dónde vivía. Pero no lo hizo.

—Lamento mucho lo ocurrido, Claire.

—No te preocupes; pero prométeme que no volverá a ocurrir.

—Te lo prometo.

Me fui sin un abrazo, un beso o el menor contacto, de la clase que fuera. Me limité a decir buenas noches y a salir por la puerta. Era justo lo que ella quería.

20

El martes era el día de ingresos en la Comunidad para la No Violencia Creativa o CNVC, el mayor albergue del distrito.

Una vez más, conducía Mordecai. Su plan era acompañarme durante la primera semana y después dejarme suelto en las calles.

Mis amenazas y advertencias a Barry Nuzzo habían caído en saco roto. Drake & Sweeney pensaba pegar duro, y no me extrañaba.

La incursión en mi antiguo apartamento antes del amanecer había sido una grosera advertencia de lo que iba a ocurrir. Tuve que confesar a Mordecai la verdad acerca de lo que había hecho.

—Mi mujer y yo nos hemos separado —dije en cuanto el vehículo se puso en marcha—. Me he mudado de casa.

El pobre hombre no estaba preparado para una noticia tan amarga a las ocho de la mañana.

—Lo siento —musitó; me miró y a punto estuvo de atropellar a un imprudente peatón.

—No lo sientas. A primera hora de esta mañana la policía ha hecho una incursión en mi antiguo apartamento, buscándome a mí y, más concretamente, un expediente que me llevé al dejar la empresa.

—¿Qué clase de expediente?

—El de DeVon Hardy y Lontae Burton.

—Te escucho.

—Tal como ahora sabemos, DeVon Hardy tomó unos rehenes y resultó muerto porque Drake & Sweeney lo había desalojado de su hogar junto con otros dieciséis adultos y algunos niños. Lontae y su pequeña familia formaban parte del grupo.

—Esta ciudad es un pañuelo —dijo Mordecai tras reflexionar durante un instante.

—El almacén desalojado estaba ubicado casualmente en unos terrenos en los que RiverOaks tenía previsto construir un edificio para el servicio de Correos. Se trata de un proyecto de veinte millones de dólares.

—Conozco el almacén. Siempre ha estado infestado de okupas.

—Solo que no eran okupas, o al menos no lo creo.

—¿Es una conjetura o lo sabes con certeza?

—Por el momento, es una conjetura. El expediente ha sido manipulado; han eliminado algunos papeles y han añadido otros. Un auxiliar llamado Héctor Palma se encargó de realizar el trabajo sucio (las visitas al lugar y el desahucio propiamente dicho), y ahora se ha convertido en mi informador anónimo. Me envió una nota en la que me comunicaba que los desahucios eran ilegales. Me facilitó un juego de llaves para que consiguiera el expediente. Desde ayer ya no trabaja en el bufete del distrito.

—¿Dónde está?

—Me encantaría saberlo.

—¿Él te dio las llaves?

—No me las entregó en persona, sino que las dejó encima del escritorio con las instrucciones correspondientes.

—¿Y tú las utilizaste?

—Sí.

—¿Para robar un expediente?

—No pensaba robarlo. Me dirigía al consultorio para fotocopiarlo cuando un insensato se saltó un semáforo en rojo y me envió al hospital.

—¿Es el expediente que recuperaste del interior de tu coche?

—Sí. Iba a copiarlo y a devolverlo a su archivador en Drake & Sweeney. Nadie se habría enterado.

—Pongo en duda la conveniencia de hacerlo. —Estuvo en un tris de llamarme estúpido, pero nuestra relación todavía era incipiente—. ¿Qué es lo que le falta? —preguntó.

Le resumí la historia de RiverOaks y su carrera para hacerse con la construcción del edificio de Correos.

—Tenía que conseguir rápidamente el solar. La primera vez que Palma acudió al almacén, lo atracaron. Memorándum para el expediente. Volvió con un guardia de seguridad. Falta el memorándum. Fue debidamente anotado en el diario del expediente y más tarde retirado, quizá por Braden Chance.

—¿Qué decía el memorándum?

—En realidad no lo sé; pero tengo la corazonada de que Héctor inspeccionó el almacén, encontró a los okupas en sus improvisados apartamentos, habló con ellos y se enteró de que pagaban un alquiler a Tillman Gantry. No eran ocupantes ilegales, sino inquilinos con derecho a toda la protección que se contempla en la Ley de Arrendamientos Urbanos. Para entonces, el derribo ya estaba decidido, se tenía que cerrar la venta, Gantry estaba a punto de ganar un pastón, el memorándum no se tuvo en cuenta y se llevó a cabo el desalojo.

—Había diecisiete personas.

—Sin contar los niños.

—¿Conoces los nombres de los demás?

—Sí. Alguien, sospecho que Palma, me hizo llegar una lista. Si pudiéramos localizar a esas personas, tendríamos testigos.

—Tal vez; pero lo más probable es que Gantry los haya amenazado. Es un hombre importante con una pistola muy grande; se cree una especie de padrino. Cuando le dice a alguien que se calle, este obedece o acaba flotando en un río.

—Pero tú no le tienes miedo, ¿verdad, Mordecai? Vamos a

localizarlo y a acosarlo un poco; se vendrá abajo y lo contará todo.

—Llevas mucho tiempo en la calle, ¿no es cierto? He contratado a un insensato.

—Cuando nos vea echará a correr.

Las bromas no resultaban muy eficaces a aquella hora de la mañana. La calefacción del automóvil tampoco, a pesar de que el ventilador funcionaba a toda velocidad. El interior del coche estaba helado.

—¿Cuánto cobró Gantry por el almacén? —preguntó Mordecai.

—Doscientos mil. Lo había comprado seis meses atrás; en el expediente no se indica por cuánto.

—¿Y a quién se lo compró?

—Al ayuntamiento. Estaba abandonado.

—Debió de pagar unos cinco mil. Diez mil como máximo.

—No fue un mal negocio. Gantry ha subido de categoría. Siempre se había dedicado a cosas de poca monta: casas adosadas, túneles de lavado de coches, tiendas de comestibles, pequeños negocios.

—¿Y por qué razón iba a comprar un almacén y dividir el espacio en apartamentos baratos de renta baja?

—Para disponer de dinero en efectivo. Supongamos que pagó cinco mil y se gastó otros mil en levantar tabiques e instalar un par de lavabos. Se da de alta de la luz y ya tiene un negocio. Se corre la voz y aparecen los inquilinos; les cobra cien dólares mensuales pagaderos solo en efectivo. De todos modos, a sus clientes les importan un bledo los papeles. Deja que el almacén parezca un edificio abandonado para que, en caso de que se produzca una inspección municipal, él pueda decir que son unos simples okupas. Promete echarlos, pero no tiene la menor intención de hacerlo. Es algo que ocurre constantemente por aquí. Alojamientos ilegales.

Estuve a punto de preguntarle por qué el ayuntamiento no obligaba a cumplir la ley, pero me contuve. La respuesta habría sido los incontables baches de las calles que nadie arreglaba por falta de presupuesto; la flota de vehículos de la policía, un tercio de los cuales se encontraba en tan mal estado que su utilización era un peligro; las escuelas con los tejados a punto de derrumbarse; y las quinientas madres y criaturas sin hogar que no conseguían encontrar cobijo. La ciudad no funcionaba, así de sencillo.

Y un casero renegado que en realidad sacaba a la gente de la calle no constituía precisamente una prioridad.

—¿Y cómo localizarás a Héctor Palma? —preguntó.

—Supongo que la empresa habrá sido lo bastante lista para no despedirlo. Tienen otros siete bufetes, e imagino que lo habrán escondido en algún sitio. Daré con él.

Estábamos en el centro de la ciudad. Mordecai señaló con el dedo y dijo:

—¿Ves esos remolques amontonados? Es Mount Vernon Square.

Se trataba de una media manzana rodeada por una valla muy alta que impedía la visión desde el exterior. Los remolques eran de distintas formas y tamaños, algunos se encontraban en muy mal estado y todos parecían sucios y malolientes.

—Es el peor albergue de la ciudad. Son los viejos remolques del servicio de Correos que el gobierno regaló al distrito de Columbia, el cual a su vez tuvo la brillante idea de llenarlos de gente sin hogar. Están apretujados en el interior de los remolques como sardinas en lata.

Al llegar al cruce de la Segunda con la D, me señaló un alargado edificio de tres pisos en el que se hacinaban mil trescientas personas.

La CNVC había sido fundada a principios de la década de los setenta por un grupo de antibelicistas que se había reunido en Washington para presionar al gobierno. En el transcurso de sus protestas por los alrededores del Capitolio conocieron a unos veteranos de Vietnam que vivían en la calle, y empezaron a acogerlos. Se trasladaron a barrios más grandes de distintos lugares de la ciudad y su número aumentó. Al terminar la guerra se preocuparon por la apurada situación de los indigentes del distrito de Columbia. A principios de los años ochenta apareció en escena un activista llamado Mitch Snyder, quien se convirtió rápidamente en la voz ruidosa y apasionada de la gente de la calle.

La CNVC encontró un colegio estatal abandonado y todavía propiedad del gobierno y lo llenó con seiscientos okupas. Se convirtió en su cuartel general y en su hogar. Trataron de expulsarlos por distintos medios, pero todo fue inútil. En 1984 Snyder hizo una huelga de hambre de cincuenta y un días de duración para llamar la atención de la sociedad sobre la situación de abandono en que se encontraban los sin hogar. Cuando faltaba un mes para su reelección, el presidente Reagan anunció su valeroso plan de convertir el edificio en un albergue modelo para quienes carecían de hogar. Snyder dio por finalizada su huelga. Todo el mundo estaba contento. Una vez conseguida la reelección, Reagan renegó de su promesa y se produjeron toda suerte de desagradables litigios.

En 1989 el ayuntamiento construyó un albergue en el sudeste, muy lejos del centro, y empezó a preparar el traslado de los sin hogar de la CNVC; pero muy pronto descubrió que estos eran un hueso muy duro de roer. No querían irse. Snyder anunció que estaban tapiando las ventanas y preparándose para un asedio. Empezó a circular el rumor de que allí dentro había ochocientas personas, que tenían un arsenal, que estallaría una guerra.

El ayuntamiento retiró su ultimátum y consiguió restablecer la paz. La CNVC alcanzó las mil trescientas camas y se convirtió en el albergue más grande del país. Mitch Snyder se suicidó en 1990 y el ayuntamiento le dedicó una calle.

Cuando llegamos eran casi las ocho y media, la hora en que los residentes se marchaban. Muchos tenían trabajo y casi todos deseaban pasar el día fuera de allí. Unos cien hombres holgazaneaban cerca de la entrada, fumando y conversando jovialmente acerca de las cosas de que se suele hablar en una fría mañana después de un descanso nocturno cálido y reparador. Tras franquear la puerta del primer nivel, Mordecai entró en una especie de garita y habló con un supervisor. Firmó y cruzamos el vestíbulo abriéndonos paso entre un enjambre de hombres que salían a toda prisa. Traté de que no reparasen en mi palidez, pero me fue imposible. Iba razonablemente bien vestido, con chaqueta y corbata. Durante toda mi vida había conocido la riqueza, y ahora flotaba a la deriva en un mar de negros, duros jóvenes de la calle, la mayoría con antecedentes penales y muy pocos de ellos con tres dólares en el bolsillo. Estaba seguro de que alguno me partiría el cuello y me robaría la cartera. Evité mirarlos a la cara y bajé los ojos con ceño. Nos detuvimos junto a la puerta de ingresos.

—Las armas y la droga están terminantemente prohibidas —anunció Mordecai mientras los hombres bajaban apresuradamente por la escalera.

Me tranquilicé un poco.

—¿Alguna vez te pones nervioso aquí dentro?

—Uno se acostumbra.

Para él era fácil decirlo. Hablaba el mismo idioma.

Al lado de la puerta había un sujetapapeles con una hoja para el consultorio jurídico. Mordecai la tomó y ambos estudiamos los nombres escritos en ella. Hasta el momento nuestros clientes eran trece.

—Un poco por debajo de la media —dijo Mordecai. Mientras esperábamos a que abrieran, me facilitó más información—. Aquello de allí es la oficina de Correos. Una de las tareas más exasperantes de este trabajo es la de mantenernos al día acerca de nuestros clientes. Los domicilios son muy escurridizos. Los buenos albergues permiten que los residentes envíen y reciban correspondencia. —Me señaló otra puerta—. Eso es el cuarto de la ropa. Se admiten de treinta a cuarenta nuevos residentes cada semana. El primer paso es una revisión médica; la tuberculosis es el mayor peligro. El segundo paso es una visita a aquel cuarto para recibir tres juegos de ropa: muda, calcetines y demás. Una vez al mes un cliente puede pedir otro traje; de modo que al terminar el año tiene un vestuario aceptable. Y no son porquerías. Reciben más donaciones de ropa de las que necesitan.

—¿Un año?

—Sí. Al cabo de un año los echan a la calle. Puede parecer muy duro, pero no lo es, ya que el objetivo es la autosuficiencia. Cuando alguien ingresa aquí sabe que dispone de doce meses para asearse, dejar la bebida, adquirir algunos conocimientos y encontrar un trabajo. Casi todos se van antes de que concluya el plazo. A algunos les gustaría quedarse aquí para siempre.

Un hombre llamado Ernie se presentó con un impresionante llavero. Abrió la puerta de la sala de ingresos y, una vez que se hubo marchado, nos dispusimos a facilitar asesoramiento. Mordecai se acercó a la puerta con el sujetapapeles y llamó al primero:

—Luther Williams.

Luther apenas pasaba por la puerta e hizo crujir la silla cuando se sentó delante de nosotros. Vestía un uniforme de faena de color verde y llevaba unos calcetines blancos que asomaban por encima de unas sandalias de goma anaranjadas. Trabajaba por las noches en una sala de calderas del Pentágono. Su amiga lo había abandonado llevándoselo todo, y, por si fuera poco, estaba endeudado hasta el cuello. Había perdido su apartamento y se avergonzaba de vivir en el albergue.

—Necesito un respiro —musitó.

Me compadecí de él.

Tenía que pagar un montón de facturas y las entidades de crédito lo acosaban. Por el momento, se había escondido en la CNVC.

—Vamos a hacer una declaración de insolvencia —me dijo Mordecai.

222

Yo no tenía la menor idea de cómo se hacía una declaración de insolvencia. Fruncí el entrecejo y asentí con la cabeza. Luther pareció darse por satisfecho. Nos pasamos unos veinte minutos rellenando impresos, y él se fue muy contento.

El siguiente cliente fue Tommy, quien entró con brío en la estancia y nos tendió una mano con las uñas pintadas de un rojo brillante. Yo se la estreché; Mordecai se abstuvo de hacerlo. Tommy estaba siguiendo un programa intensivo de desintoxicación —era adicto al crack y a la heroína— y debía unos impuestos atrasados. Llevaba tres años sin hacer la declaración de la renta y Hacienda había descubierto de repente sus descuidos. Además, debía un par de miles de dólares de pensión por alimentos de su hijo. Me tranquilizó en cierto modo saber que, aun a su manera, era padre. El programa de desintoxicación era muy intenso —siete días por semana— y no permitía que el interesado tuviese un trabajo de jornada completa.

—No hay forma de que te libres de pagar los impuestos ni la pensión para alimentos de tu hijo —le explicó Mordecai.

—Pero es que yo no puedo trabajar porque estoy desintoxicándome, y si dejo la desintoxicación volveré a la droga. Si no puedo trabajar y no puedo declararme insolvente, ¿qué puedo hacer?

—Nada. No te preocupes por eso hasta que termines el programa de desintoxicación y encuentres un trabajo. Entonces llama a Michael Brock, aquí presente.

Tommy me guiñó un ojo sonriendo y abandonó la estancia como si flotara entre nubes.

—Creo que le gustas —me dijo Mordecai.

Ernie nos entregó otra hoja en la que figuraban once nombres. Fuera se había formado una cola de gente. Decidimos dividir esfuerzos. Yo me fui al fondo de la estancia, Mordecai se quedó donde estaba y empezamos a atender a los clientes de dos en dos.

En mi segundo día de trabajo como abogado de los pobres a tiempo completo ya estaba tomando notas y actuando como si tuviese la misma categoría que mi colega. A continuación, me tocó un joven acusado de tráfico de droga. Lo anoté todo para poder comentárselo a Mordecai más tarde, en el consultorio.

El siguiente caso me impresionó: un blanco de unos cuarenta años sin tatuajes, cicatrices en la cara, dientes rotos, pendientes, ojos inyectados en sangre ni nariz colorada. Llevaba barba de una semana y debía de hacer un mes que se había cortado el pelo al rape. Cuando nos dimos la mano, advertí que la suya estaba húmeda y laxa. Se llamaba Paul Pelham y llevaba tres meses en el albergue. Había sido médico.

Las drogas, el divorcio, la ruina económica y la retirada de la licencia ya eran agua pasada, unos recuerdos que, a pesar de ser recientes, ya estaban borrándose. Necesitaba, sencillamente, alguien con quien hablar, y si era blanco tanto mejor. De vez en cuando, lanzaba miradas temerosas a Mordecai.

Había sido un destacado ginecólogo en Scranton, Pensilvania, con una casa preciosa, un Mercedes, una esposa muy guapa y dos hijos. Primero empezó a consumir Valium para pasar después a sustancias más fuertes. Por si fuera poco, se aficionó a las delicias de la cocaína y de las enfermeras de su clínica. Como actividad adicional, se dedicaba al negocio inmobiliario, para lo que contaba con la financiación de numerosas entidades bancarias. Un día, en el transcurso de un parto normal, el bebé se le cayó al suelo y murió.

El padre, un respetado pastor protestante, presenció el accidente. Pelham sufrió la humillación de un juicio, se hundió en las drogas y en las enfermeras y, al final, todo se derrumbó. Una paciente le contagió un herpes, él se lo contagió a su mujer y esta se quedó con todo y se fue a vivir a Florida.

Su historia me dejó estupefacto. A todos los clientes que había conocido hasta entonces a lo largo de mi breve carrera como abogado de los indigentes les había pedido que me contaran de qué manera habían acabado en la calle. Quería cerciorarme de que algo así jamás podría sucederme; de que las personas de mi clase no tenían que preocuparse por la posibilidad de que les ocurriera semejante desgracia.

Pelham me fascinó porque, por primera vez, podía mirar a un cliente y pensar que bien podría ser yo. La vida podía ingeniárselas para derribar al suelo prácticamente a cualquiera. Y él estaba más que dispuesto a hablar de todo aquello.

Me dio a entender que tal vez su calvario aún no hubiese terminado. Yo había escuchado suficiente y estaba a punto de preguntarle por qué razón necesitaba a un abogado cuando me dijo:

—En mi declaración de insolvencia oculté unas cuantas cosas.

Mordecai atendía con rapidez a sus clientes mientras nosotros, los dos chicos blancos, seguíamos charlando animadamente. Decidí volver a tomar notas.

—¿Qué clase de cosas?

El abogado que le había tramitado la declaración de insolvencia era un estafador, me explicó, y añadió que los bancos se habían apresurado a impedirle la redención de las hipotecas por falta de pago y lo habían arruinado. Pelham hablaba en un suave susurro y se detenía cada vez que Mordecai lo miraba.

—Y aún hay más —agregó.

—¿Qué?

—Eso es confidencial, ¿verdad? Quiero decir que he hablado con muchos abogados, pero siempre les he pagado. Bien sabe Dios lo que les he pagado.

—Absolutamente confidencial —lo tranquilicé.

Aunque trabajara de manera gratuita, el hecho de que se pagaran honorarios o no para nada influía en el privilegio de la confidencialidad entre abogado y cliente.

—No puede decírselo a nadie.

—No lo haré, se lo aseguro.

Se me ocurrió pensar que vivir en un albergue para personas sin hogar en el centro del distrito de Columbia junto con otras mil trescientas almas debía de ser una forma estupenda de esconderse.

Pareció calmarse y, bajando todavía más la voz, dijo:

—Cuando nadaba en la abundancia descubrí que mi mujer se acostaba con otro hombre. Me lo dijo una de mis pacientes. Cuando te dedicas a examinar a mujeres desnudas, estas te lo cuentan todo. Quedé destrozado. Contraté los servicios de un investigador privado y comprobé que era verdad. El otro hombre..., bueno, digamos que un día desapareció.

Hizo una pausa para que yo hiciera algún comentario.

—¿Desapareció? —pregunté.

—Sí. Jamás se le ha vuelto a ver.

—Pero ¿ha muerto? —No lograba disimular mi asombro.

Asintió levemente con la cabeza.

—¿Sabe dónde está?

Otra inclinación de la cabeza.

—Y eso ¿cuándo fue?

—Hace cuatro años.

Noté que me temblaba la mano mientras lo anotaba.

Se inclinó hacia delante y susurró:

—Era un agente del FBI. Un viejo compañero de estudios de la Universidad de Pensilvania.

—Vamos, hombre —dije sin estar demasiado seguro de que estuviera diciéndome la verdad.

—Van por mí.

—¿Quiénes?

—Los del FBI. Llevan cuatro años persiguiéndome.

—¿Y qué pretende que haga yo?

—No lo sé. Quizá llegar a un acuerdo con ellos. Estoy harto de que me pisen los talones.

Analicé la situación mientras Mordecai terminaba con un cliente y llamaba a otro. Pelham observaba todos sus movimientos.

—Necesito más información —le dije—. ¿Conoce el nombre del agente?

—Sí. Sé cuándo y dónde nació.

—Y cuándo y dónde murió.

—Sí.

Él no llevaba encima notas ni documentos.

—¿Por qué no va a verme a mi despacho? —le sugerí—. Traiga toda la información de que disponga. Allí podremos hablar.

—Lo pensaré —dijo, y echó un vistazo a su reloj.

Me explicó que trabajaba a tiempo parcial como conserje de una iglesia y que tenía prisa. Nos dimos un apretón de manos y se marchó.

Estaba aprendiendo rápidamente que uno de los retos que planteaba ser abogado de los sin hogar era la capacidad de escuchar. Muchos de los clientes solo querían hablar con alguien. Todos habían sido golpeados y apaleados de una manera u otra, y, puesto que el servicio de asesoría jurídica era gratuito, ¿por qué no desahogarse con los abogados? Mordecai era un maestro en el arte de hurgar delicadamente en los relatos y descubrir si había en ellos alguna cuestión en la que él pudiese intervenir. Yo aún no me había acostumbrado al hecho de que las personas pudieran ser tan pobres.

También estaba aprendiendo que los mejores casos eran los que podían resolverse sobre la marcha y sin necesidad de actuaciones posteriores. Tenía el cuaderno de notas lleno de peticiones de vales para alimentos, asistencia domiciliaria, servicios del Seguro Médico, tarjetas de la Seguridad Social e incluso permisos de conducir. Cuando teníamos alguna duda, rellenábamos un impreso.

Veintiséis clientes habían pasado por nuestra consulta antes del mediodía. Cuando nos fuimos, estábamos agotados.

—Vamos a dar un paseo —propuso Mordecai al salir a la calle. El cielo estaba despejado y el viento frío resultaba estimulante tras habernos pasado tres horas encerrados en una reducida habitación sin ventanas. En la acera de enfrente se levantaba el bonito y moderno edificio del Tribunal de Asuntos Tributarios de Estados Unidos. De hecho, la CNVC estaba rodeada de construcciones mucho más bonitas y modernas. Nos detuvimos al llegar a la esquina de la Segunda y la D para echar un vistazo al edificio.

—El contrato de arrendamiento expira dentro de cuatro años —dijo Mordecai—. Los buitres de las inmobiliarias ya están rondando por aquí. Dos manzanas más allá está previsto construir un nuevo centro de convenciones.

—La lucha será muy dura.

—Será una guerra.

Cruzamos la calle y echamos a andar en dirección al Capitolio.

—¿Qué le pasaba a ese blanco? —me preguntó.

El único blanco había sido Pelham.

—Una historia asombrosa —contesté sin saber muy bien por dónde empezar—. Antes era médico en Pensilvania.

—¿Quién lo persigue ahora?

—¿Cómo?

—¿Quién lo persigue ahora?

—El FBI.

—Pues qué bien. La última vez era la CIA.

Me detuve en seco; él siguió andando.

—¿Lo has visto otras veces?

—Sí, suele visitarnos. Peter no sé qué.

—Paul Pelham.

—Eso también varía —dijo Mordecai volviendo la cabeza—. Es una historia impresionante, ¿verdad?

No pude contestar. Permanecí inmóvil mientras Mordecai, con las manos metidas en los bolsillos de la trinchera, seguía caminando medio muerto de risa.

21

Cuando hice el suficiente acopio de valor para decirle a Mordecai que necesitaba la tarde libre, él me comunicó en tono severo que mi situación era exactamente la misma que la de los demás, que nadie controlaba mi horario, y que, si necesitaba tiempo libre, tenía perfecto derecho a tomármelo. Abandoné a toda prisa el despacho. Solo Sofía pareció advertirlo.

Me pasé una hora con el tasador de daños de la compañía de seguros. El Lexus estaba totalmente destrozado; mi compañía ofrecía veintiún mil cuatrocientos ochenta dólares con un finiquito para que después pudiera demandar a la compañía de seguros del Jaguar. Puesto que le debía al banco dieciséis mil dólares, me fui con un cheque de cinco mil y pico, cantidad más que suficiente para comprarme un coche acorde con mi nueva situación de abogado de los pobres, que no constituyera una tentación para los ladrones.

Perdí otra hora en la sala de espera de mi médico. Yo, que era un atareado abogado con teléfono móvil y muchos clientes, no podía soportar permanecer sentado entre las revistas, escuchando el tictac del reloj.

Una enfermera me indicó que me quitase todo menos los calzoncillos. Después me pasé veinte minutos tendido sobre una fría camilla. Las magulladuras estaban adquiriendo un color marrón oscuro. El médico hurgó en las lesiones agravando mi tormento, y me dijo que volviera al cabo de dos semanas.

A las cuatro en punto llegué al despacho de la abogada de Claire, donde me atendió una antipática recepcionista vestida de hombre. Todo en aquel lugar respiraba desprecio. Los sonidos eran antimasculinos: la áspera y ronca voz de la chica que atendía el teléfono; la voz de una bruja cantando melodías country a través de los altavoces; la estridente voz que de vez en cuando se escuchaba desde el fondo del pasillo. Los colores eran suaves tonos pastel: lavanda, rosa y beis. Las revistas de la mesa auxiliar estaban allí como si fueran una declaración de principios: nada de chismes o historias románticas, sino temas serios relacionados con la mujer. No estaban destinadas a invitar a la lectura, sino a suscitar la admiración de las visitas.

Al principio, Jacqueline Hume había ganado una tonelada de dinero vaciando los bolsillos de unos médicos rebeldes, después se había ganado fama de dura al acabar con la carrera política de un par de senadores mujeriegos. Su nombre era el terror de todos los prósperos varones malcasados del distrito de Columbia. Yo estaba deseando firmar los documentos y marcharme.

Pero tuve que esperar media hora, y estaba a punto de armar un alboroto cuando una asociada me llamó y me acompañó a un despacho que había al fondo del pasillo. Allí me entregó el acuerdo de separación, y comprendí por primera vez la cruel realidad. El encabezamiento rezaba: «Claire Addison Brock contra Michael Nelson Brock».

La ley exigía que antes de divorciarnos estuviéramos seis meses separados. Leí cuidadosamente el acuerdo, lo firmé y me marché. El día de Acción de Gracias volvería a ser oficialmente libre.

Mi cuarta etapa de aquella tarde fue el aparcamiento de Drake & Sweeney, donde Polly se reunió conmigo a las cinco en punto con dos cajas de embalaje que contenían los recuerdos que aún quedaban en mi despacho. Estuvo muy amable y eficiente conmigo, pero habló muy poco y tenía mucha prisa. Seguramente le habían colocado encima un dispositivo de escucha.

Recorrí varias manzanas y me detuve en una esquina abarrotada de gente. Marqué el número de Barry Nuzzo. Estaba reunido, como de costumbre. Dejé mi nombre, dije que era urgente y, en cuestión de treinta segundos, Barry me llamó.

—¿Podemos hablar? —le pregunté.

Di por sentado que estarían grabando la llamada.

—Pues claro.

—Estoy en la calle, en la esquina de la K y Connecticut. Vamos a tomarnos un café.

—Estaré ahí dentro de una hora.

—No, o vienes ahora mismo o nada.

No quería que los muchachos tuvieran tiempo de urdir planes. Ni de preparar dispositivos de escucha.

—Bueno, vamos a ver. Sí, de acuerdo. Podré arreglarlo.

—Estoy en el café Bingler's.

—Lo conozco.

—Te espero. Ven solo.

—Has visto demasiadas películas, Mike.

A los diez minutos ambos estábamos sentados ante la luna de un abarrotado local con una humeante taza de café en la mano, contemplando el tráfico de peatones de la Connecticut.

—¿Por qué la autorización de registro? —pregunté.

—El expediente es nuestro. Tú lo tienes y nosotros queremos recuperarlo. Así de sencillo.

—Pues no lo encontraréis, de modo que ya podéis dejar de hacer los malditos registros.

—¿Dónde vives ahora?

Solté un gruñido y le dediqué mi mejor carcajada sarcástica.

—Después de una autorización de registro suele producirse una orden de detención —dije—. ¿Es eso lo que va a ocurrir?

—No estoy autorizado a informarte acerca de ello.

—Gracias, amigo.

—Mira, Michael, para empezar vamos a dejar claro que estás equivocado. Te has llevado algo que no es tuyo, y eso se llama, pura y llanamente, robar. Al hacerlo te has convertido en adversario de la empresa. Yo, tu amigo, sigo trabajando en ella. No puedes esperar que te ayude en unos momentos en que tus acciones pueden perjudicarnos. Tú has creado este lío, no yo.

—Braden Chance no lo ha dicho todo. Ese hombre es un gusano, un tipejo arrogante que cometió un delito de procedimiento ilegal y ahora está intentando protegerse. Os quiere hacer creer que se trata del simple robo de un expediente y que podéis perseguirme, pero esos documentos podrían constituir una humillación para la empresa.

—¿Qué propones entonces?

—Que me dejéis en paz y no cometáis ninguna estupidez.

—¿Como mandar detenerte, por ejemplo?

—Para empezar, sí. Me he pasado todo el día volviendo la cabeza, y no tiene gracia.

—No deberías haber robado ese expediente.

—No tenía previsto hacerlo, ¿comprendes? Fue un préstamo. Quería fotocopiarlo y devolverlo, pero no pudo ser.

—O sea, que al final confiesas que está en tu poder.

—Sí, pero también puedo negarlo.

—Estás jugando con fuego, Michael, y acabarás por quemarte.

—No, si me dejáis en paz. Te propongo una tregua de una semana. Nada de autorizaciones de registro. Nada de detenciones.

—Muy bien, ¿qué ofreces a cambio?

—No utilizaré el expediente para poner en aprietos a la empresa.

Barry sacudió la cabeza y tomó un sorbo de humeante café.

—No estoy en condiciones de cerrar tratos. No soy más que un simple asociado.

—¿Es Arthur el que lleva la voz cantante?

—Por supuesto.

—Pues dile que solo hablaré contigo.

—Supones demasiadas cosas, Michael. Supones que la empresa quiere hablar contigo. Y la verdad es que no. Están furiosos por el robo del expediente y por tu negativa a devolverlo. No puedes reprochárselo.

—Procura que lo comprendan, Barry. Ese expediente será una noticia de primera plana; grandes titulares y entrometidos reporteros que contarán docenas de historias. Si me detienen, acudiré directamente al *Post*.

—Has perdido el juicio.

—Es probable. Chance tenía un auxiliar llamado Héctor Palma. ¿Has oído hablar de él?

—No.

—Pues no estás enterado de todo.

—Nunca dije que lo estuviera.

—Palma sabe demasiado acerca del expediente. Desde ayer ya no trabaja donde trabajaba la semana pasada. Ignoro dónde está, pero sería interesante averiguarlo. Pregúntaselo a Arthur.

—Devuelve ese expediente, Michael. No sé qué te propones hacer con él, pero no puedes utilizarlo en un juicio.

Apuré mi café y me bajé del taburete.

—Una tregua de una semana —dije alejándome—. Y pídele a Arthur que te ponga al corriente.

—Arthur no recibe órdenes de ti —replicó en tono áspero.

Me marché con rapidez, abriéndome paso entre la gente de la acera, prácticamente corriendo hacia Dupont Circle, deseoso de alejarme de Barry y de cualquier otro que hubieran enviado para espiarme.

Según la guía telefónica el domicilio de los Palma era un edificio de apartamentos en una urbanización de Bethesda. Como no tenía prisa y necesitaba pensar, rodeé la ciudad por la carretera de circunvalación, donde el tráfico era intenso.

Calculé que las probabilidades de que la policía me detuviese en el plazo de una semana eran del cincuenta por ciento. La empresa no tenía más remedio que ir por mí, y si Braden Chance hubiera ocultado efectivamente la verdad a Arthur y a la junta directiva, ¿por qué no jugármelo el todo por el todo? Había suficientes pruebas sustanciales del robo para convencer a un magistrado de la conveniencia de dictar una orden de detención.

El incidente de Señor había trastornado a la empresa. Chance había sido objeto de una reprimenda, los jefes lo habían interrogado exhaustivamente y era inconcebible pensar que este hubiera confesado haber obrado mal de forma deliberada. Habría mentido con la esperanza de manipular el expediente y salir indemne. A fin de cuentas, sus víctimas solo habían sido un puñado de okupas.

Pero, en tal caso, ¿cómo había conseguido librarse de Héctor con semejante rapidez? No se trataba de una cuestión de dinero; Chance era socio de la empresa. En su lugar, yo habría ofrecido dinero a Héctor con una mano mientras con la otra lo amenazaba con un despido fulminante. Y le habría pedido un favor a un socio de Denver, por ejemplo el rápido traslado de un auxiliar. No habría sido difícil.

Héctor estaba fuera, ocultándose de mí o de cualquier otro que pudiera hacerle preguntas.

¿Y lo del detector de mentiras? ¿Habría sido una simple amenaza de la empresa contra Héctor y contra mí? ¿Y si este se hubiera sometido a la prueba y la hubiera superado? Lo dudaba.

Chance necesitaba a Héctor para ocultar la verdad. Héctor necesitaba a Chance para proteger su puesto de trabajo. En determinado momento, el socio debía de haber bloqueado la idea del detector de mentiras, en caso de que en algún momento esta hubiera sido tomada en consideración.

La urbanización era alargada y se había construido sin orden ni concierto, añadiendo nuevos edificios hacia el norte, cada vez más lejos de la ciudad. Las calles que lo rodeaban estaban llenas de hamburgueserías, gasolineras, tiendas de alquiler de vídeos y todo lo que necesitaban para ahorrar tiempo quienes iban a la ciudad o venían de ella.

Aparqué junto a unas pistas de tenis e inicié el recorrido por el complejo de edificios. Me lo tomé con calma; después de aquella aventura no tenía adónde ir. Los policías del distrito podían acechar en cualquier lugar con una orden de detención y unas esposas. Procuré no pensar en las terroríficas historias que había oído contar acerca de la cárcel municipal, pero una de ellas me había quedado grabada a fuego en la memoria. Unos años atrás un joven asociado de Drake & Sweeney se había pasado varias horas bebiendo en un bar de Georgetown un viernes a la salida del trabajo. Mientras circulaba en dirección a Virginia, había sido detenido por sospecha de conducción en estado de embriaguez. En la comisaría se había negado a someterse a la prueba de alcoholemia y había sido encerrado de inmediato, en el calabozo de los borrachos. El calabozo estaba abarrotado de gente y él era el único que vestía traje, el único que llevaba un espléndido reloj y unos estupendos mocasines y el único blanco. Tras pisar sin querer el pie de un compañero de celda, fue golpeado salvajemente hasta quedar convertido en una sanguinolenta piltrafa. Se pasó tres meses en el hospital, donde le reconstruyeron la cara, y después regresó a su casa de Wilmington, donde su familia se hizo cargo de él. Los daños cerebrales habían sido muy leves, pero suficientes para impedirle afrontar los rigores de una importante empresa.

El primer despacho estaba cerrado. Seguí andando por la acera en busca de otro. En la guía telefónica no figuraba el número del apartamento. Era un complejo muy seguro. Había bicicletas y juguetes de plástico en los pequeños patios. A través de las ventanas se veía a las familias comiendo y mirando la televisión. Las ventanas no estaban protegidas con barrotes. Los automóviles apretujados en los aparcamientos eran los típicos de tamaño medio que solían utilizar quienes iban a diario a la ciudad, y casi todos estaban limpios y tenían los cuatro tapacubos.

Un guardia de seguridad me obligó a detenerme. Tras comprobar que yo no suponía ninguna amenaza, me señaló la oficina principal, a casi medio kilómetro de distancia.

—¿Cuántas unidades hay en este lugar? —le pregunté.

—Un montón —contestó. ¿Por qué tenía él que saber el número?

El encargado del turno de noche era un estudiante que se estaba comiendo un bocadillo; aun cuando tenía un libro de física abierto delante de él, estaba mirando en la tele el partido de los Bullets contra los Knicks. Le pregunté por Héctor Palma y, tras consultar en un ordenador, me dio un número, el G-134.

—Pero se han mudado a otro sitio —añadió con la boca llena.

—Sí, ya lo sé —dije—. Yo trabajaba con Héctor. El viernes fue su último día. Estoy buscando un apartamento y quisiera ver el suyo.

—Solo los sábados —me interrumpió, negando con la cabeza—. Tenemos novecientas unidades. Y hay una lista de espera.

—El sábado me marcho.

—Lo lamento —dijo, y a continuación tomó otro bocado sin apartar la mirada de la pantalla del televisor.

Me saqué el billetero del bolsillo.

—¿Cuántos dormitorios? —pregunté.

—Dos —contestó mirando el monitor.

Héctor tenía cuatro hijos. Estaba seguro de que su vivienda debía de ser más espaciosa.

—¿Cuánto al mes?

—Setecientos cincuenta.

Saqué un billete de cien dólares y los ojos le brillaron.

—Trato hecho. Dame la llave. Echo un vistazo y vuelvo dentro de diez minutos. Nadie se enterará.

—Tenemos una lista de espera —repitió al tiempo que dejaba el bocadillo en una bandeja de papel.

—¿Está ahí? —pregunté señalando el ordenador.

—Sí —contestó, y se secó la boca.

—Pues entonces es fácil cambiar el orden.

Sacó las llaves de un cuartito y tomó el dinero.

—Diez minutos —dijo.

El apartamento estaba muy cerca, en la planta baja de un edificio de tres pisos. La llave funcionaba. El olor de pintura reciente se escapó a través de la puerta antes de que yo entrara. De hecho, aún no habían terminado de pintar; en el salón vi una escalera de mano, unas telas para cubrir muebles y unos cubos de color blanco.

Un equipo de especialistas en huellas dactilares no habría podido encontrar ni rastro del clan Palma. Todos los cajones, armarios y vitrinas estaban vacíos; todas las alfombras y los revestimientos habían sido arrancados y retirados. No había polvo, telarañas ni suciedad debajo del fregadero de la cocina. Todo estaba esterilizado. Todas las habitaciones tenían una capa reciente de pintura mate de color blanco menos el salón, que estaba a medio terminar.

Regresé al despacho y arrojé la llave sobre el mostrador.

—¿Qué tal? —me preguntó el chico.

—Demasiado pequeño —contesté—. Pero gracias de todos modos.

—¿Quiere que le devuelva el dinero?

—¿Estás estudiando?

—Sí.

—Pues quédate con él.

—Gracias.

Me detuve en la puerta y pregunté:

—¿Dejó Palma su nueva dirección para que le envíen la correspondencia?

—Creía que usted trabajaba con él.

—Es verdad —dije, y cerré rápidamente la puerta a mi espalda.

22

Cuando el miércoles por la mañana llegué al trabajo, vi a una mujer menuda sentada con la espalda apoyada contra nuestra puerta.

Eran casi las ocho; el despacho estaba cerrado; la temperatura era inferior a cero. Al principio pensé que se había quedado a pasar la noche allí, para protegerse del viento, pero cuando vio que me acercaba se levantó de un salto y me dijo:

—Buenos días.

La saludé con una sonrisa y empecé a buscar las llaves.

—¿Es usted abogado? —me preguntó.

—Sí.

—¿Para personas como yo?

Pensé que era una indigente, la única condición que exigíamos a nuestros clientes.

—Desde luego. Pasa, por favor —dije al tiempo que abría la puerta.

Hacía más frío dentro que fuera. Regulé un termostato que, según mis investigaciones, no estaba conectado con nada. Preparé café y encontré unas cuantas rosquillas rancias en la cocina. Se las ofrecí y rápidamente se comió una.

—¿Cómo te llamas? —le pregunté.

Estábamos sentados en la sala, cerca del escritorio de Sofía, esperando a que estuviese listo el café y rezando para que se calentaran los radiadores.

—Ruby.

—Yo soy Michael. ¿Dónde vives, Ruby?

—Por aquí y por allá.

Llevaba un chándal gris del Hoya de Georgetown, unos gruesos calcetines marrones y unas sucias zapatillas blancas sin marca. Tenía entre treinta y cuarenta años, estaba delgada como un palillo y era ligeramente bizca.

—Vamos —dije sonriendo—, tengo que saber dónde vives. ¿En algún centro de acogida?

—Antes vivía en un albergue, pero tuve que irme. Por poco me violan. Tengo un coche.

No había visto ningún vehículo aparcado cerca del edificio al llegar.

—¿Tienes coche?

—Sí.

—¿Sabes conducir?

—No. Duermo en el asiento de atrás.

Contra mi costumbre, estaba haciendo preguntas sin un cuaderno a mano. Llené de café dos grandes vasos de papel y ambos nos dirigimos a mi despacho, donde, gracias a Dios, el radiador gorgoteaba. Cerré la puerta. Mordecai no tardaría en llegar y jamás había aprendido el arte de entrar con discreción.

Ruby se sentó en el borde de la silla de tijera destinada a mis clientes, inclinada sobre el vaso de café, que sostenía con ambas manos, como si fuese la última fuente de calor de que pudiera gozar en la vida.

—¿En qué puedo ayudarte? —inquirí, provisto ya de un surtido de cuadernos tamaño folio.

—Se trata de mi hijo, Terrence. Tiene dieciséis años y se lo han llevado.

—¿Quién se lo ha llevado?

—El ayuntamiento, la gente que se encarga de las adopciones.

—¿Y dónde está ahora?

—Lo tienen ellos.

Sus respuestas eran unos breves y nerviosos estallidos.

—¿Por qué no te tranquilizas y me hablas de Terrence? —le propuse.

Y lo hizo. Sin hacer el menor esfuerzo por mirarme a los ojos me soltó toda la historia. Tiempo atrás, no recordaba cuánto, pero Terrence debía de tener unos diez años, los dos vivían solos en un pequeño apartamento. La detuvieron por vender droga y la encerraron cuatro meses en la cárcel. Terrence se fue a vivir con su tía. Cuando la soltaron, recogió a Terrence y ambos iniciaron una existencia de pesadilla en las calles. Dormían en coches, en edificios desocupados o debajo de los puentes cuando hacía buen tiempo; si hacía frío, se iban a un albergue. Se las arregló para que el niño fuera a la escuela. Pedía limosna en las aceras, vendía su cuerpo —«hacer la calle», lo llamaba—, o un poco de crack. Hacía lo que hiciera falta con tal de que Terrence estuviese bien alimentado, vistiera como Dios manda y fuese a la escuela.

Pero era una adicta y no consiguió librarse del crack. Se quedó embarazada y, cuando nació el niño, el ayuntamiento se hizo inmediatamente cargo de él. Padecía síndrome de abstinencia.

No parecía sentir el menor afecto por el niño; solo le importaba Terrence. Los del ayuntamiento empezaron a hacerle preguntas acerca de él, y madre e hijo se hundieron progresivamente en las sombras de la falta de hogar. Desesperada, recurrió a una familia para la que había trabajado como asistenta, los Rowland, cuyos hijos ya eran mayores y se habían marchado del hogar. Vivían en una acogedora casita cerca de la Universidad Howard. Ruby ofreció pagarles cincuenta dólares al mes a cambio de que Terrence viviese con ellos. Encima del porche trasero tenían un pequeño dormitorio; ella lo había limpiado muchas veces, y le pareció que sería ideal para Terrence. Los Rowland dudaron un poco al principio, pero finalmente se mostraron de acuerdo. Por aquel entonces eran buena gente. Ruby fue autorizada a visitar a su hijo durante una hora todas las noches. Las notas escolares del niño mejoraron; estaba aseado y a salvo, y Ruby se sentía muy feliz.

Organizó su vida en torno a la de Terrence: nuevos comedores sociales y programas de acogida más cerca de los Rowland; distintos albergues para casos urgentes; distintos callejones, parques y coches abandonados. Cada mes conseguía reunir el dinero y jamás se saltaba la visita nocturna a su hijo.

Hasta que volvieron a detenerla. La primera vez fue por ejercicio de la prostitución; la segunda por dormir en el banco de un parque de Farragut Square. Puede que hubiera una tercera, pero no lo recordaba.

En una ocasión la llevaron corriendo al Hospital General del distrito de Columbia. Alguien la había encontrado tendida en la calle sin conocimiento. La enviaron a un centro para drogadictos, pero se fue a los tres días porque echaba de menos a Terrence.

Una noche estaba con el niño en la habitación de este cuando él le miró el vientre y le preguntó si volvía a estar embarazada.

Ella respondió que creía que sí. ¿Quién era el padre? No tenía ni idea. Él la maldijo y le pegó tales gritos que los Rowland le pidieron que se fuera.

Durante su embarazo, Terrence apenas le prestó atención. Fue muy doloroso dormir en coches, mendigar por las calles, contar las horas que faltaban para ver a su hijo y, cuando ese momento llegaba, ser objeto de su desprecio durante una hora, sentada en un rincón de la habitación mientras él hacía los deberes.

Al llegar a ese punto de su relato, Ruby se echó a llorar. Tomé unas notas y oí que Mordecai paseaba a grandes zancadas por la sala principal, tratando de iniciar una discusión con Sofía.

Su tercer embarazo, del que apenas hacía un año, se saldó con otra criatura con síndrome de abstinencia, de la que el ayuntamiento se hizo cargo de inmediato. Se pasó cuatro días sin ver a Terrence mientras permanecía en el hospital recuperándose del parto. Cuando le dieron el alta, regresó a la única vida que conocía.

Terrence era un alumno aventajado, excelente en matemáticas y español, tocaba muy bien el trombón y era un estupendo actor en las representaciones teatrales de la escuela. Soñaba con ingresar en la Academia Naval. El señor Rowland era militar retirado.

Ruby llegó una noche a visitar a su hijo en muy mal estado. La señora Rowland discutió con ella en la cocina. Ambas intercambiaron palabras muy duras y se dieron ultimátums. Terrence se puso de parte de los Rowland; tres contra una. O ella buscaba la ayuda que necesitaba o le prohibirían las visitas. Ruby contestó que se llevaría al niño. Terrence dijo que no iría con ella a ninguna parte.

Al día siguiente, una asistente social del ayuntamiento estaba esperándola. Alguien se había adelantado y había acudido a los tribunales. Cederían a Terrence en adopción. Los nuevos padres serían los Rowland, con quienes ya llevaba tres años viviendo. Las visitas terminarían a menos que ella se sometiera a un programa de desintoxicación y no consumiese drogas durante un período de sesenta días.

Habían transcurrido tres semanas.

—Quiero ver a mi hijo —dijo—. Lo echo mucho de menos.

—¿Estás sometiéndote a un tratamiento de desintoxicación? —le pregunté.

Negó rápidamente con la cabeza y cerró los ojos.

—¿Y por qué no?

—No consigo que me admitan.

Yo no tenía ni idea de qué trámites había que realizar para que admitiesen en un centro de desintoxicación a una adicta al crack que vivía en la calle, pero ya era hora de que lo averiguara. Me imaginé a Terrence en su caldeada habitación, bien alimentado, bien vestido, a salvo, limpio, haciendo sus deberes bajo la severa supervisión del señor y la señora Rowland, que lo querían casi tanto como la propia Ruby. Me lo imaginé desayunando en torno a la mesa familiar, recitando listas de palabras mientras se comía su cuenco de cereales calientes y la señora Rowland apartaba a un lado el periódico de la mañana y ponía a prueba sus conocimientos de español. Terrence era un niño equilibrado y normal, a diferencia de mi pobre clienta, que vivía en el infierno.

Y ella quería que yo volviera a reunirlos.

—Eso llevará algún tiempo —le dije sin saber el tiempo que podría llevar cualquiera de los asuntos que tenía entre manos. En una ciudad en la que quinientas familias esperaban un pequeño espacio en un centro de acogida, no debía de haber muchas camas para drogadictos—. No podrás ver a Terrence hasta que dejes de drogarte —añadí, procurando adoptar un tono santurrón.

Se le llenaron los ojos de lágrimas y permaneció en silencio.

Comprendí lo poco que sabía acerca de la drogadicción. ¿De dónde sacaba la droga? ¿Cuánto dinero le costaba? ¿Cuántas dosis se administraba cada día? ¿Cuánto tiempo tardaría en recuperarse? ¿Y después, para curarse? ¿Qué posibilidades tenía de librarse de un hábito con el que llevaba viviendo más de diez años?

¿Y qué hacía el ayuntamiento con todos aquellos bebés que nacían con el síndrome de abstinencia? Carecía de documentos, de dirección y de carnet de identidad; solo tenía una historia desgarradora. Al verla tan a gusto sentada en la silla de mi despacho me pregunté cuándo podría decirle que se marchara. El café ya se había terminado.

Unas voces estridentes, de las que solo reconocí la de Sofía, me devolvieron a la realidad. Mientras corría hacia la puerta, mi primer pensamiento fue que otro chiflado como Señor acababa de entrar con una pistola.

Pero se trataba de otras pistolas. Había regresado el teniente Gasko acompañado de un buen número de refuerzos. Tres agentes uniformados se habían acercado a Sofía, que protestaba hecha una furia sin el menor resultado. Otros dos polis de vaqueros y camiseta esperaban para entrar en acción. Salí de mi despacho justo en el momento en que Mordecai salía del suyo.

—Hola, Mikey —me saludó Gasko.

—¿Qué demonios significa esto? —gritó Mordecai con una voz que retumbó contra las paredes de la estancia.

Uno de los agentes de uniforme llegó a extraer su revólver reglamentario.

Gasko se acercó a Mordecai y, mostrándole unos papeles, dijo:

—Tenemos una orden de registro. ¿Es usted el señor Green?

—Lo soy —contestó Mordecai, y le arrebató los papeles de la mano.

—¿Qué está buscando? —pregunté a gritos a Gasko.

—Lo mismo que la otra vez —contestó, también a gritos—. Dénoslo y tendremos mucho gusto en retirarnos.

—No está aquí.

—¿Qué es este expediente que se menciona aquí? —preguntó Mordecai, echando un vistazo a la orden de registro.

—El expediente del desahucio —contesté.

—No he visto su demanda —me dijo Gasko. Reconocí a los dos agentes uniformados; eran Lilly y Blower—. Habla demasiado —añadió.

—¡Largo de aquí! —soltó Sofía a Blower al ver que este se acercaba a su escritorio.

Gasko parecía dispuesto a desempeñar a fondo su papel.

—Mire, señora —le dijo con su habitual sonrisa despectiva—. Podemos hacerlo de dos maneras. O bien usted se sienta en esa silla y cierra el pico, o bien le ponemos las esposas y usted permanece dos horas sentada en el asiento posterior de un automóvil.

Un agente estaba asomando la cabeza al interior de los despachos laterales. Intuí que Ruby, detrás de mí, se tranquilizaba.

—Cálmate —le dijo Mordecai a Sofía—. Procura calmarte.

—¿Qué hay arriba? —me preguntó Gasko.

—Un almacén —respondió Mordecai.

—¿Es suyo el almacén?

—Sí.

—No está aquí —dije—. Pierden el tiempo.

—Pues lo perdemos y listo.

Un presunto cliente abrió la puerta de entrada, provocándonos a todos un sobresalto. Echó un rápido vistazo a la estancia y finalmente fijó la mirada en los tres policías de uniforme. A continuación se marchó a toda prisa.

Le pedí a Ruby que también se fuera. Después entré en el despacho de Mordecai y cerré la puerta.

—¿Dónde está el expediente? —me preguntó él en voz baja.

—No está aquí, te lo juro. Solo tratan de hostigarme.

—La orden parece válida. Ha habido un robo, así que es razonable suponer que el expediente lo tiene el abogado que lo sustrajo.

Intenté decir algo que sonara jurídicamente brillante, de inventarme alguna incisiva estratagema legal que detuviera en seco el registro y obligara a los policías a salir por piernas. Pero me fallaron las palabras. Más bien me avergoncé de ser el culpable de que la policía metiera las narices en el consultorio.

—¿Tienes una copia del expediente? —inquirió Mordecai.

—Sí.

—¿Y no se te ha ocurrido devolverles el original?

—Imposible. Equivaldría a admitir mi culpabilidad. No saben a ciencia cierta que estoy en posesión del expediente, y, aunque lo devolviera, imaginarían que lo he copiado.

Se rascó la barbilla, al tiempo que asentía con la cabeza. Salimos de su despacho justo en el momento en que Lilly daba un traspié junto al escritorio que había al lado del de Sofía.

Una montaña de carpetas cayó al suelo. Sofía le pegó un grito y Gasko se lo pegó a ella. La tensión estaba pasando rápidamente de las simples palabras a la agresión física.

Cerré la puerta de entrada para que nuestros clientes no presenciaran el registro.

—Vamos a hacerlo de la siguiente manera —anunció Mordecai.

Los agentes lo miraron enfurecidos, a pesar de su deseo de que alguien los orientara. Registrar un bufete jurídico era algo muy distinto a una redada en un bar lleno de menores de edad.

—El expediente no está aquí, ¿de acuerdo? Empezaremos con esta promesa. Pueden ustedes mirar todos los expedientes que quieran, pero no pueden abrirlos, ya que eso sería violar la intimidad del cliente. ¿Les parece bien?

Los otros policías miraron a Gasko, quien se encogió de hombros como si la propuesta le pareciera aceptable.

Empezamos por mi despacho; los seis policías, Mordecai y yo nos apretujamos en la pequeña estancia, procurando por todos los medios no tocarnos. Abrí todos los cajones de mi escritorio; no se habría abierto ni uno solo si no hubiera tirado de ellos con fuerza. En determinado momento oí que Gasko comentaba para sus adentros:

—Bonito despacho.

Saqué uno a uno los expedientes de mis armarios, se los pasé a Gasko por delante de las narices y volví a dejarlos en su sitio. Solo llevaba allí desde el lunes, de modo que no había mucho que registrar.

Mordecai abandonó el despacho y se dirigió hacia el teléfono que había sobre el escritorio de Sofía. Cuando Gasko declaró oficialmente registrado mi despacho, salimos, y justo en ese momento Mordecai dijo a quien hubiese llamado:

—Sí, señor juez, muchas gracias. Está aquí mismo. —Con una amplia sonrisa le pasó el auricular a Gasko y añadió—: Es el juez Kisner, el caballero que ha firmado la orden de registro. Quiere hablar con usted.

Gasko tomó el auricular como si se lo entregara un leproso y, sosteniéndolo a varios centímetros de su oído, dijo:

—Gasko al habla.

Mordecai se dirigió a los demás policías.

—Señores, pueden registrar esta habitación pero no los despachos laterales. Órdenes del juez.

—Sí, señor —musitó Gasko, y colgó el auricular.

Nos pasamos una hora controlando sus movimientos mientras ellos iban de escritorio en escritorio, cuatro en total incluido el de Sofía. Al cabo de pocos minutos comprendieron que el registro sería infructuoso, por lo que decidieron prolongarlo, moviéndose con la mayor lentitud posible. Cada escritorio estaba cubierto de carpetas cerradas desde hacía mucho tiempo. Los libros y las publicaciones jurídicas, cubiertos de polvo, llevaban varios años sin que nadie los hojeara.

Hubo que eliminar algunas telarañas. Cada expediente estaba etiquetado con el nombre del caso, escrito a mano o bien a máquina. Dos agentes anotaban los nombres que Gasko y los otros les dictaban. Fue una tarea aburrida y totalmente inútil.

Dejaron el escritorio de Sofía para el final. Ella misma se encargó de decirles los nombres de los expedientes, deletreando hasta los más fáciles, como Jones, Smith o Williams. Los agentes mantenían las distancias. Ella abría los cajones justo lo suficiente para que echaran un rápido vistazo. Tenía un cajón personal que nadie quería ver. Yo estaba seguro de que allí dentro guardaba armas de fuego.

Se fueron sin decir ni adiós. Me disculpé ante Sofía y Mordecai por aquella intromisión y me retiré a la seguridad de mi despacho.

23

El número cinco de la lista de desalojados era Kelvin Lam, un nombre que a Mordecai le sonaba vagamente. En cierta ocasión este había calculado la cantidad de personas sin hogar en el distrito en unas diez mil, y había por lo menos un número análogo de expedientes repartidos por todo el consultorio jurídico de la calle Catorce. A Mordecai le sonaban todos los nombres.

Recorrió el circuito de las cocinas sociales, centros de acogida y proveedores de servicios, predicadores, agentes de policía y otros abogados que se ocupaban de los indigentes. Cuando oscureció, bajamos a una iglesia del centro de la ciudad rodeada de edificios comerciales y lujosos hoteles. En un espacioso sótano situado dos pisos más abajo, el programa de las Cinco Barras de Pan se hallaba en pleno apogeo.

La sala estaba llena de mesas plegables rodeadas de hambrientos que comían y charlaban. No era un comedor social; en los platos había maíz, patatas, un trozo de algo que parecía pollo o pavo, ensalada de frutas y pan. Yo no había cenado, y el aroma me despertó el apetito.

—Llevo años sin venir por aquí —dijo Mordecai mientras ambos permanecíamos de pie en la entrada—. Dan de comer a trescientas personas al día. ¿No te parece maravilloso?

—¿Y de dónde sale la comida?

—De la Cocina Central del D.C., un servicio de la CNVC.

Han desarrollado un extraordinario sistema de recogida de excedentes alimenticios de los restaurantes locales, y no me refiero a las sobras, sino a los alimentos sin cocinar que se estropean si no se utilizan de inmediato. Tienen una flota de furgonetas frigoríficas y recorren la ciudad recogiendo alimentos que llevan a la cocina, donde los guisan y congelan. Más de dos mil al día.

—Pues tiene muy buena pinta.

—Son francamente buenas.

Una joven llamada Liza se acercó a nosotros. Era nueva en las Cinco Barras de Pan. Mordecai había conocido a su predecesora, de quien ambos hablaron brevemente mientras yo me entretenía mirando comer a la gente.

Reparé en algo que debería haber observado antes. Entre los indigentes se advertían distintos niveles en la escala socioeconómica. Alrededor de una mesa seis hombres comían y comentaban animadamente un partido de baloncesto que acababan de mirar en la televisión. Iban razonablemente bien vestidos. Uno estaba comiendo con los guantes puestos, pero, dejando aparte ese detalle, el grupo habría podido estar sentado en cualquier bar de obreros de la ciudad sin que sus componentes fueran inmediatamente calificados de personas sin hogar. Detrás de ellos, un corpulento individuo con unas gruesas gafas ahumadas comía solo, tomando el pollo con los dedos. Llevaba unas botas de goma muy parecidas a las que yo le había visto a Señor. Su chaqueta estaba muy sucia y deshilachada. No prestaba la menor atención a cuanto lo rodeaba. Estaba claro que su vida era considerablemente más dura que la de los hombres que se reían en la mesa de al lado. Estos disponían de agua caliente y jabón, mientras que él no. Ellos dormían en albergues. Él lo hacía en los parques, con las palomas. Pero todos carecían de hogar.

Liza no conocía a Kelvin Lam, pero preguntaría por ahí. La vimos caminar entre la gente, hablar con unos y con otros, indicando las papeleras de un rincón, echando una mano a una anciana. En determinado momento tomó asiento entre dos hombres que no se molestaron en mirarla mientras seguían conversando entre sí. Después se fue a otra mesa, y a otra. Lo más sorprendente fue la aparición de un abogado, un joven asociado de un importante bufete, voluntário del Consultorio Jurídico de las Personas Sin Hogar de Washington. Reconoció a Mordecai, con quien había coincidido el año anterior en una campaña de recogida de fondos. Nos pasamos un rato hablando de cuestiones jurídicas, tras lo cual se fue a una habitación del fondo para iniciar sus tres horas de asesoramiento.

—El consultorio jurídico en el que colabora cuenta con ciento cincuenta voluntarios —dijo Mordecai.

—¿Es suficiente? —pregunté.

—Nunca es suficiente. Creo que tendríamos que revitalizar nuestro programa de voluntarios. No sé si te animarías a hacerte cargo de él y a supervisarlo. A Abraham le gusta la idea.

Era grato saber que Mordecai y Abraham, y sin duda también Sofía, habían estado comentando la posibilidad de que yo dirigiese un programa.

—Ampliará nuestra base, nos hará más visibles en la comunidad jurídica y nos ayudará a obtener dinero.

—Pues claro —dije sin demasiada convicción.

—La cuestión del dinero me asusta, Michael. La Fundación Cohen está en muy mala situación. No sé cuánto tiempo conseguiremos sobrevivir. Me temo que nos veremos obligados a pedir más limosnas, como todas las restantes obras benéficas de la ciudad.

—¿Nunca te has dedicado a reunir fondos?

—Muy poco. Es un trabajo extremadamente duro y lleva mucho tiempo.

Liza regresó.

—Kelvin Lam está en la parte de atrás —indicó, asintiendo con la cabeza—. La segunda mesa desde el fondo. Lleva una gorra de los Redskins.

—¿Has hablado con él? —le preguntó Mordecai.

—Sí. Está sereno y con la mente despejada; dice que se alojaba en la CNVC y que trabaja a tiempo parcial en una empresa de recogida de basura.

—¿Tenéis algún cuartito que podamos utilizar?

—Pues claro.

—Dile que un abogado de los sin hogar necesita hablar con él.

Lam no nos saludó ni tendió la mano. Mordecai se sentó en el borde de la mesa. Yo me quedé de pie en un rincón. Lam tomó la única silla que había y me dirigió una mirada que me puso la carne de gallina.

—No pasa nada —dijo Mordecai, utilizando su mejor tono tranquilizador—. Tenemos que hacerte unas cuantas preguntas, eso es todo.

Lam ni siquiera nos miró. Iba vestido como un residente de albergue —pantalones vaqueros, camiseta, zapatillas, chaqueta de lana—, lo cual lo diferenciaba de quienes dormían debajo de un puente, con sus múltiples y malolientes capas de ropa.

—¿Conoces a una mujer llamada Lontae Burton? —preguntó Mordecai, actuando en nombre de nosotros, los abogados.

Lam negó con la cabeza.

—¿Y a DeVon Hardy?

Otro no.

—¿El mes pasado vivías en un almacén abandonado?

—Sí.

—¿En la esquina de New York con Florida?

—Sí.

—¿Pagabas alquiler?

—Sí.

—¿Cien dólares al mes?

—Sí.

—¿A un tal Tillman Gantry?

Lam se quedó inmóvil y cerró los ojos para reflexionar.

—¿A quién? —preguntó.

—¿Quién era el propietario del almacén?

—Yo le pagaba el alquiler a un tío que se llamaba Johnny.

—¿Y para quién trabajaba ese tal Johnny?

—No lo sé ni me importa.

—¿Cuánto tiempo estuviste viviendo allí?

—Unos cuatro meses.

—¿Por qué te fuiste?

—Me desalojaron.

—¿Quién te desalojó?

—No lo sé. Un día aparecieron unos policías con unos tíos. Nos llevaron a rastras y nos echaron a la acera. Un par de días después derribaron el almacén con un bulldozer.

—¿Les explicaste a los policías que pagabas un alquiler por vivir allí?

—Muchos lo dijeron. Una mujer con unos niños pequeños intentó resistirse, pero no le sirvió de nada. Yo prefiero no meterme con la policía. Da mal resultado, tío.

—¿Os enviaron alguna notificación antes del desahucio?

—No.

—¿No recibisteis ningún aviso?

—No. Nada. Se presentaron sin más.

—¿No os entregaron ningún escrito?

—Ninguno. Los policías dijeron que éramos ocupantes ilegales y que teníamos que irnos enseguida.

—Os instalasteis allí el pasado otoño, hacia el mes de octubre.

—Algo así.

—¿Cómo encontrasteis el lugar ?

—No lo sé. Alguien dijo que en el almacén alquilaban unos pequeños apartamentos. Un alquiler barato, ¿sabe? Fui allí para comprobarlo. Estaban levantando unos tabiques y colocando unas tablas. Había un techo, un lavabo no muy lejos, agua corriente. No estaba mal.

—¿Y te instalaste allí?

—Exacto.

—¿Firmaste un contrato de alquiler?

—No. El tío me dijo que el apartamento era ilegal y que no se podía hacer nada por escrito. Me pidió que si alguien preguntaba dijese que era un okupa.

—¿Y quería el dinero en efectivo?

—Solo en efectivo.

—¿Pagabas todos los meses?

—Lo intentaba. Venía a cobrar sobre el día quince.

—¿Estabas al corriente de pago cuando te echaron?

—No del todo.

—¿Cuánto debías?

—Un mes, quizá.

—¿Te echaron por eso?

—No lo sé. No dieron ninguna explicación. Nos echaron a todos de golpe.

—¿Conocías a las demás personas que vivían en el almacén?

—Conocía a una o dos. Pero cada cual estaba en su casa. Cada apartamento tenía una buena puerta que se podía cerrar con llave.

—La madre que has mencionado, la que se enfrentó con la policía, ¿la conocías?

—No. La vi un par de veces. Vivía al otro lado.

—¿Al otro lado?

—Sí. En la parte central del almacén no había cañerías, por eso construyeron los apartamentos en los extremos.

—¿Podías ver su apartamento desde el tuyo?

—No. Era un almacén muy grande.

—¿Qué tamaño tenía tu apartamento?

—Tenía dos habitaciones; el tamaño no lo sé.

—¿Teníais electricidad?

—Sí, tendieron unos cables. Podíamos enchufar aparatos de radio y cosas así. Teníamos luz y agua corriente, pero el lavabo era común.

—¿Teníais calefacción?

—No mucha. Hacía frío, pero no tanto como cuando uno duerme en la calle.

—O sea, que estabais contentos en aquel lugar.

—Estaba bastante bien. Quiero decir que por cien dólares al mes no estaba mal.

—Dices que conocías a otros dos. ¿Cómo se llamaban?

—Herman Harris y Shine no sé qué.

—¿Dónde están ahora?

—No los he visto.

—¿Dónde vives?

—En la CNVC.

Mordecai se sacó una tarjeta de visita del bolsillo y la entregó a Lam.

—¿Cuánto tiempo te quedarás allí? —le preguntó.

—No lo sé.

—¿Puedes mantenerte en contacto conmigo?

—¿Por qué?

—Es posible que necesites un abogado. Llámame si cambias de albergue o te vas a vivir por tu cuenta.

Lam tomó la tarjeta en silencio. Dimos las gracias a Liza y regresamos al despacho.

Tal como ocurre en todos los juicios, había varias maneras de proceder contra los acusados. Estos eran tres —RiverOaks, Drake & Sweeney y TAG—, y no creíamos que hubiera que añadir ningún otro. El primer método era el de la emboscada; otro, el de servicio y volea.

En caso de que eligiéramos la emboscada, prepararíamos el esquema de nuestras alegaciones, acudiríamos a un tribunal, interpondríamos una querella, lo filtraríamos a la prensa y confiaríamos en poder demostrar lo que creíamos saber. La ventaja era el elemento sorpresa, el sonrojo de los acusados y, al menos eso esperábamos, también el de la opinión pública.

El inconveniente era el equivalente jurídico de arrojarse al vacío desde un acantilado con la firme pero no confirmada creencia de que abajo hay una red.

El método del servicio y volea empezaría con una carta a los acusados, en la que haríamos las mismas alegaciones, pero en lugar de demandarlos los invitaríamos a discutir la cuestión. Se produciría un intercambio de cartas, en el que cada una de las partes podría predecir en general lo que iba a hacer la otra. Si se lograba demostrar la acusación, lo más probable era que se llegara discretamente a un acuerdo, con lo que se evitaría el litigio.

La táctica de la emboscada nos atraía a Mordecai y a mí por dos razones. La empresa no había mostrado el menor interés en dejarme en paz; los dos registros eran una clara prueba de que Arthur, y Rafter y su banda de especialistas del Departamento de Litigios, tenían intención de hacerme la vida imposible. Mi detención sería una noticia sensacional que sin duda filtrarían a la prensa con la intención de humillarme y aumentar la presión sobre mí. Debíamos prepararnos para atacar.

La segunda razón apuntaba directamente al núcleo de nuestro caso. Héctor y los demás testigos no podían ser obligados a declarar hasta que interpusiéramos una querella. Durante el período de presentación de pruebas que seguiría a esto tendríamos ocasión de hacer toda clase de preguntas a los acusados, que se verían obligados a responder bajo juramento. También podríamos solicitar la declaración de cualquier persona que quisiéramos.

En caso de que encontráramos a Héctor Palma, estaríamos en condiciones de someterlo a un duro interrogatorio. Si lográbamos dar con los demás desalojados, no podrían evitar decir lo que había ocurrido. Teníamos que averiguar lo que todo el mundo sabía y solo podíamos hacerlo valiéndonos de las pruebas presentadas ante un tribunal.

En teoría, nuestro caso era muy sencillo: Los okupas del almacén pagaban un alquiler a Tillman Gantry, o a alguien que trabajaba para él, en efectivo, sin contrato y sin recibos. A Gantry se le había presentado la oportunidad de vender el inmueble a RiverOaks, pero todo debía hacerse muy rápido. Gantry había mentido a RiverOaks y a los abogados de la constructora acerca de los okupas. Drake & Sweeney, actuando con gran diligencia, había enviado a Héctor Palma para que inspeccionara el inmueble antes de concretar la operación. Héctor había sido atracado durante su primera visita, había llevado consigo un guardia de seguridad en la segunda y, al inspeccionar el almacén, había descubierto que los residentes no eran okupas sino inquilinos. Se lo comunicó en un memorándum a Braden Chance, quien tomó la fatídica decisión de no hacer caso y cerrar el trato. Los inquilinos habían sido desalojados sin contemplaciones y sin seguir el procedimiento que exigía la ley, como si fueran meros intrusos.

Un desahucio legal habría requerido por lo menos treinta días más, un período de tiempo que ninguna de las dos partes estaba dispuesta a perder. Pasado ese lapso, lo peor del invierno ya habría quedado atrás, así como las amenazas de nevadas y de temperaturas bajo cero, y no habría sido necesario dormir en un coche con la calefacción encendida. Se trataba tan solo de gente sin hogar, que carecía de documentos y de recibos de alquiler y cuyo rastro resultaba muy difícil de seguir.

No era un caso complicado, pero presentaba obstáculos enormes. Conseguir la declaración de unas personas sin hogar podía ser muy peligroso, sobre todo si el señor Gantry decidía dejar sentir su autoridad. Él mandaba en las calles, un terreno en el que no me apetecía demasiado luchar. Aunque Mordecai había tejido una amplia red de favores y rumores, no podía competir con la artillería de Gantry. Nos pasamos una hora discutiendo las distintas maneras de evitar la acusación de TAG. Por motivos obvios, el juicio sería mucho más embrollado y peligroso en caso de que Gantry fuera una de las partes. Podíamos interponer una querella sin mencionar su nombre y dejar que los otros dos acusados —RiverOaks y Drake

& Sweeney— lo arrastraran al juicio como tercer acusado.

Pero Gantry formaba parte de nuestra teoría de la responsabilidad, y no incluirlo como acusado nos habría causado dificultades a medida que avanzara el juicio.

Teníamos que encontrar a Héctor Palma y, a continuación, convencerlo de que presentara el memorándum oculto o nos revelase su contenido. Lo primero sería fácil; lo segundo, tal vez imposible. Probablemente no estuviese dispuesto a hacerlo, pues tenía mujer y cuatro hijos, como se había ocupado de recordarme, y debía conservar su puesto de trabajo. El juicio planteaba otros problemas, empezando por el de simple procedimiento. Nosotros como abogados no teníamos autoridad para interponer una querella en nombre de los herederos de Lontae Burton y de sus cuatro hijos. Era necesario que nos contratase la familia. Puesto que su madre y sus dos hermanos estaban en la cárcel y la identidad de su padre aún no se conocía, Mordecai era partidario de presentar al Tribunal de Familia una solicitud de nombramiento de un fideicomisario que se encargara de los asuntos de la herencia de Lontae. De esta manera podríamos prescindir de su familia, al menos por el momento. En caso de que percibiéramos una indemnización, la cuestión de la familia se convertiría en una pesadilla. Lo más lógico era pensar que los cuatro niños procedían de dos o más padres, por lo que en caso de que se satisficiera una indemnización cada uno de ellos debería ser informado.

—Ya nos encargaremos de eso más tarde —dijo Mordecai—. Primero tenemos que ganar el juicio.

Nos encontrábamos en la sala ante el escritorio que había al lado del de Sofía. Yo tecleaba en el vetusto ordenador, y Mordecai dictaba mientras paseaba por la habitación.

Permanecimos en el despacho hasta medianoche, preparando la estrategia, redactando una y otra vez el texto de la querella, examinando teorías, discutiendo el procedimiento, soñando con el mejor medio de arrastrar a RiverOaks y a mi antigua empresa a un juicio espectacular. Él lo veía como un punto decisivo, un momento trascendental para invertir el declive del interés de la opinión pública por los indigentes. Yo lo veía como un medio para enmendar un error, sencillamente.

24

Otro café con Ruby. Cuando llegué, a las ocho menos cuarto de la mañana, estaba esperándome junto a la puerta de entrada. Se alegró mucho de verme. ¿Cómo podía una persona estar tan contenta tras pasarse ocho horas tratando de dormir en el asiento trasero de un coche abandonado?

—¿Tiene una rosquilla? —me preguntó cuando encendí la luz. Ya se había convertido en una costumbre.

—Voy a ver. Siéntate; prepararé el café.

Hice tintinear los cacharros de la cocina mientras limpiaba la cafetera y buscaba algo que comer. Las rosquillas rancias de la víspera estaban aún más duras, pero era todo cuanto había. Debía renovar las existencias, por si a Ruby se le ocurría presentarse por tercer día consecutivo. Algo me decía que iba a hacerlo. Se comió una rosquilla, mordisqueando los duros bordes, tratando de parecer educada.

—¿Dónde desayunas? —le pregunté.

—Por lo general no desayuno.

—¿Y el almuerzo y la cena?

—Almuerzo en el Naomi de la calle Diez. Para cenar voy a la Misión Calvary de la Quince.

—¿Qué haces durante el día?

Estaba nuevamente inclinada sobre el vaso de papel, como si quisiera calentar su frágil cuerpo.

—Suelo pasarlo en el Naomi —contestó.

—¿Cuántas mujeres hay allí?

—No lo sé. Muchas. Nos tratan muy bien, pero allí solo puedes estar de día.

—¿Está exclusivamente dedicado a mujeres sin hogar?

—Sí. Cierran a las cuatro. Casi todas las mujeres viven en albergues; algunas lo hacen en la calle. Yo tengo un coche.

—¿Saben que consumes crack?

—Creo que sí. Quieren que asista a reuniones para borrachos y gente que se droga. No soy la única. Muchas mujeres lo hacen también, ¿sabe?

—¿Anoche te colocaste?

Las palabras resonaron en mis oídos. Me parecía increíble que pudiera hacer semejantes preguntas.

Inclinó la cabeza y cerró los ojos.

—Dime la verdad.

—Tuve que hacerlo. Lo hago todas las noches.

No pensaba regañarla. El día anterior no había hecho nada para ayudarla a encontrar un tratamiento. De pronto, semejante tarea se convirtió en mi máxima prioridad.

Me pidió otra rosquilla. Envolví la última que quedaba en papel de aluminio, se la entregué y volví a llenar la taza de café. Tenía que hacer algo en el Naomi y se le estaba haciendo tarde, así que se fue a toda prisa.

La marcha empezó en el edificio de la fiscalía del distrito con una concentración en demanda de justicia. Puesto que Mordecai era un destacado personaje en el mundo de los indigentes, me dejó entre los manifestantes y se fue a ocupar su sitio en la tribuna.

Un coro de una iglesia cuyos miembros vestían unas túnicas color borgoña y oro se situó en las gradas y empezó a entonar himnos pegadizos. Cientos de agentes de la policía recorrían la calle tras interrumpir el tráfico. La CNVC había prometido la presencia de millares de sus activistas. Llegaron todos juntos en una desorganizada columna de hombres sin hogar, orgullosos de su condición. Los oí antes de verlos, lanzando sus bien ensayadas consignas desde varias manzanas de distancia. Doblaron la esquina y las cámaras de televisión corrieron a su encuentro. Se reunieron delante del edificio de la fiscalía y empezaron a agitar sus pancartas, muchas de las cuales eran de confección casera y estaban pintadas a mano. BASTA DE ASESINATOS; SALVEMOS LOS ALBERGUES; TENGO DERECHO A UN HOGAR; TRABAJO, TRABAJO, TRABAJO, rezaban. Las levantaban por encima de sus cabezas y las hacían bailar al ritmo de los himnos y de los sonoros cantos.

Varios autobuses de la iglesia se detuvieron delante de las vallas dispuestas por la policía y de ellos bajaron centenares de personas, muchas sin el menor aspecto de vivir en la calle. Eran feligreses bien vestidos, en su mayoría mujeres. La multitud crecía por momentos y el espacio que me rodeaba era cada vez más reducido. No conocía a nadie, aparte de Mordecai. Sofía y Abraham se hallaban entre los presentes, pero yo no los veía. Habían dicho que sería la manifestación de gente sin hogar más grande de los últimos diez años, la «marcha por Lontae». Unas grandes pancartas orladas de negro mostraban unas fotografías ampliadas de Lontae Burton con la siniestra pregunta: ¿QUIÉN MATÓ A LONTAE? Estaban repartidas por toda la concentración y rápidamente se convirtieron en las preferidas, incluso entre los hombres de la CNVC, que llevaban sus propias pancartas de protesta. El rostro de Lontae oscilaba y se movía por encima de la masa de gente.

Una solitaria sirena silbó en la distancia y fue acercándose poco a poco. Un furgón funerario con escolta policial fue autorizado a franquear las vallas y a detenerse delante del edificio de la fiscalía, rodeado por la muchedumbre. Se abrieron las portezuelas de atrás y los portadores, seis hombres de la calle, sacaron un ataúd falso pintado de negro y, tras colocárselo sobre los hombros, se dispusieron a iniciar el cortejo. Otros portadores sacaron cuatro ataúdes pintados del mismo color, pero mucho más pequeños.

La multitud se apartó formando un pasillo y el cortejo inició lentamente la marcha hacia las escalinatas mientras el coro entonaba un solemne réquiem que me emocionó hasta las lágrimas. Era una marcha fúnebre. Uno de aquellos pequeños ataúdes representaba a Ontario.

La muchedumbre volvió a juntarse. Las manos se levantaron para tocar los ataúdes de manera tal que estos parecieron flotar, balanceándose lentamente.

La escena contenía un gran dramatismo y las cámaras instaladas cerca de la tribuna captaron la impresionante marcha del cortejo. En las cuarenta y ocho horas siguientes veríamos la escena repetida varias veces por la televisión .

Los ataúdes fueron colocados el uno al lado del otro con el de Lontae en el centro, un poco por debajo de la tribuna donde se encontraba Mordecai. Los filmaron y fotografiaron desde todos los ángulos posibles, y a continuación dieron comienzo los discursos.

El moderador era un activista que empezó dando las gracias a todos los grupos que habían participado en la organización de la marcha. La lista era impresionante. Mientras él iba recitando los nombres, quedé gratamente sorprendido por el considerable número de albergues, misiones, comedores sociales, coaliciones, consultorios jurídicos, clínicas, iglesias, centros, grupos asistenciales, programas de capacitación laboral y de desintoxicación e incluso algunos cargos públicos, todos ellos responsables en mayor o menor medida de la celebración de aquel acto. Contando con un apoyo tan grande, ¿cómo era posible que existiera el problema de los vagabundos? Los seis oradores siguientes contestaron a mi pregunta. En primer lugar, por falta de fondos, y, en segundo, por culpa de los recortes presupuestarios, la insensibilidad del gobierno central, el desinterés de las autoridades municipales y de las personas con medios para resolverlo, un sistema judicial excesivamente conservador y un largo etcétera.

Cada orador repitió los mismos temas, excepto Mordecai, que habló en quinto lugar y provocó un silencio sepulcral entre los presentes con su relato de las últimas horas de los Burton. Cuando contó cómo le había cambiado el pañal al bebé, probablemente el último de su vida, no se oía ni un carraspeo ni un susurro. Contemplé los ataúdes como si uno de ellos contuviera el cadáver del bebé.

Después, explicó Mordecai con voz profunda y sonora, la familia abandonó el albergue y regresó a las calles, donde Lontae y sus hijos solo sobrevivieron unas cuantas horas. Mordecai se tomó muchas licencias en el relato de los acontecimientos, pues nadie sabía qué había ocurrido. Yo sí lo sabía, pero me daba igual. La muchedumbre lo escuchaba como hipnotizada. Cuando describió los últimos momentos de Lontae y de los pequeños, apretujados en el interior del vehículo en un vano intento de conservar el calor, oí a mi alrededor el llanto de varias mujeres.

En aquel instante mis pensamientos se volvieron egoístas. Si aquel hombre, mi amigo y compañero de profesión, podía cautivar a una multitud de miles de personas desde una tribuna situada a cuarenta metros de distancia, ¿qué no sería capaz de hacer con los doce miembros del jurado, sentados lo bastante cerca de él como para poder tocarlo?

Comprendí de pronto que el juicio de Burton jamás conseguiría llegar tan lejos. Ningún abogado defensor en su sano juicio permitiría que Mordecai Green predicara en presencia de un jurado compuesto por afroamericanos. Si nuestras conjeturas resultaban ser ciertas y conseguíamos demostrarlo, el juicio no llegaría a celebrarse.

Tras pasarse una hora y media escuchando discursos, la muchedumbre ya comenzaba a perder la paciencia y quería ponerse en marcha. El coro reanudó sus cantos y los portadores levantaron los ataúdes y los llevaron a hombros, encabezando el cortejo para alejarse del edificio. Detrás de los féretros caminaban los máximos dirigentes, entre ellos Mordecai.

Los demás los seguíamos. Alguien me entregó una pancarta de Lontae, que sostuve tan arriba como los demás manifestantes. Los seres privilegiados no hacen marchas ni protestan; su mundo, pulcro y seguro, se rige por unas leyes cuyo propósito es preservar su felicidad. Yo jamás me había echado a la calle; ¿para qué? A lo largo de las primeras dos manzanas me sentí un poco extraño caminando en medio de la multitud enarbolando una pancarta en la que se exhibía el rostro de una madre negra de veintidós años que había alumbrado cuatro hijos ilegítimos. Pero yo ya no era la misma persona de unas cuantas semanas atrás. No habría podido volver a serlo ni aun queriéndolo. Mi pasado giraba en torno al dinero, las propiedades y la posición social, cuestiones todas ellas que ahora me desagradaban.

Así pues, me relajé y disfruté del paseo. Canté con los indigentes, moví mi pancarta en perfecta sincronía con las demás e incluso entoné himnos que no conocía. Saboreé mi primer ejercicio de protesta civil. No sería el último.

Las vallas nos protegían en nuestro lento avance hacia la colina del Capitolio. La marcha se había organizado muy bien y el número de asistentes llamaba enormemente la atención. Los ataúdes fueron depositados en las escalinatas del Capitolio. Nos congregamos alrededor de ellos y escuchamos otra serie de encendidos discursos pronunciados por activistas de los derechos civiles y dos miembros del Congreso. Los discursos ya se habían quedado anticuados; había oído suficiente. Mis hermanos sin hogar tenían muy poco que hacer. Había abierto treinta y un archivos desde que el lunes iniciara mi nueva carrera. Treinta y una personas de carne y hueso me esperaban para que les consiguiera vales de comida, les buscase alojamiento, presentara demandas de divorcio, las defendiera de acusaciones delictivas, encontrase el modo de que cobraran los salarios que les debían, paralizara desahucios, las ayudara a librarse de sus drogodependencias y obrara el milagro de que se hiciera justicia. En mi calidad de abogado especialista en legislación antimonopolio raras veces tenía que ver a mis clientes. En la calle las cosas eran distintas.

Le compré un cigarro barato a un vendedor callejero y me fui a dar un breve paseo por el Mall.

25

Llamé a la puerta de la casa de al lado de los Palma y una voz de mujer preguntó:

—¿Quién es?

Nadie hizo el menor esfuerzo por descorrer el pestillo y abrir. Me había pasado mucho rato planeando mi táctica. Incluso la había ensayado durante mi trayecto en automóvil hasta Bethesda. Pero no estaba muy convencido de que consiguiera sonar convincente.

—Bob Stevens —contesté con cierta inquietud—. Busco a Héctor Palma.

—¿A quién? —preguntó la mujer.

—Héctor Palma. El que vivía en la casa de al lado.

—¿Qué desea?

—Le debo dinero. Estoy tratando de localizarlo, eso es todo.

Si yo hubiera pretendido cobrar algo o efectuar alguna tarea desagradable, habría sido lógico que los vecinos se pusieran en guardia. Mi pequeña estratagema me había parecido muy ingeniosa.

—Se ha ido —contestó ella ásperamente.

—Eso ya lo sé. Pero ¿sabe usted adónde se ha ido?

—No.

—¿Ha dejado esta zona?

—No lo sé.

—¿No los vio hacer la mudanza?

Naturalmente, no había manera de eludir una respuesta afirmativa, pero en lugar de mostrarse servicial, la vecina se retiró a las profundidades de su apartamento y seguramente llamó al servicio de seguridad. Repetí la pregunta y volví a tocar el timbre, sin éxito.

Me dirigí hacia la otra puerta contigua al último domicilio conocido de Héctor. Después de dos timbrazos, la puerta se entreabrió hasta donde permitía la cadena y un hombre de mi edad con mayonesa en la comisura de los labios me preguntó:

—¿Qué quiere?

Repetí el truco de Bob Stevens. Me escuchó atentamente mientras sus hijos correteaban detrás de él en el salón, donde un televisor estaba encendido a todo volumen. Eran más de las ocho, estaba oscuro y hacía frío, y yo había interrumpido su cena.

Pero el hombre no era antipático.

—No lo conocía —dijo.

—¿Y a su esposa?

—Tampoco. Viajo mucho. Casi siempre estoy fuera.

—¿Los conocía su mujer?

—No —se apresuró a contestar.

—¿Usted o su esposa los vieron mudarse?

—El fin de semana pasado no estábamos aquí.

—¿Y no tiene idea de adónde se han ido?

—Ninguna.

Le di las gracias y, al volverme, tropecé con un fornido guardia de seguridad uniformado que sostenía en la mano derecha una porra y se golpeaba con ella la palma de la mano izquierda, como hacen los polis en las películas.

—¿Qué está haciendo? —me preguntó con muy malos modos.

—Busco a una persona —respondí—. Guarde eso que lleva en la mano.

—Aquí no está permitido molestar.

—¿Está usted sordo? Busco a una persona, no pretendo molestar.

Pasé por su lado para dirigirme hacia el aparcamiento.

—Hemos recibido una queja —dijo a mi espalda—. Tiene que marcharse.

—Ya me voy.

Mi cena consistió en un taco y una cerveza en un bar cercano. Me sentía más seguro comiendo en los suburbios. El local pertenecía a una cadena nacional que estaba ganando dinero a espuertas con nuevos y relucientes abrevaderos de barrio. Los clientes eran en su mayoría jóvenes funcionarios del Estado que aún no habían conseguido encontrar casa, hablaban de política y de métodos mientras bebían cerveza de barril y pegaban gritos ante las jugadas de un partido.

La soledad era consecuencia de la adaptación. Había dejado atrás a mi mujer y a mis amigos. Los siete años de trabajo a destajo en Drake & Sweeney no habían sido muy propicios para el cultivo de las amistades; y tampoco de un matrimonio. A los treinta y dos años no estaba preparado para la vida de soltero. Mientras contemplaba el partido y a las mujeres, me pregunté si tendría que regresar a los ambientes de los bares y de las salas nocturnas para encontrar compañía. Me resistía a creer que no hubiera otros lugares y otros métodos.

Comencé a sentirme deprimido y me fui.

Regresé a la ciudad conduciendo muy despacio, pues no me apetecía demasiado encerrarme en mi buhardilla. Como inquilino, mi nombre debía de figurar en la base de datos de algún ordenador y la policía no tendría demasiadas dificultades en enterarse de dónde vivía. Si pensaban detenerme, estaba seguro de que lo harían por la noche. Se divertirían mucho pegándome un susto llamando a la puerta a altas horas y, tras zarandearme un poco, me colocarían las esposas, me sacarían a empellones al rellano, bajarían conmigo en ascensor sujetándome dolorosamente por los sobacos y me empujarían al asiento posterior de un coche patrulla para llevarme a la prisión municipal, donde sería el único profesional blanco detenido aquella noche. Nada les complacería más que arrojarme a un calabozo lleno a rebosar del habitual surtido de matones y dejarme abandonado a mi suerte.

Hiciera lo que hiciese, siempre llevaba conmigo dos cosas. Una de ellas era un teléfono móvil para poder llamar a Mordecai en cuanto me detuvieran. La otra era un fajo de veinte billetes de cien dólares para pagar la fianza y evitar con ello el calabozo.

Aparqué a dos manzanas de distancia y eché un vistazo a todos los coches vacíos por si descubría en el interior de alguno de ellos un personaje sospechoso.

Llegué a mi buhardilla ileso y sin que nadie me hubiera detenido.

Mi salón estaba amueblado con dos sillas de jardín y una caja de plástico que me servía tanto de mesita auxiliar como de asiento. El televisor estaba colocado encima de otra caja de plástico. Me hacía gracia la escasez de mobiliario, y ya había decidido que la casa sería para mí solo. Nadie vería cómo vivía.

Había llamado mi madre. Escuché la grabación. Ella y papá estaban preocupados por mí y querían visitarme. Le habían comentado la situación a mi hermano Warner, y era posible que este también hiciese el viaje. Me parecía estar oyendo su análisis de mi nueva existencia. Alguien tenía que hacerme entrar en razón.

La marcha por Lontae fue la principal noticia del telediario de las once. Se ofrecían primeros planos de los cinco ataúdes negros en las escalinatas del edificio de la fiscalía del distrito y más tarde durante su recorrido por la calle. Se mostraba a Mordecai predicando a las masas. La muchedumbre era mucho más numerosa de lo que yo pensaba; calculaban unas cinco mil personas. El alcalde no había querido hacer ningún comentario.

Apagué el televisor y marqué el número de Claire. Llevábamos cuatro días sin hablar y me pareció conveniente tener con ella un detalle de cortesía. Técnicamente aún estábamos casados. Sería bonito que cenásemos juntos la semana siguiente, o la otra.

Al tercer timbrazo, una voz desconocida contestó a regañadientes.

—Hola.

Era una voz masculina.

Por un instante, el asombro me impidió hablar. Eran las once y media de la noche de un jueves. Claire tenía a un hombre en casa. Yo llevaba menos de una semana fuera del apartamento. Estuve a punto de colgar, pero me sobrepuse y dije:

—Claire, por favor.

—¿De parte de quién? —preguntó el desconocido en tono malhumorado.

—De Michael, su marido.

—Se está duchando —contestó sin ocultar su satisfacción.

—Dígale que he llamado —dije, y colgué rápidamente el auricular.

Estuve caminando por las tres habitaciones de mi buhardilla hasta la medianoche. Entonces volví a vestirme y a pesar del frío salí a dar un paseo. Cuando un matrimonio se desmorona, se analizan todos los guiones. ¿Había sido, sencillamente, un distanciamiento progresivo o había habido algo más que eso? ¿Acaso no había sabido interpretar los signos? ¿Era aquel hombre una aventura de una noche o llevaban varios años viéndose? ¿Sería un apasionado médico casado y con hijos o un joven y viril estudiante que le daba lo que ella no encontraba en mí?

Me repetía una y otra vez que no importaba. No nos divorciábamos por culpa de las infidelidades. Ya era demasiado tarde para preocuparme por la posibilidad de que ella hubiera estado acostándose con otro.

El matrimonio había terminado, eso era todo. Por el moti-

vo que fuese. Claire podía irse al infierno. Estaba lejos y olvidada. Yo era libre de ir detrás de otras mujeres, y las mismas
normas eran válidas para ella.

Faltaría más.

A las dos de la madrugada me encontré sin saber cómo en
Dupont Circle, donde no presté la menor atención a los silbidos de los maricas y pasé junto a varios hombres que dormían
en los bancos, envueltos en varias capas de ropa y colchas. Era
peligroso, pero me daba igual.

Unas horas más tarde compré una caja de rosquillas surtidas
en un Krispy Kreme, además de dos vasos de café y un periódico. Ruby estaba esperándome fielmente en la puerta, muerta
de frío. Tenía los ojos más enrojecidos que de costumbre y
tardó unos segundos en sonreír al verme. Nos sentamos ante
uno de los escritorios de la sala, el que estaba menos cubierto
de expedientes antiguos. Dejé un espacio libre y serví el café y
las rosquillas. No le gustaban las de chocolate; prefería las rellenas de fruta.

—¿Tú lees el periódico? —le pregunté mientras lo desdo-
blaba.

—No.

—¿Sabes leer?

—No mucho.

Se lo leí. Empezamos por la primera página, sobre todo porque publicaba una fotografía de los cinco ataúdes, que parecían
flotar en un mar de personas. El reportaje ocupaba la mitad inferior de la plana y estaba encabezado por unos grandes titulares. Ruby me escuchó con atención. Había oído hablar de la
muerte de la familia Burton; los detalles la fascinaron.

—¿Yo también podría morir así? —preguntó.

—No. A menos que tu coche tenga motor y enciendas la
calefacción.

—Ojalá tuviera calefacción.

—Correrías el riesgo de morir congelada.

—¿Y eso qué quiere decir?

—Que podrías morirte de frío.

Se limpió la boca con una servilleta y tomó un sorbo de café. La noche en que murieron Ontario y su familia la temperatura era de unos seis grados bajo cero. ¿Cómo habría sobrevivido Ruby?

—¿Adónde vas cuando hace mucho frío? —le pregunté.

—No voy a ninguna parte.

—¿Te quedas en el coche?

—Sí.

—¿Y cómo evitas congelarte?

—Tengo muchas mantas. Me cubro con ellas.

—¿Nunca vas a un albergue?

—Nunca.

—¿Irías a un albergue si yo te ayudara a ver a Terrence?

Ladeó la cabeza y me dirigió una extraña mirada.

—Repítalo —dijo.

—Tú quieres ver a Terrence, ¿verdad?

—Claro.

—Pues entonces tienes que alejarte del crack, ¿verdad?

—Claro.

—Y para alejarte del crack tendrías que permanecer por un tiempo en un centro de desintoxicación. ¿Estarías dispuesta a hacerlo?

—Puede que sí —contestó—. He dicho puede.

Era un paso pequeño, pero no insignificante.

—Puedo ayudarte a ver a Terrence y a que vuelvas a formar parte de su vida, pero tienes que alejarte definitivamente de las drogas.

—¿Y eso cómo se hace? —preguntó Ruby, rehuyendo mi mirada.

Hizo girar el vaso de café entre las manos mientras el vapor le subía hasta el rostro.

—¿Hoy irás al Naomi?

—Sí.

—He hablado con la directora. Hoy tienen dos reuniones, de alcohólicos y drogadictos juntos. Se llaman AA y DA. Quiero que asistas a las dos. La directora me llamará.

Asintió con la cabeza como una niña que acabara de recibir una reprimenda. En aquel momento no me parecía oportuno insistir. Mordisqueó sus rosquillas y se tomó el café mientras yo le leía una noticia tras otra. No le importaban los asuntos exteriores ni el deporte, pero las noticias ciudadanas le encantaban. Había votado una vez, muchos años atrás, y asimilaba fácilmente todo lo que se refería a la política del distrito. Comprendía muy bien los reportajes que giraban en torno a los delitos. Un largo editorial reprochaba al Congreso y al ayuntamiento su falta de interés por la creación de servicios para los indigentes. Lontae no sería la única, advertía. Otros niños morirían en las calles a la sombra del Capitolio de Estados Unidos.

Lo resumí de modo que Ruby lo comprendiese, y se mostró de acuerdo con todas las afirmaciones.

Había empezado a caer una llovizna fría, por lo que decidí acompañar a Ruby en mi coche hasta su segunda parada del día. El Centro Femenino de Naomi era una casa adosada de cuatro plantas, situada en la calle Diez Noroeste, en una manzana de edificios similares. Abría a las siete de la mañana, cerraba a las cuatro de la tarde y cada día ofrecía comida, duchas, ropa, actividades y servicio de asesoramiento para cualquier mujer sin hogar que pasara por allí. Ruby era una asidua, y cuando entramos sus amigas la saludaron cordialmente. Hablé en voz baja con la directora, una joven llamada Megan. Ambos decidimos aunar fuerzas para obligar a Ruby a abandonar las drogas. La mitad de las mujeres de allí estaban mentalmente enfermas, la mitad consumían estupefacientes, un tercio eran seropositivas. Que Megan supiera, Ruby no padecía ninguna enfermedad infecciosa.

Cuando me fui, las mujeres se habían reunido en la sala principal para cantar.

Estaba trabajando afanosamente en mi despacho cuando Sofía llamó a la puerta y entró sin darme tiempo a contestar.

—Mordecai me ha dicho que buscas a una persona —soltó. Llevaba un cuaderno tamaño folio para tomar notas.

Reflexioné un instante y me acordé de Héctor.

—Ah, sí. Es verdad.

—Puedo ayudarte. Dime todo lo que sepas de esa persona. —Se sentó y empezó a escribir mientras yo le daba su nombre, dirección, último puesto de trabajo conocido, descripción física y su condición de casado con cuatro hijos—. ¿Edad?

—Unos treinta años.

—¿Sueldo aproximado?

—Treinta y cinco mil.

—Teniendo cuatro hijos, al menos uno debe de estar en edad escolar. Con ese sueldo y viviendo en Bethesda, dudo que asista a una escuela privada. Es hispano, lo que significa que probablemente sea católico. ¿Algo más?

No se me ocurría nada más. Se marchó a su escritorio, donde empezó a hojear un grueso cuaderno de apuntes. Dejé la puerta abierta para poder ver y oír. La primera llamada la hizo a alguien de Correos. La conversación pasó de inmediato al español, por lo que no entendí de qué hablaba. Las llamadas se sucedieron. Decía «hola» en inglés, preguntaba por su contacto y pasaba a su lengua materna. Telefoneó a la sede de la diócesis católica, lo que la llevó a otra serie de rápidas llamadas. Perdí el interés.

Al cabo de una hora se acercó a mi puerta y me dijo:

—Se han ido a vivir a Chicago. ¿Quieres la dirección?

—Pero ¿cómo has…? —pregunté con incredulidad.

—No preguntes. Un amigo de un amigo de su iglesia. Se fueron precipitadamente durante el fin de semana. ¿Necesitas su nueva dirección?

—¿Cuánto tardarás en averiguarla?

—No será fácil, pero puedo indicarte el camino a seguir.

Había por lo menos seis clientes sentados en la sala, esperando a que Sofía los asesorase.

—Ahora no —le dije—. Quizá más tarde. Te lo agradezco.

—No hace falta.

No hace falta. Yo tenía previsto pasarme unas cuantas horas más cuando oscureciera, llamando a las puertas de los vecinos, a merced del frío, eludiendo a los guardias de seguridad y confiando en que nadie me pegara un tiro. Y ella se había pasado una sola hora al teléfono y había localizado a la persona que yo buscaba.

Drake & Sweeney contaba con cien abogados en su filial de Chicago. Yo había estado allí dos veces a propósito de unos casos antimonopolio. Los despachos estaban en un rascacielos a la orilla del lago. El vestíbulo, de varios pisos de altura, tenía fuentes, escaleras mecánicas y un sinfín de tiendas en su perímetro. Era el lugar ideal para esconder y vigilar a Héctor Palma.

26

Los indigentes están cerca de las calles, las calzadas, los bordillos y las cunetas, el hormigón, la basura, las tapas de las alcantarillas, las bocas de incendios, las papeleras, las paradas de autobús y los escaparates de las tiendas. Cada día se desplazan lentamente por un terreno que conocen como la palma de su mano, se paran a hablar los unos con los otros porque el tiempo significa muy poco para ellos y se detienen a contemplar un automóvil con el motor calado en el centro de la calzada en medio del tráfico, a un nuevo camello en una esquina o un rostro extraño en sus dominios. Se sientan en sus aceras, escondidos bajo los sombreros y los gorros y los toldos de las tiendas, y cual si fueran unos centinelas, observan todos los movimientos que se producen alrededor de ellos. Oyen los sonidos de la calle, perciben el olor de los escapes de los autobuses y de la grasa frita de los restaurantes de mala muerte. Si un mismo taxi pasa dos veces en una hora, ellos lo saben. Si se oye el disparo de una pistola en la distancia, ellos saben dónde ha sido. Cuando un espléndido automóvil con matrícula de Virginia o Maryland aparca junto al bordillo, ellos lo vigilan hasta que se va.

Cuando un policía de paisano espera en el interior de un vehículo sin identificar, ellos lo ven.

—La policía está ahí fuera —le dijo uno de nuestros clientes a Sofía.

Ella se acercó a la puerta principal, miró hacia el sudeste

por la calle Q y vio algo que le pareció un coche de la policía sin identificación. Esperó media hora y volvió a salir. Entonces se lo dijo a Mordecai.

Yo ignoraba lo que ocurría porque estaba luchando en dos frentes: contra el organismo que adjudicaba los vales para comida y contra la oficina del fiscal. Era viernes por la tarde y la burocracia urbana, que en días corrientes solía estar por debajo de los niveles normales, ya estaba cerrando con vistas al fin de semana. Ambos me comunicaron la noticia simultáneamente.

—Creo que la poli está esperándote —me anunció Mordecai en tono solemne.

—¿Dónde? —le pregunté como si eso tuviera importancia.

—En la esquina. Llevan una hora vigilando el edificio.

—A lo mejor os andan buscando a vosotros —dije, y solté una carcajada.

A nadie pareció hacerle gracia.

—He llamado —me informó Sofía—. Se ha dictado una orden de detención contra ti. Robo cualificado.

¡Un delito! ¡La cárcel! Un apuesto chico blanco entre rejas.

—No me extraña —dije, intentando disimular mi temor—. Terminemos de una vez.

—He llamado a un tío de la fiscalía —terció Mordecai—. Estaría bien que te permitieran entregarte.

—Estaría bien —repetí como si no tuviera la menor importancia—. Pero me he pasado toda la tarde hablando con la fiscalía. Allí nadie te hace caso.

—Tienen doscientos abogados —dijo Mordecai, que consideraba a policías y fiscales sus enemigos naturales.

Elaboramos rápidamente un plan de acción. Sofía llamaría a un garante de fianzas que se reuniría con nosotros en la cárcel. Mordecai intentaría encontrar a un juez amistoso. Pero nadie mencionaba el hecho evidente de que era viernes por la tarde. ¿Cómo lo haría para sobrevivir a un fin de semana en la cárcel?

Se retiraron para efectuar sus llamadas y yo permanecí sentado ante mi escritorio, incapaz de moverme, pensar o hacer cualquier otra cosa que no fuera prestar atención al chirrido de la puerta de la calle. No tuve que esperar demasiado. A las cuatro en punto entró el teniente Gasko con un par de esbirros.

Durante mi primer encuentro con él, cuando lo sorprendí registrando el apartamento de Claire y empecé a soltarle gritos mientras anotaba nombres, amenazaba con presentar toda clase de querellas contra él y sus subalternos, respondía a sus palabras con comentarios mordaces y me sentía un brillante abogado en presencia de un policía de mierda, no se me había ocurrido pensar en la posibilidad de que algún día él pudiera darse el gusto de detenerme. Pero allí lo tenía, pavoneándose y mirándome con una sonrisa de desprecio mientras sostenía en la mano unos papeles doblados, a punto de restregármelos por las narices.

—Tengo que ver al señor Brock —le dijo a Sofía justo en el instante en que yo abandonaba sonriendo mi despacho.

—Hola, Gasko —lo saludé—. ¿Todavía está buscando el expediente?

—No. Hoy no.

Mordecai salió de su despacho. Sofía permanecía de pie junto a su escritorio. Todo el mundo miraba a todo el mundo.

—¿Trae una orden? —preguntó Mordecai.

—Sí. Para el señor Brock aquí presente —le contestó Gasko.

—Pues vamos allá —dije acercándome a él, al tiempo que me encogía de hombros.

Uno de los esbirros abrió unas esposas que le colgaban del cinturón. Decidí mostrarme sereno.

—Soy su abogado —dijo Mordecai—. Déjeme ver la orden. —Tomó el documento que le ofrecía Gasko y lo examinó mientras me esposaban con las manos a la espalda y yo sentía el roce del frío acero contra las muñecas. Las esposas me estaban demasiado ajustadas o, por lo menos, más ajustadas de lo que deberían haber estado, pero podía resistirlo, y estaba firmemente decidido a parecer despreocupado—. Tendré mucho gusto en conducir a mi cliente a la comisaría —añadió.

—Muchas gracias —contestó Gasko en tono irónico—, pero le ahorraré la molestia.

—¿Adónde irá?

—A Jefatura.

—Te seguiré hasta allí —me dijo Mordecai.

Sofía estaba hablando por teléfono, lo que me resultaba aún más consolador que el hecho de saber que Mordecai me seguiría.

Tres de nuestros clientes, unos inofensivos caballeros de la calle que habían entrado para hablar con Sofía, lo presenciaron todo. Estaban sentados en el lugar donde siempre esperaban los clientes, y al verme pasar por su lado me miraron con asombro e incredulidad.

Uno de los esbirros me sujetó fuertemente por el codo y me hizo franquear a empellones la puerta principal; pisé la acera deseando ocultarme cuanto antes en el interior de su automóvil, un sucio vehículo blanco sin identificación, aparcado en la esquina. Los indigentes lo vieron todo: la maniobra del conductor para modificar la posición del vehículo, la irrupción de los agentes, mi salida esposado y flanqueado por ellos.

«Han detenido a un abogado», comentarían en voz baja, y la noticia se propagaría rápidamente por las calles.

Gasko se acomodó a mi lado en el asiento trasero. Miré alrededor sin ver nada, mientras el pánico iba apoderándose lentamente de mí.

—Menuda pérdida de tiempo —masculló Gasko, cruzándose de piernas—. Hay ciento cuarenta asesinatos sin resolver en esta ciudad, droga en todas las esquinas y traficantes haciendo negocio en las escuelas, y tenemos que perder el tiempo con usted.

—¿Está tratando de hacerme hablar, Gasko? —pregunté.

—No.

—Muy bien.

Todavía no me había enunciado mis derechos, lo que no estaba obligado a hacer hasta que comenzara a interrogarme.

El esbirro número uno conducía hacia el sur por la calle Catorce sin luces, sirenas ni el menor respeto por las señales de tráfico y los peatones.

—Pues entonces suélteme —le espeté.

—Si de mí dependiera, lo haría, pero usted ha molestado mucho a ciertas personas. El fiscal me ha dicho que están presionándolo para que le ajuste las clavijas.

—¿Quién está presionándolo? —pregunté, aun cuando conocía la respuesta. Los de Drake & Sweeney no perderían el tiempo con la policía, sino que hablarían directamente con el fiscal, echando mano de toda la terminología jurídica.

—Las víctimas —contestó sarcásticamente Gasko.

Estaba de acuerdo con su valoración; resultaba difícil imaginar a un puñado de prósperos abogados en el papel de víctimas de un delito.

Muchos personajes famosos habían sido detenidos. Traté de recordarlos. Martin Luther King había ido varias veces a la cárcel. También Boesky y Milken y otros célebres ladrones cuyos nombres no recordaba. ¿Y qué decir de todos los famosos actores y deportistas detenidos por conducir en estado de embriaguez, por solicitar los servicios de una prostituta o por tenencia de cocaína? Todos habían sido arrojados al asiento trasero de un automóvil de la policía y llevados detenidos como delincuentes comunes. Un juez de Memphis estaba cumpliendo una condena de cadena perpetua; un compañero mío de estudios había estado ingresado en un centro de rehabilitación; un antiguo cliente había sido encerrado en una prisión federal por evasión de impuestos. Todos habían sido detenidos y acusados formalmente, les habían tomado las huellas digitales y los habían fotografiado con un numerito debajo de la barbilla. Y todos habían sobrevivido.

Sospechaba que hasta Mordecai Green debía de haber sentido el frío abrazo de las esposas.

El hecho de que finalmente hubiera ocurrido me producía cierto alivio. Podría dejar de correr, de esconderme y de vigilar para ver si alguien me seguía. La espera había terminado. Y no había sido una redada nocturna de esas que lo obligaban a uno a permanecer en el calabozo hasta la mañana siguiente. Era una hora razonable. Con un poco de suerte, podrían cumplirse todos los trámites y yo saldría bajo fianza antes de que empezara la desbandada del fin de semana.

Pero había también un elemento de horror, un temor que jamás había sentido. En la cárcel municipal podían fallar muchas cosas. Los documentos podían extraviarse. Podían producirse toda clase de demoras. La fianza podía aplazarse hasta el sábado, el domingo e incluso el lunes. Me encerrarían en un calabozo abarrotado de gente hostil y desagradable.

Se correría la voz de mi detención. Mis amigos sacudirían la cabeza y se preguntarían qué otra cosa podría hacer yo para destruir mi vida. Mis padres quedarían destrozados. No estaba muy seguro de lo que pensaría Claire, sobre todo ahora que estaba en compañía de su amante.

Cerré los ojos y procuré ponerme cómodo, una tarea imposible cuando uno está sentado sobre las manos.

El recuerdo de los trámites es borroso; Gasko me llevaba de un lado a otro como si yo fuera un cachorro extraviado. Con la cabeza gacha, me decía a mí mismo: «No mires a nadie». Primero, el inventario, todo lo que había en los bolsillos, firmar un impreso. Luego, bajar por un sucio pasillo para que me fotografiaran descalzo, de pie contra la cinta de medir, «no tiene que sonreír si no quiere, pero, por favor, mire a la cámara». Después de perfil. A continuación, a que me tomasen las huellas dactilares, donde había gente, por lo que Gasko tuvo que esposarme a una silla del pasillo como si fuera un enfermo mental mientras él iba a tomarse un café. Los detenidos pasaban por delante de mí, en distintas fases de sus trámites. Agentes por todas partes. Un rostro blanco, no de un policía sino de un acusado como yo, joven, con un elegante traje azul marino, visiblemente embriagado y con una magulladura en la mejilla izquierda. ¿Cómo era posible que alguien se emborrachase antes de las cinco de la madrugada de un viernes? Profería amenazas a voz en cuello, utilizando un vocabulario tan duro como escogido, pero nadie le hacía caso. Al cabo de un rato se marchó. Pasó el tiempo y empecé a sentirme asustado. Fuera ya estaba oscureciendo, había comenzado el fin de semana, empezarían a producirse delitos y en la cárcel aumentaría el ajetreo. Gasko regresó, me llevó al Departamento de Huellas Dactilares y contempló cómo un agente llamado Poindexter aplicaba hábilmente la tinta y comprimía mis dedos contra los papeles. No fue necesaria ninguna llamada telefónica. Mi abogado estaba muy cerca, aunque Gasko no lo había visto. A medida que bajábamos, las puertas eran cada vez más pesadas. Estábamos yendo en dirección contraria; la calle se encontraba detrás de nosotros.

—¿No puedo conseguir una fianza? —pregunté finalmente.

Más adelante vi unas ventanas con barrotes y unos atareados guardias armados.

—Creo que su abogado está trabajando en ello —contestó Gasko.

Me encomendó al sargento Coffey, quien me empujó contra la pared, me obligó a separar las piernas y me cacheó como si estuviera buscando una moneda de diez centavos. Al no encontrar nada, soltó un gruñido y me señaló un detector de metales por el que pasé sin ofenderme. Se oyó un timbrazo, se abrió una puerta corrediza y a los lados apareció un pasillo con barrotes. Una puerta metálica se cerró a mi espalda y mi esperanza de una pronta liberación se desvaneció.

Entre los barrotes del estrecho pasillo asomaban manos y brazos. Todos nos miraron mientras pasábamos por delante de ellos. Volví a bajar la vista. Coffey echaba un vistazo a las distintas celdas; me pareció que contaba a la gente. Nos detuvimos delante de la tercera a la derecha.

Mis compañeros de encierro eran negros, y mucho más jóvenes que yo. Al principio conté cuatro; después vi a un quinto tendido en la litera superior. Había dos camas para seis personas. La celda era un pequeño cuadrado con tres paredes de barrotes, por lo que uno podía ver a los reclusos de la celda contigua y a los del otro lado del pasillo. La pared del fondo era de hormigón, con un pequeño retrete en un rincón.

Coffey cerró ruidosamente la puerta detrás de mí. El tipo de la litera de arriba se incorporó y dejó las piernas colgando cerca del rostro de un sujeto sentado en la litera inferior. Los tres me miraron con rabia mientras yo permanecía de pie al lado de la puerta, procurando mostrarme sereno y tranquilo al tiempo que trataba desesperadamente de encontrar un lugar en el suelo donde poder sentarme sin tocar a ninguno de mis compañeros de celda, lo que sin duda habría resultado peligroso.

Afortunadamente, no iban armados. Afortunadamente, alguien había instalado un detector de metales. No tenían pistolas ni navajas; yo no llevaba nada de valor, aparte de la ropa. Mi reloj, mi billetero, mi teléfono móvil, el dinero en efectivo, todo lo que llevaba encima me lo habían quitado y habían hecho un inventario.

Imaginé que la parte anterior de la celda debía de ser más segura que la posterior. No presté atención a las miradas de mis compañeros de encierro y ocupé mi lugar en el suelo, con la espalda apoyada contra la puerta. Al fondo del pasillo alguien estaba pidiendo a gritos la presencia de un guardia.

Estalló una pelea dos celdas más abajo y, a través de los barrotes y de las literas vi al borracho blanco del traje azul marino acorralado por dos corpulentos negros que estaban golpeándole la cabeza. Otras voces los animaban, y todo el pasillo se alborotó. No era un buen momento para ser blanco.

Se oyó un silbido estridente, se abrió una puerta y apareció

Coffey blandiendo una porra. La pelea terminó de repente y el borracho se quedó inmóvil, tendido boca abajo en el suelo. Coffey se acercó a la celda y preguntó qué había ocurrido. Nadie lo sabía; nadie había visto nada.

—¡A ver si os estáis quietos! —gritó Coffey, y luego se marchó.

Transcurrieron varios minutos. El borracho empezó a gemir; oí que alguien vomitaba. Uno de mis compañeros de celda se levantó y se acercó a mí. Su pie descalzo rozó ligeramente mi pierna. Levanté la vista y lo aparté. Me miró enfurecido y comprendí que era el final.

—Qué chaqueta tan bonita —dijo.

—Gracias —murmuré, procurando no sonar sarcástico ni provocador.

La chaqueta era una vieja americana de color azul marino que llevaba todos los días junto con unos pantalones vaqueros y zapatillas de color caqui, mi atuendo de radical. No merecía la pena dejarme matar por ella.

—Qué chaqueta tan bonita —repitió, y me dio un golpecito con el pie. El tipo de la litera de arriba saltó al suelo y se acercó para observarla mejor.

—Gracias —repetí.

Tendría unos dieciocho o diecinueve años, era alto y delgado, y en su cuerpo no se advertía un solo gramo de grasa; probablemente era miembro de una banda y se había pasado toda la vida en las calles. Se daba aires y estaba deseando impresionar a los demás con su bravuconería.

Jamás le habría resultado tan fácil darle una patada a un trasero como al mío.

—Yo no tengo una chaqueta tan bonita —dijo.

Otro golpe más fuerte con el pie, con ánimo de provocarme.

Debía de ser un muchacho de la calle, pensé. No podía robarme la chaqueta porque no habría podido echar a correr con ella.

—¿Quieres que te la preste? —pregunté sin levantar la vista.

—No.

Me acerqué las rodillas a la barbilla, adoptando una posición defensiva. En caso de que me pegara un puntapié o un puñetazo, no pensaba responder. Cualquier resistencia daría lugar a que los otros cuatro se acercaran de inmediato y se lo pasaran en grande aporreando al tipo blanco.

—Aquí mi amigo ha dicho que tienes una chaqueta muy bonita —masculló el de la litera de arriba.

—Y le he dado las gracias.

—Ha dicho también que él no tiene ninguna tan bonita.

—¿Y qué puedo hacer yo? —pregunté.

—Un regalo sería lo más apropiado.

Se acercó un tercero y me vi rodeado. El primero me dio una patada en el pie y sus compañeros se acercaron un poco más. Estaban a punto de atacarme; cada uno de ellos esperaba a que el otro empezara. Me quité rápidamente la americana y la arrojé hacia ellos.

—¿Eso es un regalo? —preguntó el primero, agarrándola al vuelo.

—Es lo que tú quieras que sea —contesté mirando el suelo.

No vi su pie. Recibí un golpe impresionante en la sien izquierda que hizo que mi cabeza chocase dolorosamente contra los barrotes de atrás.

—¡Mierda! —exclamé, y me llevé la mano a la sien. Preparándome para el ataque, añadí—: Puedes quedarte con la maldita chaqueta.

—¿Es un regalo?

—Sí.

—Pues muchas gracias, hombre.

—De nada —repuse, frotándome la mejilla. Tenía toda la cabeza entumecida.

Se retiraron y permanecí hecho un ovillo.

Transcurrieron varios minutos, aunque yo había perdido la

noción del tiempo. El borracho de dos celdas más abajo trataba de recuperarse y estaba llamando otra vez al guardia. El muchacho que se había quedado con mi chaqueta no se la puso. La celda se la tragó.

Sentía que el rostro me palpitaba, pero no estaba sangrando. En caso de que no sufriera más lesiones, podría considerarme afortunado. Un compañero del fondo del pasillo anunció a gritos que quería dormir y empecé a temer lo que pudiera depararme aquella noche. Seis reclusos y dos camas muy estrechas. ¿Teníamos que dormir en el suelo sin manta ni almohada?

Sentado sobre una superficie cada vez más fría, miré a mis compañeros de celda y me pregunté qué delitos habrían cometido. Yo me había llevado un expediente con intención de devolverlo, y, sin embargo, allí estaba, como un indeseable entre traficantes, ladrones de coches, violadores y probablemente, asesinos.

No tenía apetito, pero pensé en la comida. No tenía cepillo de dientes, no necesitaba ir al lavabo, pero ¿qué ocurriría cuando necesitara hacerlo? ¿Dónde estaba el agua para beber? Las cosas más esenciales adquirieron de pronto una importancia trascendental.

—Qué zapatillas tan bonitas —dijo alguien. Di un respingo, levanté la mirada y vi a otro, de pie junto a mí. Llevaba unos sucios calcetines blancos y sus pies eran varios centímetros más largos que los míos.

—Gracias —susurré.

Las zapatillas en cuestión eran unas viejas Nike de *cross*. No eran de baloncesto y no había ninguna razón que justificara el interés de mi compañero de celda. Por una vez, pensé que más me hubiese valido llevar puestos mis elegantes mocasines con borlas.

—¿Qué número calzas? —me preguntó.

—El cuarenta y dos.

El muchacho que se había quedado con mi americana se acercó; el mensaje había sido transmitido y recibido.

—La misma talla que yo —dijo el primero.

—¿Los quieres? —le pregunté, y de inmediato empecé a desatar los cordones—. Toma, quiero regalarte mis zapatillas. —Sacudí rápidamente los pies para quitármelas y él las tomó.

Por un instante deseé preguntar qué ocurriría con mis vaqueros y mi ropa interior.

Mordecai apareció sobre las siete de la mañana. Coffey me sacó de la celda y, mientras avanzábamos por los pasillos, me preguntó:

—¿Dónde están sus zapatillas?

—En la celda —contesté—. Me las han quitado.

—Voy por ellas.

—Gracias. También tenía una chaqueta azul marino.

Me miró el ojo izquierdo que empezaba a hincharse.

—¿Cómo se encuentra?

—Maravillosamente bien. Soy libre.

Mi fianza ascendía a diez mil dólares. Mordecai estaba esperándome con el garante. Le pagué mil dólares en efectivo y firmé los papeles. Coffey me trajo las zapatillas y la americana y así terminó mi encarcelamiento. Sofía esperaba en su coche y rápidamente nos fuimos de allí.

27

Desde un punto de vista estrictamente físico, estaba pagando un precio por mi descenso de la torre a la calle. Las magulladuras del accidente de tráfico ya habían desaparecido casi por completo, pero el dolor de músculos y articulaciones aún duraría varias semanas. Estaba adelgazando por dos motivos: no podía permitirme el lujo de frecuentar los restaurantes que antes daba por descontados, y había perdido el interés por la comida. Me dolía la espalda por pasarme las noches en un saco de dormir en el suelo, pero estaba decidido a seguir haciéndolo en un intento de descubrir si alguna vez conseguiría acostumbrarme a ello. Tenía mis dudas.

Y, por si fuera poco, un cabrón de la calle había estado a punto de partirme la cabeza de una patada. Estuve aplicándome hielo hasta muy tarde, y cada vez que despertaba durante la noche tenía la sensación de que la cabeza me palpitaba.

Sin embargo, podía considerarme afortunado por el hecho de estar vivo y entero tras mi permanencia de varias horas en el infierno antes de que me rescatasen. El temor a lo desconocido ya se había disipado, al menos por el momento. No había agentes de la policía acechando en la sombra.

Que a uno lo acusen de robo cualificado no es ninguna broma, sobre todo cuando se es culpable. Podía caerme un máximo de diez años de cárcel, pero ya me preocuparía por eso más tarde.

Salí a toda prisa de mi apartamento poco antes del amanecer del sábado, en busca del periódico. La cafetería de mi nuevo barrio era una pequeña panadería que permanecía abierta toda la noche, regentada por una pendenciera familia de paquistaníes en Kolorama, un sector de Adams-Morgan que podía pasar de seguro a peligroso en una sola manzana. Me acerqué al mostrador y pedí un vaso grande de leche. Abrí el periódico y encontré la pequeña noticia que me había quitado el sueño.

Mis amigos de Drake & Sweeney lo habían planeado todo muy bien. En la segunda plana de la sección de información metropolitana vi una fotografía de mí tomada un año atrás para el folleto de un programa de captación de asociados que la empresa había puesto en marcha. Solo ellos tenían el negativo.

La noticia de cuatro párrafos era breve y escueta y casi toda la información había sido facilitada al reportero por la propia empresa. Yo había trabajado siete años con ellos en el Departamento Antimonopolio, era licenciado en la Facultad de Derecho de Yale y no tenía antecedentes penales. Drake & Sweeney era el quinto bufete más grande del país, contaba con ochocientos abogados en ocho ciudades, etcétera. No se citaban las declaraciones de nadie porque no eran necesarias. El único propósito del reportaje era humillarme, y se había cumplido con creces. ABOGADO LOCAL DETENIDO POR ROBO, rezaba un titular al lado de mi cara. «Objetos robados»; así se describía el botín. Objetos robados durante mi reciente partida de la empresa.

Parecía una disputa sin importancia, un grupito de abogados peleándose por unos papeles. ¿A quién podía importarle como no fuera a mí y a alguna persona que me conociera? La vergüenza se desvanecería enseguida; en el mundo había demasiadas historias reales.

La fotografía y los antecedentes habían encontrado un amistoso reportero dispuesto a desarrollar los cuatro párrafos una vez que se confirmara mi detención. No me costó ningún esfuerzo imaginarme a Arthur, a Rafter y a los colaboradores de ambos dedicando varias horas a la planificación de mi detención y sus consecuencias, horas que sin duda serían facturadas a RiverOaks por el simple hecho de ser el cliente más implicado en todo aquello.

Aquellos cuatro párrafos en la edición del sábado serían un golpe de efecto extraordinario.

Los paquistaníes no elaboraban rosquillas rellenas con frutas. Compré en su lugar unas galletas de avena y me dirigí en coche hacia el despacho.

Ruby estaba durmiendo ante la puerta de entrada. Mientras me acercaba, me pregunté cuánto tiempo llevaría allí. Estaba cubierta con dos o tres colchas viejas. Abrí la puerta, encendí la luz y fui a preparar el café. Siguiendo nuestro ritual, Ruby se sentó directamente ante el que se había convertido en su escritorio y esperó.

Nos tomamos el café y las galletas mientras comentábamos las noticias matinales. Tras intercambiar información, leí una noticia que me interesaba y otra que le interesaba a ella. Omití la que se refería a mi persona.

La tarde anterior Ruby había abandonado la reunión de AA-DA en el Naomi. La sesión matinal había transcurrido sin incidentes, pero en la siguiente ella se había largado. Megan, la directora, me había telefoneado una hora antes de que Gasko hiciese acto de presencia.

—¿Cómo te encuentras esta mañana? —le pregunté cuando terminamos de leer el periódico.

—Bien, ¿y usted?

—Bien. No me he drogado. ¿Tú te has drogado?

Inclinó levemente la cabeza, desvió rápidamente la mirada y, tras una brevísima pausa, contestó:

—No. Estoy desenganchada.

—Eso no es cierto. A mí no me mientas, Ruby. Soy tu amigo y tu abogado y voy a ayudarte a ver a Terrence; pero si me mientes no podré hacerlo. Mírame a los ojos y dime si te has drogado.

Consiguió encogerse todavía más y, con los ojos fijos en el suelo, respondió:

—Me he drogado.

—Gracias. ¿Por qué te fuiste de la reunión de AA-DA ayer por la tarde?

—No me fui.

—La directora dijo que sí.

—Pensaba que ya habían terminado.

No quería dejarme arrastrar a una discusión inútil.

—¿Irás hoy al Naomi?

—Sí.

—Muy bien. Yo te llevaré, pero tienes que prometerme que asistirás a las dos reuniones.

—Se lo prometo.

—Tienes que ser la primera en llegar a las reuniones y la última en marcharte de ellas, ¿de acuerdo?

—De acuerdo.

—Y la directora estará vigilándote.

Asintió con la cabeza y se tomó otra galleta, la cuarta. Hablamos de Terrence, de la rehabilitación y la desintoxicación mientras yo presenciaba una vez más la desesperanza de los drogadictos. Mantenerse apartada de la droga durante apenas veinticuatro horas era un reto que la abrumaba.

Tal como yo sospechaba, había estado consumiendo crack, una droga miserablemente barata y que producía adicción instantánea.

Mientras nos dirigíamos en mi automóvil al Naomi, Ruby me preguntó de repente:

—Le han detenido, ¿verdad?

Estuve a punto de saltarme un semáforo en rojo. Era analfabeta y posiblemente habría estado desde el amanecer ante la puerta del despacho; ¿cómo era posible que hubiera visto el periódico?

—Sí.

—Me lo parecía.

—¿Cómo te has enterado?

—En la calle se oyen cosas.

De modo que los indigentes se transmitían los unos a los otros sus propias noticias. El joven abogado del consultorio de Mordecai había sido detenido. La poli se lo había llevado como si de un okupa se tratara.

—Fue un malentendido —dije, aunque no creía que a ella le importase.

Empezaron a cantar sin esperarla; las oímos mientras subíamos por los peldaños de la entrada del Naomi. Megan abrió la puerta y me invitó a un café. En la sala principal de la planta baja, en lo que antes había sido un elegante salón, las visitantes del Naomi cantaban, compartían experiencias y se contaban mutuamente sus problemas. Nos pasamos unos cuantos minutos contemplándolas. Yo era el único varón presente y me sentía casi un intruso.

Megan me sirvió una taza y me acompañó en un rápido recorrido por el centro. Hablábamos en voz baja porque no lejos de allí unas mujeres estaban rezando. En el primer piso, cerca de la cocina, estaban las habitaciones de descanso y las duchas; las mujeres que sufrían depresiones salían a menudo al pequeño jardín trasero para estar a solas. El tercer piso estaba ocupado por despachos, y una sala rectangular llena de sillas, donde se llevaban a cabo conjuntamente las reuniones de Alcohólicos Anónimos y Drogadictos Anónimos.

Mientras subíamos por los angostos peldaños, un coro rompió gozosamente a cantar en el piso de abajo. El despacho de Megan estaba en el tercer piso. Me invitó a entrar y, en cuanto me senté, me arrojó a las rodillas un ejemplar del *Post*.

—Qué noche tan movidita, ¿verdad? —me dijo sonriendo.

Contemplé de nuevo mi fotografía.

—No ha estado mal.

—¿Y eso qué es? —preguntó, señalándose la sien.

—A mi compañero de celda le gustaban mis zapatillas. Y se las quedó.

Echó un vistazo a mis gastadas Nike.

—¿Estas?

—Sí. Bonitas, ¿verdad?

—¿Cuánto has estado en la cárcel?

—Un par de horas. Bastaron para recuperarme. Ahora soy un hombre nuevo.

Volvió a sonreír, una sonrisa perfecta; nuestras miradas se cruzaron por un instante y observé que no llevaba anillo de casada. Era alta y demasiado delgada. Llevaba el cabello, pelirrojo oscuro, cortado por encima de las orejas como una estudiante de preuniversitario. Sus ojos eran color marrón claro, muy grandes y redondos y muy agradables de contemplar durante un par de segundos. Me llamó la atención que fuera tan atractiva y me sorprendió que no me hubiera percatado antes de ello.

¿Estaría tendiéndome una trampa? ¿Me habría llevado a su despacho por alguna razón inconfesable? ¿Cómo era posible que la víspera no hubiese reparado en aquella sonrisa y en aquellos ojos?

Hicimos un intercambio de biografías. Su padre era un pastor de la iglesia episcopaliana, en Maryland, aficionado de los Redskins y gran enamorado del distrito de Columbia. En su adolescencia ella había decidido trabajar para los pobres. No existía vocación más sublime.

Tuve que confesarle que jamás había sentido el menor interés por los pobres hasta dos semanas atrás. La historia de Señor y los efectos purificadores que había ejercido sobre mí la fascinaron.

Me invitó a regresar a la hora del almuerzo para ver qué hacía Ruby. Si salía el sol tal vez pudiésemos comer en el jardín.

Los abogados de los pobres no son distintos de las demás personas. Pueden encontrar románticos los lugares más insólitos, como, por ejemplo, un albergue para mujeres sin hogar.

Tras pasarme una semana recorriendo las zonas más peligrosas del distrito de Columbia, permanecer varias horas en los centros de acogida y mezclarme y relacionarme con los vagabundos, ya no experimentaba la necesidad de esconderme detrás de Mordecai cada vez que salía. Mordecai era un escudo muy valioso, pero para sobrevivir en las calles yo debía arrojarme al lago y aprender a nadar.

Tenía una lista de casi treinta centros de acogida, albergues y comedores frecuentados por los indigentes, y una lista de los nombres de las diecisiete personas desalojadas, incluidos DeVon Hardy y Lontae Burton.

Mi primera parada del sábado por la mañana después del Naomi fue la Iglesia Cristiana del Monte Galaad, cerca de la Universidad Gallaudet. Según mi plano, era el comedor social más cercano al cruce de New York con Florida, donde anteriormente se levantaba el almacén. Cuando llegué, a las nueve, la directora, una joven llamada Gloria, estaba sola en la cocina cortando apio, muy preocupada por el hecho de que aún no hubiera llegado ningún voluntario. Tras presentarme y convencerla de que mis credenciales estaban en regla, me señaló una tabla de madera y me pidió que cortase cebolla. ¿Cómo podía un abogado de los pobres decir que no?

Lo había hecho una vez en la cocina de Dolly, le expliqué, durante la nevada. Gloria era amable, pero tenía prisa, de modo que mientras cortaba cebolla y me enjugaba los ojos, pasé a describirle el caso en que estaba trabajando y le recité los nombres de las personas desalojadas junto con DeVon Hardy y Lontae Burton.

—Nosotros no nos ocupamos de los casos —dijo—. Nos limitamos a darles de comer. No conozco muchos nombres.

Llegó un voluntario con un saco de patatas. Gloria me dio las gracias y, tras tomar la copia de la lista que le entregué, me prometió que prestaría más atención a los nombres de la gente.

Mis movimientos estaban planeados; tenía que hacer varias visitas y disponía de muy poco tiempo. Hablé por teléfono con un médico de la Clínica del Capitolio, un centro privado de atención a los indigentes. La clínica conservaba la ficha de todos los pacientes. Era sábado y el lunes él le pediría a la secretaria que cotejara mi lista con los archivos del ordenador. Si encontraba alguna coincidencia, la secretaria me llamaría.

Tomé el té con un sacerdote católico de la Misión del Redentor situada en las cercanías de la calle Rhode Island, quien examinó cuidadosamente los nombres. No le sonaba ninguno.

—Hay tantos… —dijo.

El único susto de la mañana me lo llevé en la Coalición de la Libertad, una espaciosa sala de convenciones construida por una asociación olvidada hacía ya mucho tiempo, y reconvertida más tarde en centro comunitario. A las once empezó a formarse delante de la entrada principal la cola para el almuerzo. Puesto que yo no había ido allí para comer, me acerqué directamente a la puerta. Algunos hombres que esperaban la comida creyeron que pretendía colarme y me insultaron. Estaban hambrientos, se habían puesto repentinamente furiosos y el hecho de que yo fuera blanco no contribuía a mejorar la situación. ¿Cómo era posible que me hubieran confundido con un indigente? En la puerta había un voluntario que también me tomó por un insensato y me apartó violentamente con el brazo. Otro acto de violencia contra mi persona.

—¡No vengo para comer! —exclamé airado—. ¡Soy un abogado de la gente sin hogar!

Todos se calmaron de inmediato; de pronto me convertí en un hermano de ojos azules y me dejaron entrar en el edificio sin ulteriores agresiones. El director era el reverendo Kip, un hombrecillo apasionado que llevaba alzacuello y boina roja. No congeniamos. Cuando se enteró de que a) yo era abogado; b) mis clientes eran los Burton; c) estaba trabajando en su caso; y d) cabía la posibilidad de que al final se cobrara una indemnización por daños y perjuicios, empezó a pensar en el dinero. Perdí treinta minutos con él y me fui, no sin jurarme a mí mismo que le enviaría a Mordecai.

Telefoneé a Megan y me excusé por no poder almorzar con ella. Mi pretexto fue que me encontraba en la otra punta de la ciudad con una larga lista de personas a las que todavía tenía que ver. La verdad era que no sabía si ella estaba flirteando conmigo. Era bonita, inteligente y tremendamente simpática; en definitiva, justo lo que menos necesitaba. Llevaba casi diez años sin flirtear; ya no conocía las reglas.

Pero Megan tenía una gran noticia. Ruby no solo había sobrevivido a la sesión matinal de AA-DA sino que había jurado que no se drogaría durante veinticuatro horas.

—Esta noche no tiene que estar en la calle —dijo Megan, que había presenciado la emocionante escena desde el fondo de la sala—. En doce años no ha pasado ni un solo día sin drogarse.

Como es natural, yo no podía ser de gran utilidad. Megan tenía varias ideas.

La tarde fue tan infructuosa como la mañana, aunque averigüé la localización de todos los centros de acogida del distrito. Además, conocí a muchas personas, establecí contactos e intercambié tarjetas de visita con gente a la que probablemente volvería a ver.

Kelvin Lam seguía siendo el único desalojado al que habíamos podido localizar. Incluyendo a DeVon Hardy y Lontae Burton, me quedaban catorce personas, y todas parecían haberse esfumado.

Los sin hogar empedernidos acuden de vez en cuando a los albergues a comer o a que les den un par de zapatos o una manta pero se van sin dejar el menor rastro. No quieren ayuda. No experimentan el menor deseo de contacto humano. Costaba creer que los catorce restantes pertenecieran a esa categoría. Un mes atrás vivían bajo techo y pagaban alquiler.

«Paciencia —me repetía Mordecai—. Los abogados de la calle tienen que ser pacientes.»

Ruby me recibió en la entrada del Naomi con una sonrisa radiante y un abrazo caluroso. Había completado las dos sesiones. Megan ya había sentado las bases para las doce horas siguientes; no permitirían que se quedara en la calle. Ruby se había mostrado de acuerdo.

Abandonamos la ciudad y seguimos por el oeste hacia Virginia. En un centro comercial de las afueras compramos un cepillo de dientes y un tubo de dentífrico, jabón, champú y muchos caramelos. Nos alejamos un poco más de la ciudad y en el pueblo de Gainesville encontré un motel nuevo y reluciente que anunciaba habitaciones individuales a cuarenta y dos dólares la noche. Pagué con mi tarjeta de crédito; seguro que se podría deducir el gasto.

Dejé allí a Ruby, pidiéndole encarecidamente que permaneciera en la habitación con la puerta cerrada hasta que yo pasase a recogerla el domingo por la mañana.

28

Sábado por la noche del primero de marzo. Joven, soltero, no tan rico como era hasta hacía muy poco tiempo, pero tampoco en la ruina.

Un armario lleno de ropa estupenda que no estaba utilizando. Una ciudad de dos millones de personas con montones de muchachas atractivas seducidas por el centro del poder político y, según se decía, siempre dispuestas a pasárselo en grande.

Me tomé una cerveza y una pizza y, en la soledad de mi buhardilla, me dispuse a ver un partido de baloncesto universitario sin sentirme excesivamente desgraciado. Cualquier aparición en público aquella noche habría terminado rápidamente con un cruel saludo del tipo: «Oye, ¿tú no eres el tío al que han detenido? Lo he visto esta mañana en el periódico».

Controlé a Ruby. El teléfono sonó ocho veces antes de que ella contestara justo cuando yo ya empezaba a preocuparme. Estaba disfrutando de lo lindo: había tomado una larga ducha, había dado cuenta de medio kilo de caramelos y se había pasado el rato mirando la tele. No había salido de la habitación para nada.

Estaba a unos treinta kilómetros de distancia, en una pequeña localidad muy cerca de la carretera interestatal, en el campo de Virginia, donde ninguno de los dos conocía a nadie.

No existía la menor posibilidad de que pudiera encontrar droga. Volví a felicitarme.

Durante la media parte del partido entre las universidades de Duke y Carolina, el teléfono móvil que descansaba encima de la caja de plástico al lado de la pizza comenzó a sonar y me sobresaltó. Una voz femenina extremadamente agradable me dijo:

—Hola, recluso.

Era Claire, sin el menor asomo de sarcasmo.

—Hola —contesté, bajando el volumen del televisor.

—¿Cómo estás?

—Estupendamente. ¿Y tú?

—Bien. Esta mañana he visto tu sonriente rostro en el periódico y me he preocupado por ti.

Claire solo leía el periódico los domingos, lo cual significaba que, si había visto la breve noticia acerca de mí era porque alguien se la había dado. Probablemente el mismo apasionado médico que había contestado al teléfono en ocasión de mi última llamada. ¿Estaría sola como yo aquel sábado por la noche?

—Ha sido toda una experiencia —dije, y le expliqué toda la historia, desde la aparición de Gasko hasta mi puesta en libertad.

Comprendí que le apetecía hablar y, mientras le contaba mis peripecias, llegué a la conclusión de que estaba sola, probablemente aburrida y tal vez incluso preocupada por mí.

—¿Son muy graves las acusaciones? —me preguntó.

—Por robo cualificado pueden caerte hasta diez años de cárcel —contesté muy serio. Me gustaba la idea de que estuviera preocupada—. Pero me trae sin cuidado.

—Es solo un expediente, ¿verdad?

—Sí, y no lo robé.

Por supuesto que lo había hecho, pero yo aún no estaba preparado para reconocerlo.

—¿Podrían retirarte la licencia?

—Si me declararan culpable del delito, sí; de forma automática.

—Eso es horrible, Mike. ¿Qué harías entonces?

—La verdad es que no lo he pensado. No creo que ocurra tal cosa.

Hablaba con toda sinceridad; no había pensado en serio en la posibilidad de perder mi licencia para el ejercicio de la abogacía. Quizá debería haberlo pensado un poco, pero no había tenido tiempo.

Nos preguntamos mutuamente por nuestras respectivas familias y recordé interesarme por su hermano James y su enfermedad de Hodgkin. El tratamiento ya se había iniciado; la familia se mostraba optimista.

Le di las gracias por llamarme y ambos prometimos que nos mantendríamos en contacto. Cuando dejé el teléfono móvil al lado de la pizza contemplé el mudo partido en la pantalla y reconocí a regañadientes que la echaba de menos.

Ruby ya se había duchado y estaba resplandeciente con la ropa nueva que Megan le había dado la víspera. Su habitación del motel se encontraba en la planta baja y la puerta se abría al aparcamiento. Estaba esperándome. Salió y me dio un fuerte abrazo.

—¡No me he drogado! —exclamó con una sonrisa radiante—. ¡Me he pasado veinticuatro horas sin tocar el crack!

Volvimos a abrazarnos. Una pareja de sexagenarios salió de la habitación situada dos puertas más allá y nos miró fijamente. Solo Dios sabe qué pensaron.

Regresamos a la ciudad y nos dirigimos hacia el Naomi, donde Megan y su equipo de colaboradores esperaban con ansia. El anuncio de Ruby fue recibido con vítores entusiastas. Megan me había dicho que los aplausos más calurosos se dedicaban siempre a las primeras veinticuatro horas.

Como era domingo, se presentó un pastor de la zona para

hacer una lectura de la Biblia. Las mujeres se reunieron en la sala principal para rezar y entonar himnos. Megan y yo nos tomamos un café en el jardín y elaboramos el plan de las próximas veinticuatro horas. Aparte de las plegarias y de la adoración, Ruby se sometería a dos sesiones intensivas de AA-DA. Sin embargo, nuestro optimismo tenía ciertas reservas. Megan vivía en medio de gente drogadicta y estaba convencida de que Ruby volvería a las andadas en cuanto regresase a la calle. Era algo que veía a diario.

Yo podía permitirme el lujo de emplear la estrategia del motel durante unos cuantos días, y estaba dispuesto a hacerlo. Pero a las cuatro de aquella tarde tenía que viajar a Chicago para iniciar la búsqueda de Héctor y no sabía muy bien cuánto tiempo permanecería ausente. A Ruby le gustaba el motel y hasta parecía que le había tomado cariño.

Decidimos hacer cada cosa a su tiempo. Megan llevaría a Ruby a un motel de las afueras para que pasase allí la noche del domingo. Yo correría con los gastos y ella pasaría a recogerla el lunes por la mañana. Después ya veríamos lo que hacíamos.

Megan iniciaría la tarea de convencer a Ruby de la necesidad de abandonar las calles. Su primera etapa sería un centro de desintoxicación, después pasaría seis meses en un albergue para mujeres en período de transición, donde se sometería a un programa de capacitación laboral y rehabilitación.

—Veinticuatro horas son un gran paso —me dijo—. Pero aún hay que subir una montaña.

Me fui en cuanto pude. Me invitó a regresar para el almuerzo. Podríamos comer los dos en su despacho y analizar cuestiones importantes. Sus ojos me desafiaban a decir que sí. Y lo dije.

Los abogados de Drake & Sweeney siempre volaban en primera clase; se creían merecedores de tal privilegio. Se alojaban en hoteles de cuatro estrellas y comían en restaurantes de lujo, pero prescindían de las limusinas, por considerarlas excesivamente extravagantes. Preferían alquilar coches Lincoln. Todos los gastos de viaje se facturaban a los clientes y, puesto que estos tenían a su disposición a los mejores talentos jurídicos del mundo, no podían quejarse de los emolumentos.

Mi billete en el vuelo a Chicago era de tarifa turística, adquirido en el último minuto y, por consiguiente, en el temido asiento del centro. El de la ventanilla estaba ocupado por un corpulento caballero con unas rodillas del tamaño de cestas de baloncesto, y el del pasillo por un maloliente jovenzuelo de unos dieciocho años con un cabello negro como el azabache peinado al estilo indio mahawk y adornado con una asombrosa cantidad de ornamentos de cuero negro y metal cromado. Permanecí apretujado entre los dos durante un par de horas, procurando no pensar en los presumidos traseros sentados allí delante, en primera clase, donde en otro tiempo yo también solía viajar.

El hecho de que estuviese en aquel avión constituía una clara violación del acuerdo de mi fianza, según el cual yo no podía abandonar el distrito sin permiso del juez, pero tanto Mordecai como yo sabíamos que se trataba de una transgresión leve que no podía tener consecuencias graves siempre y cuando yo regresara a Washington D.C.

Desde el aeropuerto O'Hare tomé un taxi para dirigirme a un barato hotel del centro de la ciudad.

Sofía no había logrado encontrar ningún otro domicilio particular de los Palma, de modo que si no conseguía localizar a Héctor en el bufete de Drake & Sweeney, mala suerte.

La filial de Chicago de Drake & Sweeney tenía ciento seis abogados y era la tercera en importancia después de los bufetes de Washington y Nueva York. El Departamento Inmobiliario era enorme, pues contaba con dieciocho abogados, más que el del bufete de Washington. Supuse que la razón de que hubieran enviado a Héctor a Chicago era que allí había sitio para él. Siempre había montones de trabajo que hacer. Recordé vagamente que, en mis primeros tiempos en Drake & Sweeney, esta había adquirido una próspera empresa inmobiliaria de Chicago.

Llegué al edificio de la Associated Life poco después de las siete de la mañana del lunes. Era un día desapacible en el que un fuerte viento soplaba sobre el lago Michigan. Era mi tercera visita a la ciudad y el tiempo era tan malo como en las dos anteriores. Pagué un café y un periódico para esconderme detrás de él y encontré una posición estratégica en una mesa de un rincón del espacioso vestíbulo de la planta baja. Las escaleras mecánicas llegaban hasta dos plantas más arriba, donde había una docena de ascensores.

A las siete y media de la mañana la planta baja era un hervidero de gente. A las ocho, tras haberme tomado tres tazas de café, me puse tenso, a la espera de que el hombre apareciese de un momento a otro. Las escaleras mecánicas estaban abarrotadas de ejecutivos, abogados, secretarias, todos arrebujados en gruesos abrigos y con un aspecto marcadamente similar.

A las ocho y veinte, Héctor Palma entró apresuradamente en el vestíbulo desde el lado sur del edificio, junto con otros empleados que, como él, iban a diario a la ciudad desde las localidades donde vivían. Se alisó el cabello alborotado por el viento y se encaminó directamente hacia las escaleras mecánicas. Con la mayor indiferencia posible me encaminé hacia una de estas y fui subiendo a pie por los peldaños. Con el rabillo del ojo lo vi doblar una esquina para dirigirse hacia un ascensor.

No cabía duda de que se trataba de Héctor. Decidí no forzar la suerte. Mis suposiciones habían sido acertadas; lo habían sacado de Washington en plena noche y lo habían enviado al bufete de Chicago, donde sería más fácil controlarlo, sobornarlo con más dinero y, en caso necesario, amenazarlo.

Sabía dónde estaba y sabía que no saldría de allí antes de

ocho o diez horas. Desde el segundo nivel del vestíbulo, desde el que se disfrutaba de una espléndida vista del lago, telefoneé a Megan. Ruby había sobrevivido a otra noche; habían transcurrido cuarenta y ocho horas y la cuenta seguía. Llamé a Mordecai para comunicarle mi descubrimiento.

Según el anuario de la empresa del año anterior, en el Departamento Inmobiliario de Chicago había tres socios. De acuerdo con lo que se indicaba en el directorio del vestíbulo, todos estaban en la planta quincuagésima primera. Elegí uno de ellos al azar: Dick Heile.

Subí con la oleada de personal de las nueve hasta el piso quincuagésimo primero y, al salir del ascensor, me encontré en un conocido ambiente de mármol, latón, madera de nogal, iluminación indirecta y valiosas alfombras.

Mientras me acercaba tranquilamente a la recepcionista, miré alrededor en busca de los lavabos. No vi ninguno.

La recepcionista estaba contestando al teléfono con los auriculares puestos. Fruncí el entrecejo y procuré poner la mayor cara de sufrimiento posible.

—¿En qué puedo ayudarle, señor? —me preguntó con una cordial sonrisa entre llamada y llamada.

Apreté los dientes, respiré hondo y contesté:

—Mire, tengo una cita a las nueve con Dick Heile, pero me siento mareado. Debe de ser algo que he comido. ¿Podría usar el lavabo?

Me llevé las manos al vientre y me incliné hacia delante, con lo que al parecer la convencí de que estaba a punto de vomitar encima de su escritorio.

Su sonrisa se desvaneció mientras se levantaba de un salto y señalaba con el dedo.

—Allí al fondo, doblando la esquina a la derecha.

Ya me había puesto en movimiento, inclinándome aún más como si estuviera a punto de estallar de un momento a otro.

—Gracias —dije con voz entrecortada.

—¿Puedo ayudarle en algo? —me preguntó.

Sacudí la cabeza, demasiado acongojado para poder hablar. Entré en el lavabo de caballeros, me encerré en un retrete y esperé.

Al ritmo al que sonaba su teléfono, la recepcionista estaría demasiado ocupada para preocuparse por mí. Iba vestido como un abogado de un gran bufete, de manera que mi aspecto no resultaba sospechoso. Al cabo de diez minutos salí del lavabo y avancé por el pasillo en dirección contraria a la de recepción. Al llegar al primer escritorio vacío, tomé unos papeles grapados y garabateé algo en ellos sin dejar de caminar como si tuviera importantes asuntos entre manos. Echaba rápidos vistazos en todas direcciones, registrando los nombres que aparecían en las puertas y los escritorios, así como de secretarias demasiado atareadas para levantar la vista, abogados de cabello gris en mangas de camisa, jóvenes abogados hablando por teléfono con las puertas de sus despachos entreabiertas, y mecanógrafas escribiendo rápidamente al dictado.

¡Qué familiar me resultaba todo aquello!

Héctor disponía de despacho propio, una pequeña oficina sin ninguna placa en la puerta. Lo vi por el hueco de la puerta entornada, entré rápidamente y la cerré a mi espalda. Se echó hacia atrás en su asiento y levantó las manos como si estuviera apuntándole con una pistola.

—Pero ¿qué demonios…?

—Hola, Héctor.

No había ninguna pistola y no se trataba de un atraco, sino de un mal recuerdo. Apoyó las palmas de las manos en el tablero del escritorio y, esbozando una sonrisa, repitió:

—Pero ¿qué demonios…?

—¿Qué tal Chicago? —pregunté al tiempo que me sentaba en el borde del escritorio.

—¿Qué está usted haciendo aquí? —inquirió con incredulidad.

—Yo podría hacerle a usted la misma pregunta.

—Estoy trabajando —contestó, rascándose la cabeza.

A ciento cincuenta metros por encima del nivel de la calle, encerrado en su cuartito sin ventanas, aislado por varios niveles de gente más importante, Héctor había sido localizado por la única persona de la que estaba huyendo—. ¿Cómo me ha encontrado?

—Fue muy fácil, Héctor. Ahora soy un abogado de la calle más listo que el hambre. Si huye, volveré a encontrarlo.

—Ya no huyo —dijo, apartando la mirada. Sus palabras no estaban destinadas exclusivamente a mí.

—Mañana interpondremos una querella —anuncié—. Los acusados serán RiverOaks, TAG y Drake & Sweeney. No tiene ningún sitio donde esconderse.

—¿Quiénes son los demandantes?

—Lontae Burton y familia. Más tarde, cuando encontremos a los demás desalojados, los añadiremos.

Cerró los ojos y se pellizcó el caballete de la nariz.

—Recuerda a Lontae, ¿no es cierto, Héctor? Era la joven madre que se enfrentó a la policía cuando usted estaba desalojándolos a todos. Usted lo vio y se sintió culpable porque conocía la verdad, sabía que ella pagaba un alquiler a Gantry. Lo puso en su memorándum, el del 27 de enero, y se encargó de que figurara debidamente registrado en el expediente. Lo hizo porque sabía que en determinado momento Braden Chance lo eliminaría, tal como efectivamente hizo. Por eso estoy aquí, Héctor. Quiero una copia de aquel memorándum. Tengo en mi poder el resto del expediente y su contenido se hará público muy pronto. Quiero ese memorándum.

—¿Qué le hace pensar que tengo una copia?

—Es usted demasiado listo para no haberlo copiado. Sabía que Chance eliminaría el original para cubrirse las espaldas. Pero ahora se van a descubrir sus manejos. No se hunda con él.

—¿Adónde puedo ir?

—A ningún sitio —contesté—. No tiene ningún sitio adonde ir.

Héctor lo sabía. Puesto que él conocía la verdad acerca del desalojo, en determinado momento y de alguna manera se vería obligado a declarar. Su declaración hundiría a Drake & Sweeney y él estaría perdido. Mordecai y yo habíamos analizado el curso de los acontecimientos. Podríamos ofrecer unas migajas.

—Si usted me entrega el memorándum —dije—, yo no diré de dónde lo he sacado. Y no lo llamaré a declarar como testigo, a menos que me vea absolutamente obligado a hacerlo.

Negó con la cabeza.

—Podría mentir, ¿sabe? —masculló.

—Claro que sí; pero no lo hará porque le detendrían. Es fácil demostrar que el memorándum figuraba en el expediente, del que más tarde fue retirado. No podrá negar que fue usted quien lo redactó. Después contaremos con las declaraciones de las personas a las que hizo desalojar. Serán unos testigos fabulosos ante un jurado del distrito de Columbia íntegramente formado por negros. Hemos hablado con el guardia de seguridad que le acompañó el 27 de enero.

Héctor estaba contra las cuerdas. En realidad, no habíamos conseguido localizar al guardia de seguridad; en el expediente no constaba su nombre.

—Ni se le ocurra mentir —le advertí—. Solo serviría para agravar la situación.

Héctor era demasiado honrado para mentir. A fin de cuentas se trataba de la persona que me había hecho llegar la lista de los desahuciados y las llaves que necesitaba para robar el expediente. Tenía alma y conciencia y no podía ser feliz escondiéndose en Chicago y huyendo de su pasado.

—¿Les ha dicho Chance la verdad? —pregunté.

—No lo sé —contestó—. Lo dudo. Hace falta valor, y Chance es un cobarde. Imagino que sabrá que van a despedirme.

—Es posible, pero podrá presentar una estupenda demanda contra ellos. Yo me encargaré de todo. Volveremos a demandarlos y no le cobraré ni un centavo.

Llamaron a la puerta. Ambos dimos un respingo; nuestra conversación nos había hecho retroceder en el tiempo.

—¿Sí? —dijo.

Entró una secretaria; tras estudiarme detenidamente, anunció:

—El señor Peck está esperando.

—Enseguida estoy con él —contestó Héctor mientras ella se retiraba muy despacio, dejando la puerta abierta.

—Tengo que dejarle —dijo.

—No pienso irme sin una copia del memorándum.

—Este mediodía espéreme junto a la fuente que hay delante del edificio.

—Allí estaré.

Le guiñé un ojo a la recepcionista al cruzar el vestíbulo.

—Gracias —le dije—. Ya estoy mucho mejor.

—Me alegro —contestó.

Desde la fuente nos dirigimos hacia el oeste por la Grand Avenue y entramos en una abarrotada tienda judía de comidas preparadas.

Mientras hacíamos cola para comprar un bocadillo, Héctor me entregó un sobre.

—Tengo cuatro hijos —me susurró—. Protéjame, se lo ruego.

Tomé el sobre y estaba a punto de decir algo cuando él retrocedió y desapareció entre la gente. Lo vi salir por la puerta y pasar por delante del escaparate con las solapas del abrigo levantadas hasta las orejas, casi corriendo, como si huyese de mí.

Me olvidé del almuerzo. Recorrí las cuatro manzanas que me separaban del hotel, pedí la cuenta e introduje todas mis cosas en un taxi. Hundido en el asiento trasero, sin que nadie en el mundo supiera dónde estaba en aquellos momentos, abrí el sobre.

El memorándum tenía el típico formato de Drake & Sweeney, escrito en el ordenador de Héctor, con el código del cliente, el número del archivo y la fecha en letra menuda en la parte
inferior izquierda. Estaba datado el 27 de enero y Héctor Palma se lo había enviado a Braden Chance; se refería al desahucio del almacén de la calle Florida por parte de RiverOaks-
TAG. Aquel día, a las 9.15 de la mañana, Héctor se había
presentado en el almacén con un guardia armado, un tal Jeff
Mackle, de la empresa Rock Creek Security, y se había marchado a las 12.30. El almacén era de dos pisos y, tras constatar
la presencia de los okupas en la planta baja, Héctor había subido al primer piso, donde no parecía que hubiese nadie. Después había subido al segundo piso, y allí había visto basura,
ropa vieja y los restos de una hoguera que alguien había encendido muchos meses atrás.

En el extremo oeste de la planta baja había descubierto
once apartamentos provisionales que alguien había construido simultáneamente y a toda prisa con madera rechapada y
yeso sin pintar.

Los apartamentos, dispuestos con cierto orden, eran
aproximadamente del mismo tamaño, a juzgar por el exterior,
ya que Héctor no había podido entrar en ninguno de ellos.
Todas las puertas estaban hechas del mismo material sintético
de color claro, probablemente plástico, y tenían un tirador y
una cerradura.

El cuarto de baño estaba sucio y al parecer era muy utilizado.

Héctor había encontrado a un hombre que, tras identificar-
se sencillamente como Herman, no dio muestras de querer
hablar. Héctor le preguntó qué alquiler se cobraba por los
apartamentos y Herman contestó que ninguno; era un okupa.
La presencia de un guardia armado y de uniforme ejerció un
efecto disuasorio en la conversación.

En el lado este del edificio Héctor encontró diez cubículos
de diseño y construcción similar. El llanto de un niño lo indu-

jo a acercarse a una puerta. Pidió al guardia que se escondiera en las sombras y llamó a la puerta. Le abrió una joven madre con una criatura en brazos y unos niños pequeños apretujados alrededor de sus piernas. Héctor le comunicó que era el representante de un bufete jurídico, que el edificio había sido vendido y que en pocos días se la invitaría a marcharse. Al principio, la mujer dijo que era una okupa, pero pasó al ataque de inmediato. Aquel era su apartamento. Se lo había alquilado a un hombre llamado Johnny, que solía presentarse hacia el 15 de cada mes para cobrar cien dólares. Ignoraba quién era el propietario del edificio; ella solo trataba con Johnny. Llevaba allí tres meses y no podía marcharse porque no tenía ningún otro sitio adonde ir. Trabajaba veinte horas a la semana en una tienda de comestibles.

Héctor le dijo que recogiera sus cosas y que se preparara para marcharse. El edificio sería demolido en cuestión de diez días. La joven madre se puso histérica. Héctor trató de provocarla un poco más. Le preguntó si tenía alguna prueba de que pagaba un alquiler. Ella sacó el bolso que guardaba debajo de la cama y le entregó un trozo de papel, el resguardo de una caja registradora de una tienda de comestibles. En el reverso alguien había garabateado: «Rec. de Lontae Burton, 15 de enero, 100 dólares alquiler».

El memorándum tenía dos páginas de extensión, pero había una tercera página grapada, una copia de un recibo casi ilegible. Héctor la había tomado, la había copiado y había grapado el original al memorándum. Aunque la escritura era apresurada, la ortografía defectuosa y la copia borrosa, se trataba de un documento sensacional. Debí de soltar alguna especie de exclamación, pues el taxista volvió repentinamente la cabeza y luego me estudió a través del espejo retrovisor.

El memorándum era una descripción fidedigna de lo que Héctor había visto y oído. No había ninguna conclusión, ninguna advertencia a sus superiores. «Vamos a soltarles un buen trozo de cuerda —debió de pensar—, a ver si se ahorcan.» Era un auxiliar jurídico de ínfima categoría, no podía dar consejos, expresar opiniones o poner obstáculos a un acuerdo.

Desde el aeropuerto O'Hare envié un fax a Mordecai. En caso de que mi avión se estrellara o de que me robasen el expediente, quería que se guardara una copia en las más recónditas profundidades de los archivadores del consultorio jurídico de la calle Catorce.

29

Dado que ignorábamos, como probablemente le ocurriese a todo el mundo, quién era el padre de Lontae y puesto que su madre y todos sus hermanos estaban entre rejas, tomamos la decisión táctica de pasar por alto a la familia y utilizar como cliente a un fideicomisario. El lunes por la mañana, durante mi estancia en Chicago, Mordecai había comparecido ante un juez del Tribunal de Familia del distrito de Columbia y había pedido un fideicomisario provisional que se encargara de la herencia de Lontae Burton y de todos sus hijos. Se trataba de un trámite de rutina que se hacía en privado. Como el juez era amigo de Mordecai, la petición se aprobó en tan solo unos minutos, y así conseguimos un nuevo cliente. Se llamaba Wilma Phelan, una asistente social conocida de Mordecai. Su papel en el litigio revestiría escasa importancia, pero ella tendría derecho a una pequeña compensación en caso de que se cobrara algo.

La Fundación Cohen estaba mal administrada desde el punto de vista económico, pero se regía por unas normas y disposiciones que cubrían todos los aspectos imaginables de un consultorio jurídico sin ánimo de lucro. Leonard Cohen había sido un abogado visiblemente aficionado a los detalles. A pesar de que estaba mal visto y de que no se fomentaba demasiado, el consultorio tenía potestad para hacerse cargo de casos de lesiones u homicidio culposo y para la percepción de honorarios imprevistos. Pero la cuantía de las retribuciones se limitaba al veinte por ciento de la indemnización, lo que constituía una cantidad muy inferior al tercio de la suma que normalmente se cobraba. Algunos abogados llegaban a cobrar incluso el cuarenta por ciento.

Del veinte por ciento de los honorarios imprevistos, el consultorio podía quedarse con la mitad; el diez por ciento restante iba a parar a la fundación. En trece años Mordecai había tenido dos casos de honorarios imprevistos. El primero lo había perdido a manos de un mal jurado. El segundo había sido el de una mujer atropellada por un autobús urbano. Había conseguido obtener una indemnización de cien mil dólares, lo que reportó al consultorio la impresionante suma de diez mil dólares, parte de los cuales se utilizaron en la compra de nuevos teléfonos y ordenadores.

El juez aprobó a regañadientes nuestro contrato al veinte por ciento, y estuvimos preparados para interponer la querella.

El partido de Georgeton contra Syracuse comenzaba a las siete treinta y cinco. Mordecai se las arregló para conseguir dos entradas. Mi vuelo llegó al aeropuerto a las seis y veinte en punto y, media hora después me reuní con Mordecai en la entrada este de la U.S. Air Arena de Landover. Estábamos allí con casi veinte mil aficionados. Mordecai me entregó la entrada y extrajo de uno de los bolsillos del abrigo un abultado sobre cerrado, remitido a mi nombre al consultorio por correo certificado. Procedía del Colegio de Abogados del distrito de Columbia.

—Se ha recibido hoy —me anunció, sabiendo exactamente cuál era su contenido—. Me reuniré contigo en nuestras localidades —añadió, y desapareció entre una nube de estudiantes.

Abrí el sobre y busqué un lugar lo bastante iluminado para poder leer. Mis amigos de Drake & Sweeney estaban echando mano de toda su artillería. Se trataba de una demanda oficial ante la Sala de Apelaciones, en la que se me acusaba de conducta contraria a la ética. Las alegaciones ocupaban tres páginas, pero habrían podido limitarse a un párrafo. Yo había robado un expediente, quebrantando así el derecho a la intimidad. Era un chico malo a quien se debería 1) retirar la licencia con carácter permanente, o 2) suspender durante muchos años y/o 3) reprender públicamente. Y, puesto que el expediente aún no había aparecido, el asunto era urgente y, por tanto, se tenía que dar curso inmediato a la investigación y a los trámites correspondientes.

El sobre contenía notificaciones, impresos y otros papeles a los que apenas eché un vistazo. El golpe fue tan tremendo que me apoyé contra la pared para no perder el equilibrio y poder examinar los hechos. Por supuesto que había pensado en un posible expediente disciplinario del Colegio. Habría sido poco realista creer que la empresa no utilizaría todos los medios a su alcance para recuperar aquellos documentos, pero pensaba que mi detención los habría calmado momentáneamente.

Estaba claro que no. Querían sangre. Era una típica estrategia de los bufetes importantes en la que no se contemplaba la toma de prisioneros, y yo la comprendía muy bien. Sin embargo, lo que ellos no sabían era que a las nueve de la mañana del día siguiente yo tendría el enorme placer de demandarlos por diez millones de dólares por los homicidios culposos de los Burton.

A mi juicio, ya no podían hacerme nada más. Se habían terminado las órdenes judiciales. Y también las cartas certificadas. Todas las cuestiones estaban sobre el tapete y se habían trazado todas las líneas. Si bien tener en mis manos aquellos papeles era en cierto modo un alivio, constituía también un motivo de inquietud. Desde que iniciara mis estudios de derecho diez años atrás, jamás se me había pasado seriamente por la cabeza la posibilidad de trabajar en otro campo. ¿Qué haría yo sin mi licencia para ejercer?

Claro que Sofía no la tenía y era igual que yo.

Mordecai se reunió conmigo en la entrada que conducía a nuestras localidades. Le hice un breve resumen de la petición que se había presentado al Colegio. Me dio el pésame.

Aunque el partido prometía ser muy tenso y emocionante, el baloncesto no era nuestra principal prioridad. Jeff Mackle trabajaba a tiempo parcial como guardia de seguridad en Rock Creek Security y también desempeñaba esas funciones en el pabellón deportivo. Sofía había conseguido localizarlo, y suponíamos que debía de ser uno de los cien guardias uniformados que patrullaban alrededor del edificio, presenciando el partido gratuitamente y vigilando a los aficionados.

No sabíamos si era mayor, joven, blanco, negro, gordo o delgado, pero los guardias de seguridad llevaban una plaquita con su nombre sobre el bolsillo superior izquierdo de la chaqueta. Recorrimos los pasillos y las entradas hasta llegar casi a la media parte, y entonces Mordecai lo descubrió, cortejando a una agraciada taquillera de la puerta D, un lugar que yo había inspeccionado dos veces.

Mackle era un blanco corpulento de rostro vulgar y edad aproximada a la mía. Tenía un cuello y unos bíceps enormes y un tórax musculoso y prominente. Decidimos que sería yo quien lo abordase.

Sosteniendo una de mis tarjetas de visita entre los dedos, me acerqué lentamente a él y me presenté.

—Señor Mackle, soy Michael Brock, abogado.

Me dirigió la mirada que suele suscitar semejante saludo y tomó la tarjeta sin hacer ningún comentario. Había interrumpido su coqueteo con la taquillera.

—¿Podría hacerle unas cuantas preguntas? —añadí en mi mejor interpretación de investigador de homicidios.

—Puede. Y yo puedo no contestar.

Le guiñó un ojo a la taquillera.

—¿Ha desempeñado usted alguna vez funciones de vigilancia por cuenta de Drake & Sweeney, un importante bufete jurídico del distrito?

—Es probable.

—¿Les ha ayudado a hacer algún desahucio?

Había puesto el dedo en la llaga. Su rostro se endureció de inmediato y la conversación acabó prácticamente en ese punto.

—No creo —contestó, apartando la mirada.

—¿Está seguro?

—No. La respuesta es no.

—¿No ayudó a dicha empresa a desalojar un almacén lleno de okupas el día 4 de febrero?

Negó con la cabeza, entornó los ojos y apretó las mandíbulas.

Alguien de Drake & Sweeney había visitado al señor Mackle o, lo que era más probable, la empresa había amenazado a su empleado.

Comoquiera que fuese, Mackle me miró con actitud impenetrable. La taquillera estaba mirándose las uñas. Me habían excluido de su mundo.

—Más tarde o más temprano tendrá que responder a mis preguntas —dije.

Contrajo los músculos de las mandíbulas, pero no contestó. No quise insistir. El tipo se había puesto nervioso y en cualquier momento podía estallar y emprenderla a puñetazos con un humilde abogado de la calle. Ya me habían atizado suficiente en las dos semanas anteriores.

Vi diez minutos de la segunda mitad del partido y me fui sintiendo espasmos en la espalda, una secuela del accidente de tráfico.

El motel era nuevo y se alzaba en el extremo norte de Bethesda. Costaba cuarenta dólares por noche, pero después de tres noches ya no pude permitirme el lujo de sufragar la terapia de encierro de Ruby. Megan opinaba que ya era hora de que regresase a casa. Si estaba dispuesta a desengancharse, la verdadera prueba se produciría en la calle.

A las siete y media de la mañana del martes llamé a su puerta del segundo piso. Habitación 220, según las instrucciones de Megan. No hubo respuesta. Volví a llamar y probé el tirador. La puerta estaba cerrada. Corrí al vestíbulo y pedí al recepcionista que llamara a la habitación. No hubo respuesta. Nadie había salido, ni había ocurrido nada extraño.

Llamaron a una ayudante del director y la convencí de que se trataba de una emergencia. Fue en busca de un guardia de seguridad y los tres nos dirigimos hacia la habitación. Por el camino, expliqué a la ayudante del director lo que estábamos haciendo con Ruby y la razón por la cual la habitación no estaba a su nombre. Advertí que no le hacía gracia que utilizáramos su precioso motel para desintoxicar a adictos al crack.

La habitación estaba vacía y la cama, intacta, no parecía que se hubiera utilizado en toda la noche. No había nada fuera de lugar y ella no había dejado ningún efecto personal.

Les di las gracias y me fui. El motel se encontraba por lo menos a quince kilómetros de distancia de nuestro despacho. Llamé a Megan para ponerla al corriente y poco a poco me abrí camino hacia la ciudad junto con un millón de personas que iban a diario al trabajo. A las ocho y cuarto, en medio de un embotellamiento, llamé al despacho y pregunté a Sofía si habían visto a Ruby. Me contestó que no.

La acción legal iba directamente al grano. Wilma Phelan, albacea de la herencia de Lontae Burton y sus hijos, demandaba a RiverOaks, Drake & Sweeney y TAG, Inc., por asociación para la comisión de un desahucio contrario a la ley. La lógica era muy simple y la relación de causa efecto, evidente. Si nuestros clientes no hubieran sido expulsados de su apartamento, no se habrían visto en la necesidad de vivir en un automóvil, y si no hubieran vivido en un automóvil, no habrían muerto. Se trataba de una preciosa teoría de la responsabilidad cuyo atractivo residía en su sencillez. Cualquier jurado del país habría podido seguir su lógica.

La negligencia y/o los actos intencionales de los acusados habían provocado unas muertes previsibles. A los que vivían en la calle les ocurrían cosas muy malas, sobre todo si eran madres solteras con hijos de corta edad. Si quien era expulsado ilegalmente de su casa sufría un daño, alguien tenía que pagar las consecuencias.

Habíamos estudiado brevemente la posibilidad de emprender otra acción legal por la muerte de Señor, también ilegalmente desahuciado, pero cuya muerte no podía considerarse previsible. La toma de rehenes y el hecho de haber recibido un disparo en el transcurso de dicho acto no era una sucesión razonable de acontecimientos en el caso de una persona agraviada en sus derechos civiles. Además, la víctima no habría suscitado el interés de un jurado. Decidimos dejar descansar permanentemente a Señor.

Drake & Sweeney pediría de inmediato al juez que me exigiera la devolución del expediente. Cabía la posibilidad de que el juez me obligase a hacerlo, lo que equivaldría a una confesión de culpabilidad. Además, cualquier prueba derivada del contenido de los documentos robados podía ser rechazada.

El martes revisé el borrador definitivo con ayuda de Mordecai, quien volvió a preguntarme si quería seguir adelante. Para protegerme, él estaba dispuesto a renunciar a cualquier acción legal. Lo habíamos discutido varias veces. Hasta habíamos elaborado una estrategia por la cual dejaríamos correr el pleito de los Burton, negociaríamos una tregua con Drake & Sweeney para que mi nombre quedara excluido, esperaríamos un año, hasta que se calmaran los ánimos, y después traspasaríamos la causa a un amigo suyo de la otra punta de la ciudad. Resolvimos que era una mala estrategia y la desechamos.

Firmamos las alegaciones y nos dirigimos al Palacio de Justicia.

Mientras Mordecai conducía, volví a leer el texto de nuestra acción legal y noté que, a medida que nos acercábamos, los papeles que sostenía en las manos me resultaban cada vez más pesados.

La clave sería la negociación. La revelación de lo ocurrido humillaría a Drake & Sweeney, un bufete tremendamente arrogante y orgulloso cuya fama se basaba en la credibilidad, el servicio al cliente y la honradez.

Yo conocía la mentalidad de los grandes abogados, que se jactaban de no cometer ninguna maldad. Conocía la paranoia que provocaba el hecho de ser tenido por ruin en el sentido que fuera. Sabía que se sentían culpables por ganar tanto dinero y, en consecuencia, experimentaban el deseo de parecer compasivos con los menos afortunados.

Los de Drake & Sweeney se equivocaban, pero a mi juicio ignoraban hasta qué extremo. Suponía que Braden Chance debía de estar muerto de miedo en su despacho, rezando para que pasara aquella hora.

Sin embargo, yo también me equivocaba. Tal vez pudiéramos acercar posiciones y llegar a un acuerdo. De lo contrario, un día no muy lejano Mordecai Green tendría el gusto de presentar el caso Burton ante un jurado favorablemente dispuesto y de exigirles un montón de dólares en concepto de indemnización. Y el bufete tendría el gusto de llevar el caso de mi robo cualificado hasta sus últimas consecuencias, con un resultado en el que yo prefería no pensar.

El caso Burton jamás llegaría a la sala del tribunal. Yo aún pensaba como un abogado de Drake & Sweeney. La idea de enfrentarse con un jurado del distrito de Columbia los aterrorizaría, y la vergüenza inicial los induciría a buscar a toda prisa la manera de reducir sus pérdidas.

Tim Claussen, un compañero de estudios de Abraham, era reportero del *Post*. Estaba esperando ante la puerta de la secretaría del juzgado, donde le entregamos una copia de la demanda judicial. La leyó mientras Mordecai presentaba el original y nos hizo unas cuantas preguntas que respondimos encantados, aunque con carácter extraoficial.

En el distrito, la tragedia de los Burton estaba convirtiéndose rápidamente en un delicado problema político y social. Todos iban pasándose mutuamente la culpa con vertiginosa rapidez. Los jefes de los departamentos municipales se acusaban los unos a los otros. El consejo municipal acusaba al alcalde, quien a su vez acusaba al consejo y al Congreso, algunos de cuyos miembros más derechistas habían analizado lo bastante el caso como para echar la culpa al alcalde, al consejo y a la ciudad en su conjunto.

La idea de atribuir toda la responsabilidad de lo ocurrido a un grupo de prósperos abogados blancos podía dar lugar a un reportaje sorprendente. Claussen —un tipo duro y cáustico, de vuelta de todo al cabo de muchos años de profesión— no podía reprimir su entusiasmo.

La emboscada tendida por la prensa a Drake & Sweeney no me preocupaba en absoluto. El bufete había establecido las reglas del juego la semana anterior al informar a un periodista acerca de mi detención. Ya me imaginaba a Rafter y a su pequeña banda de especialistas en litigios sentados alrededor de la mesa de juntas, llegando al acuerdo de que efectivamente era lógico alertar a los medios acerca de mi detención; y no solo eso, sino entregarles también una bonita fotografía del criminal. Así me avergonzarían, me humillarían, harían que me arrepintiese de mi acción y me obligarían a devolver el expediente y a hacer lo que quisieran.

Conocía su mentalidad y sabía cómo se jugaba a aquel juego.

No tuve ningún inconveniente en echar una mano al reportero.

30

Llegué a la sede de la CNVC solo y con dos horas de retraso. Los clientes estaban sentados pacientemente en el sucio suelo del vestíbulo, algunos echando una cabezadita y otros leyendo el periódico. Ernie se acercó con las llaves, molesto por mi retraso. Él también tenía su propio horario que cumplir. Abrió la puerta de la estancia y me entregó una lista con los nombres de trece probables clientes. Llamé al primero.

Me asombré de lo lejos que había llegado en una semana. Minutos antes había entrado en el edificio sin temor a que me pegaran un tiro. Había esperado a Ernie en el vestíbulo sin pensar en mi condición de blanco. Escuchaba a mis clientes con paciencia y me comportaba con eficacia, porque sabía lo que tenía que hacer. Y hasta mi aspecto estaba en consonancia con el papel que desempeñaba; llevaba barba de más de una semana; el cabello me cubría ligeramente las orejas y mostraba las primeras señales de descuido; mis pantalones color caqui estaban arrugados, al igual que mi americana azul marino, y llevaba la corbata con el nudo ligeramente flojo. Las Nike conservaban todavía su estilo, pero estaban muy gastadas. Con unas gafas de montura de concha habría sido una perfecta representación del abogado de las causas sociales.

A los clientes, sin embargo, todo eso les importaba un rábano. Lo que querían era que alguien los escuchase, y yo estaba allí para eso. La lista aumentó a diecisiete, con lo que me pasé varias horas asesorando. Me olvidé de mi inminente batalla con Drake & Sweeney y también de Claire, aunque eso, por desgracia, me resultó más fácil. Me olvidé incluso de Héctor Palma y de mi viaje a Chicago.

Pero no podía olvidar a Ruby Simon. Me las ingenié para relacionarla con cada nuevo cliente al que atendía. No estaba preocupado por su seguridad, ya que había sobrevivido en la calle mucho más tiempo del que yo habría conseguido sobrevivir, y aun así ¿por qué había dejado una pulcra habitación de motel con televisor y ducha para ir en busca de su coche abandonado?

La respuesta era clara e inevitable: porque para una adicta al crack como ella, este constituía una especie de imán.

Si no lograba tenerla encerrada tres noches seguidas en un motel de las afueras, ¿cómo podría ayudarla a desengancharse?

La decisión no estaba en mis manos.

La rutina de última hora de la tarde quedó interrumpida por una llamada telefónica de mi hermano mayor, Warner. Había llegado inesperadamente a la ciudad por un asunto de negocios; me habría llamado antes, pero no había conseguido averiguar mi nuevo número de teléfono; ¿podríamos cenar juntos? Invitaba él, aclaró sin darme tiempo a contestar; un amigo le había hablado de un nuevo restaurante fabuloso llamado Danny O's. ¡La comida era fantástica! Yo llevaba mucho tiempo sin pensar en comidas caras.

El Danny O's me parecía muy bien. Estaba de moda, era ruidoso, exageradamente caro y lamentablemente típico.

Me pasé un buen rato contemplando el teléfono, mucho después de que nuestra conversación hubiera terminado. No me apetecía ver a Warner porque no quería escuchar lo que tenía que decirme. No se encontraba en la ciudad por asuntos de negocios, tal como solía ocurrir aproximadamente una vez al año. Imaginé que lo enviaban mis preocupados padres, a quienes les dolía el nuevo divorcio y les entristecía que hubiese perdido repentinamente la razón. Era necesario que alguien comprobase qué ocurría. Siempre le tocaba a Warner.

Nos reunimos junto a la bulliciosa barra del Danny O's. Antes de que nos diésemos la mano o nos abrazáramos, mi hermano retrocedió un paso para estudiar mi nuevo aspecto. Barba, melena, pantalones caqui, todo.

—Un auténtico radical —susurró con una mezcla a partes iguales de humor y sarcasmo.

—Me alegro de verte —dije, procurando hacer caso omiso de su actitud.

—Estás delgado.

—Pues tú no.

Se dio una palmada en el estómago como si los pocos kilos de más los hubiera aumentado aquel día.

—Ya lo perderé.

Tenía treinta y ocho años, era guapo y seguía siendo muy presumido. El simple hecho de que yo hubiera hecho un comentario acerca de su exceso de peso lo induciría a perderlo en menos de un mes.

Warner llevaba tres años soltero. Las mujeres eran muy importantes para él. Había habido acusaciones de adulterio durante su divorcio, pero por ambas partes.

—Estás estupendo —le dije.

Y era verdad. Traje y camisa a la medida. Corbata cara. Yo tenía un armario lleno de prendas como aquellas.

—Tú también. ¿Es así como te vistes ahora para ir al trabajo?

—Casi siempre. A veces prescindo de la corbata.

Pedimos dos cervezas y nos las tomamos rodeados de gente. Warner estudiaba a las mujeres que pasaban por nuestro lado.

—¿Cómo está Claire? —me preguntó. Los preámbulos estaban de más.

—Supongo que bien. Hemos pedido el divorcio de mutuo acuerdo. He dejado el apartamento.

—¿Y es feliz ella?

—Creo que se ha alegrado de librarse de mí. Yo diría que Claire es hoy más feliz de lo que era hace un mes.

—¿Ha encontrado a otro?

—No lo creo —contesté.

Tenía que andarme con cuidado, pues buena parte de nuestra conversación, si no toda, sería transmitida a mis padres; en particular cualquier detalle escandaloso sobre los motivos del divorcio. Les encantaría echar la culpa a Claire, y si resultaba que yo la había sorprendido acostándose por ahí, el divorcio les parecería lógico.

—¿Y tú? —preguntó.

—No.

—Entonces ¿por qué divorciarse?

—Por muchas razones que prefiero no comentar.

No era lo que él quería. Su separación había sido muy desagradable y ambas partes habían luchado por la custodia de los hijos. Él me había explicado todos los detalles, a menudo hasta el extremo de provocarme un aburrimiento mortal, y ahora quería que yo hiciera lo mismo.

—¿Un día te despertaste y decidiste divorciarte sin más?

—Tú has pasado por eso, Warner. No es tan fácil.

El *maître* nos acompañó al fondo de la sala. Pasamos junto a una mesa, alrededor de la cual Wayne Umstead estaba sentado con dos hombres a quienes yo no reconocí. Umstead había sido compañero mío de secuestro, el que Señor había elegido para recoger la comida del pasillo, el que había estado a punto de recibir el disparo del tirador de precisión. No me vio.

Una copia de la demanda judicial había sido entregada a Arthur Jacobs, presidente de la junta directiva, a las once de la mañana, mientras yo estaba en la CNVC. Puesto que Umstead no era socio del bufete, me pregunté si sabría algo de la querella.

Vaya si sabía. En las urgentes reuniones que se habían celebrado a lo largo de toda la tarde la noticia había caído como una bomba. Había que preparar la defensa; se transmitieron órdenes; se acorraló a la gente. Ni una sola palabra a nadie que no perteneciese a la empresa. Había que aparentar que se hacía caso omiso de la querella.

Por suerte, nuestra mesa no era visible desde la de Umstead. Miré alrededor para asegurarme de que no hubiese más enemigos en el restaurante. Warner pidió martinis para los dos, pero yo me apresuré a aclarar que solo quería agua.

Mi hermano Warner iba a tope en todo: el trabajo, el juego, la comida, la bebida, hasta los libros y las viejas películas. Había estado a punto de morir congelado durante una ventisca en una montaña en Perú y había sido mordido por una serpiente de agua venenosa mientras practicaba submarinismo en Australia. Su adaptación a la fase posterior al divorcio había sido extremadamente fácil, sobre todo porque le encantaba viajar y practicar el vuelo con ala delta y el alpinismo y luchar con tiburones y perseguir a cuanta mujer se cruzara en su camino.

Como socio de un importante bufete de Atlanta, ganaba un montón de dinero. Y gastaba mucho. La cena giraría en torno al dinero.

—¿Agua? —dijo en tono despectivo—. Vamos, hombre. Toma un trago.

—No —protesté.

Warner pasaría del martini al vino. Saldríamos muy tarde del restaurante y él permanecería despierto hasta las cuatro de la madrugada manoseándose la bragueta y sacudiéndose de encima la ligera resaca como si se tratara de un momento más del día.

—Qué tonto eres —murmuró.

Eché un vistazo al menú mientras él seguía buscando faldas. Le sirvieron la bebida y pedimos los platos.

—Háblame de tu trabajo —me dijo, procurando desesperadamente dar la impresión de estar muy interesado en el tema.

—¿Por qué?

—Porque debe de ser fascinante.

—¿Por qué lo dices?

—Has despreciado una fortuna. Tiene que haber una buena razón.

—Hay razones, y para mí son lo bastante buenas.

Warner había planeado aquel encuentro. Tenía un propósito, un objetivo, un destino, y un esquema de lo que iba a decir para llegar hasta él. Yo no sabía muy bien qué pretendía.

—La semana pasada me detuvieron —solté.

Me miró boquiabierto, tal como yo había supuesto que haría.

—¿Cómo has dicho?

Le conté la historia de cabo a rabo. Se mostró crítico con el robo, pero no intenté justificarlo. El expediente propiamente dicho era otra cuestión muy complicada que ninguno de los dos deseaba explorar.

—¿Significa eso que has roto todos los lazos que te unían a Drake & Sweeney? —me preguntó mientras comíamos.

—Con carácter permanente.

—¿Cuánto tiempo tienes previsto dedicarte a los asuntos de carácter social?

—Acabo de empezar. La verdad es que no he pensado en el final. ¿Por qué?

—¿Cuánto tiempo podrás trabajar a cambio de nada?

—Mientras pueda sobrevivir.

—O sea, que la norma es la supervivencia...

—Por el momento. ¿Cuál es la tuya?

La pregunta era ridícula.

—El dinero. Cuánto gano; cuánto gasto; cuánto puedo ahorrar y ver crecer mi dinero para que un día acumule un montón y no tenga que preocuparme por nada.

Ya lo había oído antes. La codicia descarada era digna de admiración, una versión ligeramente más burda de lo que nos habían enseñado de niños. Si trabajas duro y ganas mucho dinero, la sociedad en su conjunto se beneficiará en cierto modo de ello.

Estaba desafiándome a que lo criticase pero yo no tenía intención de hacerlo. Habría sido un combate sin vencedores; solo un desagradable empate.

—¿Cuánto tienes? —le pregunté.

Warner se enorgullecía de su riqueza.

—Para cuando cumpla cuarenta años habré reunido un millón de dólares en fondos de inversión. Cuando cumpla cuarenta y cinco, serán tres millones. Cuando cumpla cincuenta, diez. Y entonces me retiraré.

Antes conocíamos aquellas cifras de memoria. Los grandes bufetes jurídicos eran iguales en todas partes.

—¿Y tú? —me preguntó mientras cortaba un trozo de pollo.

—Veamos... Ahora tengo treinta y dos años y cuento más o menos con cinco mil dólares. Cuando tenga treinta y cinco, si trabajo duro y ahorro dinero, tendré unos diez mil. A los cincuenta habré reunido aproximadamente veinte mil en fondos de inversión.

—No está mal. Dieciocho años de pobreza.

—Tú no sabes nada de la pobreza.

—Puede que sí. Para las personas como nosotros la pobreza es un apartamento barato, un coche de segunda mano con abolladuras y golpes, ropa de mala calidad, falta de dinero para viajar, jugar, ver mundo, ahorrar e invertir, jubilación inexistente, sin seguro médico privado ni nada.

—Perfecto. Acabas de demostrar mi afirmación. No sabes nada de la pobreza. ¿Cuánto ganarás este año?

—Novecientos mil.

—Yo ganaré treinta mil. ¿Qué harías si alguien te obligara a trabajar por treinta mil dólares?

—Me mataría.

—Lo creo. Estoy seguro de que te pegarías un tiro antes que trabajar por esa cantidad.

—En eso te equivocas. Me tomaría unas pastillas.

—Cobarde.

—No habría manera de que trabajara por tan poco.

—Podrías trabajar por tan poco, pero no podrías vivir con tan poco.

—Es lo mismo.

—En eso justamente tú y yo somos distintos —dije.

—Vaya si lo somos. Pero ¿cómo nos hemos vuelto tan distintos, Michael? Hace un mes, tú eras como yo. Y ahora mírate... con esas estúpidas patillas y esa ropa descolorida y esa tontería de ponerse al servicio de la gente y salvar a la humanidad. ¿En qué te has equivocado?

Respiré hondo y no pude evitar sentir que me hacía gracia su pregunta. Él también se tranquilizó. Éramos demasiado civilizados para pelearnos en público.

—Eres un necio —me dijo, inclinándose hacia mí—. Estabas circulando por la vía rápida, a punto de convertirte en socio del bufete. Eres listo e inteligente, soltero y sin hijos. A los treinta y cinco años habrías estado ganando un millón de dólares al año. Haz el cálculo si quieres.

—Ya lo he hecho, Warner. He perdido la afición al dinero. Es la maldición del demonio.

—Qué original. Permíteme que te haga una pregunta. Imagínate que un día despiertas y tienes, por ejemplo, sesenta años. Estás cansado de salvar el mundo porque es, sencillamente, imposible. No tienes ni un orinal donde mear, ni un centavo, ni empresa, ni socios, ni una esposa que gane sus buenos dólares como neurocirujana, nadie que te eche una mano. ¿Qué harías?

—Bueno, ya he pensado en eso; llamaría a mi hermano mayor, que para entonces será inmensamente rico.

—¿Y si me he muerto?

—Inclúyeme en tu testamento. El hermano pródigo.

Volvimos a concentrarnos en la comida y la conversación se desvaneció. Warner era lo bastante arrogante para pensar que un duro enfrentamiento me haría entrar en razón. Creía que unas certeras descripciones de las consecuencias de mis errores me inducirían a dejarme de tonterías y a buscarme un empleo en toda regla. Me parecía oírlo decir a mis padres: «Yo hablaré con él».

Aún le quedaban unas cuantas municiones. Me preguntó qué paquete de beneficios teníamos en el consultorio jurídico de la calle Catorce. Muy menguado, contesté. ¿Y qué tal el plan de jubilación? No había ninguno, que yo supiera. Me dijo que, a su juicio, antes de regresar al mundo real debería pasarme solo un par de años salvando almas. Le di las gracias, y él me dio el espléndido consejo de que me buscara una mujer que tuviese las mismas ideas que yo, pero con dinero, y que me casara con ella.

Nos despedimos en la acera, delante del restaurante. Le aseguré que sabía lo que hacía y que no me pasaría nada, y le pedí que diese a nuestros padres un informe optimista de la situación.

—No hagas que se preocupen, Warner. Explícales que aquí todo va de maravilla.

—Llámame si tienes hambre —me dijo en tono de chanza.

Lo saludé con la mano y me fui.

El Pylon Grill era una cafetería del Foggy Bottom que permanecía abierta toda la noche, muy cerca de la Universidad George Washington. Era conocida como lugar de reunión de insomnes y adictos a las noticias. La primera edición del *Post* llegaba cada noche poco antes de las doce y el local estaba tan lleno de gente como una tienda de comida preparada a la hora del almuerzo. Compré un periódico y me senté a la barra, cuyo aspecto era de lo más extraño, pues todos los clientes que había delante de ella leían ávidamente el periódico. Me llamó la atención el silencio que reinaba en el Pylon. El *Post* había llegado unos minutos antes que yo y treinta personas lo leían tan afanosamente como si se hubiera declarado una guerra.

El reportaje era típico del *Post*. Empezaba en la primera plana bajo un llamativo titular y seguía en la página diez, donde se publicaban las fotografías, entre las que se incluían una de Lontae sacada de las pancartas de la marcha en demanda de justicia, una de Mordecai tomada cuando tenía diez años menos y un trío que sin duda humillaría a los príncipes de sangre azul de Drake & Sweeney. Arthur Jacobs figuraba en el centro, con una fotografía policial de Tillman Gantry a su izquierda y, a su derecha, otra del mismo tipo correspondiente a DeVon Hardy, relacionado con los hechos solo porque había sido desalojado y había resultado muerto de manera muy espectacular.

Arthur Jacobs flanqueado por dos delincuentes, dos criminales afroamericanos con unos numeritos sobre el pecho, alineados como iguales en la décima plana del *Post*.

Ya podía imaginarlos en sus despachos y en las salas de juntas con las puertas cerradas y los teléfonos desconectados tras haber cancelado todas las reuniones. Planearían sus respuestas, se inventarían cien estrategias distintas, llamarían a sus expertos en relaciones públicas. Sería su hora más negra.

La guerra de faxes empezaría muy temprano. Las fotografías del trío se enviarían a los grandes bufetes jurídicos del país, y todos se partirían de risa.

Gantry ofrecía un aspecto amenazador, y no pude evitar asustarme al pensar contra quién estábamos enfrentándonos.

Después aparecía mi fotografía, la misma que el periódico había utilizado el sábado anterior al anunciar mi detención. Se me describía como el eslabón entre el bufete y Lontae Burton, aunque el reportero ignoraba que yo la había conocido personalmente.

El reportaje era largo y exhaustivo. Empezaba con el desalojo y todos los que habían intervenido en él, incluido Hardy, quien se había presentado siete días después en la sede de Drake & Sweeney, donde había tomado rehenes, uno de los cuales era yo. De mí pasaba a Mordecai, y de este a la muerte de los Burton. Mencionaba mi detención, pero yo había procurado facilitar al reportero la menor información posible acerca del disputado expediente.

El reportero había cumplido con su promesa. No se citaba nuestro nombre, solo se hablaba de fuentes autorizadas. Ni yo mismo habría podido escribirlo mejor.

Ni una sola palabra de los acusados. Al parecer, el autor del reportaje se había tomado muy pocas molestias, o ninguna, en ponerse en contacto con ellos.

31

Warner me llamó a las cinco de la madrugada.

—¿Te he despertado? —me preguntó. Estaba en su suite del hotel y, presa de una intensa excitación, tenía cientos de preguntas y comentarios que hacer acerca del juicio. Había leído el periódico.

Procurando conservar el calor en mi saco de dormir, lo escuché mientras me explicaba con toda exactitud el procedimiento a seguir. Warner era un extraordinario especialista en litigios y la petición que pensábamos hacer en el caso Burton le parecía inadmisible. La indemnización solicitada, diez millones, era insuficiente, una miseria. El único límite sería un jurado apropiado y el mismísimo cielo. ¡Oh, cuánto le habría gustado hacerse cargo del caso! ¿Y qué tal Mordecai? ¿Era un buen abogado?

¿Y los honorarios? Seguro que teníamos un contrato del cuarenta por ciento, ¿verdad? Era posible que, a fin de cuentas, aún hubiese alguna esperanza de salvación para mí.

—Del diez por ciento —dije sin encender la luz.

—¡Cómo! —exclamó—. ¡El diez por ciento! Pero ¿es que te has vuelto loco?

—Somos un bufete sin ánimo de lucro —repuse, y traté de explicárselo, pero él no parecía dispuesto a escuchar.

Me maldijo por no ser más codicioso.

El expediente constituía un problema mayúsculo, dijo, como si nosotros no lo supiéramos.

—¿Puedes demostrar tus acusaciones sin esos documentos?

—Sí.

Soltó una sonora carcajada al ver al viejo Jacobs en el periódico, con un delincuente a cada lado. Faltaban dos horas para la salida de su vuelo a Atlanta. A las nueve ya se encontraría en su despacho. Estaba deseando enseñar las fotos. Las enviaría de inmediato por fax a la costa Oeste.

Colgó a media frase.

Yo llevaba tres horas durmiendo. Di varias vueltas, pero no logré conciliar el sueño. Había habido demasiados cambios en mi vida para que pudiera descansar apaciblemente.

Me duché y salí. Estuve tomando un café con los paquistaníes hasta el amanecer y después compré unas galletas para Ruby.

Había dos automóviles aparcados de aspecto extraño en la esquina de la Catorce con la Q, cerca de nuestro consultorio. Pasé muy despacio por su lado a las siete y media y el instinto me sugirió que siguiera adelante. Ruby no estaba sentada en los escalones de la entrada.

Tillman Gantry no vacilaría en emplear la violencia si pensaba que hacerlo resultaría beneficioso para su defensa. Mordecai me lo había advertido, pero era innecesario. Lo llamé a su casa y le conté lo que acababa de ver. Dijo que a las ocho y media llegaría al despacho y acordamos reunirnos allí. Avisaría a Sofía. Abraham no estaba en la ciudad.

Durante dos semanas mi principal interés había sido el juicio. Había habido otras distracciones significativas —Claire, el cambio de domicilio, el aprendizaje de mi nueva carrera—, pero la acción legal contra RiverOaks y mi antigua empresa había estado constantemente en mis pensamientos. En todos los casos importantes solía registrarse un gran nerviosismo antes de la presentación de la querella, pero una vez arrojada la bomba y cuando se disipaba la polvareda, todo el mundo dejaba escapar un suspiro de alivio y experimentaba una agradable sensación de calma.

Gantry no nos mató al día siguiente de que presentásemos la querella contra él y los otros dos acusados. En el despacho todo funcionaba con normalidad. Los teléfonos no sonaban más que de costumbre. El número de visitantes era el mismo de siempre. Una vez apartada provisionalmente a un lado la acción legal, me resultó más fácil concentrarme en los demás casos.

Solo podía imaginar el pánico que debía de haberse producido en los salones de mármol de Drake & Sweeney. Seguramente no había habido sonrisas ni chismorreos en torno a la cafetera, ni chistes ni comentarios de carácter deportivo en los pasillos. Las salas de una funeraria sin duda habrían sido más alegres.

En el Departamento Antimonopolio, los que me conocían mejor debían de estar especialmente afectados. Polly adoptaría una actitud estoica y distante y actuaría con su habitual eficacia. Rudolph no saldría de su despacho más que para reunirse con los peces gordos.

Lo único que yo lamentaba era tener que perjudicar a cuatrocientos abogados, cuando casi todos no solo eran inocentes sino completamente ajenos a los hechos. A nadie le importaba lo que ocurría en el Departamento Inmobiliario. Pocas personas conocían a Braden Chance. Yo lo había conocido solo porque había ido a verlo, y eso después de trabajar siete años en la empresa. Me compadecía de los inocentes, de los veteranos que habían levantado un gran bufete y que con tanta eficiencia nos habían preparado a todos; de los compañeros que seguirían la prestigiosa tradición; de los novatos que habían despertado de pronto con la noticia de que su apreciado jefe supremo era en cierto modo responsable de la muerte injusta de unas personas.

Pero no sentía la menor compasión por Braden Chance, Arthur Jacobs y Donald Rafter. Habían decidido ir a por mí, y yo no les pondría las cosas fáciles.

Megan hizo una pausa en la dura tarea de mantener el orden en una casa llena de ochenta mujeres sin hogar y salió a dar un breve paseo conmigo en coche por la zona noroeste. No tenía ni idea de dónde vivía Ruby y no abrigábamos la menor esperanza de encontrarla, pero era una buena razón para pasar unos cuantos minutos juntos.

—No es nada extraño —dijo, tratando de tranquilizarme—. Por regla general las personas sin hogar son imprevisibles, sobre todo si tienen algún tipo de adicción.

—¿Lo has visto otras veces?

—He visto de todo, pero aprendes a conservar la calma. Cuando una clienta logra desengancharse, encuentra trabajo y se busca un apartamento, rezas una breve plegaria de agradecimiento. Sin embargo no lanzas las campanas al vuelo porque enseguida viene otra Ruby y te destroza el corazón.

—¿Y cómo evitas deprimirte?

—Sacas fuerza de las clientas. Son personas extraordinarias. Casi todas han nacido desamparadas, sin una mísera oportunidad, y aun así consiguen sobrevivir. Tropiezan y caen, pero se levantan y vuelven a intentarlo.

A tres manzanas de distancia del consultorio jurídico pasamos por delante de un taller de reparaciones detrás del cual había toda una colección de vehículos destrozados. Un perro de amenazadores dientes, sujeto con una cadena, guardaba la entrada. Yo no tenía la menor intención de andar husmeando en los viejos y oxidados cacharros, y el animal había tomado la decisión de seguir con lo suyo. Suponíamos que Ruby debía de vivir en una zona situada entre el consultorio de la Catorce y el Naomi de la Diez, cerca de la L, aproximadamente entre Logan Circle y Mount Vernon Square.

—Pero nunca se sabe —dijo Megan—. No deja de asombrarme la movilidad de esta gente. Disponen de mucho tiempo y algunos recorren kilómetros y kilómetros.

Estudiamos a la gente de la calle. Todos los mendigos fueron objeto de nuestra atención mientras pasábamos muy despacio por delante de ellos.

Anduvimos por varios parques contemplando a los indigentes, en cuyos cuencos depositamos unas monedas, con la esperanza de ver a algún conocido. No tuvimos suerte.

Dejé a Megan en el Naomi y prometí telefonearla por la tarde. Ruby se había convertido en una estupenda excusa para seguir en contacto con ella.

El congresista, un republicano apellidado Burkholder que había sido reelegido cinco veces en representación de Indiana, tenía un apartamento en Virginia, pero gustaba de hacer jogging al anochecer por los alrededores de la colina del Capitolio. Su equipo de colaboradores había informado a la prensa de que se duchaba y cambiaba de ropa en uno de los gimnasios que el Congreso había mandado construir para sus miembros en el sótano de un edificio de oficinas de su propiedad, y que ellos raras veces utilizaban.

A pesar de los diez años que llevaba en Washington, Burkholder, uno de los cuatrocientos treinta y cinco miembros de la Cámara, era prácticamente desconocido. Hombre moderadamente ambicioso, a sus cuarenta y un años estaba delgado y presentaba un aspecto muy saludable. Tenía a su cargo los asuntos de Agricultura y presidía un subcomité de Medios y Arbitrios.

Burkholder había recibido un disparo el miércoles por la tarde cerca de la Union Station mientras practicaba solo jogging. Vestía chándal y no tenía billetero, dinero en efectivo ni bolsillos donde guardar objetos de valor. Al parecer, no había habido ningún motivo para la agresión. Se había cruzado o había chocado con alguien, había habido un intercambio de palabras, tal vez, y el otro había efectuado dos disparos. Uno falló; el segundo le alcanzó la parte superior del brazo izquierdo y la bala penetró hasta el hombro y se detuvo muy cerca del cuello.

El hecho había ocurrido poco después de que anocheciese, en una acera junto a una calle por la que circulaba un tráfico intenso. Cuatro testigos presenciales habían descrito al agresor como un varón negro con aspecto de indigente, lo que servía de bien poco. Para cuando el primer testigo se detuvo, bajó de su coche y corrió en auxilio de Burkholder, el hombre ya se había esfumado. El congresista fue conducido a toda prisa al Hospital George Washington, donde le extrajeron la bala en el transcurso de una intervención de dos horas, tras la cual su estado fue calificado de estable.

Hacía muchos años que en Washington no se disparaba contra un miembro del Congreso. Varios congresistas habían sido atracados, sin consecuencias más graves. Los atracos constituían casi siempre para sus víctimas una maravillosa oportunidad de soltar un sermón contra la delincuencia, la falta de valores y la decadencia general; y de echarle la culpa de todo al partido rival.

Cuando vi el telediario de las once, no me pareció que Burkholder estuviera en condiciones de soltar sermones. Me había quedado dormido en la silla, leyendo y mirando un combate de boxeo. Aquel día había habido muy pocas novedades en el distrito, de modo que el presentador comunicó casi sin resuello la noticia del disparo contra Burkholder y facilitó los detalles esenciales sobre el fondo de una bonita fotografía del congresista, para acto seguido pasar a la transmisión en directo desde el hospital, donde una reportera permanecía de pie, muerta de frío, a la entrada de la sala de urgencias en que Burkholder había entrado cuatro horas antes. Pero había una ambulancia en segundo plano y unas luces brillantes, y puesto que no podía mostrar ni sangre ni un cadáver a los telespectadores, la mujer tuvo que procurar que la cosa resultase lo más sensacional posible.

La intervención quirúrgica se había desarrollado sin contratiempos, explicó. Burkholder se encontraba en situación estable y descansaba. El comunicado de los médicos no decía prácticamente nada. Previamente, varios congresistas habían acudido al hospital y la reportera había conseguido que hablaran ante las cámaras. Tres de ellos aparecían muy juntos, con expresión seria y apesadumbrada a pesar de que la vida de Burkholder no había corrido peligro en ningún momento. Parpadearon ante los focos y fingieron sentirse molestos por aquella grave intromisión en su intimidad.

No oí lo que dijeron. Manifestaron su preocupación por su compañero y dieron a entender que su estado era más grave de lo que aseguraban los médicos. Después, y sin que viniese a cuento, dieron su opinión acerca de la decadencia general de Washington.

Hubo otro reportaje en directo desde la escena de la agresión. Otra estúpida reportera se encontraba allí, y con gesto dramático señaló una roja mancha de sangre en el lugar exacto donde el congresista había caído. Después las cámaras enfocaron a un policía, que ofreció un vago resumen de lo ocurrido.

El reportaje era en directo y en segundo plano se veía el parpadeo de las luces rojas y azules de los coches patrulla. Yo me di cuenta, pero la reportera no.

Se había puesto en marcha una operación de búsqueda y captura. La policía del distrito de Columbia, resuelta a limpiar las calles, obligaba a los vagabundos a subir a los furgones para llevárselos a otro sitio. Durante toda la noche se efectuaron redadas en la colina del Capitolio, deteniendo a todos los que dormían en los bancos, estaban sentados en el suelo o pedían limosna en las aceras, es decir, a cualquiera que tuviese aspecto de carecer de hogar. Los acusaron de vagancia, de arrojar desperdicios en la vía pública, de embriaguez y de mendicidad.

Pero no todos fueron detenidos y conducidos a la cárcel. Dos furgones subieron por Rhode Island, en el nordeste, y soltaron su cargamento en un aparcamiento situado al lado de un centro comunitario que ofrecía comida a los vagabundos toda la noche. Otro furgón con once personas se detuvo en la Misión Calvary de la calle T, a cinco manzanas de nuestro consultorio. A los hombres se les dio a elegir entre ir a la cárcel o permanecer en la calle. El furgón se quedó vacío.

32

Juré comprarme una cama. La manía de dormir en el suelo para demostrar algo en lo que solo yo tenía interés estaba acabando conmigo. Me incorporé en mi saco de dormir y me hice el firme propósito de buscar algo más mullido donde acostarme. Me pregunté también por milésima vez cuántas personas sobrevivían durmiendo en las aceras.

La atmósfera del Pylon Grill estaba caldeada, y tanto el humo de los cigarrillos que flotaba por encima de las mesas como el aroma del café la hacían ligeramente sofocante. Como de costumbre, a las cuatro y media de la madrugada se hallaba lleno a rebosar de maniáticos de las noticias.

Burkholder era el hombre del momento. Su rostro figuraba en la primera plana del *Post*, que publicaba varios reportajes acerca de su persona, del tiroteo y de la investigación policial. Nada acerca del barrido de las calles. Mordecai me facilitaría los detalles más tarde.

Una agradable sorpresa me esperaba en la sección de información metropolitana. Estaba claro que Tim Claussen se había propuesto cumplir una misión, y nuestra acción legal le había servido de inspiración.

En un largo artículo examinaba a cada uno de los tres acusados, empezando por RiverOaks. La empresa tenía veinte años de antigüedad y pertenecía a un grupo de inversores, uno de los cuales era Clayton Bender, un especulador inmobiliario de la costa Este cuya fortuna ascendía, según los rumores, a doscientos millones de dólares. El periódico publicaba una fotografía de Bender junto con una imagen de la sede central de la empresa en Hagerstown, Maryland. En veinte años la empresa había construido once edificios comerciales en el área del distrito de Columbia, aparte de un buen número de centros comerciales en las afueras de Baltimore y Washington. El valor de sus reservas se estimaba en trescientos cincuenta millones de dólares. Existía también una considerable deuda bancaria cuya cuantía no se había establecido.

La historia de la prevista construcción de un edificio destinado a paquetería por cuenta del servicio de Correos se contaba con todo lujo de dolorosos detalles. Después el reportaje pasaba a Drake & Sweeney.

Como era de esperar, no había ninguna fuente de información de la propia empresa. Nadie había atendido las llamadas telefónicas. Claussen facilitaba los datos esenciales: talla, historia y nombres de algunos famosos ex alumnos. Se publicaban dos tablas de la revista *U.S. Law*: en una aparecía la relación de los diez principales bufetes jurídicos del país, mientras que la otra ofrecía una lista de bufetes basada en el promedio de compensaciones percibido por sus socios el año anterior. Con sus ochocientos abogados, Drake & Sweeney ocupaba el quinto lugar de la relación de bufetes y, por el promedio de novecientos diez mil dólares percibido por sus socios, el número tres de la lista.

¿De veras había despreciado todo aquel dinero?

El último componente del improbable trío era Tillman Gantry, cuya pintoresca vida resultaba extremadamente atractiva para el llamado periodismo de investigación. Varios policías hablaban de él. Un antiguo compañero de cárcel cantaba sus alabanzas. Un reverendo de no sé qué iglesia del nordeste contaba que Gantry había mandado hacer canchas de baloncesto para los niños pobres. Una antigua prostituta recordaba las palizas que le había propinado. Estaba al frente de dos empresas —TAG y Gantry Group—, y a través de ellas era propietario de tres agencias de coches de segunda mano, dos pequeños centros comerciales, un edificio de apartamentos en el que dos personas habían muerto a tiros, seis dúplex de alquiler, un bar en el que habían violado a una mujer, una tienda de vídeos y numerosos solares que había comprado al ayuntamiento a precio de saldo.

De los tres acusados, Gantry era el único que había hecho declaraciones. Reconocía haber pagado once mil dólares por el almacén de Florida Avenue en julio del año anterior y haberlo vendido por doscientos mil dólares a RiverOaks el 31 de enero. Había tenido suerte, decía. El edificio no servía para nada, pero el solar valía mucho más que los once mil dólares que él había pagado. Por eso lo había comprado.

El almacén siempre había atraído a los okupas, añadía. De hecho, se había visto obligado a echarlos. Jamás había cobrado alquiler y no sabía de dónde había salido aquel rumor. Tenía muchos abogados y se defendería con todas sus fuerzas.

El reportaje no me citaba. Tampoco se decía nada de De-Von Hardy y del incidente de los rehenes. Apenas se hablaba de Lontae Burton y de las alegaciones de la querella.

Por segundo día consecutivo se mencionaba la asociación del venerable y antiguo bufete Drake & Sweeney con un antiguo proxeneta. De hecho, el tono del reportaje presentaba a los abogados como delincuentes mucho peores que Tillman Gantry.

El reportero prometía otra entrega para el día siguiente: una mirada a la triste vida de Lontae Burton.

¿Cuánto tiempo permitiría Arthur Jacobs que su amado bufete fuera arrastrado por el fango? Constituía un blanco muy fácil. El *Post* podía ser muy tenaz. Estaba claro que el periodista trabajaba las veinticuatro horas del día. Un reportaje sucedería a otro.

Eran las nueve y veinte cuando llegué con mi abogado al edificio Carl Moultrie situado en la esquina de la Sexta e Indiana, en el centro de la ciudad. Jamás había puesto los pies en aquel lugar donde se veían las causas civiles y penales del distrito. En la calle, delante de la entrada, se formó una cola que empezó a moverse muy despacio mientras los letrados, los querellantes y los delincuentes eran registrados y pasaban por el arco detector de metales. En el interior, aquello parecía un parque zoológico: un vestíbulo lleno a rebosar de gente muy nerviosa y cuatro niveles de pasillos flanqueados por salas de tribunal.

El honorable Norman Kisner administraba justicia en el primer piso, sala número 114. En un tablón de anuncios situado junto a la puerta figuraba mi nombre bajo el título PRIMERAS COMPARECENCIAS. Otros once presuntos delincuentes compartían el espacio conmigo. El estrado del juez estaba vacío, y en torno a él se hallaban reunidos los abogados. Mordecai se quedó cerca de la entrada y yo tomé asiento en la segunda fila. Me puse a leer una revista y traté de aparentar indiferencia.

—Buenos días, Michael —dijo alguien desde el pasillo.

Era Donald Rafter, que sostenía su maletín con ambas manos. A su espalda reconocí el rostro de un miembro del Departamento de Litigios cuyo nombre no pude recordar.

Incliné la cabeza y conseguí balbucir:

—Hola.

Se alejaron hacia el otro lado de la sala, donde tomaron asiento. Eran los representantes de los damnificados, y como tales tenían derecho a estar presentes en todas las fases del proceso.

¡Era solo una primera comparecencia! Permanecería de pie delante del juez mientras este leyera las acusaciones, presentaría una declaración de inocencia, sería liberado de la fianza existente y me marcharía. ¿Qué pintaba Rafter allí?

La respuesta se me ocurrió tras unos instantes de reflexión.

Contemplé la revista, hice un esfuerzo por mostrarme absolutamente tranquilo y, al final, comprendí que su presencia era un simple recordatorio. El robo era para ellos un asunto muy importante y tenían intención de acosarme a lo largo de todas las etapas del proceso. Rafter era el más brillante e implacable de los acusadores. El solo hecho de verlo en la sala debería haberme provocado un estremecimiento de temor.

A las nueve y media Mordecai salió de detrás del estrado del juez y me hizo señas de que me acercara. El juez esperaba en su despacho. Mordecai me presentó y los tres nos acomodamos sin la menor ceremonia en torno a una mesita.

El juez Kisner, de por lo menos setenta años, tenía una espesa cabellera gris, una descuidada barba entrecana y unos ojos pardos que lo taladraban a uno mientras hablaba. Él y mi abogado se conocían desde hacía años.

—Estaba diciéndole a Mordecai que se trata de un caso verdaderamente insólito —me dijo, haciendo un gesto con la mano.

Incliné la cabeza en señal de asentimiento. Desde luego, a mí me lo parecía.

—Conozco a Arthur Jacobs desde hace treinta años —continuó—. Es más, conozco a casi todos los abogados de allí. Son excelentes.

Era cierto. Contrataban a los mejores y los preparaban muy bien. El hecho de que el juez de mi caso sintiera tanta admiración por los damnificados me producía una inquietud considerable.

—Desde un punto de vista monetario, es posible que resulte difícil calcular el valor de un expediente de trabajo sustraído del despacho de un abogado. No son más que unos papeles sin valor real para nadie que no sea el propio letrado. No valdría nada si usted tratara de venderlo en la calle. Y que conste que no estoy acusándolo de haber cometido el robo.

—Lo comprendo.

No estaba muy seguro de si lo comprendía o no, pero quería que siguiera adelante.

—Supongamos que usted tiene el expediente —prosiguió— y que lo sacó de la empresa. Si ahora lo devolviera bajo mi supervisión, me mostraría inclinado a atribuirle un valor inferior a cien dólares. Se trataría, por supuesto, de un delito de menor cuantía y con un poco de papeleo podríamos barrerlo bajo la alfombra. Como es natural, usted tendría que acceder a no tomar en consideración ningún dato sacado de dicho expediente.

—¿Y si no lo devuelvo? Es una simple suposición, naturalmente.

—Entonces se convierte en algo mucho más valioso. Sigue en pie la acusación de robo cualificado y vamos a juicio sobre la base de esta acusación. Si tras el alegato del acusador el jurado lo declara culpable, la sentencia que se dicte dependerá de mí.

Las arrugas que se formaron en su frente, la expresión de su mirada y el tono de su voz no permitían abrigar ninguna duda con respecto a la conveniencia de que yo evitase la sentencia.

—Además —añadió—, si el jurado lo declara culpable de robo cualificado, perderá usted la licencia para ejercer la abogacía.

—Sí, señor —le dije, procurando parecer apesadumbrado.

Mordecai se mantenía en un discreto segundo plano, escuchando en silencio.

—A diferencia de lo que ocurre en la mayoría de los casos de mi agenda del día, aquí el tiempo reviste una importancia fundamental —continuó Kisner—. El litigio civil podría ampliarse al contenido del expediente. La aceptación correspondería a otro juez de otra sala. Me gustaría resolver el asunto antes de que la causa civil llegara demasiado lejos. Suponiendo que tenga usted el expediente, claro.

—¿De cuánto tiempo disponemos? —preguntó Mordecai.

—Creo que dos semanas serían suficiente para que tomaran ustedes una decisión.

Convinimos en que dos semanas era un período de tiempo razonable. Mordecai y yo regresamos a la sala, donde permanecimos esperando una hora más sin que ocurriera nada.

Tim Claussen, del *Post*, llegó junto con varios abogados. Nos vio sentados en la sala, pero no se atrevió a acercarse. Mordecai se apartó de mí y, al final, lo acorraló. Le explicó que en la sala había dos abogados de Drake & Sweeney, Donald Rafter y otro hombre, que quizá pudiesen hacer una declaración al periódico.

Claussen se acercó de inmediato a Rafter. Se oyeron voces detrás del estrado del juez, donde aquel estaba esperando. Abandonaron la sala y continuaron la discusión fuera.

Mi comparecencia ante Kisner fue tan breve como se esperaba. Me declaré inocente, firmé unos impresos y me fui a toda prisa. A Rafter no se le veía por ninguna parte.

—¿De qué hablasteis tú y Kisner antes de que yo entrara en el despacho? —pregunté en cuanto estuvimos en el coche.

—De lo mismo que te dijo a ti.

—Es un tipo duro.

—Es un buen juez, pero ha sido abogado durante muchos años. Uno de los mejores penalistas. Un abogado que le roba un expediente a otro no le inspira la menor simpatía.

—¿Qué condena podría caerme si me declarasen culpable?

—No lo ha dicho; pero tendrías que ir a la cárcel.

Estábamos esperando a que cambiara el semáforo. Por suerte, conducía yo.

—Muy bien, abogado —dije—. ¿Qué hacemos?

—Disponemos de dos semanas. No nos precipitemos. Ahora no es el momento de tomar decisiones.

33

El *Post* de la mañana publicaba dos reportajes, ambos en lugar destacado y con fotografías.

El primero era el que se había anunciado en la edición del día anterior: un largo recuento de la trágica vida de Lontae Burton. La principal fuente había sido su abuela, si bien el equipo de reporteros también se había puesto en contacto con dos tías, un antiguo patrón, una asistente social y un antiguo maestro, además de la madre y los dos hermanos, que estaban en la cárcel. Echando mano de su acostumbrada agresividad y de su ilimitado presupuesto, el periódico había llevado a cabo una espléndida labor de recogida de datos que sería muy útil para nuestra causa.

Cuando Lontae nació, su madre tenía dieciséis años. Era la segunda de tres hermanos, todos nacidos fuera del matrimonio e hijos de distintos hombres, si bien la madre se había negado a facilitar información sobre el padre. La niña había crecido en barrios marginales de la zona nordeste y se había desplazado de un lugar a otro con su desquiciada madre, viviendo periódicamente con su abuela y sus tías. Su madre no paraba de ser encarcelada, y Lontae había dejado la escuela al terminar los estudios primarios. A partir de entonces, y como era de esperar, su vida había sido un desastre. Drogas, chicos, bandas, delitos de menor cuantía, toda la peligrosa vida de la calle. Había tenido distintos trabajos, cobrando siempre el salario mínimo, y había demostrado ser una persona muy poco fiable.

Los archivos policiales contaban buena parte de su historia: una detención a la edad de doce años por robo en una tienda y tramitación de su caso en el Tribunal de Menores. Una acusación tres meses más tarde por estado de embriaguez en lugar público, y otra vez el Tribunal de Menores. Tenencia de marihuana a los quince años, con el mismo resultado. Acusación por motivo similar siete meses más tarde. Detención por ejercicio de la prostitución a los dieciséis años; tratada como una adulta, fue declarada culpable, pero no ingresó en la cárcel. Detención por robo cualificado tras robar un *walkman* en una casa de empeños; declarada culpable sin ingreso en la cárcel. Nacimiento de Ontario en el Hospital General del distrito de Columbia cuando ella contaba dieciocho años, sin que constara el nombre del padre en el certificado de nacimiento. Nacimiento de los gemelos, Alonzo y Dante, cuando ella contaba veinte años, también en el Hospital General del distrito de Columbia, sin que constara el nombre del padre en el certificado de nacimiento. Y finalmente Temeko, la niña de los pañales mojados, nacida cuando Lontae tenía veintiún años.

En medio de toda aquella triste nota necrológica brillaba un rayo de esperanza. Tras el nacimiento de Temeko, Lontae había tropezado con la Casa de María, un centro de acogida para mujeres similar al Naomi, donde había conocido a una asistente social llamada Nell Cather, de quien se reproducían unas largas declaraciones.

Según su versión de los últimos meses de Lontae, esta tenía el firme propósito de abandonar la calle y reformar su vida. Empezó a tomar regularmente la píldora anticonceptiva que le facilitaban en la Casa de María. Deseaba con toda su alma dejar la droga y la bebida. Asistía a las reuniones de Alcohólicos Anónimos y Drogadictos Anónimos que se celebraban en el centro y luchaba valerosamente contra sus hábitos, aunque no conseguía dejar la bebida. Mejoró rápidamente su capacidad de lectura y soñaba con conseguir un trabajo con un salario regular que le permitiera mantener a su pequeña familia.

La señora Cather le encontró finalmente un trabajo que consistía en desempaquetar los productos de un importante establecimiento de alimentación; veinte horas semanales a 4,75 dólares la hora. No había faltado una sola vez al trabajo.

Un día del otoño anterior comunicó a Nell Cather en voz baja que había encontrado un sitio donde vivir, pero que no podía revelarle dónde. Como parte de su trabajo, Nell quería inspeccionar la vivienda. Lontae se negó a que lo hiciera; no era legal, le explicó. Se trataba de un pequeño apartamento de dos habitaciones habitado por unos okupas. Tenía techo, puerta que se podía cerrar y un cuarto de baño cerca. Pagaba cien dólares mensuales en efectivo.

Anoté los nombres de Nell Cather y de la Casa de María, y sonreí para mis adentros al imaginar a la primera en el estrado de los testigos, contando la historia de los Burton a un jurado.

Lontae estaba aterrorizada ante la idea de perder a sus hijos, pues era algo que ocurría muy a menudo. A casi todas las mujeres sin hogar que frecuentaban la Casa de María les había ocurrido, y cuantas más terroríficas historias le contaban, tanto más aumentaba su determinación de mantener unida a su familia. Estudiaba con tesón, había aprendido incluso los rudimentos del manejo de un ordenador, y en cierta ocasión se había pasado cuatro días sin tomar drogas.

Después la desalojaron de su vivienda y la echaron a la calle con sus escasas pertenencias y sus hijos. La señora Cather la vio al día siguiente y la encontró en un estado lamentable. Los niños estaban sucios y hambrientos, y ella, drogada. La Casa de María tenía por norma no aceptar la entrada de ninguna persona visiblemente bebida o bajo los efectos de las drogas. La directora se vio obligada a pedirle que se fuera. La señora Cather jamás volvió a verla; no supo nada de ella hasta que se enteró por el periódico que ella y sus hijos habían muerto.

Mientras leía el reportaje, pensé en Braden Chance. Esperaba que él también lo leyera a primera hora de la mañana en la caldeada y cómoda atmósfera de su preciosa casa de las afueras de Virginia. Estaba seguro de que debía de despertarse muy temprano. ¿Cómo era posible que una persona sometida a semejante tensión pudiera conciliar el sueño?

Quería que sufriera, que se diera cuenta de que su cruel insensibilidad ante los derechos y la dignidad de los demás había sido la causante de aquella desgracia. Estabas sentado en tu lujoso despacho, Braden —pensé—, trabajando de firme con vistas a tu hora dorada, estudiando los papeles de tus acaudalados clientes, leyendo los memorándum de los auxiliares que enviabas para que hicieran el trabajo sucio, y tomaste la fría y calculada decisión de proceder a un desahucio que deberías haber paralizado. Eran solo unos okupas, ¿verdad, Braden?, gente de la calle, en su mayoría de piel negra, que vivían como animales. No tenían papeles, documentos ni contrato, así que tampoco tenían derechos. A la mierda con ello. No eran motivo suficiente para impedir la realización del proyecto.

Me habría gustado llamarlo a su casa, interrumpir su desayuno y decirle: «¿Cómo te sientes ahora, Braden?».

El segundo reportaje constituyó una grata sorpresa, por lo menos desde un punto de vista legal; pero sería una fuente de problemas.

Habían localizado a un antiguo amigo de la difunta, un indigente de diecinueve años llamado Kito Spires. Su fotografía habría asustado a cualquier ciudadano decente. Kito tenía muchas cosas que decir. Afirmaba ser el padre de los últimos tres hijos de Lontae, de los gemelos y de la niña. Había convivido esporádicamente con ella en el transcurso de los últimos tres años, pero sus ausencias habían sido más numerosas que sus presencias.

Kito era un típico producto urbano, un parado que no había terminado la escuela secundaria y tenía antecedentes penales. Su credibilidad sería puesta en tela de juicio a cada momento.

Había vivido en el almacén con Lontae y sus hijos. La ayudaba a pagar el alquiler siempre que podía. Poco después de Navidad, ambos se habían peleado y él se había ido. En aquellos momentos vivía con una mujer cuyo marido estaba en la cárcel.

No sabía nada del desahucio, aunque opinaba que había sido injusto. Los detalles que daba acerca del almacén bastaron para convencerme de que efectivamente había estado allí. Su descripción coincidía con la del memorándum de Héctor. Ignoraba que el propietario del almacén fuese Tillman Gantry. El día 15 de cada mes un tipo llamado Johnny se encargaba de cobrar el alquiler: cien dólares.

Mordecai y yo no tardaríamos en localizarlo. Nuestra lista de testigos estaba aumentando, y era posible que el señor Spires se convirtiese en nuestra estrella.

Kito estaba muy apenado por la muerte de la madre de sus hijos y de estos. Yo había estudiado detenidamente los detalles del funeral y estaba seguro de que Kito no había asistido.

El juicio recibía más atención por parte de la prensa de la que jamás habríamos podido soñar. Solo pedíamos diez millones de dólares, una bonita cifra sobre la cual se escribía a diario y se discutía en las calles. Lontae se había acostado con miles de hombres. Kito era el primer presunto padre. Puesto que había tanto dinero en juego, muy pronto aparecerían otros, proclamando su amor por los hijos perdidos. Las calles estaban llenas de candidatos.

Esta era la parte más inquietante del relato del chico.

Jamás tendríamos ocasión de hablar con él.

Telefoneé a Drake & Sweeney y pregunté por Braden Chance. Se puso al aparato una secretaria y le repetí la petición.

—¿De parte de quién, por favor? —preguntó.

Le di un nombre falso y añadí que hablaba de parte de Clayton Bender, de RiverOaks.

—El señor Chance no está en este momento —me informó la secretaria.

—Pues dígame cuándo podré hablar con él —repliqué en tono airado.

—Está de vacaciones.

—¿Cuándo regresará?

—No estoy muy segura.

Colgué el auricular. Las vacaciones durarían un mes, después vendría un año sabático seguido de una excedencia, hasta que finalmente se verían obligados a reconocer que habían despedido a Chance.

La llamada confirmaba mis sospechas de que se había ido.

Dado que durante los siete últimos años la empresa había sido mi vida, no me resultaba difícil predecir su conducta. Eran demasiado orgullosos y arrogantes para soportar las indignidades a que estaban siendo sometidos.

Tras la presentación de la querella, imaginaba que habrían acabado por arrancarle la verdad a Braden Chance. El hecho de que él la hubiera revelado espontáneamente o de que ellos la hubiesen averiguado por su cuenta no tenía importancia. Les había mentido desde el principio y en aquel momento toda la empresa era demandada. Tal vez Chance les hubiese mostrado el memorándum de Héctor junto con el recibo del alquiler de Lontae, pero lo más probable era que hubiese destruido ambas cosas y luego se hubiera visto obligado a confesarlo. Al final, la empresa —Arthur Jacobs y la junta directiva— había descubierto la verdad. El desahucio nunca debería haberse llevado a efecto. Chance, en representación de RiverOaks, tendría que haber rescindido por escrito los contratos verbales de alquiler, notificándolo a los inquilinos con treinta días de antelación. Un plazo de treinta días habría puesto en peligro la construcción del edificio, al menos por parte de RiverOaks.

Pero el plazo de treinta días habría permitido que Lontae Burton y los demás inquilinos sobrevivieran a lo más crudo del invierno.

Chance había sido obligado a abandonar la empresa, sin duda tras llegar a un generoso acuerdo por parte de esta. Y Héctor seguramente había sido llamado para recibir instrucciones. Ausente Chance, Héctor podría decir la verdad y sobrevivir; pero, naturalmente, se abstendría de mencionar sus contactos conmigo.

A puerta cerrada, la junta directiva se había enfrentado con la realidad. La empresa había quedado como un trapo. Con Rafter y el equipo de especialistas se elaboró un plan de defensa fundamentado en la premisa de que la causa Burton se basaba en un expediente que había sido robado a Drake & Sweeney, y, puesto que un documento robado no podía utilizarse como prueba, la demanda sería desestimada. Desde un punto de vista legal, el razonamiento era impecable.

Sin embargo, antes de que ellos pudieran presentar su defensa, intervino el periódico. Se encontraron unos testigos que estarían en condiciones de declarar acerca de los mismos hechos que constaban en el expediente. Conseguiríamos demostrar nuestras alegaciones independientemente de lo que Chance hubiera ocultado.

En Drake & Sweeney debía de reinar el caos. Con sus cuatrocientos agresivos abogados decididos a no callarse sus opiniones, la empresa sin duda se hallaría al borde de una insurrección. Si yo hubiese estado allí y se hubiera producido un escándalo similar en otro departamento, habría armado un alboroto, exigiendo que el asunto se resolviera cuanto antes para que dejáramos de aparecer en la prensa. La opción de sujetar las escotillas con listones y capear el temporal no existía. La revelación del *Post* era solo un ejemplo de lo que podría suponer un juicio en regla. Y un juicio tardaría un año en celebrarse.

No era ese el único frente conflictivo. En el expediente no se revelaba hasta qué extremo RiverOaks estaba al corriente de la verdad acerca de los okupas. De hecho, Chance y su cliente apenas si se habían mantenido en contacto. Daba la impresión de que este había recibido instrucciones de cerrar el trato cuanto antes. Ante la presión ejercida por RiverOaks, Chance se había lanzado como una apisonadora.

Si dábamos por sentado que RiverOaks ignoraba que los desahucios eran ilegales, la constructora tendría derecho a presentar una denuncia por procedimiento ilegal contra Drake & Sweeney. Había contratado los servicios del bufete para que hiciera un trabajo; el trabajo se había hecho mal y el error había redundado en perjuicio del cliente. Con su reserva de trescientos cincuenta millones de dólares, RiverOaks podía obligar a Drake & Sweeney a enmendar sus fallos.

Otros importantes clientes también manifestarían sus opiniones.

«Pero ¿qué es lo que pasa aquí?», preguntarían a los socios quienes pagaban las minutas. En el despiadado mundo de los grandes bufetes jurídicos, los buitres de otros bufetes ya empezaban a sobrevolar en círculo.

Drake & Sweeney vendía su imagen, la percepción pública que se tenía de la empresa. Todas las grandes empresas lo hacían. Y ninguna de ellas habría podido resistir la paliza que estaba recibiendo mi antiguo empleador.

El congresista Burkholder se recuperó estupendamente. Al día siguiente de la intervención quirúrgica recibió a la prensa en una exhibición minuciosamente preparada. Lo llevaron en silla de ruedas hasta una improvisada tribuna levantada en el vestíbulo del hospital. Se levantó con la ayuda de su agraciada esposa y se adelantó para hacer una declaración. Por pura coincidencia, lucía una sudadera roja con el escudo del estado de Indiana. Tenía el cuello vendado y llevaba el brazo en cabestrillo.

Señaló que estaba vivo y en perfectas condiciones y que en breves días volvería al trabajo. Un saludo a la gente de Indiana.

En su momento más inspirado, hizo un comentario acerca de la delincuencia callejera y de la degradación de nuestras ciudades. (Su ciudad natal tenía ocho mil habitantes.) Era una vergüenza que la capital de nuestra nación se hallara en tan lamentable estado, y, como consecuencia de su encuentro con la muerte, anunciaba que a partir de aquel día dedicaría sus considerables energías a la recuperación de la seguridad ciudadana. Había encontrado una nueva meta.

También habló largo y tendido sobre el control de las armas de fuego y sobre la necesidad de construir más centros penitenciarios.

Los disparos contra Burkholder habían dado lugar a que se ejerciera una fuerte aunque transitoria presión sobre la policía del distrito de Columbia con el fin de que limpiara las calles. Los senadores y los representantes se habían pasado el día despotricando contra los peligros del centro de Washington. Como consecuencia de ello, volvieron a producirse redadas poco después del anochecer. Todos los borrachines, mendigos y personas sin hogar que se encontraban en las inmediaciones del Capitolio fueron empujadas lejos de allí. Algunos fueron detenidos; otros, cargados en los furgones y transportados como ganado a otras barriadas más lejanas.

A las doce menos veinte de la noche, la policía se dirigió a una licorería de la calle Cuatro, cerca de Rhode Island, en la zona nordeste. El propietario de la tienda había oído disparos y un indigente aseguraba haber visto a un hombre tendido en el suelo.

En un solar vacío contiguo a la licorería, detrás de un montón de basura y ladrillos rotos, la policía encontró el cuerpo sin vida de un joven negro. La sangre era reciente y manaba de dos orificios de bala en la cabeza.

Más tarde fue identificado como Kito Spires.

34

Ruby apareció el lunes por la mañana con un voraz apetito de galletitas y noticias. Estaba esperándome ante la puerta con una sonrisa y un cordial saludo cuando yo llegué a las ocho, algo más tarde que de costumbre. Estando Gantry suelto por allí, prefería llegar al despacho cuando ya se hubiera hecho completamente de día y hubiese tráfico en las calles.

Su aspecto era el mismo de siempre. Me pareció advertir en su rostro las huellas de un atracón de crack. A pesar de su mirada, dura y triste como siempre, ella estaba de excelente humor. Entramos juntos en el despacho y nos dirigimos hacia el escritorio de costumbre. Me reconfortaba la presencia de otra persona en el consultorio.

—¿Qué tal lo has pasado? —le pregunté.

—Bien —contestó, al tiempo que introducía la mano en la bolsa para sacar una galleta. La semana anterior había tres bolsas de rosquillas, pero Mordecai solo había dejado las migas.

—¿Dónde vives?

—En mi coche; ¿dónde si no? Me alegro de que ya se acabe el invierno.

—Yo también. ¿Has estado en el Naomi? —pregunté.

—No. Pero hoy iré. No me encuentro muy bien.

—Te acompañaré.

—Gracias.

La conversación resultaba un poco forzada. Ella esperaba

que le preguntase algo acerca de su última estancia en el motel. Yo deseaba hacerlo, pero desistí.

Cuando el café estuvo listo, llené dos tazas y las deposité en el escritorio. Ella ya iba por la tercera galleta, mordisqueando los bordes como si fuera un ratoncito. Una vez se inclinó sobre la humeante taza para absorber el vapor.

¿Cómo podía mostrarme severo con una persona de aspecto tan lastimoso? Pasamos a las noticias.

—¿Qué tal si leemos el periódico? —le propuse.

—Me encantaría.

En la primera plana había una fotografía del alcalde y, puesto que a ella le gustaban las noticias ciudadanas y el alcalde siempre servía para aderezar las noticias, decidí empezar por ahí. Era una entrevista del sábado en la que el alcalde y el consejo municipal, en una frágil y transitoria alianza, pedían al Departamento de Justicia que se abriera una investigación sobre la muerte de Lontae Burton y sus hijos. ¿Se había producido algún quebrantamiento de los derechos civiles? ¡El alcalde daba a entender que sí y solicitaba la intervención de la Justicia!

Desde que la presentación de la querella ocupaba el centro de la atención, la responsabilidad de la tragedia se atribuía a un nuevo grupo de culpables. Las acusaciones contra el ayuntamiento habían disminuido considerablemente. Los insultos al Congreso y desde el Congreso habían cesado. Todos los que habían experimentado el peso de las primeras acusaciones estaban echando alegremente la culpa al importante bufete jurídico y a su acaudalado cliente.

A Ruby le encantaba la historia de Burton. Le hice un rápido resumen de la querella y del aluvión de críticas que se había producido a raíz de su presentación.

Drake & Sweeney estaba recibiendo un nuevo vapuleo por parte del periódico. Sus abogados debían de preguntarse cuándo terminaría todo aquello.

Aún faltaba un poquito.

En el ángulo inferior de la primera plana se publicaba una breve noticia relativa a la decisión del servicio de Correos de paralizar la prevista construcción del edificio destinado a paquetería. La controversia en torno a la adquisición del solar, el almacén, el litigio en que estaban envueltos RiverOaks y Gantry eran los factores que habían influido en la decisión.

RiverOaks, que a consecuencia de ello había perdido su proyecto de veinte millones de dólares, reaccionaría tal como habría reaccionado cualquier constructora de empuje que se hubiera gastado casi un millón de dólares en efectivo en la adquisición de una propiedad inservible. RiverOaks perseguiría a sus abogados.

La presión iba en aumento.

Echamos un vistazo a los acontecimientos mundiales. Un terremoto en Perú llamó la atención de Ruby, y leímos la noticia. Pasamos a la información local, donde las primeras palabras que leí hicieron que el corazón me diera un vuelco. Debajo de la misma fotografía de Kito Spires, solo que el doble de grande y todavía más amenazadora, un titular rezaba: KITO SPIRES HALLADO MUERTO DE UN DISPARO. El reportaje hablaba de la aparición, el viernes anterior, de Kito Spires como intérprete del drama de los Burton, y facilitaba unos breves detalles acerca de su muerte. No había testigos ni pistas ni nada. Otro chico de la calle muerto de un disparo en el distrito.

—¿Se encuentra mal? —me preguntó Ruby.

—No, de ninguna manera —contesté, tratando de sobreponerme.

—¿Por qué no sigue leyendo, entonces?

El motivo por el que no lo hacía era que estaba demasiado aturdido. Tuve que echar un rápido vistazo para comprobar si se mencionaba el nombre de Tillman Gantry. No se mencionaba.

¿Por qué no? A mi juicio, lo que había ocurrido estaba muy claro. El chico había disfrutado de su momento de popularidad, había hablado más de la cuenta, se había convertido en un personaje demasiado valioso para los demandantes (¡nosotros!) y era un blanco extremadamente fácil.

Leí el reportaje a Ruby, vigilando la entrada principal, prestando atención a cada sonido y confiando en que Mordecai no tardara en llegar.

Gantry había hablado. Otros testigos, gente que vivía en la calle, callarían o desaparecerían cuando los localizáramos. El asesinato de los testigos era un hecho muy grave. ¿Qué haría yo si a Gantry se le ocurría ir a por los abogados?

A pesar del terror que sentía, comprendí de repente que el reportaje nos beneficiaba. Habíamos perdido a un testigo de importancia trascendental, pero la credibilidad de Kito nos habría causado problemas. En el tercer reportaje de la mañana se volvía a hablar de Drake & Sweeney en relación con el asesinato de un delincuente de diecinueve años. El bufete había sido derribado de su pedestal y ahora se encontraba en el arroyo; su nombre, antes motivo de orgullo, se mencionaba en los mismos párrafos que hacían referencia a los matones callejeros asesinados.

Retrocedí un mes en el tiempo, antes del incidente de Señor y de todo lo que había ocurrido a continuación, y me imaginé leyendo aquel periódico en mi despacho antes del amanecer. Imaginé también que tras leer los restantes reportajes llegaba a la conclusión de que las acusaciones más graves de la querella eran efectivamente ciertas. ¿Qué habría hecho?

No me cabía la menor duda. Habría armado un alboroto tremendo ante Rudolph Mayes, mi socio supervisor, quien a su vez habría armado otro alboroto ante la junta directiva, y me habría reunido con mis compañeros, los demás asociados de más antigüedad de la empresa. Habríamos exigido que se resolviera el asunto antes de que nos infligiesen más daños. Habríamos insistido en que se evitara un juicio a toda costa.

Habríamos planteado toda clase de exigencias.

Y suponía que casi todos los asociados de más antigüedad y

todos los departamentos estarían haciendo exactamente lo que yo hubiera hecho. Con tantas horas de discusión en los pasillos, el trabajo estaría retrasándose y la facturación disminuyendo, por lo que la empresa debía de estar sumida en el caos.

—Prosiga —me pidió Ruby.

Continué leyendo a toda prisa la información local, en buena parte porque quería ver si existía un cuarto reportaje. No habíamos tenido tanta suerte. Pero sí aparecía un artículo acerca de las redadas efectuadas por la policía en respuesta al ataque sufrido por Burkholder. Un defensor de los mendigos criticaba duramente la operación y amenazaba con presentar una demanda. A Ruby le gustó aquello. Le parecía estupendo que se hablara tanto de las personas que carecían de hogar.

La acompañé en mi coche al Naomi, donde la recibieron como a una vieja amiga. Las mujeres la abrazaron, algunas incluso con lágrimas en los ojos. Me pasé unos minutos charlando con Megan en la cocina, pero mi mente no estaba para romanticismos.

Cuando regresé al consultorio descubrí que la actividad era muy intensa; a las nueve ya había cinco clientes sentados con la espalda apoyada contra la pared. Sofía se encontraba al teléfono, echando la bronca a alguien en español. Entré en el despacho de Mordecai para ver si había leído el periódico. Estaba haciéndolo en ese preciso instante, y con una sonrisa en los labios. Acordamos reunirnos una hora más tarde para discutir los detalles de la querella.

Me fui a mi despacho, cerré la puerta y empecé a sacar expedientes. En dos semanas, había abierto noventa y uno y cerrado treinta y ocho. Estaba rezagándome y necesitaba toda una mañana de duros combates por teléfono para ponerme al día, lo que era imposible.

Sofía llamó a la puerta y entró sin esperar respuesta, sin saludar ni disculparse siquiera.

—¿Dónde está aquella lista de las personas desalojadas del almacén? —me preguntó. Llevaba un lápiz sujeto detrás de la oreja y unas gafas de lectura apoyadas en el extremo de la nariz. Parecía claro que tenía cosas que hacer.

La lista siempre estaba a mano. Se la entregué y le echó un rápido vistazo.

—Ya está —dijo.

—¿Qué ocurre? —pregunté, levantándome.

—El número ocho, Marquis Deese —contestó—. Ya me parecía a mí que el nombre me sonaba.

—¿Te suena?

—Sí, está sentado delante de mi escritorio. Lo recogieron anoche en Lafayette Park al otro lado de la Casa Blanca y lo soltaron en Logan Circle. Lo pillaron en una redada. Es tu día de suerte.

La seguí hasta la sala principal, donde el señor Deese estaba sentado junto a su escritorio. Se parecía mucho a DeVon Hardy: cincuenta años aproximadamente, cabello y barba entrecanos, gruesas gafas ahumadas, envuelto en varias capas de ropa como la mayoría de los indigentes a principios de marzo. Lo estudié desde lejos mientras me dirigía hacia el despacho de Mordecai para comunicarle la noticia.

Nos acercamos con cuidado a él. El interrogatorio correría a cargo de Mordecai, quien le dijo amablemente:

—Perdone. Soy Mordecai Green, uno de los abogados del consultorio. ¿Podría hacerle unas cuantas preguntas?

Ambos nos encontrábamos de pie, mirando desde arriba al señor Deese, que levantó la cabeza y contestó:

—Supongo que sí.

—Estamos trabajando en un caso relacionado con unas personas que vivían en un viejo almacén situado en la esquina de Florida y New York —le explicó muy despacio Mordecai.

—Yo vivía allí —dijo el hombre.

Dejé escapar un profundo suspiro.

—¿De veras?

—Sí. Me echaron.

—Bien, precisamente en eso estamos trabajando. Representamos a otras personas que también fueron desalojadas de allí. Creemos que el desahucio fue ilegal.

—Tienen ustedes mucha razón.

—¿Cuánto tiempo vivió allí?

—Unos tres meses.

—¿Pagaba alquiler?

—Pues claro.

—¿A quién?

—A un tío llamado Johnny.

—¿Cuánto?

—Cien dólares al mes, en efectivo.

—¿Por qué en efectivo?

—No quería que quedaran huellas.

—¿Sabe quién era el propietario del almacén?

—No —respondió sin vacilar, y yo no pude disimular mi alegría. Si Deese ignoraba que Gantry era el propietario del edificio, ¿cómo podía tenerle miedo?

Mordecai acercó una silla y miró al señor Deese con expresión muy seria.

—Nos gustaría que fuese usted cliente nuestro —le dijo.

—¿Por qué?

—Hemos demandado a unas personas por el desahucio. Creemos que ustedes fueron expulsados de allí ilegalmente. Quisiéramos representarlo y presentar una querella en su nombre.

—Pero el apartamento era ilegal; por eso pagaba en efectivo.

—Eso no importa. Podemos conseguirle un poco de dinero.

—¿Cuánto?

—Todavía no lo sé. ¿Qué pierde con eso?

—Supongo que nada.

Di a Mordecai una palmada en el hombro. Nos excusamos un momento y nos retiramos a su despacho.

—¿Qué ocurre? —me preguntó.

—En vista de lo que le ha ocurrido a Kito Spires, creo que deberíamos grabar su declaración. Ahora mismo.

Mordecai se rascó la barbilla.

—No es mala idea. Vamos a hacer una declaración escrita y jurada. Él la firmará y Sofía la certificará notarialmente, de modo que si llegase a ocurrirle algo a este hombre, podríamos luchar para que se admitiera su declaración.

—¿Tenemos un magnetófono?

Miró en todas direcciones.

—Sí, tiene que haber uno por aquí.

No sabía dónde estaba, lo que significaba que tardaríamos un mes en encontrarlo.

—¿Y una cámara de vídeo? —pregunté.

—No.

—Voy corriendo a buscar la mía —dije tras reflexionar un instante—. Tú y Sofía procurad entretenerlo.

—Ese no va a ningún sitio.

—Muy bien. Dame cuarenta y cinco minutos.

Abandoné de inmediato el despacho y subí a mi automóvil para dirigirme a toda prisa hacia Georgetown. En el tercer número que probé desde mi teléfono móvil encontré a Claire entre dos clases.

—¿Qué pasa? —me preguntó.

—Necesito que me prestes la cámara de vídeo. Es urgente.

—Está donde siempre —contestó muy despacio, tratando de analizar la situación—. ¿Por qué?

—Una declaración. ¿Te importa que la utilice?

—Supongo que no.

—¿La encontraré en la sala de estar?

—Sí.

—¿Has cambiado las cerraduras?

—No.

Por una extraña razón, su respuesta hizo que me sintiese mejor. Yo aún tenía la llave del apartamento. Podía entrar y salir si quería.

—¿Y el código de la alarma?

—No ha cambiado. Sigue siendo el mismo.

—Gracias. Te llamo luego.

Entramos con Marquis Deese en un despacho lleno de archivadores. Se acomodó en una silla, de espaldas a una pared blanca. Yo era el cámara, Sofía la notaria y Mordecai el interrogador. Sus respuestas no podrían haber sido más perfectas.

Terminamos en treinta minutos. Habíamos hecho todas las preguntas posibles y estas habían sido debidamente contestadas. Deese creía saber dónde se alojaban dos de los restantes desahuciados y prometió localizarlos.

Nuestro propósito era interponer una querella individual por cada uno de los desalojados que lográsemos encontrar y facilitar toda la información posible a nuestros amigos del *Post*.

Sabíamos que Kelvin Lam estaba en la CNVC, pero este y Deese eran los únicos inquilinos con los que habíamos conseguido dar. Sus causas no valían mucho dinero —nos contentaríamos con veinticinco mil dólares para cada uno—, pero las demandas agravarían la situación de los atribulados acusados.

Por un instante deseé que la policía volviera a hacer una redada.

Cuando Deese ya estaba a punto de irse, Mordecai le rogó encarecidamente que no comentara nada a nadie acerca de la querella. Después me senté ante un escritorio que había cerca del de Sofía y mecanografié una demanda de tres páginas en nombre de nuestro nuevo cliente Marquis Deese contra los tres mismos acusados por desahucio ilegal. Luego redacté la de Kelvin Lam y a continuación archivé la demanda en la memoria del ordenador. A medida que fuéramos localizando a los demandantes, me limitaría a cambiar el nombre.

Sonó el teléfono cuando faltaban unos minutos para el mediodía. Sofía estaba hablando por la otra línea, así que contesté.

—Consultorio jurídico —anuncié como de costumbre.

Una voz circunspecta y madura contestó:

—Quisiera hablar con el señor Mordecai Green. Mi nombre es Arthur Jacobs, abogado de Drake & Sweeney.

—Muy bien —me limité a decir antes de pulsar el botón de llamada en espera.

Contemplé el aparato, me puse de pie muy despacio y me acerqué a la puerta del despacho de Mordecai.

—¿Qué ocurre? —me preguntó con la nariz hundida en el Código Penal estadounidense.

—Arthur Jacobs está al teléfono.

—¿Quién es?

—De Drake & Sweeney.

Ambos nos miramos en silencio unos segundos.

—Esta podría ser la llamada —susurró con una sonrisa.

Me limité a asentir con la cabeza.

Tendió la mano hacia el teléfono y se sentó.

Fue una conversación muy breve en la que Arthur llevó la voz cantante. Deduje que deseaba reunirse con Mordecai para hablar del juicio, cuanto antes mejor.

Al terminar, Mordecai me transmitió el contenido de lo hablado.

—Quieren sentarse conmigo mañana para mantener una pequeña charla sobre un posible acuerdo acerca del juicio.

—¿Dónde?

—En su sede. A las diez de la mañana y sin tu presencia.

No esperaba que me invitasen.

—¿Están preocupados? —pregunté.

—Por supuesto que lo están. Disponen de veinte días para dar una respuesta, y sin embargo ya quieren hablar de un arreglo. Están preocupadísimos.

35

Me pasé la mañana del día siguiente en la Misión del Redentor, asesorando a los clientes con toda la delicadeza de alguien que ha dedicado años a resolver los problemas legales de las personas sin hogar. A las once y cuarto no pude resistir la tentación y llamé a Sofía para averiguar si sabía algo de Mordecai. No sabía nada. Suponíamos que la reunión en Drake & Sweeney sería muy larga. Yo había tenido la esperanza de que llamaría para informar de que todo marchaba sobre ruedas. Me sentí desilusionado.

Como de costumbre, había dormido muy poco, si bien la falta de sueño no tenía nada que ver con los dolores y las molestias físicas que experimentaba. Mi inquietud acerca del posible acuerdo a que se llegara tras la reunión se prolongó más allá de un largo baño caliente y una botella de vino. Tenía los nervios destrozados.

Me resultaba muy difícil concentrarme en los vales para alimentos, los subsidios para vivienda y los progenitores delincuentes cuando en otro frente mi vida pendía de un hilo. Me fui cuando ya estaban a punto de servir el almuerzo; mi presencia era menos importante que el pan de cada día. Me compré dos barras de pan y una botella de agua, y di un paseo de una hora en coche.

Cuando regresé al consultorio, el automóvil de Mordecai estaba aparcado delante del edificio. Me esperaba en su despacho. Entré y cerré la puerta.

La reunión se había celebrado en la sala de juntas de que Arthur Jacobs disponía en la octava planta, un sagrado rincón del edificio al que yo jamás había tenido ocasión de acercarme. La recepcionista y el equipo de colaboradores trataron a Mordecai como si este fuera un ilustre visitante; tomaron rápidamente su abrigo y le ofrecieron un café exquisito con unos bollos recién hechos.

Después le indicaron que se sentase a un lado de la mesa, frente a Arthur, Donald Rafter, un abogado de la compañía de seguros con la que el bufete tenía contratada una póliza contra la práctica negligente de servicios profesionales y un abogado de RiverOaks. Tillman Gantry disponía de representación legal, pero esta no había sido invitada. En caso de que se llegara a un acuerdo, nadie esperaba que Gantry aportase ni diez centavos. Lo único que no encajaba en todo aquello era la presencia del abogado de RiverOaks, pero tenía su lógica. Los intereses de la constructora chocaban con los del bufete. Mordecai dijo que la hostilidad se respiraba en el aire.

Arthur llevó en todo momento la voz cantante, y lo hizo con tal energía que a Mordecai le pareció increíble que aquel hombre tuviera ochenta años. No solo se sabía de memoria todos los datos, sino que los recordaba instantáneamente. Había analizado cada detalle con una perspicacia extraordinaria.

En primer lugar, acordaron que todo lo que se viera y dijese en el transcurso de la reunión tendría carácter estrictamente confidencial; ningún reconocimiento de responsabilidad rebasaría aquel día; ningún ofrecimiento de acuerdo sería legalmente vinculante hasta que se firmaran los correspondientes documentos.

Arthur empezó diciendo que la acción legal había herido en lo más hondo a los acusados, especialmente a Drake & Sweeney y a RiverOaks, que se habían puesto tremendamente nerviosos, pues no estaban acostumbrados a la humillación y el vapuleo que estaban recibiendo por parte de la prensa. Habló con gran sinceridad de la apurada situación por la que estaba pasando su querido bufete. Mordecai se limitó a escuchar durante buena parte de la reunión.

Arthur señaló que había varias cuestiones a tener en cuenta. Empezó con Braden Chance y reveló que este había sido despedido de la empresa. No había dimitido, sino que lo habían echado a patadas. Se refirió con toda franqueza a las fechorías de Chance, el único responsable de los asuntos relacionados con RiverOaks. Él conocía todos los aspectos del cierre de la operación con TAG y había seguido de cerca los pormenores. Era probable que al permitir que se llevase a cabo el desahucio fuera responsable de negligencia profesional.

—¿Solo probable? —le había preguntado Mordecai.

Bueno, de acuerdo, más que probable. Chance no había alcanzado el necesario nivel de responsabilidad profesional al llevar a cabo el desahucio, y además había manipulado el expediente y tratado de ocultar su conducta. Les había mentido, pura y llanamente. Arthur lo reconocía muy a pesar suyo. Si Chance hubiera dicho la verdad después del incidente protagonizado por Señor, la empresa habría podido evitar la presentación de la querella y la consiguiente oleada de críticas por parte de la prensa. Chance los había avergonzado profundamente, pero ya era agua pasada.

—¿Cómo manipuló el expediente? —preguntó Mordecai.

La otra parte quiso saber si él lo había visto y si tenía idea de dónde estaba. Mordecai no contestó.

Arthur explicó que ciertos documentos habían sido eliminados.

—¿Han visto ustedes el memorándum de Héctor Palma del 27 de enero? —preguntó Mordecai, dejándolos a todos helados.

—No —contestó Arthur en nombre propio y de los demás.

De manera que Chance había eliminado el memorándum

junto con el recibo del alquiler de Lontae introduciéndolos en la trituradora de documentos. Con gran solemnidad y disfrutando al máximo de cada segundo, Mordecai extrajo de su maletín varias copias del memorándum y del recibo y las puso con ademán solemne sobre la mesa, de donde unos curtidos abogados muertos de miedo las tomaron ávidamente.

Se produjo un profundo silencio mientras leían el memorándum, lo examinaban, volvían a leerlo y finalmente lo analizaban buscando desesperadamente alguna escapatoria o palabra que pudieran sacar de contexto y utilizar sesgadamente en beneficio propio. Pero no había nada que hacer; las palabras de Héctor estaban muy claras; su redacción era demasiado descriptiva.

—¿Puedo preguntarle de dónde ha sacado todo esto? —inquirió cortésmente Arthur.

—Eso no importa; al menos por el momento.

Estaba claro que el memorándum había sido una pesadilla para ellos. Chance había descrito su contenido antes de irse y sabían que el original ya no existía. Pero ¿y si se habían hecho copias?

Lo que en aquel momento sostenían incrédulos en sus manos eran precisamente esas copias.

Sin embargo, tratándose de unos curtidos abogados, se recuperaron de inmediato y apartaron el memorándum a un lado como si se tratara de algo que pudiera resolverse sin dificultad más adelante.

—Creo que eso nos lleva a la desaparición del expediente —dijo Arthur en su afán por buscar un terreno más seguro.

Tenían un testigo directo que me había visto en las inmediaciones del despacho de Chance la noche en que me había llevado el expediente. Tenían las huellas dactilares. Tenían la misteriosa carpeta que yo había encontrado en mi escritorio, la que contenía las llaves. Yo había ido a ver a Chance y le había pedido que me mostrara el expediente de TAG. Existía un motivo.

—Pero no hay testigos presenciales —dijo Mordecai—. Todo son meros indicios.

—¿Sabe usted dónde está el expediente? —preguntó Arthur.

—No.

—No tenemos ningún interés en enviar a Michael Brock a la cárcel.

—En ese caso, ¿por qué han presentado una denuncia contra él?

—Todo está sobre el tapete, señor Green. Si llegamos a un acuerdo en la cuestión del juicio, también podremos resolver el asunto de la querella.

—Me parece una noticia extraordinaria. ¿Cómo propone usted que se resuelva la cuestión del juicio?

Rafter deslizó sobre la mesa un resumen de diez páginas, lleno de gráficos y tablas multicolores con los que se pretendía transmitir la idea de que los niños y las jóvenes madres sin estudios no valían gran cosa en un litigio por homicidio culposo.

Con la precisión propia de los grandes bufetes, los paniaguados de Drake & Sweeney habían dedicado innumerables horas al examen de las más recientes tendencias nacionales en cuestión de indemnizaciones. Tendencias de un año. De cinco. De diez. Región por región. Estado por estado. Ciudad por ciudad. ¿Qué indemnizaciones concedían los jurados por la muerte de niños en edad preescolar? No muy elevadas. El promedio nacional era de cuarenta y cinco mil dólares, mucho menor en el Sur y el Medio Oeste y ligeramente superior en California y en las ciudades más grandes.

Los niños en edad preescolar no trabajan, no ganan dinero, y los tribunales no suelen aceptar predicciones acerca de su capacidad de futuras ganancias.

El cálculo de la pérdida de ganancias de Lontae era muy generoso. Con su irregular historial laboral, se habían hecho deducciones importantes. Tenía veintidós años y en un día no muy lejano habría encontrado un empleo a tiempo completo con salario mínimo. Era mucho suponer, pero aun así Rafter estaba dispuesto a darlo por bueno.

Durante el resto de su vida laboral no habría consumido droga ni bebidas alcohólicas ni habría vuelto a quedar embarazada; otra teoría sumamente caritativa. En algún momento habría mejorado sus conocimientos, habría encontrado un puesto de trabajo con un sueldo que doblaría el salario mínimo y lo habría conservado hasta los sesenta y cinco años. Ajustando sus futuros ingresos a la inflación y traduciéndolos a dólares actuales, Rafter había calculado que la pérdida de ingresos de Lontae ascendía a la suma de quinientos setenta mil dólares. No había habido lesiones ni quemaduras, dolor ni sufrimiento. La muerte la había sorprendido mientras dormía.

Para llegar a un acuerdo en el que el bufete no reconocería haber cometido el menor delito, este ofrecía pagar una generosa suma de cincuenta mil dólares por niño, más la suma de las ganancias de Lontae por un total de setecientos setenta mil dólares.

—Eso no se acerca ni de lejos a nuestras estimaciones —dijo Mordecai—. Esta suma puedo conseguirla de un jurado por un solo niño muerto.

Sus interlocutores se hundieron en sus asientos.

A continuación, Mordecai puso en tela de juicio casi todas las afirmaciones del breve y pulcro informe de Rafter. A él le daba igual lo que hicieran los jurados de Dallas o de Seattle, y no veía qué relación tenía eso con su caso. Las actuaciones judiciales de Omaha no le interesaban en absoluto. Sabía lo que podía hacer con un jurado del distrito, y eso era lo único que le importaba. Si ellos pensaban que podían comprar barata su salida de aquel embrollo, quizá hubiera llegado el momento de que él se retirara.

Arthur volvió a ejercer su autoridad mientras Rafter buscaba un lugar donde esconderse.

—Todo es negociable —le dijo—. Todo es negociable.

En el estudio no se hablaba para nada de la posibilidad de

obtener una indemnización superior a los daños reales con ánimo ejemplarizador, por lo que Mordecai llamó la atención de los presentes sobre dicho punto.

—Tenemos a un próspero abogado de un próspero bufete que permite deliberadamente que se lleve a cabo un desahucio ilegal, como consecuencia del cual mis clientes fueron arrojados a la calle, donde murieron tratando de entrar en calor. La verdad, señores, es que se trata de un caso en el que es claramente factible exigir una indemnización superior a los daños reales, sobre todo aquí, en el distrito.

La expresión «aquí, en el distrito» solo significaba una cosa: un jurado compuesto por negros.

—Se puede negociar —repitió Arthur—. ¿En qué cantidad había pensado usted?

Habíamos discutido las cantidades que podrían solicitarse. En la demanda se pedían diez millones de dólares, pero se trataba de una suma arbitraria. Habrían podido ser cuarenta, cincuenta o cien millones.

—Un millón por cada uno de ellos —contestó Mordecai.

Las palabras cayeron pesadamente sobre la mesa de caoba. Los del otro lado las oyeron con toda claridad, pero tardaron unos segundos en reaccionar.

—¿Cinco millones? —preguntó Rafter, levantando la voz solo lo justo para que pudiera oírsele.

—Cinco millones —tronó Mordecai—. Uno por cada una de las víctimas.

De repente, todos fijaron la mirada en sus cuadernos de notas y anotaron en ellos unas frases.

Al cabo de un rato Arthur entró de nuevo en liza, señalando que nuestra teoría de la responsabilidad no era absoluta. Un fenómeno natural concomitante —la ventisca— había sido parcialmente responsable de las muertes. Mordecai zanjó la cuestión.

—Los miembros del jurado sabrán muy bien que en febrero nieva, hace frío y se producen tormentas.

A lo largo de la reunión, todas sus referencias al jurado o a los miembros de este habían sido acogidas con unos segundos de silencio.

—El juicio les aterroriza —me dijo Mordecai.

Nuestra teoría, les explicó, era lo bastante sólida para resistir sus ataques. Voluntariamente o por negligencia, el desahucio se había llevado a cabo. Era previsible que nuestros clientes se vieran obligados a vivir en la calle en febrero, pues no tenían ningún lugar adonde ir. Mordecai podría haber comunicado maravillosamente bien aquella idea tan sencilla a cualquier jurado del país, pero sería algo que llamaría especialmente la atención a las buenas gentes del distrito.

Cansado de discutir acerca del tema de la responsabilidad, Arthur había pasado a su mejor carta: yo. Y, más concretamente, el hecho de que me hubiese apoderado del expediente tras entrar en el despacho de Chance cuando se me había comunicado que no podía verlo. Su postura era innegociable. Estaban dispuestos a retirar la denuncia si llegábamos a un acuerdo sobre el juicio, pero yo tendría que someterme a un expediente disciplinario como consecuencia de su queja ante el Colegio de Abogados por mi falta de ética profesional.

—¿Qué quieren? —pregunté.

—Una suspensión de dos años —contestó Mordecai muy serio.

Guardé silencio. Dos años no negociables.

—Les he dicho que estaban locos —añadió Mordecai, pero no con la vehemencia que yo habría deseado—. No ha habido manera.

Era más fácil permanecer callado. «Dos años. Dos años...», me repetía una y otra vez.

Discutieron un poco más acerca de las sumas de dinero, pero no consiguieron acercar posiciones. En realidad, no habían llegado a ningún acuerdo, aparte de su intención de volver a reunirse lo antes posible.

Lo último que hizo Mordecai fue entregarles una copia de

la demanda de Marquis Deese, todavía no presentada. En ella constaban los mismos tres acusados y se solicitaba la mísera suma de cincuenta mil dólares por su desahucio ilegal. Habría más demandas, les anunció luego. De hecho, nuestro propósito era presentar un par de demandas cada semana hasta que se hubiese dado cuenta de todos los desahuciados.

—¿Piensan entregar una copia al periódico? —había preguntado Rafter.

—¿Por qué no? —fue la respuesta de Mordecai—. En cuanto se presente, será un documento público.

—Lo que ocurre es que…, bueno, ya estamos hartos de la prensa.

—Ustedes iniciaron esta desagradable disputa.

—¿Cómo?

—Al filtrar la noticia de la detención de Michael.

—No hicimos tal cosa.

—Entonces ¿de dónde sacó el *Post* su fotografía?

Arthur le dijo a Rafter que se callara.

Solo en mi despacho, con la puerta cerrada, me pasé una hora mirando fijamente la pared antes de comprender el sentido del acuerdo. El bufete estaba dispuesto a pagar un montón de dinero para evitar dos cosas: más humillaciones y el espectáculo de un juicio capaz de causarles graves daños económicos. Si yo entregaba el expediente, ellos retirarían la denuncia. Todo volvería a su cauce, pero exigían cierto resarcimiento.

A sus ojos, yo no solo era un renegado sino el responsable de aquel desastre. Era también el eslabón entre sus vergonzosos secretos escondidos en lo alto de la torre y la humillante situación en que se encontraban por culpa del juicio. La ignominia pública era razón más que suficiente para que me odiaran; y el hecho de que tuvieran que desprenderse de su amado dinero alimentaba su sed de venganza.

Y todo aquello, a su juicio, yo lo había hecho utilizando

información interna. Al parecer, no sabían nada de la participación de Héctor. Yo había robado el expediente, había encontrado todo lo que necesitaba y me había valido de ello para interponer una querella.

Yo era un Judas. Por desgracia, les comprendía muy bien.

36

Poco después de que Sofía y Abraham se hubieran marchado a sus casas, yo estaba sentado en la semipenumbra de mi despacho cuando entró Mordecai y se repantigó en una de las dos sólidas sillas de tijera que yo había comprado por seis dólares en un mercado callejero de artículos de segunda mano. Hacían juego. Su anterior propietario las había pintado de rojo oscuro. Eran muy feas, pero por lo menos ya no me preocupaba la posibilidad de que mis clientes y mis visitas se cayeran al suelo en medio de una frase. Aun cuando sabía que Mordecai se había pasado toda la tarde hablando por teléfono, había procurado no acercarme a su despacho.

—He recibido un montón de llamadas —soltó—. Las cosas están moviéndose más rápido de lo que yo pensaba.

Le escuché sin saber qué decir.

—Llamadas y respuestas de Arthur —prosiguió—. Llamadas y respuestas del juez DeOrio. ¿Conoces a DeOrio?

—No.

—Es un tipo muy duro, pero bueno, justo y moderadamente liberal. Hace muchos años empezó a trabajar en un gran bufete, pero no sé por qué motivo decidió dedicarse a la judicatura. Despreció la posibilidad de hacer fortuna. Mueve más causas que todos los jueces de la ciudad juntos porque tiene a los abogados en un puño. Muy severo. Quiere que todo se resuelva y, en caso de que no se llegue a un acuerdo, que el juicio se celebre lo antes posible. Tiene la obsesión de la rapidez.

—Creo que he oído hablar de él.

—Seguro que sí. Llevas siete años ejerciendo en esta ciudad.

—Legislación antimonopolio en un importante bufete. Allá arriba.

—Bueno, pues eso es lo que hay. Hemos acordado reunirnos mañana a la una en la sala de DeOrio. Estaremos los tres acusados con sus letrados, tú, yo, la albacea…, en fin, todos los que tengan algo que ver con el juicio.

—¿Yo?

—Sí. El juez quiere que estés presente. Dice que podrás sentarte en la tribuna del jurado y limitarte a mirar, pero quiere que estés presente. Y quiere el expediente extraviado.

—Con mucho gusto se lo entregaré.

—Creo que en algunos círculos es famoso por su odio hacia la prensa. Por sistema, expulsa de la sala a los periodistas; prohíbe la presencia de las cámaras de televisión a menos de treinta metros de la puerta. Ya se muestra molesto con la expectación que ha despertado el caso, y está firmemente decidido a impedir que se produzcan filtraciones.

—La demanda es un documento público.

—Sí, pero él puede declarar el secreto del sumario si le apetece. No creo que lo haga, pero le gusta ladrar.

—O sea, que quiere que se llegue a un acuerdo…

—Por supuesto que sí. Es un juez, ¿no? Todos los jueces quieren que se llegue a un acuerdo, así les queda más tiempo para jugar al golf.

—¿Qué opina de la causa?

—No ha expresado ninguna opinión, pero ha exigido la presencia de los tres acusados, no de unos simples lacayos. Veremos a quienes toman las decisiones.

—¿A Gantry?

—Gantry estará presente. He hablado con su abogado.

—¿Sabe que tienen un detector de metales en la puerta?

—Probablemente sí. Ha comparecido ante un tribunal otras veces. Arthur y yo hablamos al juez de la oferta que nos han hecho. No dijo nada, pero no creo que le haya impresionado. Ha sido testigo de muchos veredictos espectaculares. Sabe cómo son los miembros de los jurados.

—¿Y qué dice de mí?

Mi amigo hizo una prolongada pausa para buscar unas palabras que fueran sinceras y, al mismo tiempo, tranquilizadoras.

—Adoptará una actitud muy dura.

Aquello no parecía demasiado tranquilizador.

—¿Qué es lo más justo, Mordecai? Me juego el cuello. Ya he perdido la dimensión de las cosas.

—No es una cuestión de justicia. Tú te llevaste el expediente para enmendar una irregularidad. No querías robarlo, solo tomarlo prestado durante casi una hora. Fue un acto que te honra, pero no deja de ser un robo.

—¿Lo calificó DeOrio de ese modo?

—Sí. Una vez.

Así que el juez me consideraba un ladrón. Se estaba convirtiendo en la opinión unánime. No me atrevía a pedirle la suya a Mordecai. Era posible que me dijese la verdad, y yo no quería oírla. Desplazó su considerable peso sobre el asiento. Mi silla chirrió, pero no cedió ni un centímetro. Me enorgullecí de ella.

—Quiero que sepas una cosa —me dijo con expresión muy seria—. Si quieres, dejamos esta causa en un abrir y cerrar de ojos. No necesitamos el acuerdo; en realidad, nadie lo necesita. Las víctimas han muerto. Sus herederos se desconocen o están en la cárcel. Un buen acuerdo no influiría para nada en mi vida. El caso es tuyo. Tú decides.

—No es tan sencillo, Mordecai.

—¿Por qué no?

—Me da miedo la denuncia que han formulado contra mí.

—Te comprendo; pero ellos la retirarán. Incluso retirarán la queja al Colegio de Abogados. Yo podría telefonear a Arthur ahora mismo y decirle que estamos dispuestos a dejarlo correr si ellos también lo hacen. Ambas partes se olvidan del asunto. A él le encantaría. Es una ocasión fabulosa.

—La prensa nos comería vivos.

—¿Y qué? Somos inmunes a todo eso. ¿Crees que a nuestros clientes les importa lo que diga el *Post* de nosotros?

Estaba haciendo el papel de abogado del diablo, exponiendo unos argumentos en los que no creía. Mordecai quería protegerme, pero también quería darle su merecido a Drake & Sweeney. A algunas personas no se las puede proteger contra sí mismas.

—Muy bien pues, lo dejamos —dije—. ¿Y qué conseguimos con eso? Ellos quedan impunes de la comisión de un homicidio. Echaron a aquella gente a la calle. Son los únicos responsables de unos desahucios ilegales y, en última instancia, de la muerte de nuestros clientes, ¿y nosotros permitimos que se vayan de rositas? ¿Es de eso de lo que estamos hablando?

—Es la única manera de proteger tu licencia para ejercer la abogacía.

—No hay nada como un poco de presión, Mordecai —dije con excesiva aspereza.

Sin embargo, él tenía razón. Yo estaba metido en el embrollo y era justo que tomara las decisiones. Me había llevado el expediente, un acto estúpido, además de ilegal y éticamente incorrecto.

Si yo me acobardaba de repente, Mordecai Green se sentiría destrozado. Todo su mundo consistía en ayudar a los pobres. Su gente eran los desesperados y los indigentes, aquellos que reciben muy poco y solo buscan lo esencial: la siguiente comida, una cama seca, un trabajo con un salario digno, un pequeño apartamento con un alquiler asequible.

Raras veces la causa de los problemas de sus clientes podía atribuirse con tanta claridad a unas grandes empresas privadas.

Puesto que el dinero no significaba nada para él y una buena indemnización produciría muy poco impacto en su vida, y dado que, tal como él mismo había dicho, sus clientes estaban muertos, eran desconocidos o se encontraban en la cárcel, jamás habría tomado en consideración la posibilidad de un acuerdo que evitara el juicio de no haber sido por mí.

Mordecai quería que el juicio se convirtiera en una producción ruidosa y gigantesca con grandes focos y cámaras y palabras impresas que no se centraran en su persona, sino en la apurada situación de su gente. Los juicios no siempre tienen que ver con agravios e injusticias; a veces se utilizan como púlpitos.

Mi presencia complicaba la situación. Mi pálido y delicado rostro podía ser el que acabara entre rejas. Mi licencia para ejercer la abogacía y, por consiguiente, mi medio de vida estaban en peligro.

—No voy a saltar del barco, Mordecai —dije.

—No esperaba que lo hicieras.

—Te daré un guión. ¿Y si los convencemos de que paguen una suma de dinero con la que podamos vivir, se retiran las denuncias y sobre la mesa solo quedo yo con mi licencia? ¿Y si me avengo a perderla durante cierto tiempo? ¿Qué sería de mí?

—En primer lugar, sufrirías la humillación de un expediente disciplinario.

—Lo cual, por muy desagradable que parezca, tampoco es el fin del mundo —dije, procurando mostrarme fuerte.

Me horrorizaba verme humillado. Warner, mis padres, mis amigos, mis compañeros de estudios, Claire, todas aquellas personas tan estupendas de Drake & Sweeney. Me imaginé sus caras al enterarse de la noticia.

—En segundo lugar, no podrías ejercer la abogacía durante el período de suspensión.

—¿Perdería el empleo?

—Por supuesto que no.

—Entonces ¿qué haría?

—Conservarías este despacho. Atenderías a los clientes en la CNVC, la Casa del Buen Samaritano, la Misión del Redentor y los demás lugares donde ya has estado. No te llamaríamos asistente social, sino abogado.

—¿Eso significa que nada cambiaría?

—No demasiado. Fíjate en Sofía. Atiende a más clientes que todos nosotros juntos y media ciudad cree que es abogada. En caso de que sea necesario comparecer ante un tribunal, ya me encargaré yo del asunto. Para ti todo seguirá igual.

Las normas que gobernaban la ley de la calle las escribían quienes la practicaban.

—¿Y si me sorprenden?

—Eso a nadie le importa. La línea de demarcación entre la asistencia social y el derecho social no siempre es muy nítida.

—Dos años es mucho tiempo.

—Sí y no. No tenemos por qué aceptar una suspensión de dos años.

—Yo creía que eso era innegociable.

—Mañana todo será negociable; pero tienes que hacer algunas investigaciones. Busca casos similares. Comprueba qué se ha hecho cuando ha habido quejas de este tipo.

—¿Crees que ha ocurrido algo similar otras veces?

—Es probable. Ahora somos muchos millones. Los abogados siempre han sido muy ingeniosos a la hora de buscar medios para joder al prójimo.

Mordecai debía asistir a una reunión y se le estaba haciendo tarde. Le di las gracias y salimos juntos.

Me dirigí en mi automóvil a la Facultad de Derecho de Georgetown, cerca de la colina del Capitolio. La biblioteca permanecía abierta hasta medianoche. Era un lugar ideal para esconderse y meditar acerca de la vida de un abogado descarriado.

37

La sala del juez DeOrio estaba en el segundo piso del edificio
Carl Moultrie, y para llegar a ella tuvimos que pasar muy cerca
de la del juez Kisner, donde mi caso de robo cualificado estaba esperando la siguiente fase de un complicado proceso. Los
vestíbulos estaban abarrotados de penalistas y picapleitos de
esos que se anuncian en televisión por cable y en las paradas
del autobús. Todos permanecían al lado de sus clientes, la
mayoría de los cuales tenía pinta de ser culpable de algo. Me
negaba a creer que mi nombre pudiera figurar en la misma
agenda que los de aquellos delincuentes.

La elección del momento de nuestra entrada era muy importante para mí y una tontería para Mordecai. No nos atre-
víamos a presentarnos con retraso. DeOrio era un fanático de
la puntualidad, pero yo no podía soportar la idea de llegar con
diez minutos de adelanto y verme sometido a las miradas, los
susurros y tal vez los comentarios sarcásticos de Donald Rafter, Arthur y cualquier otro personaje que pudiera acompañarlos. No me apetecía encontrarme en la misma sala con Tillman
Gantry a menos que Su Señoría estuviera presente.

Quería ocupar mi asiento en la tribuna del jurado y escuchar sin que nadie me molestara. Entramos en la sala a la una
menos dos minutos.

La secretaria de juzgado de DeOrio estaba repartiendo
copias de la orden del día. Después nos acompañó a nuestros

asientos; el mío en la tribuna del jurado, donde me acomodé muy tranquilo y satisfecho, y el de Mordecai junto a la mesa de los demandantes, al lado de la tribuna del jurado. La albacea Wilma Phelan ya estaba allí, esperando con cara de aburrimiento, pues no tenía la menor idea de qué se iba a debatir. Conté trece personas por la defensa, cuya mesa era todo un ejemplo de disposición estratégica. Los de Drake & Sweeney estaban agrupados en un extremo; Tillman Gantry y sus dos abogados en el otro. En el centro, actuando de parachoques, estaban dos representantes de RiverOaks y tres letrados. En la orden del día figuraban también los nombres de todos los presentes.

Pensaba que Gantry, por tratarse de un ex proxeneta, llevaría los dedos y los lóbulos de las orejas cuajados de anillos y prendas de colores llamativos. Pero no era así. Lucía un elegante traje azul marino y vestía mucho mejor que sus abogados. Estaba leyendo unos documentos sin prestar atención a nadie.

Vi a Arthur, a Rafter y a Nathan Malamud. También a Barry Nuzzo. Estaba decidido a no sorprenderme por nada, pero no esperaba la presencia de Barry. Al enviar a tres de mis ex compañeros de secuestro, el bufete quería lanzarme un mensaje sutil: los demás abogados aterrorizados por Señor habían sobrevivido sin venirse abajo, ¿qué me había ocurrido a mí? ¿Por qué era yo el más débil de todos?

La quinta persona del grupo de la defensa era un tal L. James Suber, un abogado de la compañía de seguros. El bufete Drake & Sweeney estaba fuertemente asegurado contra la práctica negligente de la profesión, pero yo dudaba que su póliza cubriera aquel caso, pues de ella se excluían los actos deliberados, como, por ejemplo, el robo por parte de un compañero o la transgresión intencionada de una norma de conducta. La negligencia por parte de un abogado de la empresa quedaría cubierta. Una fechoría intencionada no. Braden Chance no se había limitado a pasar por alto una norma de conducta o una práctica establecida, sino que había tomado conscientemente la decisión de proceder al desahucio aun cuando estaba informado de que los okupas eran, en realidad, inquilinos.

Habría una desagradable pelea entre bambalinas entre Drake & Sweeney y su negligente socio. Pues que se pelearan.

A la una en punto el juez DeOrio salió de detrás de su estrado y tomó asiento.

—Buenas tardes —dijo en tono malhumorado.

Llevaba puesta la toga, lo que me pareció muy extraño. No se trataba de una actuación judicial formal, sino de una reunión extraoficial con vistas a un acuerdo.

Ajustó la posición del micrófono y añadió:

—Señor Burdick, mantenga la puerta cerrada, por favor.

El señor Burdick era el ujier que vigilaba la puerta. Los bancos estaban vacíos. Nuestra reunión era absolutamente privada.

Un relator empezó a anotar todas las palabras.

—Mi secretaria me comunica que todas las partes y los abogados están presentes —prosiguió DeOrio, mirándome con la misma expresión con que habría mirado a un violador—. El propósito de esta reunión es intentar resolver este caso. Después de numerosas conversaciones mantenidas ayer con los abogados principales, comprendí con toda claridad que en estos momentos quizá fuese útil una reunión de este tipo. Jamás he celebrado un acto de conciliación tan poco tiempo después de la presentación de una querella, pero puesto que todas las partes se mostraron favorables, será un tiempo bien aprovechado. El primer punto es el carácter confidencial. Nada de lo que hoy se diga podrá comunicarse a ningún representante de la prensa bajo ninguna circunstancia. ¿Entendido?

DeOrio miró a Mordecai y después me miró a mí. Todos los que ocupaban la mesa de la defensa lo imitaron. Sentí el deseo de ponerme de pie y recordarles que las primeras filtra-

ciones habían sido obra de ellos. Cierto que nosotros habíamos descargado los golpes más fuertes, pero ellos habían soltado el primer puñetazo.

A continuación, la secretaria entregó a cada uno de los presentes un acuerdo de no revelación que solo contenía dos párrafos, personalizado con nuestro nombre. Lo firmé y se lo
devolví. Un abogado sometido a presión no puede leer dos
párrafos y tomar rápidamente una decisión.

—¿Hay algún problema? —preguntó DeOrio dirigiéndose
a los de Drake & Sweeney.

Estaban buscando alguna laguna jurídica. Así nos habían
enseñado a actuar. Firmaron y la secretaria recogió los papeles.

—Trabajaremos siguiendo el orden del día —prosiguió el
juez—. El primer punto es un resumen de los hechos y de las
teorías de la responsabilidad. Señor Green, usted interpuso la
querella, tiene la palabra. Dispone de cinco minutos.

Mordecai se levantó, con las manos en los bolsillos, completamente a sus anchas. Sin necesidad de nota alguna expuso
con toda claridad, y en apenas dos minutos, nuestros argumentos; luego volvió a sentarse. DeOrio aprobó su brevedad.

Arthur habló en nombre de los acusados. Reconoció la
existencia de un fundamento para la querella, pero puso en
entredicho la cuestión de la responsabilidad. Atribuyó buena
parte de la culpa a la «insólita» nevada que había caído sobre
la ciudad dificultando la vida de todo el mundo. Tras poner en
entredicho el comportamiento de Lontae Burton, añadió:

—Había lugares donde podría haberse refugiado; varios
albergues de emergencia estaban abiertos. La víspera había
dormido en el sótano de una iglesia junto con muchas otras
personas. ¿Por qué se fue? Lo ignoro, pero nadie la obligó a
hacerlo, por lo menos nadie a quien yo haya conseguido localizar hasta ahora. Su abuela tenía un apartamento en la zona
nordeste. ¿Parte de la responsabilidad no tendría que recaer en
la madre? ¿No habría tenido que hacer algo más para proteger
a su pequeña familia?

Aquella sería la única ocasión que tendría Arthur de echar la culpa a una madre muerta. En cuestión de un año la tribuna del jurado se llenaría de unas personas que no se parecerían para nada a mí, y ni Arthur ni ningún abogado en su sano juicio se atrevería a insinuar que Lontae Burton era responsable siquiera en parte de la muerte de sus hijos.

—Pero ¿por qué estaba en la calle? —preguntó repentinamente DeOrio.

Tuve que hacer un esfuerzo para reprimir una sonrisa.

Arthur no se inmutó.

—A los fines de esta reunión, Señoría, estamos dispuestos a reconocer que el desahucio fue ilegal.

—Gracias.

—No hay por qué darlas. Nuestra posición es la de atribuir una parte de la responsabilidad a la madre.

—¿Qué parte?

—Por lo menos un cincuenta por ciento.

—Es demasiado.

—Creemos que no, Señoría. Es cierto que nosotros la echamos a la calle, pero ella llevaba allí más de una semana cuando ocurrió la tragedia.

—¿Señor Green?

Mordecai se puso de pie, sacudiendo la cabeza como si Arthur fuera un alumno de primer curso de derecho que aún estuviera bregando con las teorías más elementales.

—Estamos hablando de personas que no tienen acceso inmediato a una vivienda, señor Jacobs. Por eso se las llama sin hogar. Usted reconoce que las echó a la calle, y es por eso por lo que murieron. Me encantaría discutirlo con un jurado.

Arthur se hundió en su asiento por lo menos diez centímetros. Rafter, Malamud y Barry escuchaban atentamente y sus rostros reflejaban el temor que les producía imaginarse a Mordecai Green suelto en una sala de justicia ante un jurado compuesto por afroamericanos como él.

—La responsabilidad está muy clara, señor Jacobs —dijo

DeOrio—. Puede echar la culpa a la negligencia de la madre ante un jurado si quiere, pero yo no se lo aconsejaría.

Mordecai y Arthur se sentaron.

Si en el juicio conseguíamos demostrar la responsabilidad de los acusados, el jurado pasaría a considerar la cuestión de los daños. Era el siguiente punto de la orden del día. Rafter expuso sin la menor convicción el informe elaborado sobre las tendencias actuales en la fijación de indemnizaciones por parte de los jurados. Se refirió al valor de los niños muertos en nuestro sistema de daños, pero se puso muy pesado al hablar del historial laboral de Lontae y de la estimación de sus ganancias futuras. Llegó a la misma cantidad, setecientos setenta mil dólares, que habían ofrecido el día anterior y la presentó para que constara en acta.

—Esta no será su última oferta, ¿verdad, señor Rafter? —preguntó DeOrio en tono desafiante. Estaba claro que esperaba que no lo fuera.

—No, señor —contestó Rafter.

—Señor Green.

Mordecai volvió a levantarse.

—Rechazamos la oferta, Señoría. Las tendencias no significan nada para mí. La única tendencia que me interesa se refiere a mi capacidad de convencer a un jurado de que conceda una indemnización, y, con el debido respeto al señor Rafter, esta sería muy superior a la cantidad que ellos ofrecen.

Ninguno de los presentes en la sala lo dudaba.

Rechazó la afirmación según la cual un niño muerto solo valía cincuenta mil dólares. Insinuó con vehemencia que semejante estimación era el resultado de un prejuicio contra los niños negros sin hogar. Gantry fue el único ocupante de la mesa de la defensa que no se removió en su asiento.

—Usted tiene un hijo en St. Albans, señor Rafter —continuó Mordecai—. ¿Aceptaría cincuenta mil dólares por él?

Rafter agachó la cabeza hasta que su nariz quedó a menos de diez centímetros de su cuaderno de notas.

—Puedo convencer a un jurado —siguió Mordecai—, en esta sala, de que aquellos chiquillos valían por lo menos un millón de dólares cada uno, lo mismo que cualquier niño de las escuelas privadas de Virginia y Maryland.

Fue un golpe tan duro como un puntapié en la entrepierna. Nadie abrigaba la menor duda acerca de las escuelas que frecuentaban los hijos de los abogados de la defensa. En el informe de Rafter no se hacía la menor referencia al dolor y al sufrimiento de las víctimas. La lógica era tácita, pero no por ello menos clara. Habían muerto serenamente, respirando un gas inodoro hasta que se alejaron de este mundo como si flotasen. No había habido quemaduras, heridas ni sangre.

Rafter pagó cara la omisión. Mordecai hizo una detallada descripción de las últimas horas de Lontae Burton y de sus hijos; la búsqueda de comida y calor, la nieve y el intenso frío, el temor a morir congelados, el desesperado esfuerzo por permanecer juntos, el horror de verse atrapados en una ventisca en el interior de un cacharro con el motor en marcha, contemplando el indicador de nivel de gasolina.

Fue una interpretación sobrecogedora, ofrecida sin el menor esfuerzo por un narrador nato. Si yo hubiera sido el único miembro del jurado, le habría entregado un cheque en blanco.

—No me hablen de dolor y sufrimiento —les dijo despectivamente a los de Drake & Sweeney—. Ustedes no saben qué significa eso.

Habló como si hubiese conocido de toda la vida a Lontae, una niña que había nacido sin ninguna oportunidad y había cometido todos los errores que cabía esperar en su situación, pero, por encima de todo, una madre que amaba a sus hijos y trataba desesperadamente de salir de la pobreza. Se había enfrentado con su pasado y sus adicciones, y cuando los acusados la habían echado a la calle estaba luchando denodadamente por dejar su afición a la bebida.

Levantaba la voz cuando se mostraba indignado y la bajaba

cuando hablaba de la vergüenza y la culpa. No desperdició una sola palabra. Les estaba dando una dosis masiva de lo que oiría el jurado.

A Arthur el talonario de cheques debía de estar quemándole el bolsillo.

Mordecai dejó lo mejor para el final. Pronunció una lección magistral acerca del propósito de las indemnizaciones superiores a los daños causados: castigar a los que habían obrado mal para que les sirviera de ejemplo y no volvieran a pecar. Insistió en los males cometidos por los acusados, unas personas ricas que no tenían la menor consideración por los menos afortunados.

—¡No son más que un puñado de okupas! —exclamó con voz de trueno—. ¡Vamos a echarlos!

La codicia los había inducido a menospreciar la ley. Un desahucio legal habría llevado por lo menos treinta días más, lo que habría impedido cerrar el trato con el servicio de Correos. Treinta días más tarde ya no habría habido nevadas y las calles habrían sido más seguras.

—Nos daríamos por satisfechos con cinco millones —dijo al final—. Ni un centavo menos.

Cuando terminó, todos permanecimos por unos segundos en silencio. DeOrio hizo unas anotaciones y regresó a la orden del día. La siguiente cuestión era el expediente.

—¿Lo tiene usted? —me preguntó.

—Sí, señor.

—¿Está dispuesto a entregarlo?

—Sí.

Mordecai abrió su viejo maletín y sacó el expediente. Se lo entregó a la secretaria y esta se lo pasó al juez. Esperamos diez largos minutos mientras este examinaba todas las páginas.

Recibí unas cuantas miradas de Rafter, pero me daba igual. Tanto él como los demás estaban deseando ponerle las manos encima.

—El expediente ha sido devuelto, señor Jacobs —dijo

DeOrio al terminar—. Unas puertas más abajo hay una causa penal pendiente. He hablado con el juez Kisner al respecto. ¿Qué desea hacer?

—Señoría, si se pudiera llegar a un acuerdo acerca de las demás cuestiones, no pediríamos el procesamiento.

—Supongo que está usted de acuerdo, ¿no es cierto, señor Brock?

Vaya si lo estaba.

—Sí, señor.

—Sigamos. El siguiente punto es la cuestión de la queja por falta de ética presentada por Drake & Sweeney contra Michael Brock. Señor Jacobs, ¿tendría usted la bondad de exponerlo?

—Ciertamente, Señoría.

Arthur se levantó de un salto y condenó severamente mis debilidades éticas. No se mostró pedante ni más duro de la cuenta, y no pareció que aquello le proporcionara placer alguno. Arthur era la quintaesencia de un abogado, un veterano que predicaba la ética y que sin duda la practicaba. Ni él ni el bufete me perdonarían jamás mi error, pero tampoco olvidaban que yo había sido uno de ellos. La actuación de Braden Chance había sido un reflejo del bufete tal como lo había sido mi incapacidad de respetar ciertas normas de conducta.

Terminó señalando que yo no debería escapar al castigo que me correspondía por el hecho de haberme llevado el expediente. Se trataba de una grave falta de intromisión en la intimidad del cliente, RiverOaks. No me consideraban un delincuente y no tendrían ninguna dificultad en olvidar la acusación de robo cualificado, pero puesto que yo era un abogado, y muy bueno, por cierto, según reconoció, como tal se me debía considerar responsable.

Por nada del mundo retirarían la queja contra mi falta de ética formulada ante el Colegio de Abogados.

Sus argumentos estaban muy bien razonados. Los de River-Oaks parecían especialmente insensibles.

—Señor Brock —intervino DeOrio—, ¿alguna respuesta?

No tenía preparado ningún comentario, pero no temí levantarme y decir lo que pensaba. Mirando a Arthur directamente a los ojos, contesté:

—Señor Jacobs, siempre he sentido un enorme respeto hacia usted, y sigo sintiéndolo. No tengo nada que alegar en mi defensa. Me equivoqué al llevarme el expediente y he deseado mil veces no haberlo hecho. Estaba buscando una información que me constaba había sido ocultada, pero eso no es ninguna excusa. Me disculpo ante usted, el resto del bufete y su cliente, RiverOaks.

Aparté la mirada y me senté. Más tarde Mordecai me dijo que mi humildad había provocado que la temperatura bajase diez grados en la sala.

A continuación, DeOrio obró con gran habilidad. Pasó al siguiente punto, el del litigio que aún no había empezado. Teníamos previsto interponer una demanda en nombre de Marquis Deese y Kelvin Lam, y posteriormente de todos los demás desahuciados que lográsemos encontrar. DeVon Hardy y Lontae habían desaparecido, pero había por ahí quince potenciales demandantes. Mordecai lo había prometido y había informado al juez.

—Si usted reconoce la responsabilidad, señor Jacobs —prosiguió Su Señoría—, tendremos que hablar de daños y perjuicios. ¿Cuánto ofrece para llegar a un acuerdo acerca de los quince casos restantes?

Arthur conferenció en voz baja con Rafter y Malamud y después contestó:

—Bien, Señoría, suponemos que esas personas llevan ahora aproximadamente un mes sin hogar. Si les entregáramos cinco mil dólares a cada una podrían buscarse otra cosa, probablemente algo mucho mejor.

—Es una cantidad muy baja —dijo DeOrio—. Señor Green.

—Demasiado baja —convino Mordecai—. Insisto en que valoro los casos pensando en lo que haría un jurado. Estamos ante los mismos acusados, la misma conducta ilegal y el mismo jurado. Yo podría conseguir fácilmente cincuenta mil por cada caso.

—¿Cuánto está dispuesto a aceptar? —preguntó el juez a Mordecai.

—Veinticinco mil.

—Creo que tendrían ustedes que pagarlo —dijo DeOrio a Arthur—. No me parece desorbitado.

—¿Veinticinco mil dólares a cada una de esas quince personas? —preguntó Arthur mientras su imperturbable fachada se resquebrajaba bajo el ataque conjunto de dos sectores de la sala.

—Exactamente.

Se produjo una acalorada discusión en cuyo transcurso cada uno de los cuatro abogados de Drake & Sweeney tuvo algo que decir. Fue un hecho muy revelador que no consultaran con los abogados de los otros dos acusados. Parecía claro que la factura del acuerdo la pagaría el bufete.

Gantry se mostraba absolutamente indiferente, pues su dinero no estaba en juego, y RiverOaks probablemente había amenazado con presentar una querella por su cuenta contra los abogados en caso de que no se llegara a un acuerdo.

—Pagaremos veinticinco mil —anunció serenamente Arthur, y en aquel instante trescientos setenta y cinco mil dólares abandonaron las arcas de Drake & Sweeney.

La habilidad del juez consistió en romper el hielo. DeOrio sabía que podía obligarlos a llegar a un acuerdo acerca de las cuestiones menores. En cuanto el dinero empezara a correr, ya no se detendría hasta que termináramos.

El año anterior, deducidos mi sueldo y mis ganancias adicionales, aparte de un tercio de mi facturación para gastos generales, aproximadamente cuatrocientos mil dólares habían ido a engrosar los beneficios que se repartían los socios. Y yo no era más que uno entre ochocientos.

—Señores, solo nos quedan dos puntos. El primero se refiere al dinero. ¿Qué cantidad será necesaria para llegar a un acuerdo acerca de esta querella? El segundo es la cuestión de los problemas disciplinarios del señor Brock. Parece ser que lo uno está relacionado con lo otro. Llegados a este momento de la reunión, quisiera hablar en privado con cada una de las partes. Empezaré con los demandantes. Señor Green, señor Brock, ¿tienen la bondad de pasar a mi despacho?

La secretaria nos acompañó al vestíbulo que había detrás del estrado y, después de recorrer un corto pasillo, a un espléndido despacho con paredes revestidas de madera de roble, donde Su Señoría se quitó la toga y pidió un té a la secretaria. Nos lo ofreció también a nosotros, pero declinamos la invitación. La secretaria cerró la puerta y nos dejó solos con DeOrio.

—Estamos haciendo progresos —dijo el juez—. Debo informarle, señor Brock, que la queja por falta de ética es un problema. ¿Se da usted cuenta de su gravedad?

—Creo que sí.

Chasqueó los nudillos y empezó a caminar por la estancia.

—Una vez, hace unos siete u ocho años, tuvimos aquí, en el distrito, a un abogado que hizo aproximadamente lo mismo. Abandonó un bufete llevándose un montón de material con información delicada que acabó misteriosamente en otro bufete, que casualmente le ofreció un espléndido puesto. No recuerdo su nombre.

—Makovek. Brad Makovek —dije yo.

—Exacto. ¿Qué fue de él?

—Lo suspendieron durante dos años.

—Que es lo que ellos piden para usted.

—Imposible, señor juez —terció Mordecai—. No podemos aceptar una suspensión de dos años.

—¿Qué estarían dispuestos a aceptar?

—Seis meses como máximo. Y eso es innegociable. Mire, señor juez, estos hombres están muertos de miedo y usted lo sabe. Ellos están asustados y nosotros no. ¿Por qué tenemos que ceder? Prefiero enfrentarme a un jurado.

—No habrá ningún jurado. —El juez se acercó un poco más a mí y me miró a los ojos—. ¿Está usted de acuerdo con una suspensión de seis meses?

—Sí —contesté—. Pero tendrán que pagar.

—¿Cuánto dinero? —preguntó el juez a Mordecai.

—Cinco millones de dólares. Podría sacarle más a un jurado.

DeOrio caminó hacia la ventana, rascándose la barbilla con expresión pensativa.

—Veo posible la obtención de cinco millones con un jurado de por medio —dijo sin volver la cabeza.

—Pues yo veo posible la obtención de veinte —replicó Mordecai.

—¿Quién recibirá el dinero?

—Eso será una verdadera pesadilla —admitió Mordecai.

—¿A cuánto ascenderán los honorarios de los abogados?

—Al veinte por ciento. La mitad será para una fundación con sede en Nueva York.

El juez se volvió y siguió caminando por el despacho con las manos cruzadas sobre la nuca.

—Seis meses es muy poca cosa —musitó.

—Es lo único que estamos dispuestos a aceptar —dijo Mordecai.

—De acuerdo. Voy a hablar con la otra parte.

Nuestra sesión privada con DeOrio duró menos de quince minutos. Los chicos malos se pasaron una hora con él. Claro que ellos eran los que tenían que soltar el dinero.

Nos bebimos unos refrescos sentados en silencio en un banco del ruidoso vestíbulo del edificio, contemplando cómo un millón de abogados andaban de un lado para otro persiguiendo a los clientes y a la justicia.

Recorrimos los pasillos, observando a las atemorizadas personas que estaban a punto de comparecer ante los jueces por toda una variada serie de delitos. Mordecai intercambió unas palabras con un par de abogados a los que conocía. Yo no reconocí a nadie. Los abogados de los grandes bufetes no solían acudir al Tribunal Superior.

La secretaria nos localizó y nos acompañó de nuevo a la sala donde todos los implicados ya estaban en su sitio. La situación era tensa. DeOrio parecía muy alterado. Arthur y los demás ofrecían un aspecto profundamente cansado. Tomamos asiento y esperamos las palabras del juez.

—Señor Green —dijo DeOrio—, me he reunido con los abogados de la parte demandada. Esta es su mejor oferta: la suma de tres millones de dólares y un año de suspensión para el señor Brock.

Mordecai apenas se había acomodado en su asiento cuando se levantó de un salto.

—En tal caso perdemos el tiempo —dijo, tomando su maletín.

Yo me levanté para seguirlo.

—Disculpe, Señoría —añadió mientras caminábamos por el pasillo que separaba las hileras de bancos—, pero tenemos otras cosas mejores que hacer.

—Están ustedes disculpados —dijo el juez, profundamente decepcionado.

Abandonamos la sala de inmediato.

38

Estaba abriendo la portezuela del coche cuando el teléfono móvil vibró en mi bolsillo. Era el juez DeOrio. Mordecai soltó una carcajada cuando me oyó decir:

—Sí, señor juez, estaremos ahí en cinco minutos.

Tardamos diez porque primero fuimos al lavabo de la planta baja y después caminamos muy despacio y utilizamos la escalera para dar a DeOrio la mayor cantidad de tiempo posible para machacar a los acusados.

Lo primero que vi cuando entramos en la sala fue que Jack Bolling, uno de los tres abogados de RiverOaks, se había quitado la chaqueta y remangado la camisa y estaba apartándose de los abogados de Drake & Sweeney. Dudaba que les hubiera propinado una paliza, pero la capacidad y el deseo de hacerlo no le faltaban.

El impresionante veredicto con que soñaba Mordecai sería dictado contra los tres demandados. Estaba claro que el acto de conciliación debía de haber pegado un buen susto a los de RiverOaks. Se habían formulado amenazas y quizá la constructora había decidido aportar una cierta cantidad. Jamás lo sabríamos. Evité sentarme en la tribuna del jurado y preferí hacerlo al lado de Mordecai. Hacía dos horas que Wilma Phelan se había marchado.

—Ya estamos más cerca —dijo el juez.

—Y nosotros estamos pensando en retirar nuestro ofrecimiento —anunció Mordecai en uno de sus más violentos estallidos.

No habíamos hablado para nada acerca de ello, y ni los demás abogados ni el juez habían contemplado semejante posibilidad. Se miraron los unos a los otros boquiabiertos.

—Tranquilícese —le aconsejó DeOrio.

—Hablo en serio, señor juez. Cuanto más tiempo permanezco sentado en esta sala, más me convenzo de que esta parodia tiene que representarse ante un jurado. En cuanto al señor Brock, por mucho que su antigua empresa insista en formular acusaciones de carácter penal, no habrá para tanto. Ya han recuperado el expediente. El señor Brock no tiene antecedentes penales. Bien sabe Dios la cantidad de traficantes de droga y de asesinos que andan sueltos por ahí; el proceso que se instaure contra él será un chiste. No irá a la cárcel. En cuanto a la queja ante el Colegio de Abogados…, dejemos que siga su curso. Yo presentaré una queja contra Braden Chance y puede que también lo haga contra otros abogados implicados en este asunto; veremos quién se ríe el último. —Señalando con el dedo a Arthur, añadió—: Si ustedes corren a informar al periódico, nosotros también lo haremos.

Al consultorio jurídico de la calle Catorce le importaba un bledo lo que se escribiera acerca de él. En caso de que a Gantry le importara, no lo demostraría. RiverOaks podría seguir ganando dinero a pesar de la mala prensa. En cambio, Drake & Sweeney solo contaba con su buena fama.

La parrafada de Mordecai los había sorprendido con la guardia baja, y quedaron completamente atónitos.

—¿Ha terminado? —preguntó DeOrio.

—Creo que sí.

—Muy bien. La oferta sube hasta cuatro millones.

—Si pueden pagar cuatro millones, también pueden pagar cinco —replicó Mordecai, mirando a los representantes de Drake & Sweeney—. El año pasado este acusado facturó una cantidad bruta de setecientos millones de dólares. —Hizo una pausa para dejar que la cifra resonara en la sala—. Setecientos millones de dólares solo el año pasado. —Volviéndose hacia los representantes de RiverOaks, agregó—: Y este acusado es propietario de inmuebles por valor de trescientos cincuenta millones de dólares. Que me den un jurado.

Cuando le pareció que Mordecai ya había concluido, DeOrio volvió a preguntar:

—¿Ha terminado?

—No, señor —contestó Mordecai, recuperando inmediatamente la calma—. Aceptaremos dos millones en efectivo, un millón en concepto de honorarios y un millón para los herederos. Los restantes tres millones podrán satisfacerse con un pago aplazado de diez años; a razón de trescientos mil anuales más un tipo de interés razonable. Estoy seguro de que estos acusados podrán ahorrar esa suma al año. Tal vez se vean obligados a aumentar los alquileres y las tarifas horarias, pero eso ellos saben hacerlo muy bien.

Un acuerdo estructurado con un pago aplazado resultaba razonable. Dada la inestabilidad de los herederos, y puesto que casi todos ellos eran todavía desconocidos, el dinero sería cuidadosamente custodiado por el tribunal.

El último ataque de Mordecai fue un brillante ejercicio de oratoria. En el grupo de Drake & Sweeney se registró una notable relajación. Se le acababa de ofrecer una salida.

Jack Bolling se reunió con ellos. Los abogados de Gantry observaban y escuchaban, pero parecían casi tan aburridos como su cliente.

—Estamos de acuerdo —anunció Arthur—. Pero mantenemos nuestra postura con respecto al señor Brock. O se acepta una suspensión de un año o no hay acuerdo.

De repente, volví a odiar a Arthur. Yo era la última baza con que contaban y, para salvar la poca cara que les quedaba, querían hacer todo el daño que pudieran. Pero el pobre Arthur no podía negociar desde una situación de fuerza. Estaba desesperado y se le notaba.

—¿Y eso qué más da? —replicó Mordecai a gritos—. Ha accedido a sufrir la ignominia de perder su licencia. ¿Qué importancia tienen seis meses más o menos? ¡Eso es absurdo!

Los dos representantes de RiverOaks ya estaban hartos. Tras pasarse tres horas con Mordecai, su natural temor ante las salas de justicia había alcanzado sus máximas cotas. No podrían resistir dos semanas de juicio. Sacudieron la cabeza con gesto de desaliento y empezaron a conversar en voz baja.

Hasta Tillman Gantry empezaba a cansarse de la quisquillosidad de Arthur. Teniendo el acuerdo al alcance de la mano, ¡que terminara de una maldita vez!

Unos segundos antes Mordecai había gritado: «¿Y eso qué más da?», y tenía razón. Daba igual, especialmente en el caso de un abogado de la calle como yo, cuyo puesto de trabajo, sueldo y posición social no se verían en absoluto afectados por una suspensión temporal.

Me puse de pie y dije cortésmente:

—Señoría, vamos a dividir la diferencia. Nosotros ofrecemos seis; ellos quieren doce. Estoy dispuesto a aceptar nueve. —Miré a Barry Nuzzo mientras hablaba y vi que me sonreía.

Si Arthur hubiera abierto la boca en aquel momento, se la habrían hecho cerrar. Todos parecían más relajados, incluso DeOrio.

—Pues entonces, ya estamos todos de acuerdo —dijo el juez sin esperar la confirmación de los acusados.

Su eficiente secretaria empezó a teclear en su procesador de textos y en cuestión de minutos tuvo listo un memorándum de acuerdo. Lo firmamos rápidamente y nos fuimos.

En el despacho no había champán. Sofía estaba haciendo lo de siempre. Abraham se hallaba en Nueva York, asistiendo a una conferencia sobre los indigentes.

Si algún bufete jurídico de Estados Unidos podía recibir quinientos mil dólares en honorarios sin que se notara, ese era

nuestro consultorio. Mordecai quería comprar nuevos ordenadores y teléfonos, y seguramente instalar un nuevo sistema
de calefacción. La mayor parte del dinero se escondería en un
banco, generaría intereses y se guardaría para cuando llegasen
tiempos de vacas flacas. Era un bonito almohadón que nos
garantizaría nuestros modestos salarios durante unos años.

En caso de que lamentara la necesidad de tener que enviar
los otros quinientos mil dólares a la Fundación Cohen, supo
disimularlo muy bien. Mordecai no era de esos que se preocu-
pan por las cosas que no tienen arreglo. Encima de su escritorio se acumulaban las batallas que quedaban por ganar.

Habría que dedicar nueve meses de duro esfuerzo a organi-
zar el acuerdo Burton, y ocupado en ello pasaría buena parte de
mi tiempo. Tendríamos que establecer quiénes eran los herederos, buscarlos y tratar con ellos cuando se enteraran de que iban
a cobrar un dinero. La cosa sería muy complicada. Por ejemplo, quizá fuese necesario exhumar los cadáveres de Kito Spires y de Temeko, Alonzo y Dante para llevar a cabo las pruebas del ADN y determinar la paternidad de los tres niños. En
caso de que Kito resultase ser el padre, le correspondería la
herencia de sus hijos, que habían muerto primero. Pero como
él también había muerto, habría que localizar a sus herederos.

La madre y los hermanos de Lontae planteaban muy serios
problemas. Seguían manteniendo contacto con la calle. No
tardarían muchos años en acceder al régimen de libertad vigilada y entonces se echarían como fieras sobre la parte del dinero que les correspondiera.

Existían otros dos proyectos de particular interés para Mordecai. El primero era un programa gratuito que el consultorio
había organizado en cierta ocasión y había tenido que abandonar al dejar de percibir la subvención estatal. En su momento de
máximo esplendor, el programa contaba con cien abogados que
dedicaban unas horas semanales a ayudar a los vagabundos. Me
pidió que analizara la posibilidad de volver a ponerlo en marcha. La idea me gustaba; podríamos ampliar nuestro radio de

acción, establecer más contactos con los abogados en ejercicio y ensanchar nuestra base para la recogida de fondos.

El segundo proyecto era el siguiente. Sofía y Abraham se mostraban incapaces de pedir eficazmente dinero a la gente. Mordecai podía convencer a los demás de que se quedaran incluso sin la camisa, pero no soportaba pedir limosna. Yo era la joven estrella del despacho, blanco, anglosajón y protestante, capaz de codearse con los profesionales apropiados y persuadirlos de que aportaran una cuota anual.

—Si consiguieras elaborar un buen plan, podrías reunir doscientos mil dólares al año —me dijo.

—¿Y qué haríamos con eso?

—Contratar a un par de secretarias, un par de auxiliares jurídicos y, quizá, a otro abogado.

Sofía hacía un buen rato que se había ido y nosotros permanecíamos sentados en la sala contemplando cómo anochecía fuera. Mordecai empezó a soñar; recordaba con nostalgia los tiempos en que había siete abogados chocando unos con otros en el consultorio. Cada día era un caos, pero el pequeño bufete de la calle Catorce tenía auténtica fuerza. Ayudaban a miles de personas sin hogar. Los políticos y los burócratas les prestaban atención. Eran una voz que solía ser escuchada.

—Llevamos cinco años de capa caída —dijo—. Y nuestra gente sufre. Ha llegado el momento de que las cosas cambien.

Y el reto me correspondía a mí. Yo era la savia nueva, el nuevo talento que revigorizaría el consultorio jurídico y lo conduciría al siguiente nivel. Yo animaría el lugar con docenas de nuevos voluntarios y crearía una máquina de recogida de fondos para que pudiéramos ejercer nuestra profesión en los mismos campos que los demás. Ampliaríamos el bufete, quitaríamos las tablas que cubrían las ventanas del piso de arriba y lo llenaríamos de abogados capaces y emprendedores.

Siempre que los indigentes acudieran a nosotros verían sus derechos protegidos. Y sus voces serían oídas a través de las nuestras.

39

El viernes a primera hora de la mañana estaba sentado ante mi escritorio, ocupado en mi tarea de abogado-asistente social, cuando Drake & Sweeney, en la persona de Arthur Jacobs, apareció repentinamente en mi puerta. Lo saludé con una cordialidad no exenta de recelo y él se sentó en una de las sillas de color rojo oscuro. No quería café. Sencillamente deseaba hablar.

Arthur estaba preocupado. Escuché hipnotizado las palabras del anciano.

El mes anterior había sido el más difícil de toda su carrera, de todos sus cincuenta y seis años de profesión. El acuerdo no había sido un consuelo para él. El bufete volvía a marchar sobre ruedas tras superar aquel pequeño bache, pero él no conseguía conciliar el sueño. Uno de sus socios había cometido una terrible maldad y, como consecuencia de ello, cinco personas inocentes habían perdido la vida. Drake & Sweeney siempre sería culpable de las muertes de Lontae y de sus cuatro hijos, independientemente del dinero que pagara. Y Arthur dudaba mucho que lograse superar aquel golpe.

Yo estaba tan sorprendido que apenas podía articular palabra, por lo que me limité a escuchar. Deseé que Mordecai estuviera presente.

Arthur sufría y yo no tardé en compadecerme de él. Era octogenario, llevaba un par de años pensando en el retiro, y ahora, de pronto, no sabía qué hacer. Estaba cansado de ir detrás del dinero.

—Ya no me quedan muchos años —reconoció. Pero yo sospechaba que asistiría a mi entierro.

Le encantaba nuestro consultorio jurídico. Le expliqué de qué manera había ido a parar yo allí. Quiso saber cuánto tiempo llevaba en el consultorio, cuántas personas trabajaban en él, cuál era la fuente de financiación y cómo nos administrábamos.

Me dio la oportunidad y la aproveché. Como no podía ejercer mi profesión durante nueve meses, el consultorio me había encargado la puesta en práctica de un programa de voluntariado con la ayuda de abogados de los grandes bufetes de la ciudad. Y puesto que el suyo era casualmente el más grande, había pensado en empezar por allí. Los voluntarios solo trabajarían unas cuantas horas a la semana bajo mi supervisión y, de ese modo, podríamos ayudar a miles de personas sin hogar.

Arthur estaba al corriente de la existencia de semejantes programas, si bien su conocimiento era más bien vago. Reconoció tristemente que llevaba veinte años sin trabajar gratuitamente; por lo general eso correspondía a los asociados más jóvenes. Qué bien lo recordaba yo.

Pero le gustaba la idea. De hecho, cuanto más hablábamos, más crecía el programa. A los pocos minutos Arthur manifestó su voluntad de pedir a sus cuatrocientos abogados del distrito de Columbia que dedicaran unas cuantas horas semanales a ayudar a los pobres. Le parecía lo más apropiado.

—¿Podrá dirigir a cuatrocientos abogados? —me preguntó.

—Por supuesto que sí —contesté sin tener la menor idea de cómo empezar siquiera semejante tarea. Sin embargo, los pensamientos giraban vertiginosamente en mi mente—. Pero necesitaría un poco de ayuda —añadí.

—¿Qué clase de ayuda?

—¿Y si Drake & Sweeney tuviera un coordinador gratuito a tiempo completo en el bufete? Trabajaría en estrecho contacto conmigo en todos los aspectos de la legislación que atañen a las personas sin hogar. Con cuatrocientos voluntarios, convendría que hubiera alguien en el otro extremo.

Hizo una pausa para reflexionar acerca de lo que yo acababa de decir. Todo aquello era nuevo y todo le parecía muy bien.

—Conozco a la persona más indicada —proseguí—. No tiene por qué ser un abogado. Un buen auxiliar jurídico podría hacerlo muy bien.

—¿Quién?

—¿Le suena el nombre de Héctor Palma?

—Vagamente.

—Está en Chicago, pero es del distrito de Columbia. Trabajaba con Braden Chance y lo atraparon.

Arthur entornó los ojos, tratando de recordar. Yo no estaba muy seguro de lo que sabía, pero no creía que fuera a engañarme. Me pareció que estaba encantado con la oportunidad de redención que se le ofrecía.

—¿Lo atraparon?

—Pues sí. Vivía en Bethesda hasta hace tres semanas cuando, de repente, se mudó de casa en plena noche. Un rápido traslado a Chicago. Sabía todo lo de los desahucios, y supongo que Chance quería ocultarlo.

Hablé con prudencia. No estaba dispuesto a romper mi acuerdo confidencial con Héctor.

No tuve que hacerlo. Como de costumbre, Arthur leyó entre líneas.

—¿Es del distrito de Columbia?

—Sí, y su mujer también. Tienen cuatro hijos. Estoy seguro de que le encantaría volver.

—¿Tiene algún interés en ayudar a las personas sin hogar?

—¿Por qué no se lo pregunta a él?

—Lo haré. Me parece una excelente idea.

Si Arthur quería que Héctor Palma regresara al distrito de Columbia para encargarse del nuevo interés del bufete por las cuestiones jurídicas relacionadas con las personas sin hogar, su deseo se cumpliría en cuestión de una semana.

El programa empezó a adquirir forma ante sus ojos. A todos los abogados de Drake & Sweeney se les exigiría encargarse de un caso cada semana. Los asociados más jóvenes atenderían a los clientes bajo mi supervisión, y una vez que los casos llegaran al bufete, Héctor los asignaría a los demás abogados. Algunos casos podrían resolverse en quince minutos, le expliqué a Arthur, mientras que otros exigirían varias horas al mes. Eso no sería ningún problema, contestó.

Casi me compadecí de los políticos y de los burócratas ante la idea de cuatrocientos abogados de Drake & Sweeney repentinamente dominados por el ardoroso afán de proteger los derechos de los indigentes.

Arthur se pasó casi dos horas en mi despacho y me pidió disculpas al caer en la cuenta del tiempo que me había robado, pero estaba mucho más contento cuando se fue. Regresaba directamente a su despacho con un nuevo propósito; ahora era un hombre con una misión que cumplir. Lo acompañé hasta su automóvil y corrí a decírselo a Mordecai.

El tío de Megan tenía una casa en la costa de Delaware, cerca de Fenwick Island, en la frontera con Maryland. Me la describió como una vivienda vieja y pintoresca de dos plantas con un gran porche que casi rozaba el océano y tres dormitorios, un lugar ideal para una escapada de un fin de semana. Estábamos a mediados de marzo, aún hacía bastante frío y podríamos sentarnos a leer delante de la chimenea.

Me subrayó especialmente lo de los tres dormitorios a fin de que cada uno dispusiera de espacio suficiente para la intimidad sin que las cosas se complicaran. Sabía que estaba divorciándome de mi primera esposa y, después de dos semanas de coqueteos, ambos nos habíamos percatado de que las cosas irían muy despacio.

Salimos de Washington el viernes por la tarde. Yo conducía, Megan iba a mi lado y Ruby mordisqueaba galletitas de avena en el asiento de atrás, feliz ante la idea de pasar unos días en la playa, sin drogarse ni beber, lejos de la ciudad y de las calles.

Llevaba sin colocarse desde el jueves por la noche. Sumando las tres noches que pasaría con nosotros en Delaware, serían cuatro. El lunes por la tarde la ingresaríamos en Easterwood, un pequeño centro femenino de desintoxicación situado en la zona de Capitol East. Mordecai había hablado con alguien de allí y Ruby podría disfrutar de un cuartito con una cama caliente durante noventa días.

Antes de salir, se había duchado en el Naomi y se había cambiado de ropa. Megan había registrado todos los centímetros de su ropa y de su bolsa en busca de droga, pero no había encontrado nada. Era una intromisión en su intimidad, pero con los drogadictos las normas son distintas.

Llegamos a la casa al anochecer. Megan la utilizaba una o dos veces al año. La llave estaba debajo del felpudo de la entrada.

A mí me asignaron el dormitorio de la planta baja, lo cual a Ruby le pareció muy raro. Los otros dos dormitorios estaban en el piso de arriba, y Megan quería estar cerca de Ruby durante la noche.

El sábado cayó un frío aguacero con viento procedente del mar. Yo estaba solo en el porche de la entrada, balanceándome suavemente en un columpio, bajo una gruesa manta, perdido en un mundo de ensueño mientras escuchaba el rumor de las olas que rompían abajo. La puerta se cerró, oí el ruido metálico de la cancela y Megan se acercó al columpio. Levantó la manta y se acurrucó a mi lado. La abracé con fuerza; de no haberlo hecho, creo que ella habría caído al suelo.

Era fácil de abrazar.

—¿Dónde está nuestra clienta? —le pregunté.

—Mirando la tele.

Una fuerte ráfaga de viento nos arrojó agua al rostro y

ambos nos apretujamos un poco más el uno contra el otro. Las cadenas que sostenían el columpio chirriaron pero enmudecieron de inmediato cuando nos quedamos casi inmóviles, contemplando las nubes que se arremolinaban sobre el agua. El tiempo no tenía importancia.

—¿En qué estás pensando? —me preguntó en un susurro.

En todo y en nada. Lejos de la ciudad, podía analizar por primera vez el pasado e intentar comprenderlo todo. Treinta y dos días antes estaba casado con otra mujer, vivía en otro apartamento, trabajaba en otro bufete y era un perfecto desconocido para la persona a la que en aquel momento estrechaba en mis brazos. ¿Cómo podía la vida experimentar un cambio tan drástico en tan poco tiempo?

No me atrevía a pensar en el futuro; el pasado aún estaba ocurriendo.